实习律师

田建宏

著

辽宁人民出版社

© 田建宏   2023

图书在版编目（CIP）数据

实习律师 / 田建宏著. —沈阳：辽宁人民出版社，
2023.1
　　ISBN 978-7-205-10548-8

　　Ⅰ．①实… Ⅱ．①田… Ⅲ．①长篇小说—中国—当代
Ⅳ．①I247.5

中国版本图书馆 CIP 数据核字 (2022) 第 162924号

出版发行：辽宁人民出版社
　　　　　地址：沈阳市和平区十一纬路25号　邮编：110003
　　　　　电话：024-23284321（邮　购）　024-23284324（发行部）
　　　　　传真：024-23284191（发行部）　024-23284304（办公室）
　　　　　http://www.lnpph.com.cn
印　　刷：北京长宁印刷有限公司天津分公司
幅面尺寸：165 mm × 235 mm
印　　张：18.5
字　　数：306 千字
出版时间：2023 年 1 月第 1 版
印刷时间：2023 年 1 月第 1 次印刷
责任编辑：娄　瓴
助理编辑：贾妙笙
封面设计：琥珀视觉
版式设计：杨　波
责任校对：吴艳杰
书　　号：ISBN 978-7-205-10548-8

定　　价：59.80元

目　录

第一章　法庭外的爆炸 | 001

第二章　凌与林的初遇 | 011

第三章　原油泄露 | 020

第四章　火药桶上的村庄 | 030

第五章　沙子角镇的秘密 | 039

第六章　司法考试 | 049

第七章　冰冷太平间 | 059

第八章　律师代表权 | 074

第九章　风险代理 | 085

第十章　十月潮湿的海边 | 095

第十一章　横幅示威 | 104

第十二章　法律双刃剑 | 115

第十三章　强盗与律师 | 124

第十四章 一石激起千层浪 | 135

第十五章 律师的使命 | 146

第十六章 一道窄门 | 155

第十七章 无辜的受害者 | 165

第十八章 等待已久的审判 | 177

第十九章 不欢而散 | 190

第二十章 以法的名义 | 202

第二十一章 假扮情侣 | 215

第二十二章 我是十二号 | 230

第二十三章 爆炸案的句号 | 244

第二十四章 律师的无罪辩护 | 257

第二十五章 赢在法庭 | 268

尾声 | 281

后记 | 291

第一章
法庭外的爆炸

————

1

开庭的时间是早晨九点，八点四十的时候，凌楠已经到了沙子角镇法庭门口。他有些紧张，不停地用手抚摸着领带上的结，他有两三年没穿过西服了。最后一次还是参加学院组织的一个活动时，班里男同学的领带都是女辅导员打的。他记得，她一边给他们系领带，一边说，"就你们这样邋遢的样子，有女孩子喜欢吗？"法学院里的男女生比例是五比一，凌楠他们两个班八十一个男生，十九个女生，大部分同学直到毕业也没谈过朋友。

凌楠今天是替师傅李少平来开庭的，本来像他这样不具有律师身份的人是不能代理案件的，但李少平正忙于一个标的千万的大案，根本无暇顾及眼前的这种小案子，遂让凌楠替他来开庭。

"那我以什么身份出庭呢？不但不是律师，连实习律师也不是？"

凌楠记得自己手中捧着法庭的传票，小心地问李少平。李少平满不在乎地说，"这不简单？我让兴华房地产公司给你一份授权，你以公司职员的身份代理，必要时再做一份劳动合同，证明你是公司的正式员工，谁还能说什么？"

"那好吗？"

"没事，你记住，不会撒谎的律师不是好律师。"

凌楠很佩服老师，在他眼中，好像没有解决不了的事。他也很感激李少平。七月，他从母校西北政法大学毕业，独自来到风景秀丽的海滨城市——青城，想在这个经济和人文环境都一流的城市创出一番天地。然而，理想很丰满，现实很骨感。他去了很多家律师事务所，人家一听他还没通过司法考试，连做一名实习律师的资格都不具备，都摇摇头拒绝了。

"司法考试是十月份,而我们七月份毕业,怎么会通过考试呢?我可以边工作,边准备考试。"

凌楠讲的是事实,各律师事务所的主官们应当知道,但都漠然摇头,"您还是通过考试后再来吧!"

凌楠绝望了,难道只能打道回府了?在家或母校通过司法考试后再来?然而开弓没有回头箭!想起毕业晚会后,聚餐时自己说的大话,"三年做到合伙人,五年收入上百万。"如今,刚来不到一月就灰头土脸地回去,一定会被同学们笑死。其实,对于即将到来的司法考试凌楠充满信心。在法学院的四年里,他的学习成绩一直名列前茅,还参加过不少学院组织的活动,是"法官杯"全国五所政法院校大学生辩论赛最佳辩手。本来他去年报考了司法考试,准备得也非常充分——谁都知道对法学专业学生来说,司法考试的重要性。可以说从步入学院大门的那一天起,他们就在为司法考试而奋斗着。因为无论将来当法官、检察官还是律师,都得经过司法考试这道门槛。

然而,天有不测风云,就在考试的前一天晚上,他突然急性阑尾炎发作。同学们急忙把他送进医院,医生给了他小小的一刀,第二天他就能下床行走,但错过了黄金一般贵重的司法考试——通过不了考试,就不好找工作啊!凌楠急得在医院里大哭一场,但也只能等来年了。

对于找工作的难度,他原有思想准备,但自信凭一叠厚厚的证书和"华丽"的简历,会有律所收留他,等通过司法考试,然后签订正式的合同只是时间问题。谁承想那些律所,第一关便问他通过司法考试没有。

绝望之中的凌楠走进了少平律师事务所。这是一家个人律师事务所,在冠城大厦二十二楼的一个写字间里。主任李少平律师年近五十,早早发福、谢顶,戴一副圆圆的金丝边眼镜。他翻看着凌楠递过来的简历、毕业证书和各类奖状,最后,把目光停在驾驶证上。

"你真的会开车,技术怎么样?"

"实不相瞒,我爸下岗后开过几年出租,在寒暑假,我经常替他。"

"哦!本来——你知道,没有通过司法考试,律师事务所是不收的,看你也不容易,留下来试试吧,至于工资嘛!"

李少平突然打住。

凌楠听到有人愿意接收他,喜出望外,对于工资多少他无所谓。

"每月一千元，试用期三个月，主要是我外面应酬多，喝酒了，你可以替我开开车。"凌楠听了哭笑不得，敢情李少平是录取了一名司机，并没有把他当个法学院的大学生。他心中有些懊恼，但表面还是一副感激的样子，"没意见，谢谢您了，主任。"

就这样凌楠成了少平律师事务所的一员，所里律师就李少平一人，名副其实的个人律师事务所。他老婆张云丽负责内勤和财务，兼作接待和电话员，只要是案件，没有不接的：离婚打架要债，专利商标侵权，只要有人委托就接，至于打赢打不赢，那是另一回事。如今，除了夫妻二人，又多了一位律师助理凌楠。李少平忙得一天到晚见不到人，准备材料，撰写诉状，复印案件卷宗，到法院去领开庭的传票，都成了凌楠的事，就差上法庭开庭。虽然很忙很累，但凌楠干得开心而充实。大法官霍姆斯说，法律的生命是实践。只要能学到做律师的真本领，忙点累点不算什么。他觉得在少平律师事务所几个月，他的收获很大，很多东西是法学院里学不到的。他也庆幸来到这样的一家律师事务所，如果去那些所谓的大所，跟一位某专业的律师，也只能接触到某一领域的业务。虽然专业化是律师的发展方向，他也渴望有一日成为刑辩、金融、知识产权等某一方面的大咖律师，然博而后才能精，做律师，最好在开始时各样专业都接触一下，特别是实战诉讼方面。三个月来，各种常见的案子他几乎都参与了。每天加班到深夜，忙完一天的工作之后，他又一头扎进厚厚的司考资料里，对于法学专业学生来说，司法考试就是他们的命，通过不了，就别想做律师，甚至找到一份合适的工作。

他的勤奋好学李少平看在心里，对他的工作也越来越放心，有时甚至听他的办案意见。要不是不具备出庭资格，连开庭这样重要的事也会让他去做。虽然他不能出庭，但今天他还是来了。李少平让凌楠以兴华房地产开发有限公司员工的身份代理今天的案件。兴华地产是本市一家很大的民营房地产开发公司，每年付给李少平 15 万元的顾问费。

2

突然，人群骚动起来，原来法庭的门开了，应该是九点上班的时间到了。

凌楠跟在其他人的后面排队安检，在队伍里，他抬头打量法院的大门，突然想起卡夫卡著名的文学作品《法的门前有一个守门人》，有人说整个西方的法律都为这部寓言做注释。再看眼前这门，有两层楼那样高，造型像古代的城门，门前一左一右有两个巨石雕刻的狮子，对所有进出的人怒目而视。铁门上包着红色的铜皮，门上还有仿古的铆钉与铁环，一切看上去森严可怕。不知道为什么，那大门没开，只有旁边的一个小门开着，供诉讼的律师、当事人出入。

人流缓缓向前，轮到凌楠了，他出示自己的身份证，一个男保安检查后，让他把包放在安检的机器上，然后示意他进去。这时，一个女保安走上前来，她手中握着一个探测器，在凌楠的身上扫啊扫，像是要掸去他身上的灰尘，扫着扫着，有嘀嘀的声音传来，原来是凌楠兜里的钥匙和手机，女保安让凌楠把钥匙和手机掏出来，放入一个塑料筐，然后手一挥，凌楠遂成了一个合格品，被允许进入法庭的门。

依传票上的通知，凌楠来到第六审判庭，在写着被告牌子的桌子前面坐下。他看见原告的桌子前已经坐了四五个人。有人没地方坐，从旁听席上搬来椅子挤在一起。今天，案件的原告共有九个，他们人多势众，而被告席上的凌楠看上去孤零零的，从场面上看似乎输赢已定。

凌楠从包里取出案卷材料，按原告的起诉状，一个个整齐地摆到眼前的桌子上。虽然他是孤身应战，但对打败九名原告充满信心。《教父》里的老大考利昂说过，"一个拎着公事包的律师胜过一千个带着枪的强盗。"他不怕人多。

本案的案情是这样：九名原告诉凌楠代理的兴华地产公司违约，每户要求赔偿二十万到三十三万不等的违约金。

2015年，本市房地产最火爆时，兴华地产开发的香江花园每平方米卖到了一万二千元。开发商宣传该楼盘是全市最具投资价值的不动产，吹得天花乱坠，并承诺如房价降到每平方米一万元以下，愿意补偿业主差价。谁知到2016年，房地产市场走低，兴华地产为回笼资金，降价出售，最低打八折，一平方米卖到八千。先买房的业主肠子悔青了，等于刚到手不到一年的房子一下赔进二三十万。他们想起当年开发商的承诺，纷纷前来索赔，要求兴华地产补偿每平方米低于一万元的差价。部分业主包围了售楼部，砸了售楼处的桌子和广告牌，甚至惊动了公安。

"起立！"突然书记员一声喊，身着黑色法袍的法官进来了。原、被告，还有旁听席上的人全部起立，法庭上瞬间庄严肃穆起来。

审理案件的法官是一名中年女性，表情非常严肃，她在法庭前坐定，书记员才请大家坐下。法槌"啪"的响了一下，庭审开始。

凌楠很担心法官问起他的代理资格问题，然而法官什么也没说，只宣读"被告代理人凌楠，兴华地产有限公司职员，代理权限：参加庭审，代为答辩，承认变更放弃诉讼请求，反诉，代为调解，提起上诉，代为签收法律文书。"

原告的律师读完诉状后，作为被告代理人的凌楠开始答辩，他说，"被告从未有过这样的承诺，所谓低于销售价补偿，只是一种广告性质的宣传，其本意是指香江花园的房子前景看好，不会贬值，并非在合同意义上约定，只是一种促销手段。"

他清清嗓子，"现在房子降价了，你们便要求开发商赔偿，如果房子涨价了呢？你们会退开发商钱吗？会给开发商分红吗？"凌楠突然提高声音，"你们缺乏起码的契约精神！"

法庭上立即炸开锅。

"骗子！"

"当年是怎么说的？"

"你懂不懂法律，你是律师吗？"

法官拼命地敲着法槌，"安静！安静！"

法官让原告举证，如凌楠所想，原告果然拿不出任何证据来。只有一名原告手中有张当年留下的照片，照片上一条模糊的横幅，上面写着"低价补偿"的字样，但这能说明什么？

凌楠看了一下，抛出三个问题："第一，如何证明这是被告兴华地产的横幅？这是证据的同一性问题。第二，低价和降价是一回事吗？第三，补一元钱算不算补偿呢？如果算，我可以替开发商做主，补偿原告每人一元钱。"

这样的答辩太气人，原告席上爆发出比刚才更大的抗议声。

凌楠知道业主与开发商的合同和宣传彩页都是请律师起草把关，字字斟酌，说不定就出自他师傅李少平之手，业主根本无任何空子可钻。在他看来，市场有风险，买卖双方都应当有这种意识，这种风险有时候难以预计，谁也无法控制，法律更不应该干涉。

吵吵嚷嚷一会儿后，看到庭审难以推进，法官敲响法槌，"休庭，今天的庭审暂时到这里！"

凌楠长出一口气，他律师生涯的第一次表演完整谢幕。从这天起，甚至到以后通过了司法考试，无论以实习律师的身份还是取得正式的职业律师资格后，法庭都将是他人生的重要舞台。

从法庭出来，凌楠跨入师傅的奥迪车，有几个原告对他指指点点，"这是用我们的血汗钱买的车！"凌楠无心理他们，发动起车，猛踩一脚油门，汽车驶离法庭门前。

路上，他给师傅打电话简单汇报了一下开庭的情况。"挺好！挺好！"李少平一连说了几个"挺好"。说完了，他话题一转，"下周刘振强涉嫌贩毒的刑事案件开庭……"

"这个，刑事案件我无法出庭——"凌楠的心提了起来，刑事案件必须由有律师身份的人辩护，而他连司法考试都没有通过，连一名实习律师都不是。

"谁让你出庭了？你把辩护词写好就行啦！"

"哦，好的。"凌楠的心放了下来。

挂了电话，凌楠全神身贯注开车向前，现在师傅恨不得把他一个人当几个人使，但是三个月的试用期满，却绝口不提涨工资与聘任一事。不过他很满意，重要的是他有案子可办，能学到本领，而且师傅非常信任他，连奥迪 A6 都交给凌楠开。这车现在市价 60 多万，受开出租车的父亲的影响，凌楠酷爱车，觉得人生有好车开就很美好，至于钱嘛将来会有的。

想到这里，他握紧手中的方向盘，两眼紧盯前方的路，生怕磕刮了师傅的车。

绿灯开始闪烁，这意味着信号灯很快转为黄色，又变为禁止通行的红灯。眼前的距离大概是五米，凌楠观察了一下路口，凭经验红灯亮起时能通过，于是，出于本能，他猛踩一脚油门。

沉重的奥迪车飞了起来，耳边一声巨大的响声，紧接着又重重地落到地上，凌楠眼前一黑就什么也不知道了。

凌楠再次醒来时，发现天空一片黑暗，出了什么事？我在做梦？不，浑身剧烈疼痛，这显然不是做梦。他试着活动一下身体，左肩、臂、胯骨钻心般疼，还好，它们的机能似乎并没有受到影响。凌楠的第一反应是出了车祸，应立即从车里出去。他解开安全带，左手用力推车门，发现车门像是被堵死了推不开。他检查了一下车门的开关，确信是开着的，就抬起不怎么疼的右脚，用力踹了几下，车门开了。原来汽车侧翻在路基下，车门被堵死了。凌楠用力推了一下，车门又开大了些，他缩着身子，终于连滚带爬地挤出了汽车。

不知道发生了什么事，天空一片昏黄色，空气中弥漫着浓烈的汽油味，太阳像一张失血过多的婴儿脸。凌楠发现在他身后，街道像一条鱼一样被开膛破肚了，热腾腾地，不断有白色的气体升起。远方，有人哭叫着，声音从混沌之外传来。路两旁楼房窗户的玻璃被震碎了，露出一个个黑色的洞，厚厚的水泥路面预制块被掀翻到路边，在街道的尽头，几辆小汽车燃烧着，滚滚的浓烟化成一根根黑色的柱子，高高地冲向天空。

　　凌楠的意识慢慢恢复，这里发生了爆炸，从他身后的江山路口，直到他刚才开庭的法庭方向，路面受到严重的破坏。或许是他闯红灯的那一脚油门，汽车一跃而过，使他避免了一场死亡事故。爆炸的路面在十字路口终止，但巨大的气浪还是把奥迪车掀翻到路基下。

　　"赶紧跑！"意识清醒了的凌楠，觉得说不定还有后续的爆炸发生。他看了一眼身旁的汽车，挡风玻璃上蒙了厚厚的一层沙尘，他用手简单地扒拉了一下，钻进车中，转动发动机钥匙，奥迪车竟然启动了。他把挡位推进D挡，猛踩油门，也不管前面的路面如何，打正方向，向路面冲去。车轮吱吱地转动着，石块硌得底盘嘎嘎作响，在打了几个滑之后，奥迪车吼叫着冲上了路面。凌楠长出一口气，向远处逃去。

　　距离爆炸现场越来越远，慢慢地，身后只有那几柱浓烟柱可见。当汽车驶上宽阔的长江大道时，凌楠看见一辆辆消防车、救护车、警车鸣叫着，从他的身边呼啸而过，警报声不断，路边有群众站着围观，而凌楠心里只有一个愿望，赶紧跑，跑得越远越好。

　　事故后，凌楠接到的第一个电话是师娘张云丽打来的，他坐在出租屋的沙发上，惊魂未定，回想着刚刚发生的惊险一幕，感觉像是做了一个噩梦。

　　"小凌，你在哪儿？你还好，你没事吧？"

　　"嗯！师母，我在住的地方，我没事。"

　　"啊我的天，那就好！沙子角——你今天开庭的那里发生了爆炸事故，说是输油管道泄漏，有人员伤亡，哦！你没事就好，吓死我了。"

　　"我……"凌楠想说他刚好躲过去，从翻下路基的车内爬出来，但嘴一张却说，"谢谢，师母。"他觉得讲这些已经没什么意义，重要的是他还能坐在这里接别人的电话。

　　凌楠木然地坐着，他还没有从方才恐怖的一幕中醒过来，输油管道爆炸，人员伤亡，果然发生了很大的事故。

他站起来，走到窗户前，拉开窗帘。他的大部分时间都在律师事务所度过了，工作，准备司考，这间出租屋只是用来睡觉。早晨天不亮出门，晚上很晚才回来，他甚至很少拉开窗帘。

现在应当是午后时间，没有风，秋天的天空，高远辽阔，蓝得让人心慌。房东养的那只花猫悠闲地从楼下的小院懒懒走过。由于没有钱，他在距离律师事务所较远的城乡接合处租了这个单间，每月房租三百元，好在坐公交车很方便。他办了张IC卡，不堵车的话半个小时就能到达事务所。房东在小院的南墙下种了几株柿子树，枝叶凋零，唯有串串柿子沉甸甸垂下来，红得似火。他突然感到亲切新鲜，是以前从未有过的。他想，假设自己在今天的事故中死去，什么人会伤心难过？什么人会仅当一个消息？好在现实没法假设。长久站在窗户跟前，他隐约感觉到生活似乎与以往有了那么一点儿区别，是因为经历了所谓的死亡吗？

肚子"咕咕"叫了一下，凌楠才想起还没有吃午饭，他拿出放在床下的泡面箱子，低头看见了衣服上的灰尘污垢，又放下泡面，走进卫生间，拧开水龙头。

热水像温暖的手抚过凌楠身体上的每一寸肌肤，慢慢地，他感觉绷紧的身体松弛，整个人也变得活泛起来，他发现右肩处有一大块擦伤，此刻高高肿起，有些瘀青，表皮下还出了血，热水流过，灼热般痛。左大腿处有些隐约的痛，应该是安全带瞬间收紧勒的。他把全身仔细检查一遍，扭扭脖子，活动活动腰，除了这两个地方外，其他地方都好。

透过卫生间内弥漫的水气，凌楠久久注视模糊不清的镜子，他对镜子里的自己说，"在事故里没死，你小子命真大！"

从卫生间里出来，凌楠发现有五个未接来电。他把开水冲进泡面，然后挨个翻看，有三个是老妈打来的，一个是师傅李少平打来的，还有一个是闫鹏。他正准备回，电话又响了，是老妈。

"喂，儿子——电话终于接了——你活着！"

"你说呢？"凌楠笑了，死了还能说话？他觉得老妈的话逻辑混乱。

"你吓死我了。我看到你们那里有个叫沙子角的地方发生爆炸，浓烟滚滚。"

"你从哪儿看到的？"

"网上啊！图片和视频太吓人了。我给你打了三个电话无人接听，妈以为你……"电话那边传来轻轻的啜泣声。

"妈，我这不是好好的嘛！你儿子我做律师，在写字楼里，跑到那荒郊野外干什么？”

凌楠在电话里安慰着母亲，心里却说，妈啊，你儿我刚才在爆炸中逃过一劫，差点接不到您老人家的电话了。

“哈哈，也是。妈总是瞎操心，那个爆炸真吓人。刚才央视也播了。儿子，要是不行，你就回来，我和你爸爸都想你了，你回来啃老吧！”

“妈——咋说话呢？好男儿志在四方。爆炸点离我们三十公里远呢。”

“哦，那空气不污染吗？还是能呼吸到，你还是回来吧！”

“没事，我把嘴巴堵上。”

“那怎么呼吸？”

“用鼻子啊！”

“你又贫，唉，你还是不愿意回来。我也不多说了，只要你平安就好。”

凌楠的鼻子有些发酸，其实他也有些想家，特别是经历了这场劫难，但是无论如何不能打退堂鼓，何况还有一个月就司法考试了，在这节骨眼上还是保持稳定的好。当下要做的是把母亲引开这一话题，伺机挂了，否则她会没完没了。本来父母当年希望他毕业后回老家兰州，但他却独自跑到了这个海边的城市。

“那，妈，我爸怎么样？你出去玩的时候把他带上，别让他一个人待在家里看电视，据说会变傻，呵呵。”

“你回来考公务员吧，我找找你舅，不行考个事业编先干着，等将来……”

“妈！”凌楠打断母亲，急于结束对话，“我这边要接待个委托人，晚上打给你。”

“你就是不想和我多说话，白养你了。”

“不是，妈，真的有事。那个……您再给我打点儿钱吧，最近开销大，要买司法考试的资料。”

“好，臭小子！只有没钱的时候才想起你妈，平时一个电话也没有。”

母亲在又是疼又是爱中骂了凌楠一句，然后挂了电话。凌楠坐在沙发上有些难过，他觉得应该和母亲多说说话，但每次讲几分钟后，又急于停止。他觉得她有些婆婆妈妈，说起来没完没了。他想，如果自己真的在上午的爆炸中死了，最伤心的就是父母了。他们这批人都是独生子女，没有兄弟姐妹，父母的晚年将会在孤独中凄凉地度过。想到这里他心中无比难受，一滴眼泪掉进手中的老坛泡面里。

又有电话打进来，是师傅李少平，凌楠接了，“喂，师傅。”

"你的电话总是占线？"

"我老妈打进来了。"

"哦，你没事吧？我想你上午在沙子角开庭……没事就好。"

"没事，老师，就是你的奥迪车——"

"啊！不是说没事吗？"

凌楠在电话里简单地说了下自己如何抢黄灯躲开事故，汽车如何翻到路基下，自己又如何爬出来，回到住的地方。"前挡风玻璃碎了，右后保险杠陷了进去，车左侧漆擦伤严重。"

"好险啊！车没事儿，我通知保险公司就行，只要人安全。你要有个三长两短，我怎么向你父母交代啊！"

"我也没想到，哦，老师，那个涉嫌贩毒案件的辩护词，卷宗我看过了，定罪没有问题，就是量刑，根据省高院的最新意见，贩卖毒品十克以下，多次，刑期在三年以上七年以下。是否构成自首，我不敢肯定……"

"再说吧，这两天你休息休息，没事就别来上班了。"

李少平说完挂了电话。

第二章
凌与林的初遇

————

4

凌楠打开电脑，登录自己的QQ，有几个同学好友留言，"哥儿们，你们那发生了爆炸，你没事吧？""你还好吗？"有人只给他发了个表情包，或一束花。顿时，他觉得自己被温暖包围了，被人关心的感觉真好。这些来自网上，认识的，不认识的，都过问和关心他的安危。

凌楠加了好几个群，有司考交流群、同学群，还有最近刚加的乒乓球爱好者群。就是这个乒乓爱好者里，有人直播爆炸现场，发了不少图片和视频。他看见上午他开车经过的深圳路，爆炸的输油管道埋在路中间，有长约两公里的路面被从中间剖开。视频的拍摄者应当是在爆炸现场附近的高楼上，俯瞰街面，一目了然。烟气散尽后，被破坏的路面像一条裸露的伤口，触目惊心。沿途有大量警察执勤，现场拉起了黄色的警戒线，禁止人员出入。只有穿着红黄色服装的消防员和身着白色大褂的医护人员进出。远处，大火过后，几辆烧毁的汽车还冒着淡淡的青烟。从视频上的时间看，爆炸发生的时间是2015年9月20日上午11时前后。那时，凌楠开完庭刚从法庭出来，开着师傅的奥迪车，行走在深圳路上，在江山路口，他抢黄灯猛踩了一脚油门……如果晚几秒钟，说不定就葬身火海。爆炸的路面延伸到十字路口停住，再没有向前，而凌楠刚好冲过去。

群里还有几段视频，可能来自某个固定的监控，是爆炸的瞬间拍摄的。金色的火球在空中腾起，路面瞬间被掀开，沙石像黑雨般飞起，浓烟如厚厚的云笼罩在街道上方的天空。

再次回放这段视频，凌楠的后背一阵阵发冷，额头有汗珠渗出。他闭上眼睛，回忆当时的一幕，在黄绿灯变换的数秒里，仿佛有一只巨大的手猛地推了一把他和他驾驶的车，让他远离灾难，那么是谁的手呢？只能说是命运之手。

"我一个高中同学遇难。"有一个叫鱼儿的网友在群里发了一条信息。

几个网友马上发了安慰和表示悲伤的表情包，凌楠想安慰下这位网友，但不知道说什么，想了一下，他发了一个流泪的表情包，表示难过。

"我们的高中语文老师说的，上周大家还一起聚会，今天就阴阳两界，新婚还不到一年啊，唉！"鱼儿补充道。

"不知道有多少人在爆炸中遇难，11点，正是街上人多的时候！"有网友说。

"幸亏是沙子角镇，这要是在市里爆炸，后果不堪设想啊！"

凌楠突然想起一个人，他在联系人里找到叫雪莲的网友，双击点开，"嘿，你好！"

QQ头像显示黑色，无人应答。

等了一会儿，凌楠又发了一条信息，"发生了爆炸，你没事吧？"

依然无人应答，该不会……凌楠在心里想，但很快又否定了那种想法，不知为什么，他坚信雪莲不会有事，她不可能去沙子角那样的地方。她经常活动的地方是市里，休息日也是在金海湾这边钓鱼、游泳、骑车。雪莲没有下载手机QQ，"不喜欢！"她常说。可能她不在电脑跟前，除了偶尔聊一两句，约定两人见面的时间地点外，她很少在网上和凌楠聊天。

这时候又有人发了一段视频，一个大学生模样的女孩，伤心痛哭，她哽咽着说，"我爸妈刚从东北过来，两人相约去海边买海鲜，就再也没有回来！唔——"她哭得非常伤心，嘴里面一遍遍喊着，"爸妈，你们在哪里啊！你们快回来啊！"

"希望政府尽快给出事故真相。"

"严惩事故责任者！"

"领导辞职，否则罢免。"

"拉倒吧，就算免职，换个地方或过两年又复出——"

"说话注意点啊，敏感的不要讲，下午谁打球？"

"唉！我们只能祈祷，愿逝者安息，生者平安吧！"

凌楠关了电脑，不知为什么，此刻他突然牵挂一个人，牵挂她的安全、生死，也非常渴望见到她。

凌楠把手机、耳麦以及一本厚厚的司考书塞进包里，推着他的捷安特山地车出了门。他知道在什么地方能找见她。几分钟后，他就骑着车上了公路，向金海湾方向而去。

车轮在柏油马路上发出"咝咝"的响声，凌楠的眼前出现一幅画面。

那是一个阳光明媚的星期天下午，金海湾的水平静得像一面镜子。靠近海岸的人工栈道下，有几个游泳爱好者悠闲地游来游去。虽然太阳高悬，其实海水已经有些凉了，他听师傅说那是几个韩国人，他们是游泳爱好者，在冬天也坚持下水。

说起游泳，凌楠一点儿也不陌生，八岁的时候因为体弱多病，母亲给他报了游泳班，这一学就是十多年，后来还进了校游泳队。来这个海边的城市，也多少与喜欢游泳有关。虽说来海边已经很长时间，但他还没下过水。白天全身心地投入到师傅的案件里，晚上熬夜血战司法考试，渐渐地，他觉得身体有些吃不消，看来锻炼的事真的不能丢下。

一个周末的下午，他带着游泳装备，来到金海湾。刚放下肩头的包，就有五六个穿着泳装的同道人挥手向他打招呼。爱好能拉近人与人之间的距离。他把自己的包和大家的放在一起，也挥手向他们致意，仿佛和他们相识已久。

脱去外套，装进包里，换上泳裤、泳帽，简单地做了几个热身动作后，凌楠跳入水中，用自己最擅长的自由泳姿，划开水面，向远处游去。海水的温度比他想象中的要高，浮力也更大，游起来反而比在泳池中更轻松。不一会儿，他就游到了连着白色浮球的防鲨网附近。他转了个身，打个水花，又以仰泳的姿势游回岸边，这一去一回差不多有四百多米。凌楠重新回到岸边，坐在石阶上休息，经过刚才在海里的运动，他觉得全身酣畅舒服。

"你游得真不错啊！就像专业的运动员。"

一个女游泳爱好者过来和凌楠打招呼，她身上穿着黑色的鲨鱼皮泳装，泳镜高高地推到头上，抖动着身上的水珠和凌楠说话。目测女的身高有一米六，可能是经常坚持游泳锻炼的缘故，身材保持得非常完美。

"哪里呀！其实我是第一次下海，以前，基本是在室内游。"

"一看就是经过专业训练的，我们才是业余选手，"她把双手按在腰部，左右扭动着，和凌楠说话。凌楠发现她有一张标准的东方美女脸，鹅蛋形，眉毛修得很细，鼻子高耸，五官非常端正，他心里暗想，她是韩国人？难道这就是传说中的整形美女？因为青城是个靠近东北亚的港口城市，韩国人非常多，凌楠觉得眼前这个美女是韩国人。

几个游泳爱好者围过来和凌楠说话。凌楠发现他们的年纪都在四五十岁之间，但个个看上去健康强壮，和他们在一起，他有一种积极向上的感觉。他们听说凌楠是第一次海泳，争相向他交代一些注意事项，诸如先期如何热身，怎样躲避鲨鱼，碰到海浪怎么办，上岸后如何防寒，凌楠一一记在心里。

凌楠把头顶的泳镜重新戴好，甩甩手臂，一个猛子扎进水中，这次他游得更加自信了。他划动着双臂，碧蓝的海水在身边溅起浪花，又不断地被他抛到身后。

熟悉海水的特点后，凌楠开始享受这种运动，仰身躺在水面，手脚轻轻拍动，身体就毫不费力地漂在海上，又随着海浪起起落落。金海湾是个靠近海边的水湾，伸进海中的凤凰岛阻挡了从黄海那边涌来的大浪，水面平静，是个四季游泳的绝佳场所。

"啊！快点，妈呀——"

有人突然在海水中惊叫起来，凌楠发现喊声来自自己前方不远处，好像遇到了什么麻烦。他没有犹豫，划开水，快速地游过去。

那个人在水中扑腾着，一脸的慌张，嘴里喊叫着，凌楠看清了，正是刚才在岸边和他说话的那位女士。凌楠奋力游到她的身边，她一把拽住凌楠的手，凌楠觉得身体猛地向下沉去，呛了一口水。他用力滑了几下，又浮出水面。这时，一名游泳者来到他们身边。他看上去很有经验，一只手挽到女士的右臂下，"别动，保持安静！"

女士停止挣扎后，凌楠一下觉得轻松了。他和后到的那位泳者一起拖着女士向岸边游去。女士恢复了镇静，但表情痛苦，"我的脚……"

三人到了海边，两人搀扶着女的上岸，脚刚着地，她就一转身坐到台阶上。凌楠看见她的右脚上拖着一块毛巾大小的黄白色物体，那东西软绵绵地裹住了她的小腿。

"海蜇，真不小啊！"

和凌楠一起救女士上岸的男的说，一边伸手从她的小腿上小心扯下海蜇，"怎么会遇到这种东西？"

海蜇是一种软体海洋生物，无性繁殖，身体可以长到数米大。在海中一旦被它缠住，很难脱身。

几个女游泳者围过来，扶着她到边上去更衣，查看她小腿上被海蜇蛰得通红的皮肤。

凌楠从包里取出一条毛巾，把身上的水擦干了，披着浴巾坐在岸边发呆。太阳西斜,阳光在海面上镀了一层梦幻般的色彩。此刻,海水平静,如一面巨大的镜子,谁知在这平静与梦幻之下,却隐藏着不可预知的凶险。

……

回想着第一次与海的亲密接触,缓缓地踏着自行车,半个小时后,凌楠到了金海湾。今天的天气不好,或许是来早了,海边没有一个游泳的人。

他沿着海边的人工栈道骑行一周,没有遇到她。其实,他知道,没有相约,这样与她相遇的概率非常小,他只是觉得有一股力量拽着他非要来此一趟不可。

凌楠把车停下,靠在栏杆上,眺望远处的大海,想起上午发生的爆炸事故。斯人不再,他感到无限惆怅。

5

凌楠记得两人第二次相见是在几天后的一个周末。海边秋日的天空辽阔而高远,天空如一块蓝色的宝石。湿漉漉的空气随着一股秋寒的到来,一荡而空。位于区政府西侧的图书馆四楼,门刚一开,凌楠第一个跨进去。他给自己占了窗边的一个座位,把司法考试书摊开,其实这些书他都看过很多遍。有些概念和关键之处已经背得滚瓜烂熟,但最近做练习题时发现,有关案例分析的题他的差错率很高,特别是《刑法学》内容。他打算用一个星期的时间将这些知识点再过一遍。是判断错误还是因为对法律的理解不透彻?随着学习的不断深入,他发现光把法条背下来还远远不够,那只是学习的第一步。凌楠打开一本练习题集:

"甲为杀害仇人林某,在偏僻处埋伏,见一黑影过来,以为是林某,便开枪射击。黑影倒地后,甲上前发现死者是自己的父亲。后查明,甲的子弹并未击中父亲,其父亲患有严重心脏病,因听到枪声后过度惊吓而死亡。问:甲的行为涉嫌什么犯罪?是否对其父死亡承担刑事责任?"

世上哪有这样的案件,出题的人真变态!凌楠在心里骂道。不知道为什么,这个早晨,他总是无法把注意力集中在书本上,眼前总是晃动着一个人影。

凌楠上学时也谈过一个女友,交往了三个月后无疾而终。女孩是他师大的老乡,比他低两级,是在别人介绍下认识的。她长着一副娃娃脸,有两只大大的眼睛,对凌楠很热情。但凌楠却对她没感觉。可能,他只是因为寂寞无聊才与她相处。母校西北政法大学男女生的比例是八比二,他们刑法学专业的女生更少。除了师大的那个女孩,凌楠的大学生活基本是在单身中度过,当然,大部分的男生经历跟他一样。

最美的爱是爱上陌生人。现在，凌楠觉得自己爱上了一个人。

凌楠站起来，走到图书馆南面的窗前，向着金海湾的方向眺望。他想在海面上搜寻那儿游泳的人，但眼前全是鳞次栉比的高楼，海只在楼缝间露出茫茫一隅。

"发什么呆呢？"有人拍了一下他的肩，凌楠回头一看，原来是闫鹏。

"哦，看了一会儿书，头有些晕，放松一下。"

闫鹏满眼惊异地看着凌楠，看得他心里发慌，有哪里不对吗？是自己心虚还是被别人窥到了心事？

闫鹏是凌楠在这个陌生的城市认识的第一个朋友。他是区公安分局的警察。有天晚上，他们奉命抓捕一个毒贩，蹲守到后半夜，实在困得受不了，和同事喝了两瓶啤酒。到了凌晨五点，毒贩一直没有出现，可能他们的情报出了问题。他和同事返回局里，在隧道口碰到查酒驾。闫鹏穿着便装，没开警车，被交警逮了个正着。蹲守了一个晚上，没抓着毒贩，心里本来窝火。他觉得交警不给面子，大家本来是一家，谁知当晚查酒驾是局里统一部署，还通知了电视台的记者，闫鹏酒后和交警争吵的样子被拍了个正着。

酒精测试显示闫鹏是醉酒状态，按刑法修正案八，他将以危险驾驶罪被起诉，最轻也会被判处拘役几个月，处罚虽然不重，但那可是刑事处分。

局里有意保护他，冷处理，停了他的职，暂时避开大家的关注。闫鹏有了危机感，担心工作不保，于是准备参加司法考试。警察做不了，还可以去当律师。一天，他在图书馆四楼看见准备司考、拿着厚厚参考资料的凌楠，两人迅速成了无话不谈的好友。闫鹏大凌楠两岁，毕业于公安大学，原来也是学法的。

"我感觉今年会考一个职务犯罪方面的大案，如今反腐力度这样大！"

"这些都是敏感话题，不至于吧！"

"绝对会，我研究了历年来的考题，受政策影响很大，贪污贿赂罪、挪用公款罪方面会有一个大题？"

"也许吧……"

凌楠没有和闫鹏争下去，对他的押题做法不置可否。他认为不会考这方面的大题，最多有一个选择题。这样的题即使出现，如果认真复习过了，轻易不会答错。这些话他没有对闫鹏说，因为他的心思完全不在考试上。

"看书吧！"凌楠说了一声，两人重新回到桌子前，凌楠仍然无法将注意力集中到书上。慢慢地，他感觉右太阳穴上方一跳一跳的痛，他的偏头痛好像又要犯了。他不知道自己何时得了这样一个毛病，如果注意力长时间集中在一件事上，时间长了，右太阳穴上方就会抽搐着疼，必须分散开注意力。

"我得先走一步了，师傅说有个案子的辩护词还得改一下。"他对闫鹏说。

"好，慢走。真羡慕你，理论与实践相结合。"

"只要通过了司法考试，以后有的是实践机会。"

凌楠很快收起自己的包，对闫鹏挥挥手就急急地出了门。

金海湾的早晨，海水平静，天气不冷也不热，岸边新修的人工栈道上，三三两两休闲的人悠然地走过。也有人骑着单车，打扮得像凌楠这样的样子。他来到前几天下水游泳的地方，那里没有一个人，更没有他期待要见的人。他眺望着远处茫茫的海面，心里默默地说，我还能再见到你吗？

"嘿！"一个声音从身后传来。

凌楠转过身来，看着那个人，简直不敢相信自己的眼睛。天啊，这可能就是缘分。她仿佛从天而降，笑吟吟地看着凌楠。一只手扶着自行车把，另一只手放在车座上。今天，她穿一身黑色的紧身运动服，头上戴着保护的头盔，可能怕被海风吹黑皮肤，脸上蒙了一块紫色纱巾，只露出两只眼睛，但凌楠一眼就认出了她。

6

后来，林虹说那一天她去海边也是期待着能再次与凌楠相遇。她很少那样早出门，骑车也是去环岛路，不知为什么她急着想出门，跨上车后，不由自主就到了金海湾他们游泳的地方。

"前天，谢谢你了！"在上岛咖啡店，林虹主动打破僵局，并自我介绍，"我姓林，林虹，树林的林，彩虹的虹。"

"哦，我姓凌，凌楠，凌晨的凌。"

凌楠把身上的包放在桌子上，还像学生时代那样习惯地取出司考的书。

"哇，这么用功，什么书这么厚？"

"法律书，我在备战下月的全国司法考试。"

"你是学法的？"

"是，只有通过司法考试才能找到工作，压力山大啊！"

"学法的人记忆力好，需要背那么多法律，我学不了，记性差，总是忘这忘那，呵呵。"

两个人很快就聊得兴致勃勃，他们点了各自喜欢的饮料，仿佛一对多年的好朋友。

林虹比凌楠高三届，已经工作，学的是石油专业，毕业于中国石油大学（华东），在东方能源公司工作。

"公司在沙子角那边，能源大厦。"她说。

提起能源大厦，凌楠有些印象，是海边一栋白色的大楼，看上去很醒目。他去沙子角法庭办案，多次从那里经过。

中午，林虹叫了顶级的西餐牛排套餐，每份258元。随餐配送华东十年庄园干红葡萄酒。凌楠的酒量很差，半杯酒下去，脸红了。林虹说，"今天我请客，谢谢救命之恩，你说怎么还有海蜇？软兮兮地缠住我的腿……现在这儿还是红色的。"她下意识地去摸自己的小腿。

凌楠仿佛又看见那天在海水里，一身泳装的林虹，可能是酒精起了作用，他感觉脸阵阵发烫。

林虹右手拿刀，左手拿叉，娴熟地切着牛排。右手腕一只羊脂玉镯滑下来，在咖啡厅昏暗的灯光下泛着温柔的光。她切几下，手镯滑到手腕，她就下意识去扶一下。这个动作重复很多次，也引起了凌楠的注意。虽然不懂，但从颜色和质地看，那绝对是一只价值不菲的玉镯。凌楠不禁对林虹的身份产生疑问，虽然工作了，有了收入，但她衣着昂贵，出手阔绰，绝非一般的工薪阶层。

"可能能源行业收入高吧！"他在心里说。

"来，我们干一个！"林虹举起酒杯，红色的酒液在玻璃杯中摇晃着。

"干！"

凌楠举起酒杯，一仰头，酒下肚。他把喝完酒的杯子亮给林虹看，林虹也把自己的杯子展示给凌楠，两人相视，同时笑了。

"哈哈，红酒要慢慢品，我们这是喝饮料啊！"林虹笑着说。在酒精的刺激下，她的脸颊白里透红，看上去比那一天更加漂亮。

"我可以约你吗？"借着酒劲，凌楠大胆地说，虽然刚认识，提出这样的要求可能有些过分，但他无法抗拒自己。

"可以啊！"林虹低下头，轻轻地说。

"那我怎么联系你？"

"你记下我的 QQ 号，45524100X，你可以网上给我留言。"

凌楠记下来林虹的 QQ 号，但他不解为什么林虹没告诉他电话或手机号。

很快那瓶华东庄园就见底了，凌楠没想到红酒的后劲很大，两人见面又喝得快，他晕乎乎地，傻傻地看着林虹笑。

"我感觉，我是坠入了爱河。"真是酒壮怂人胆，要是没有喝酒，平时的他绝不敢说出这样的话。

"哈哈！你没有谈过恋爱怎么会感觉？你刚才说你们政法大学女生特别少。"

"我能感觉到，用脑，我觉得自己被温暖包围着，以前我有偏头疼，那地方好像装着一枚钉子，用力一想就疼，现在我觉得那枚钉子消失了。"

"哈哈！这是电影《这个杀手不太冷》里的台词，年轻人，这话骗骗小姑娘可以，姐我不吃这套。"林虹用勺子轻轻地敲着盘子说。

凌楠觉得酒精下自己的脸更红了，但他真想说自己也有偏头痛的病。

第三章
原油泄漏

————

7

"9·20"事故第一次新闻发布会在青城市会议中心举行,由市政府和东方能源公司联合举办。前来采访的媒体八十多家,每名记者都是经申请审核之后,获得的采访证。电视台对新闻发布会进行直播。

会议由市政府秘书长主持,他首先感谢媒体对"9·20"事故的关心。接着,他介绍了参加新闻发布会的领导,有东方能源公司副总、市消防总队大队长、市安全生产办公室主任、市卫生局局长及主管安全工作的副市长等。

初步查明,爆炸事故已造成28人死亡,37人受伤,7人失踪,有关伤亡情况仍在搜寻与统计之中。

秘书长首先请东方能源公司的副总发言,他显然有所准备,掏出打印好的书面发言稿。"凌晨五点,公司的管线预报系统发现了沙子角区的原油泄漏,立即报告,并通知巡线员现场查看。由于泄漏不严重,加上天黑,机械不便操作,总公司指示,加强警戒,第二天上班时派维修队抢修。9月20日上午九点,埋藏的泄漏管道被挖开。由于地下管线复杂,有电信光缆、城市供水、下水等,尽管工作人员谨慎操作,还是发生了无法预知的情况,十一点零七分发生爆炸。初步查明,爆炸与管道年久失修老化有关,事故的详细情况仍在调查之中。谢谢大家!"

接下来市卫生局长通报了抢救遇难人员的情况。他说,目前受伤人员被送往省医学院附属医院、市第一人民医院统一救治。全市医疗系统协调抽调出最优秀的医生组成了五个救援组,专门抢救爆炸中的受伤人员。同时,省卫生厅也配出一个十人医疗专家小组,于今天下午启程前往我市。广大医务人员将全力以赴做好伤员的救助工作。

他发完言后，市应急指挥局通报了抢险救灾情况，以及当前投入到救灾中的车辆、设备、人员等情况。

　　情况通报完毕，是记者提问环节。秘书长刚说完"请媒体的同志提问"，记者们的手刷的一下举起，会场一片手臂组成的树林，前排中间的一位女记者率先获得发问机会。

　　"请问原油泄漏发现是凌晨五点，到上午十一点事故发生，这中间有五六个小时，这么长的时间里都做了什么？为什么没有防止事故的发生？是不是与处置不及时有关？另外，刚才说爆炸的初步原因是管线年久失修，既然早已年久失修，为什么不更换，不更换的原因又是什么？谢谢。"

　　女记者提出的问题也是大多数媒体最关心的。这些问题看似简单，实则尖锐，切中事故发生的实质：是长期存在的安全隐患，还是一时的疏忽大意？会场一下安静下来，记者们关心谁将回答这个棘手的问题。

　　秘书长发言，"这个问题请东方能源公司的人回答一下。"

　　话筒又一次递到了东方能源公司副总的手中。没有了书面讲话稿，也没想到秘书长会点到他，副总一时不知道如何回答，竟有些结巴。

　　"这个……这个，事故的具体原因仍在调查之中，最后……最后会有结论的，请相信我们，我们也是……我们会给大家满意的答复。"

　　这样的话等于什么没有说，记者们显然不满意。

　　"请问什么时候会给出答案？"女记者不依不饶。

　　"对，我们要一个确定的时间。"现场另一名记者附和道。

　　"爆炸的原因是什么？"

　　"就是嘛！"

　　"你们东方能源的老总为什么不出来？"

　　现场有点乱，副总把手伸向额头开始擦汗。

　　"请边上的这位男记者提问，工作人员将话筒给他。"秘书长反应机敏，他及时指挥让另一名记者提问，巧妙化解了现场危机。

　　管线爆炸的原因是所有现场记者关心的焦点，没想到这样被敷衍过去，大家很不满意，现场一片嘘声。

　　男记者发问，"那么，因爆炸死亡者及住院治疗的伤者有哪些人？这些人员的名单什么时候公布？另外，遇难者家属那边又是如何处置的？遇难者将获得怎样的赔偿？"

问题一个比一个尖锐，此时，连秘书长也不知道应该由谁回答，台上就座的人紧张不安，怕被点名回答记者的提问。这是直播，几十家电视台的摄像机对着，而后面是数亿看不见的全国观众。事实上，爆炸刚刚过去十多个小时，有些问题暂时无人能答。

冷场了。

台下的记者骚动起来，就在这个时候，秘书长突然宣布"新闻发布会到此结束，谢谢大家。"

台上的人闻听，个个像得到赦免，从坐着的椅子上站起来，快速走向后台。

记者们在台下还举着手喊：

"爆炸原因究竟是什么？"

"下次新闻发布会什么时间召开？"

"喂！回答我们的问题！"

秘书长站起来连连向台下鞠躬致意，"谢谢，谢谢！"然后也退到后台。整个新闻发布会持续不到半个小时。

8

事故发生后，刘天泽已经连续几天没有回家了，他几乎没有睡过一个完整的觉，最多在办公室的沙发上躺几个小时。有时候就在会议室的椅子上眯一会儿。他是区政府办公室副主任，可还有另外一个身份：应急事务办公室主任。这是一个没有编制的职务，但政府就是这样，有很多部门实际不存在，部门领导是个虚职，由有编制身份的工作人员兼任。比如某某办公室、某某小组，然而这样的部门有时候却拥有更大的权力。它们因执行某一政策或解决某一重大事项而专门设立，人员由各部门抽调组成，联合开会办公。

应急办公室就是这样一个部门，由公安、安全生产、卫生等各部门人员组成。

爆炸事故发生后，应急办就高效运转起来。特别指挥部设在区政府二楼的会议室。会议室里摆放着十多台电脑、六七部电话，各部门抽调来的人员紧张地工作着。区委、区政府领导亲自坐镇指挥。刘天泽是应急办主任，具体工作都由他协调实施，如通知各部门开会，起草领导讲话，向上级汇报事故处置进展情况，决定新闻发布会的内容，对后续工作提出意见建议，等等。他成了这个机构运转的实际枢纽。

在"9·20"事故发生的第一时间，他就用私人手机给领导统一编发短信进行汇报，这是多年来形成的习惯。然后他通知了值班室，起草正式的电话通知，挨个请领导批示。几乎在刘天泽打完电话的同时，他就接到"停止手中的一切工作，马上到会议室开会"的通知，等他来到会议室时，发现书记、区长还有其他常委们已经到了。会议内容之一就是设立"9·20"事故处理委员会，由刘天泽具体负责，协调政府各职能部门之间的工作，直接对区委、区领导负责。

有关事故新闻发布会的内容凌楠是在网上看到的，他草草地看了一下报告，都是些官话套话。他感兴趣的是群里网友们的评论。

"必须给老百姓一个真相，事故发生的真正原因是什么？"

"那个东方能源，你们不知道，水不是一般的深啊，那关系，就是咱们市政府也未必动得了啊。"

"他们老总应当辞职，居然面也不露一下，派个结巴副总，话也说不清，还有那些渎职的官员，一并辞职。"

"五点就发现原油泄漏，到十一点事故发生，这期间都干了什么？为什么在维修期间发生爆炸，是否与不当操作有关？"

"哎，可怜那些遇难者和他们的家属。"

"这些腐败家伙，都下台吧。"一条尖锐的评论出现在对话框里。

"敏感的话不要讲嘛！会封群的。"有人立即提醒。

……

凌楠一言未发，只是看着群内网友们踊跃发言。除了和他们不熟外，他觉得网络是个虚拟世界，你不知道这些人的真实想法甚至身份，大部分发言情绪化，激烈有余，理性不足。

凌楠关了群对话框，点开雪莲，仍然没有回复，一时间极度不安。

雪莲是林虹的网名，他们两人的联系基本靠网络，约会见面都是QQ留言。有一次他向她要手机号，她说，"网络好，打电话花钱"，然后就弯着腰呼哧呼哧地笑，大概她不想给凌楠自己的手机号，是有意还是向他撒娇，凌楠无所谓，本来现在的年轻人就喜欢网络联系。后来有一天，她又郑重其事地将手机号告诉凌楠，但凌楠从未打过。他们仍然一如既往地通过网上联系。

"不等了——"终于，凌楠第一次拨打林虹给他的手机号，听筒回应，"你拨叫的用户暂时无法接通。"

网上留言不回，电话打不通，怎么回事？凌楠盯着雪莲两个字发呆，慢慢地，眼前出现高耸入云的雪山，一朵雪莲在皑皑白雪之中怒放，转眼又变成林虹健康活泼的笑靥。

从事务所加班回来，凌楠看了一会儿书，又上了一阵网，夜已经很深，但他一丝睡意没有，一直思考这个问题。突然，几个字闪入脑海：对啊！东方能源公司，发生爆炸的输油管线是她们东方能源公司的，她们的副总还出席了上午的新闻发布会。

"或许，这两天她们很忙，忙得焦头烂额啊！"公司发生如此大的安全生产事故，全员上下如临大敌，哪里还有时间和他联系约会呢！

这样想的时候凌楠释然了，他想过一阵时间，等事故平息了，林虹自然会和他联系。即便这样想着，他仍然无法入睡，躺在床上，两眼直直地注视着黑暗。为伊消得人憔悴，他发现爱情真的很折磨人。

在茫茫的人海之中，两个陌生的人在海边的一次游泳中相遇，就互相喜欢上了。没有人问你的经济条件如何，在什么部门工作，月收入多少。虽然认识时间短，但他们的相爱脱离了世俗的物质门第观念，凌楠觉得自己很幸运，上帝把人间真爱给了他与林虹。

黑暗里，他一遍遍回味与林虹在一起时的美好时光。两个人相约着一起下海，在蓝色的海水里嬉戏，或骑着车，沿着金海湾边的栈道，绕凤凰岛一周，你追我赶，车铃丁零。特别是星期天，两人可以相处一天，林虹喜欢钓鱼，找一个合适的地方，把钓竿下下去，然后拿出一本东野圭吾的推理小说。凌楠则从包里拿出他的司法考试用书。"鱼咬钩了——"凌楠冲沉浸在书中的林虹喊，林虹笑而不语。凌楠发现其实她根本不会钓鱼，她也说钓鱼只是她来海边的一个借口。当把鱼竿往水边一置，她会进入自己的世界。一个女孩的世界有什么，有多么复杂的事需要一个人在海边思考？他发现林虹身上有很多和其他女孩不一样的地方。比如，喜欢看推理小说，反而对逛街购物这些大部分女孩喜欢的事不感兴趣。

上大学时，他们宿舍流行东野圭吾的推理作品。凌楠最喜欢他的《嫌疑人X的献身》，林虹则对《白夜行》情有独钟。她说唐泽雪穗就是她的偶像，凌楠曾经看到过一个统计，在东野圭吾的所有作品里，最喜欢的女主角78%的人选唐泽雪穗。她有个悲惨的出身，却聪明漂亮，最后一步步达到人生目的，连警察都无可奈何。但凌楠明确表示自己不喜欢这个角色。

"虽然聪明漂亮，但太阴险了，为了达到自己的目的，不惜牺牲亲戚朋友的生命和幸福。"

"可这就是社会啊，像她那样的低下层小人物，一个孤儿，你不防着社会，社会就会把你吞没。"

"她的目的一步步都达到了，我关心的是她内心是否真正幸福。她嫁给了全日本最大药企董事长的儿子，但那个人肯定不是她的最爱。"

"她最喜欢的人应该是桐原亮司，那个自小一起和她在图书馆看书，给她精美剪纸的男孩。为了保护她，不惜用剪刀刺死亲生父亲，我不知道我命中是否会有一个像桐原那样一直保护我的人，无论我贫贱还是富贵。"

林虹说完了，两眼充满期待地看着凌楠，凌楠想起书中最打动人心的一句话，"虾虎鱼和枪虾是伴生的，虾虎鱼总是寄生在枪虾的洞穴里，一旦枪虾受到攻击，虾虎鱼就会出来相救。"

"我就是你的虾虎鱼。"凌楠冲林虹坚定地点点头。

"我是枪虾。"林虹感动地依在凌楠胸前，两人紧紧地拥抱在一起。

现在，枪虾突然消失了。

9

在巨大的舆论压力下，事故发生后的第二场新闻发布会如期举行。令人奇怪的是，这次参加的只有市政府，事故的另一主角，东方能源公司没有参加。发布会上就民众关心的爆炸原因有了进一步的说明。真相是大量泄漏的原油进入市政的下水管线，不断沉积，并且混杂大量的甲烷沼气，在抢修的工作人员焊接管道时起火，长约两公里的管道突然爆炸，街道被从中间当场剖开。牺牲人员中有部分是东方能源公司的维修人员，从视频录像看，现场的一台挖掘机、一台维修车和三名工作人员，在火光里瞬间消失。

这次新闻发布会没有记者提问，明眼人一看便知事故发生的原因和责任在哪一方。东方能源公司没有出席新闻发布会，所有人认为，事故的责任方是东方能源公司，地方政府只是受害者。

新闻发布会是下午四点半举行的，然而晚上八点，东方能源公司突然在北京召开新闻发布会，强调其所有的输油管线建于十年前，而市政府的下水排污管是前年所建。发布会上，公司的总工程师手中拿着自己画的图板，对着镜头说，"看，上面是输油管线，下面是后来所建的市政排污管道"——他补充说，"根据安全要求，市政管线至少要远离输油管道三米远，而发生爆炸的排污管道距输油管线仅八十厘米。"

新闻发布会分别召开，你方唱罢我登场。本来人们以为事故是由东方公司一手造成的，但仅仅过了四个小时，答案又有了新的变化，是地方政府的排污管道距输油管线太近，不符合安全要求。显然，责任又到了地方政府一边。

事故发生后的第三天，国务院主管安全工作的副总理亲临爆炸现场。他在省、市领导的陪同下，走访慰问了事故中遇难人员的家属，在医院里看望了伤员。他一脸悲伤，指示要全力以赴抢救受伤人员，寻找在爆炸中失踪的每一个人，对于事故的责任者，要严加追究。他还强调，东方能源公司和地方政府要互相配合，做好善后工作。

截至爆炸第五天，死亡人员上升到了31人，失踪4人，有9人经过初步治疗后已经出院。

凌楠替师傅到法院交了一份案件的书面代理词，回来时李少平喊，"小凌，你来一下！"他进到师傅的办公室，看见吴志兵正和师傅喝茶。他笑眯眯地说，"来，喝一杯，小凌律师，真勤快。"吴志兵是南方人，听口音是江浙一带的。他几乎每日到李少平的办公室。他名下有一家叫金鼎金融的投资公司，李少平是他的法律顾问，有业务问题就来咨询李少平，没事时也喝喝茶，渐渐地，和凌楠也很熟悉。

"下午司法局有个会议召开，请各律所的主任或合伙人务必参加，律管科的张科长亲自打电话。我下午要去中院开庭，你去参加吧，反正咱是个人所，除了我就你了。"

"是什么方面的会呢？"

"现在还不知道，张科长强调必须参加，你去听听，有什么事不要表态，回来再说。"

"好的，老师。"

从师傅的办公室出来，凌楠坐到自己的办公桌前。现在李少平把手中的大部分事情都交由他办。到法院送材料、领传票，甚至冒名师傅去开庭，其实这都是不符合规定的，因为自己缺乏一个名——律师，哪怕是实习律师的名分。看来，在即将到来的10月，他必须通过司法考试。

下午一点半，凌楠准时来到区政府东头的小会议室，他先在张科长提供的名册上签到，发现会场很安静，主席台上只坐着三个人，张科长对与会的每个人仔细核实。

"少平律师事务所，凌楠。"他刚签下自己的名字，坐在主席台中间的领导说话了，"你们主任呢，他为什么不来？"

凌楠一时不知如何回答，他看见问话的领导有四十出头，很消瘦，穿着一身笔挺的蓝色西服，白色衬衫没有打领带，表情非常严厉。

这时他旁边的一位同志马上说，"少平律师事务所是家个人所，主任李少平下午到中院开庭，特意请的假，由凌律师参加。"

凌楠听到"凌律师"三个字，脸红了。他怕领导问起自己是否通过司法考试，有无律师执业证，好在领导什么也没有说，挥挥手示意他坐下。他挑了一个边上的座位坐下，偷偷地向主席台瞅了一眼，长出一口气，心脏突突地跳着。

很快，全区24家律师事务所的主任或负责人都到齐了。会议开始，张科长站起来，又点了一遍名，然后向刚才主席台旁边说话的领导汇报，"王局长，人都到齐了。"

王局长清了清嗓子，"今天下午召集全区律师事务所主任或负责人开会，这是一个非常重要的会议，下面请区委应急办刘天泽主任讲话。"

会场响起热烈的掌声。凌楠看见刚才问他话、在主席台中间就座的人说话了。"本来区委张书记、赵区长要参加会议，但临时有事参加不了，由我负责开会，主要是传达一下区委、区政府关于"9·20"事故的相关指示精神，需要强调的是，这也是市委和省委的意见。"

会场上一下安静下来。"今天把大家请来，就是要各位协助政府处理相关事宜，各位都是法律专家，都有很强的实践经验，也能更好地维护受害人的合法权益。"

讲到这里，刘天泽目光威严地扫了一圈会场，话锋突然一转，"我们长话短说，主题就一个：广大律师一定要以区委、区政府关于事故处理的意见和精神为指导，在上级的统一部署下推动"9·20"事故的解决，任何律师不能单独代理事故遇难者家属和受伤人员的维权。"

凌楠听见会场下一阵轻微骚动，有些律师表达着自己的不满，"这是什么道理嘛？"

"当然——"刘天泽稍做停顿，"不让单独代理，但会统一代理。"

"统一代理？"

"什么叫统一代理啊？"

律师们一个个不解。

刘天泽又说话了，"区里决定为每位受害者家属指定两名律师，律师费由司法局统一提供。"他低头看了下桌子上的文件，又说，"目前死亡35人，住院伤者47人。将由政府统一提供法律援助。全区24家律师事务所，一百多名律师，按比例，两名律师援助一名死亡或受伤人员家属。"

听到由政府提供律师费，这等于来了案件，律师们一下乐了。张科长把人员名单分发到参会的每个人手上，有的大所分到五六名法律援助的对象。少平律师事务所因为是个人律师事务所，援助对象只有一名，叫赵娜娜，其父母在爆炸中双亡。刘天泽挨个落实需要提供法律援助的律师，他看看凌楠，指着手中的表，疑惑地说，"赵娜娜，你们所行吗？"王局长将身子向刘天泽侧近了一下，略微降低声音说，"这个应该可以，李少平是区司法局第一个申请成立个人律师事务所的律师，执业近二十年，有丰富的实践经验，还是省司法厅优秀律师。"

凌楠很紧张，他怕少平律师所的援助资格被取消，那样他回去无法向师傅交代。凌楠初入社会，不知道应急办主任是个多大的官，是什么级别，但他说话口气强硬，甚至还有一点霸气，连律师们惧怕的司法局局长在他面前也小心翼翼。只见刘天泽嘴里哼了一声，又去低头看着手中的表格。

凌楠签了字，手中拿到一张表。他看到这张表上有所有遇难人员的名单，后面附有援助律师事务所及负责人的签名。赵娜娜的名字后写着：少平律师事务所，李少平。被援助人赵娜娜，女，21岁，父亲赵焱、母亲金姬英（均亡）。

21岁，还在上大学吧！父母在事故中双双去世，以后的人生之路如何走呢？不知为什么，凌楠的心里隐隐难受起来，不知该如何面对这个还未谋面的当事人。

二十分钟后，需要提供法律援助的人员都被分配下去，每个律师手中握着一份文件或几张表。但几乎所有的律师都提出一个共同的问题：

"那他们要是拒绝呢，总不能强迫人家接受援助吧？"

最后解决问题的总是坐在主席台上的人——王局长说话了：

"这个我们想到过了，请大家不用担心。首先，家属大都愿意委托我们本地的律师，无论提供法律帮助，还是诉讼都比较方便。其次，不要他们付律师费，只要服务到位、赔偿合理，这样的人身伤害案件，大部分家属还是愿意的。再次，外地律师我们不准他们代理。最后，当然有个别人员可能不接受援助律师，我们会做一些针对性的工作，整体的解决思路就是这样。"

"律师是受害人最信任的人。大家团结一起，在区委区政府的统一领导下，推动"9·20"事故圆满解决，拜托各位了！"刘天泽起身离席，会议结束了。

领导退场后，凌楠跟在其他律师的后面往外走，突然有人叫他，"凌律师，你等一下"，凌楠抬头一看，原来是王局长在叫他。凌楠想，是不是关于他们所援助对象赵娜娜的事？他停下脚步，站在会议室门口的一侧等候。律师们装好手中的表，揣上包，一个个消失在楼梯的拐角处。

"凌律师，请跟我来！"王局长从会议室出来，突然改变了对他的称谓，客气地说。

凌楠跟在王局长身后，来到办公楼东区的603办公室。他看见宽大的红木办公桌后，刘天泽笑眯眯地看着他，见他进来，立即从椅子上站起来，亲切地和他握手，像是变了一个人，这种变化让凌楠一时不知所措。

"那我先回去了。"王局长说完出了门。

刘天泽把门掩上，在招待客人的沙发上坐下来，指指身边的位子说，"坐，凌律师。"

凌楠怯生生地在沙发边坐下。

"你也是西北的吧？"凌楠知道刘天泽说的"西北"指的是他母校西北政法大学。咦！他怎么知道的？

"王教授亲自给我打电话，说有个师弟让我关照关照。"

第四章
火药桶上的村庄

————

10

十多年前，刘天泽是西北政法大学法学系的一名大四学生，像大部分西北人那样，他质朴憨厚，说起话来鼻音很重。他喜欢打篮球，长得瘦而结实，除了篮球还爱好写作，业余经常在校报和当地的晚报上发表几首诗和散文。眼看毕业季到了，同学们的工作都有了着落，他却陷入深深的矛盾之中：回原籍还是去南方？那时东南沿海经济发达，毕业学子都往那里跑，号称"孔雀东南飞"，但父母却想让他回陕北老家。父母有自己的理由，回老家，有人照顾。虽然大学毕业成人，但在他们的眼里，他永远是让人放心不下的孩子。因此父母坚决反对他去南方。

刘天泽的愿望是去有更多发展机会的南方，但他的愿望遇到了极大的阻力。父亲甚至在电话里说，"你要是去那里，我就没有你这个儿子！"除了父亲的反对之外，他还有个无法克服的障碍：钱。那时候，毕业生一般要回原籍，如果不回去，要交一笔昂贵的"调配费"，父母当然不会给他笔钱。

刘天泽绝望了，离校的那天，他站在宿舍楼下，送走一个又一个同学。偌大的宿舍楼已经没有了几个同学，被丢弃的垃圾撒满一地，昔日喧嚣的楼道突然安静得可怕。黄昏时分，刘天泽坐在宿舍西门前的台阶上，怀念着相处了四年的同学，想着自己迷茫的未来，内心凄凉万分，禁不住眼泪流下来。

"天泽，你怎么还在这里？"一个熟悉的声音传来，刘天泽抬头看见自己的刑法老师——王铎副教授正满眼慈爱地看着他。

"老师，我……我的工作还没定下来。"他连忙从台阶上站起来，向老师讲了自己的困境。

"哦！这样啊！还没吃饭吧，到家里去，让你师娘做面吃，咱们边吃边聊。"

刘天泽跟着王铎老师来到校园南区的教工楼。虽然早被评为副教授，老师仍然住在筒子楼里。《刑法学》是大二开的课，那时候刘天泽和同学们经常来老师家。倒不是为了学习的事，而是为了另一件事——看球。20世纪90年代初，电视机还是奢侈品，想看一场球赛的转播，那可是难上加难啊！好在老师和师母也喜欢，只要有球赛，就会主动喊同学们去家里看。刘天泽记得他和班上的同学经常深夜挤在老师小小的宿舍里，一看就是一夜，有时候还在老师家里蹭饭。

　　"天泽！"师母打开门后惊奇地喊道，"你有好长时间没过来了！"

　　刘天泽脸红了，两年课修完后，他就很少上老师家了。只有在操场、教学楼前见了，才和老师、师母聊上几句。师母在学校里教外语，和老师一样，都是陕西人。

　　"弄个面。"老师给师母说。

　　师母去厨房忙活，刘天泽坐在沙发上品着老师递给他的一杯茶。他看见老师在书桌前低头翻弄着什么，然后悄悄地把一个信封塞到自己手里，向厨房瞅了一眼说，"我的稿费你拿去吧！"

　　刘天泽用老师的4000元稿费交了学校的调配费，怀揣着派遣证来到这个海边刚刚开放的城市。适逢经济开发区成立，到处要人，他选择了区公安分局，先是在派出所当干警，这是每个警察的起步之路。每天跟着老干警出警，维持治安、抓捕罪犯、到现场蹲守，生活忙碌又充实。工作之余他喜欢写东西，原来写诗歌散文，现在换成法制新闻和故事。有生活，有原型，他写起来毫不费力。什么《夜半出警》《智斗扒窃贼》《一句不合起争执冲动酿下苦酒喝》《关于规范化执法的几点思考》，等等。他很快崭露头角，在派出所干满一年后，他进了分局法制科，跟随领导下基层调研，写报告经验材料，甚至起草领导讲话稿。在分局法制科磨炼几年后，区法制办点名要他。从此有了更大的舞台，接触到更多的领导，参与制定促进本区经济发展的政策办法。他还随省、市工作组一起调研，参与起草购房落户、农村回迁房办理产权证条件等一系列地方性规章，被称为"开发区经验"。他的能力有目共睹，仕途也一路亨通。2013年，刘天泽被提拔为法制办主任，两年后又成了政府办公室副主任，服务领导为区一把手，年纪轻轻，获得重用，升职正处，前途似乎不可限量。

　　很多个夜晚，刘天泽加班至夜深人静，给自己沏一杯咖啡，站在政府豪华大楼的落地窗前，俯瞰华灯照耀下迷人的金海湾，他志得意满，又觉得眼前拥有的一切都和王铎老师当年给的4000元调配费有关，如果没有那4000元，他可能还在老家县城里厮混，最多熬成个派出所所长。

他从心眼里感激自己的老师。在派出所的那一年，他就还清了老师的钱。但他始终和王铎老师保持着联系，每到西安出差，总要见见他。人不能忘恩，一日为师，终身为父。

他想起暑假曾邀请老师和师母到海边来避暑。

"哎呀，我就不去了，这几年不想动了，腿脚不便，还怕麻烦人，再说你那么忙。"

"这有什么？陪老师的时间还是有的。"

"算了，再说，前年还去过，不过有件事你要是方便……

"方便，什么事，老师您说吧！"

"我带的一个叫凌楠的学生去你们那里了，比你晚了很多届，也是咱们西北人，他说要做律师，正准备司法考试，你要是能照顾就照顾下吧，人生地不熟的。"

"好说，老师，同门师弟，应该的。"

"那我把你的联系方式给他。"

11

凌楠没想到和刘天泽在这样的场合相遇。离开学校时，王铎教授给了他"大师兄"的电话，但他没有找刘天泽。一个连司法考试没通过的人，找了也是白找，还不如等通过司法考试，然后拜见他，让他推荐一家好的律师事务所。因此，他一直没有和刘天泽联系。

"你就是凌楠啊！刚才在会上听到你的名字，感觉有点熟，王教授向我提到过你，我一直惦记着。"

"惭愧，本来我也想来拜见师兄，可是……可是我连司考都没通过，所以没好意思找您。"凌楠难为情地说。

"哈哈，这有什么！"

凌楠发现坐在身边、沙发上的刘天泽与坐在主席台上的刘天泽判若两人。此刻，他和蔼可亲，就像一位兄长，全然没有了刚才会议上发言时那样的严厉。

"选择做律师是对的，如果时光倒流二十年我也会去做律师。"

"哪里啊！我的同学都报考公务员。"

"平庸之辈。凡报考公务员者，莫不如此。"刘天泽仿佛又恢复了主席台上时的那种霸气与果决。"公务员的特点是平稳，平稳意味着保险，但静水又如何能够激起波澜？"

"可是您也不是做得挺好吗？你是我们这些师弟的榜样啊！"凌楠崇拜地看着自己的大师兄。

"此一时，彼一时。当年大学生比较少，适逢经济开发区成立，我算赶上了，再加上运气好一点儿，十几年才熬到今天。要是现在根本不可能，论资排辈，大部分进政府的人，穷其一生就是个处长吧！"

"那做律师最重要的是什么？"凌楠想从这位经历丰富的师兄那里取些经。

"一个字：名。"

"您是说名气？"

"对，做律师最难的是案源问题，但名气打出来后，案源自然就来了。"

"那怎样才能博得一'名'字呢？"

"办好案，办好自己接的每一个案件，让办过的每一个案件成为你的名片，当事人会主动找上门来。"

凌楠似有所悟，目前他还不是一名律师。在他眼里，眼前这位师兄可谓名利双收，做律师是现在大多数法学院学生的必由之路。以前还可以分到公检法等部门，现在法学专业的学生毕业就要面对被称为"天下第一考"的司法考试，只有通过了司法考试，才能走上专业之路。这条专业之路基本就一个终点：当律师。先从实习律师做起，给老律师打工，收入连自己都难以养活，更别说社保、住房等待遇。如果考上公务员，起码这些是有保障的，外人眼里律师看上去很美，其实不是那么回事。

凌楠把自己的这些疑虑讲给刘天泽，心想你们根本不了解律师，谁想刘天泽听了哈哈大笑！

"目标有多大，人生走多远。如果你的追求是一棵树，你最多走百米远；如果是一座山，你就会走上千米甚至上万米。如今国家依法治国，政府依法行政，百姓依法维权，人们的法治意识空前高涨，律师前途不可限量，起初遇到点困难不算什么。有句话说：一切过往，皆为序曲。也正因为如此，大批人中途就被淘汰了，坚持下来的都是精英，也是成功者。"

凌楠没有想到，作为政府部门的工作人员，刘天泽对律师行业的了解如此之深，师兄的话更加坚定了他做律师、做名律师的信心，遗憾的是自己与他联系晚了，早一点儿接触或许有更多的人生收获。刘天泽有与自己相同的法学和人生背景，从基层做起，在政府部门摸爬十多年，有别人无法比拟的经历与见解，自己应当经常听听这位师兄的教诲。

"忘了，你的专业是什么？"

"刑法学。"

"毕业论文是什么？"

"《渎职犯罪研究》。"

"好，刑辩是律师业的王冠。我看好你，最近特别忙，你知道区里出了这么大的事，等过了这阵子，我们一起坐坐，我给你介绍几个其他朋友和校友。"

从刘天泽的办公室出来，凌楠觉得心里多了一丝温暖和坚强。在这个海边的异乡城市，远离家乡的他，第一次有一种安全之感。这种感觉看不见、摸不着，但它实实在在存在。这是一种什么感觉？可能就是校友之情、同门之谊。虽然前后相隔着十多年，各人在那所学府经历的四年却把他们紧紧连在了一起，犹如血脉一般，超越了时空地点。

到十八路公交车站的时候，正值晚高峰。挤上车后，凌楠在公交车后门的附近，找到一个站立的位置。手中拉着吊环，身体随着行进的公交车轻轻晃动。他仍然想着刚才与刘天泽相见的情景。他想起离开母校时，王铎教授嘱咐他的话，"你有事一定要去找找他，我也会对他说起，无论是工作上的还是生活上的，只要他能办得到。"

凌楠的思绪又飞回到曾经学习四年的母校。不知道为什么，离开之后，突然非常怀念。怀念那里的老师、同学，还有南食堂里的饭菜及回民街上的羊肉泡馍。常言说一方水土养一方人，同一所大学也孕育了他们相同的气质。他想起人们对他们的评价，西法大的学生踏实吃苦，没什么架子，但同时又有一些不开窍、不服输的蛮劲，用陕西话说就是"愣娃"（一根筋）。

匆匆赶到办公室，他碰到正在收拾桌子准备出门的师父李少平，还有和他如影随形的吴志兵，两人正低头说着什么。

"李主任喜欢吃什么？"

"随便啦！"

"您总是这么客气，吃完饭，我陪您去缤皇洗浴，老板说来了几位南方女孩，很漂亮啊！哈哈。"

"那里的消费可不低啊！"

"不差钱啊！由您把关，今天这一单合同就能收几十万，呵呵。"

看见凌楠进来，两人立即收住话。凌楠向李少平汇报了下午会议的情况，并把从司法局领回的文件和写有赵娜娜情况的表递给李少平。李少平看了一眼说，"先放这里吧！"然后站起来拎起手中的公文包。

吴志兵也跟着站起来，他看看李少平，"凌律师，要不，一起吧？"

"啊！不去了，我要准备考试的事，晚上在办公室里看看书。"凌楠知道那样的活动他不宜参加，而吴志兵也是客气，不如主动拒绝。

"考试嘛，也不要太辛苦了，楼下有家新开的海鲜排档，想吃什么就点什么，回头要张发票，找你师娘报销。"师傅关切地说完朝门口走去，吴志兵紧随其后，两人有说有笑。

他们每日在一起，也没什么案件，谈什么呢？凌楠心里想。

夜幕降临下来，冠城大厦一片寂静，除了零星几个亮着灯光加班的公司，整栋写字楼笼罩在黑暗之中。凌楠看了一会儿书就看不下去了，再有十五天，就是全国司法考试的日子。他心中时有种紧迫感，觉得以前很熟悉的内容突然想不起来，大脑里一片空白，翻开书又觉得都看过无数遍，熟悉得不能再熟。这可能就是所谓的考试综合征，书打开觉得什么都会，书合上又什么都想不起来。他已经错过了一次机会，这次再也不容失败，如果通过不了司考，不但无法执业，师傅那一关也过不去，哪个律师愿意雇一名没有通过司法考试的助理呢？难啊，他强迫自己安静下来，打开一套模拟试题：

小王开车打了个喷嚏，使方向盘失去控制，于是冲向路边，将电线杆撞倒，电线被拉断，供电中断三十个小时，请问小王的行为构成什么罪？ A. 过失损坏电力设备罪；B. 故意损毁财物罪；C. 属于意外事件；D. 交通肇事罪。

头脑中一片混乱，凌楠觉得每个答案都对又都不对，天啊！这个状态怎么考试啊？他站起来，走到后窗，站在 22 楼向远处的金海湾眺望，那里一片黑暗，只有海面上几座灯塔孤独亮着。凌楠知道自己为什么坐立不安——他在想一个人。

距离事故发生已经过去快一个星期，仍然没有林虹的任何消息。

"没有了你，我的日子一片苍白。"

"我在电脑上给你留言。我知道你不会回复我，你的QQ的头像总是灰色。"

"四天了，我每天都想你，你为什么不回复呢？现在我才知道你对我有多么重要，你偷走了我的心。我知道你忙，难道就连回复一句'嘿'的工夫都没有？

你想象不到爱一个人的痛苦。一有机会，我就登录 QQ，来这里找你，哪怕没有回复，我依然一遍一遍光顾，你让我坐卧不宁。此刻我在电脑前敲击键盘，感觉你就坐在我的对面，瞪着眼睛看着我。我喜欢你看着我的样子，两只眼睛深邃多情，像深不见底的湖。任何人只要多看几眼就会被吸引而去。我又嫉妒你的这双眼睛，大而明亮，因为我的眼睛小，你常常笑我'小眼睛'。虽然我反驳说，眼睛小聚光，我还是喜欢大眼睛。当你默默看着我的时候，我觉得有很多的话要对我说。"

"昨天，我去了我们初次相识的金海湾，天气很好，那几个海泳爱好者已经很熟了。他们问我，你的美女泳伴呢？我说你这几天加班。我们两个经常结伴游，他们已经认为我们是恋人了。我一个人在海中游了几个来回，海面苍茫，没有了你在身边，我觉得孤独万分。"

"好了，今天就给你留言至此，无论你是否回复。现在，我如果每天不和你在这里说上几句，就无法使自己平静。"

给林虹在 QQ 上留言之后，凌楠像是放下了身上的一个包袱。他重新把注意力集中在司考复习上，他做了一套卷一模拟题，自己对着答案批改一下，得了 115 分。他很开心，如果四卷都能达到这个分数，通过考试一点儿问题没有。不过卷一是基础知识，相对来说简单些，卷二卷三的实体法、卷四的案例分析题那才叫难呢，正因为这样，卷一才要保证考高分。

晚上十点，凌楠出了写字楼，他在冠城大厦下的公交车站等 26 路公交车。空旷的街道上几无行人，昏黄的路灯把他的身影拉得很长。最后一班 26 路车的时间是夜间十点半，他必须赶上，否则就回不了家。他站了一会儿，两个约莫二十出头的女孩也到了公交站牌下。几个月来凌楠已经跟她们很熟了，但从没有说过话。她们和凌楠一样，也在郊区租房，城市里聚集了太多像他们这样的年轻人。每天早晨赶最早的一班公交，晚上又搭最晚的一班，他们都在奋斗的路上。

12

爆炸事故发生后的这几日，肖青云每天晚上失眠，他总是觉得地动山摇，一次次从梦中惊醒，一次次疲惫地进入梦乡，又惊恐地从床上坐起。后来，他干脆不睡了，来到客厅的沙发上看电视，当那些无聊的晚会、电视剧热热闹闹地播放时，他斜靠在沙发上，眼皮耷拉，鼾声响起。而清晨笼子里的那只公鸡发出第一声鸣叫，他就起床在院子里走动，或是在村间的小路上行走，表现得像个晨练的老人，但最后，他的脚步必在堂屋后的菜园打住。

秋天里，屋后的墙上，一株丝瓜绿叶颓败，露出光秃秃的瓜藤，几根老丝瓜孤独地挂在那里。有时候他觉得这垂老的丝瓜像极了自己。他今年71岁，和老伴住在还是20世纪90年代初盖的房子里。儿子落户城里后很少回来，只周末带着媳妇和孙子光临一回。他和老伴准备一桌饭，开心地看着他们吃，走的时候又在小车的后备厢塞满各种他种的蔬菜，然后看着他们消失在村口的公路。他和老伴站在村头，又等待下一个周末的来临。

肖青云的目光最后落在了房后一个一米见方的水泥台上，秋天疯长的野草也没有遮掩住它。水泥台的上方有一个类似汽车方向盘的东西，看上去锈迹斑斑。这是一个石油管线的阀门，在它下面八十厘米深的地底下，埋着一根直径四十厘米的输油管。它穿过村子中央，经过七八户人家，蜿蜒通向海边的码头。

水泥台上的阀门只是这个管线露出地面的一部分，更多的时候，无人发现村中地下，一条管道昼夜不息源源不断流淌着从海边码头运来的原油。肖青云的目光有穿透力，多年来，只要看见屋后这个水泥台及上面的阀门，他就看见了地下的管道。十多年了，他的不安也源自于此，这条看不见的管道自从埋到他家的屋后，他就不安、紧张、失眠，因为这个管道他甚至觉得自己老了，浑身疾病，他的高血压神经官能症等，都与其有关。

他想起爆炸发生的9月20日。那天上午，一大早，他拎着园子里摘的一筐西红柿和黄瓜，挤上了去往城里的9路公交车。一个穿着校服的同学给他让座，他觉得很不好意思，孩子们赶早去学校，很辛苦，而自己只是进城卖菜。在自家园子里种的菜不同于那种大棚菜，在人民公园的门口摆开后，晨练结束的人们很快你一斤我一斤地买走。然后他坐在那里看热闹，有人吊嗓子，有人跳舞，有人打太极拳，还有摊贩卖旧货。他觉得城市比农村热闹很多，现在农村的年轻人越来越少。每隔几天，他就会拎着一筐菜进趟城，这几年，村里的土地不断减少，城市疯狂地扩张，土地被征收后，村民被统一补偿，无地的农民还有保险。如今，他每月能领到1650元的养老金，加上以前的积蓄和儿子平时给的钱，对他来说生活不是问题，进城卖菜只是一种生活方式，他喜欢城里的热闹。

十点半时，他搭乘一辆9路车返回，过了高峰期的公交车上人很少。到了肖家洼子时，只剩下两三个人了。司机早认识他，将车停在村口后，肖青云跳下车，拎着空筐走向通往家门的那条巷道。虽然已经立秋，9月的天气依然很热，临近中午，太阳烤得地面发烫，脚下突然震动了一下，紧接着沉闷的响声传来，木质的房门和窗户咔咔作响，还有玻璃跌落地面碎裂的清脆响声。

肖青云的第一反应是"地震了！"很多村民从家里跑出来，站在巷道里观望着。

那时候，肖青云看见沙子角方向慢慢地有浓烟腾起，越升越高，像黑色的云。

"爆炸了！"

"起火了！"

村民们狐疑地看着黑云越聚越浓，在上升到一定的高度后，在海风的推动下，缓缓地向西北方向移动，大家知道那是码头的方向，但不知道发生了什么。然而时间不长，肖青云就从其他村民那里知道了真相：输油管线爆炸。

肖青云来到自家屋后的花园，长时间地注视着那个水泥台和上面的阀门，他担心的事情终于发生了。虽然爆炸的地方是十里之外的沙子角，但他的家，还有整个肖家洼子村一直坐在火药桶上。

"该要个说法了，必须得说说了。"

当村民还在议论爆炸的种种奇事时，肖青云在心里对自己说。十多年了，他一直觉得自己不够坚决，现今，他得行动了。他隐约觉得对71岁的他来说，这或许是有生之年要做的最后一件事，而且时日不多。

第五章
沙子角镇的秘密

————

13

这几日凌楠总是休息不好，中午吃了外面叫的外卖后，趴在桌子上睡着了。不知过了多长时间，醒来后，他看见眼前站着一个老头，高高的个子，长得又瘦又黑，但精神不错。

"您这是律师事务所吗？"老人客气地说。

"啊！是，您是怎么进来的？"

"我看见门开着就进来了。"

"哦！坐。"凌楠揉揉眼睛，从桌子前站起来，"请问您有什么事？"

"我想咨询法律方面的问题。"老人有些拘谨。这是来生意了，师傅还没有来，只能自己接待了。凌楠站起来走到饮水机旁，给老人倒了一杯水，"有什么事您说吧！"

"我是肖家洼子的，我叫肖青云。"老人哆嗦着，从衬衣口袋里取出身份证递给凌楠。凌楠看到老人出生于1947年，比共和国年龄还大。凌楠将身份证双手恭敬地递还给老人。

"我们属于沙子角镇，那里发生了爆炸。"老人一脸凝重地说。

凌楠想老人可能有亲人在事故中受伤或去世。一场事故灾难影响到了这里的每一个人，上至政府官员，下至普通百姓。他可能咨询有关赔偿和继承方面的法律问题。凌楠的脑子飞快地转着，按前天司法局会议精神，这种案件律师不准私自代理，区里会统一提供法律援助。要不要告诉老人，您的案子我们不能代理？

其实，那天开会时凌楠心中就纳闷，为什么不让律师代理？律师和委托人之间是市场契约关系。只要有人委托，达成一致条件，律师就没有理由拒绝代理。

法律援助只是为请不起律师的人提供的一种政府救济。难道事故中受害者都请不起律师？如果受害者家人或亲属拒绝政府指定的援助律师呢？"我们不要，我们有自己的律师"，这样行不行？总不能给我强聘律师吧！还有，律师喜欢风险代理，收益高，像这种案子包赢，办完后收费行不行？

根据凌楠的判断，事故后会有一批律师主动前去寻找代理。灾难是律师的福音。这种人身伤害的赔偿案件，在律师眼里无疑是天上掉馅饼。有个笑话这样形容，说街上发生了一起交通事故，请问最先到达现场的是医生、警察还是保险公司的理赔员？答案是律师。

他曾在会议现场就此发出疑问，问身边的老律师，为什么不让律师代理？老律师翻了一下眼皮，在他耳边悄悄地说，"不懂了吧！这叫敏感案件。"凌楠明白了。

"你没有听说过？"老人看着一脸茫然的凌楠，如此大的灾难事故，不会不知道，老人不解地看着他。

"听说了，听说了！"凌楠从思考中回到现实，急忙回答老人。他还想说，我不但听说，而且还亲身经历了那场事故。如果那天自己慢半拍，说不定就没机会在这里接受老人的咨询了。

"您家里有人在事故中……"凌楠试探着问老人。

"那倒没有。"老人摇摇头坚决地说，"但我们整个家在火药桶上啊，随时有可能爆炸，我睡不着！"

"怎么回事？"

老人伸出像鹰爪一样细长黑瘦的手指，在红色烤漆的桌面上画了个方框给凌楠看，"这是我们家，但就在屋后，能源公司的输油管从此经过。"他重重地用手指在那个象征他家房子的方框后划过。

"这样啊！法律上这是个相邻权问题，能源公司铺设输油管道，应当考虑到您家住宅的安全。当年铺设时您不知道，或者？"

"是。当年能源公司和村里有个协议，根本没有征求我们几户人家的意见。起初，我们不太清楚管道的用途，有人说是排水管，埋在地下，一时半会儿不会投入使用，不会影响到我们什么，给我们11户人家每家补发三百元钱，后来我们才知道是输油管道。"

"你们没找过能源公司？"

"找了，但他们敷衍，说没有事。他们的管道有安全评估报告，符合国家标准。

040

另外，他们也和村里签订有土地使用合同。"

"农村土地属于集体，也就是说，是村里的。但我认为能源公司的管道所经过的是您家的宅基地。宅基地就像是私人住宅，未经住宅所有权人的同意，能源公司铺设管线，其行为已构成侵权。"

"嗯，那从法律上来说，他们承担什么责任？"

"应当停止侵权，排除危害，具体说就是让能源公司停止使用或重新规划新的管道线路。"

"这个成本可能过高，当初之所以要选择从村中央穿过，就是为了节约成本，以最短距离到达码头。要是绕开肖家洼子，增加距离长度不说，海边铺设管道安全性低，施工难度大，更不可能。应当是2009年吧，当时政府安全、环保等部门与能源公司的领导就是这样对我们说的。让村里以大局为重，说石油运输是国家战略规划，这条管道是进口石油的专用管线。由于我国经济高速发展，已经从石油出口大国转变为石油进口大国。当时的一位局长还说，国家必须储存一定量的石油，如果打起仗来，我们国家现在的石油最多用三天，等等。"

"后来呢？"

"后来村里就答应了，不再反对。对我们来说，管道只是备用，只有危急关头——国家打仗时候才会用，谁会想到打仗呢？真到了那一天，打起来，谁还会想到安全不安全，让我把家献出来都愿意，何况让管道通过。"

"你们就同意了？"

"是啊，有啥子办法呢？"肖青云无奈地把双手一摊，"哪知管道铺通后很快就投入使用，从海上油轮运来的原油，日夜源源不断地从我家屋后流过。我时时有一种不安全感，这不，担心的事情终于发生了。前几天，沙子角发生漏油爆炸事故，死伤那么多人，谁敢保证我们肖家洼子不发生同样的事？"说到这里，他痛苦地用手蒙住脸，"我晚上都睡不着，屋后边埋着个炸弹啊！"

"村里像你这样的还有几户？"

"11户，远近各不相同，有的在房前，有的在屋后。"

"哦，你找律师是想起诉能源公司？"

"嗯，爆炸发生后，我就下定决心，一定要讨个说法，否则哪天被炸成灰，还不知道怎么死的。"

"这么长时间了，你们以前起诉过吗？"

"起诉过，但法院不立案，也不接收我们的材料，说这是土地纠纷，按照相关法律的规定，必须先申请政府裁决，不服裁决，才能向法院起诉。我们向政府申请裁决，但一直拖着，就到了现在。其实是两家扯皮，这次我一定要起诉。而且这么多年，我们知道那家公司叫东方能源公司，根本不是什么国家石油公司。"

　　老人的态度很坚决，但现场的状况究竟如何，需要进一步调查了解。凌楠目前不具备代理案件的资格条件，就算代理肖青云他们起诉能源公司，也得由师傅李少平出面。想到这里他说，"您的事关系重大，我们要现场实地调查后决定是否代理，您留个电话吧，我回头会和你联系的。"

　　"好！"老人用凌楠递来的笔纸写下自己的电话，然后出了律师事务所的门。

14

　　爆炸事故中遇难者的家属陆续抵达，他们被统一安排在西海大酒店。门口有警察站岗，未经允许，任何人不得入内。到达酒店大门口后，凌楠把从司法局领到的通行证给了李少平一个。那是个盖有印章的牌子，过了塑，上面写着"事故应急处理"，牌子的顶端有一条蓝色的带子，两个人把牌子挂到胸前，向大门口走去。凌楠看见酒店远处有不少记者模样的人。师徒两人走进酒店大厅，有保安过来查看他们的通行证，检查通过后，两人又到旁边的桌子前登记。

　　凌楠逐行填写进入时间、身份、要会见的人，有人拍拍他的肩。

　　"闫鹏，怎么是你？"凌楠发现桌子后面正襟危坐的闫鹏。刚才他太紧张了，接受检查，全神贯注于眼前的表格，没有注意到桌子后一身警服的闫鹏。

　　"你怎么在这里？"凌楠吃惊地张大嘴巴问。闫鹏悄悄凑向凌楠的耳朵，"我被喊来值班啦！全局警力吃紧，连休假探亲的都被召回，我这个有罪之人就重新上岗了。"

　　"说不定是好事，复习得怎么样了呀？"

　　"你看哪还有时间看书啊！我担心这次考试都泡汤，你这是……"

　　"我们是政府指定的法律援助律师，我是陪师傅来的。"

　　"哦，你们的援助对象是……"

　　"赵娜娜。"

　　"她在——602房。"闫鹏在一个本子上翻了翻，对凌楠说。

　　凌楠和老师向电梯走去。这是一家很旧的宾馆，大厅的瓷砖发暗，通往餐厅的地毯发黑，空气里飘浮着一股淡淡的霉味，但从装修风格还有大厅的灯饰可以看出曾经的辉煌。

电梯在六楼"嘀"地响了一下停下，凌楠和李少平看着门牌找602房。楼道里的光线很暗，脚步走在地毯上，一丝声响没有。凌楠发现南向的房间是奇数1、3、5、7，北侧的房间是偶数，那么602应该在楼南侧的东头。

"这边，老师！"凌楠招呼李少平，两人向楼东头走去，最里边的房间上果然写着"602"字样。

凌楠按响门铃，门开了一半，一个中年妇女的脸露出来，她没有化妆，脸色苍白，眼睛有些浮肿。

"你们找谁？"

"我们是政府推荐的律师。"李少平从凌楠的身后挤上来，把自己的名片递过去。

女人接过李少平递上的名片，看了一下说，"进来吧！"转身朝屋里喊道，"娜娜，来人了！"

这是一间普通的标准间，听到喊声，侧身躺在里面床上的人坐了起来。

凌楠看见一个二十出头学生模样的女孩，头发散乱，呆呆地看着凌楠他们。在她旁边的床头柜上，放着一张放大了的镜框，里面是一家三口的合影。一对中年夫妇，中间一个十岁左右的女孩。女孩开心地笑着，手指摆出"V"字造型。凌楠觉得女孩很面熟，好像在哪见过，短发，胖胖的的圆脸——对！网友在群里播放过的视频，那个撕心裂肺痛哭着喊要爸妈的人，原来就是她，赵娜娜，而他和师傅李少平成了她的援助律师。

房间里没有多余的椅子，李少平在另一张床边坐下来，凌楠站在老师身旁。

"你是赵娜娜吧？我是少平律师事务所的主任李少平。"李少平说着，掏出一张名片递到女孩的手里，"我们是司法局指定给你提供法律帮助的律师，你有什么要求可以跟我们讲。"

女孩看了一眼李少平和凌楠，突然把脸蒙在手中，哇的一声哭了，"我要爸爸、妈妈，我什么都不要，还我爸妈！呜——"

旁边的那位妇女过来把女孩搂在怀里，另一只手轻轻地拍着她的肩，"娜娜不哭！娜娜不哭！"而女孩的哭声更大了，撕心裂肺，响彻整个房间。李少平和凌楠手足无措，望着伤心痛哭的女孩，一时不知道该做什么。

房间的门突然开了，进来一个男的，剃着光头，肤色很黑，额头上三条深深的抬头纹，看年龄似乎并不大。他穿一件灰色的 T 恤，一只袖子挽到肩膀上，脚下趿着宾馆的一次性拖鞋，右手食指与中指间夹着一支燃烧了一半的香烟。

"你是政府的人？"他用夹着烟的手指着床边坐的李少平。

"我们是律师，为赵娜娜提供法律援助的。"

"可是我们并没有聘请你们！"

"这个……我们是政府指定，费用由政府承担，不用你们出。"

"还不一回事，政府的人嘛！"

"你一定这么想也无所谓，当下是解决问题。"

"怎么解决？"

"您可以提出一个条件，由我们和政府那边沟通。"

"能答应吗？"

"我想可以。"

"你能做主？"

李少平迟疑了一下，"这个……我们一定维护遇难者亲属的合法权益。"

"我们要求严惩事故中玩忽职守的官员，还有能源公司的责任人员，太不把百姓的性命和安全当回事，必须追责。"

"其实，事故发生后，各级领导和政府都非常重视，谁也没有想到爆炸事故会发生！"

"重视？重视的话会发生爆炸事故？泄漏的管道早过了安全期，没有检测更换，漏油后又不积极抢修。还有，高危的油气管线离居民区那么近，政府是干什么的？能源公司只为自己的利益就不顾百姓死活了？"

"这个……事故发生的真正原因还在调查之中，你要相信政府，不要相信传言。"

"传言？你看新闻发布会了吗？这可是他们自己讲的，你这个律师究竟向着谁说话？还口口声声维权，给我们提供法律援助。"

"发生这样的事情，大家心里都很难过，有些事情无法预料……"

看到对话的气氛很紧张，凌楠在一旁插话道。

"请问，您是娜娜的什么人？"

男子斜睨着凌楠，觉得他是个年轻的无关紧要的人，然后对着李少平说，"我叫刘军，是娜娜的舅舅，不达到我们的目的，绝不答应。"

"那么你的要求能不能具体点？我们也可以向政府转达。"李少平看着赵娜娜的舅舅刘军。虽然生命无价，但是最后还得用金钱作为赔偿，这是没有办法的办法，无论提出的条件多么苛刻，逝去的人再也回不来了。

"我们的具体要求是查明事故真相，给亲属一个说法，严惩事故责任人，判他们刑，最好是死刑，为死了的人抵命。"刘军情绪激动，李少平和凌楠吃惊地看着他，对话进行不下去了，两人从床边站起来。

"我们会把你们的意见转达，那么赔偿方面呢？毕竟……"

"赔偿的事再说！"刘军打断李少平。

从 602 房间出来，凌楠的心情很沉重，他不知道这件事如何处理，更让他感觉沉重的是赵娜娜的哭声，她悲伤欲绝的样子总在凌楠眼前闪现。一个人既没有了父亲，又没了母亲，以后的日子该有多么孤单啊！刘军的态度坚决，赔偿的事恐怕很难达成。进了电梯后，他忧虑地对老师说，"下一步怎么办呢？"李少平说，"不要急，别看他态度强硬，谁也打败不了时间。慢慢耗，他会答应的。以后我们尽可能每天来，见个面，谈成谈不成无所谓。来之前，我已经预见到了今天的这种结果，不抱任何希望，只是见见面而已。原想着能多谈一会儿，谁料？谈判就是一次长跑，起步的时候别太快，关键看谁能坚持到最后。她这个舅舅有些二，下一步抛开他，不和他谈，和本人——赵娜娜谈，她才是有权决定最终结果的人。"

李少平给自己点上一支烟，一副从容的样子。凌楠佩服地望着师傅，原来他早已成竹在胸，今后要向师傅多讨教，和当事人打交道是律师需要掌握的本领之一。

从西海酒店出来，立即有名记者模样的人迎上来，"您好，我是中华新闻的记者，能不能问您几个问题？""对不起。"李少平拨开记者向前走去。记者飞快地把一张名片塞进后面的凌楠手中，"你也可以和我单独联系。"凌楠低头看了一下，调查记者：张力。他把名片装进兜里，快步向师傅追去。

15

"晚饭后，我在事务所后面的小路上散步，不知不觉，脚步将我带到了我们曾经相遇的金海湾。我想着，在这里，和你突然间不期而遇，就像以前那样，而眼前总是茫茫的大海。"

"你为什么不回复我呢？你在哪里呀！"

还有一周就要司法考试了，最近工作很忙，凌楠只能在晚间集中精力复习，可是，只要安静下来，林虹的影子就出现在他的眼前。为什么不回复我？

凌楠一遍遍拨打她的手机，听到的总是一句，"您所拨打的电话无法接通"。夜晚，电脑前幽暗的台灯下，凌楠盯着雪莲灰色的QQ头像发呆。他回想与林虹相识、交往一个多月来的经历，才发现，其实他并不是非常了解她，她除了美貌迷人，似乎还很有钱。两个人在一起吃饭、看电影、玩，埋单的总是她，凌楠不好意思，她总说，"等你成了大律师再请我吧！"有一次，他去了她海边的公寓，那房子很大，装修豪华，窗外就是大海，绝非一般人住得起的。虽然能源公司薪资高，但她毕业才三年，不可能有那么多的钱。她究竟是个什么样的人呢？像一个谜。这样想来想去，他的偏头疼又发作了，太阳穴上方一跳一跳的。有时候他也想，自己对她的这种感觉是一种真爱，还是一厢情愿？

白天，凌楠总是坐上公交车，定期去西海酒店的602房间，仿佛上班一族准时。根据司法局的指示，援助律师要"主动靠上去做工作"，必须每天和被援助人见面，并将工作进展情况及时汇报。李少平认为，这样的谈判实质是和时间较量，短时间内，赵娜娜及其亲属不会就赔偿与政府达成协议。对于援助律师来说，那是工作，十天，半月，甚至更长都没关系，但是受害者家属耗不起，不要看他们现在态度很坚决，总有一天会坚持不下去的。

"你每天去和他们见见面，态度谦和些，至于他们是否接受区里的统一赔付条件，无所谓，咱们耗得起。"师傅这样向他交代。

凌楠每日到602房间，谦卑地去见赵娜娜和她的亲人。她舅舅刘军对凌楠没有好脸色，他知道，凌楠只是个刚毕业在律师事务所打工的大学生，"你说了不算，让能说得上话的人和我们谈，"凌楠讪讪地笑着，那样子好像是自己做错了什么。虽然爆炸事故与他无关，可他时时有一种内疚感，总觉得对不起赵娜娜和她的亲人。倒是那个中年妇女——赵娜娜的姨妈对凌楠很温和，有时候还请凌楠坐下来喝杯水，问他家在哪，什么时候毕业的，父母是做什么工作的。但是，只要问几句，她便立即将凌楠和赵娜娜比较，"比我们家娜娜大两岁。""能找到工作很好。""爸妈现在每月还给你钱吗？"凌楠和她聊天的时候，赵娜娜总是一言不发，不是侧身躺在床上，就是两眼无神地望着窗外。

赵娜娜是海滨学院四年级的学生，已经在联系工作，家在黑龙江齐齐哈尔。三月份的时候，父母从东北来，在沙子角附近租了房子，两人都已退休，他们就娜娜一个女儿。如果娜娜在本市找到工作，他们也决定离开寒冷的东北，在青城定居养老。9月20日上午，两人相约着去超市买东西，从此没有回来，一日之间娜娜成了孤儿。

对于娜娜的遭遇，凌楠很同情，但他不知如何安慰她，他觉得任何语言都不足以抚慰她悲伤的心。有时候，他长久地望着她，发现她会偶尔用眼角扫一眼凌楠，那目光除了冷漠，还有一点点的怨恨与鄙弃。

房间的气氛很压抑，凌楠有时会去一下设在二楼的应急指挥中心。有一次，他还碰到师兄刘天泽。刘天泽表情严肃，只是冲他点点头，与在办公室的他判若两人。他也不便再多说什么。更多的时候他会窜到一楼值班的闫鹏那里，两人有很多的话，谈得最多的当然是即将开始的司法考试。

"这次考试我是不抱希望了——哪有时间复习嘛！"闫鹏总是哭丧着脸对凌楠说。

"我也很担心，都忘了，头脑里一团糨糊。"

"哪里！你还有时间，你看我。"

"话不能这样讲，你考试过不过无所谓，还有警察的工作。我才愁死呢，要是过不去，哪里讨饭去吃？"

"什么工作？出了那么大的事，背着个处分，尽管领导很照顾，我自己没脸了，警察知法犯法。司法考试通过我就辞职，这次过不了，明年我还要考。"

闫鹏的态度很坚决，凌楠反倒担心起自己的考试来。最近总是看不进去书，与闫鹏相比自己的时间充足，但没他刻苦。他看见闫鹏坐着的桌子抽屉里，放着厚厚的参考书，只要有空，他就拿出来看。

两人有一搭没一搭地聊着天，突然有人哭着从大厅里进来。凌楠看见一个六十上下的老头儿，由人扶着，跌跌撞撞地进来，"儿呀，你走了，让我怎么活啊？白发人送黑发人……"

这时候，一个应急办的工作人员走到闫鹏跟前，"登记个房间，A07。"闫鹏在眼前的图册上看了下说，"王干事，安排618吧，618没人，上去后和楼层服务员联系。"

"王干事"回头，招呼扶着老人的人说，"先上电梯，618房间。"

等大厅里没了人，凌楠悄悄地问闫鹏，"A07是什么意思？"闫鹏在凌楠的耳边悄悄地说，"事故中遇难还没确定身份的人，每个人有个临时的编号，等联系到家属后再确定身份。这几天我们局里技术室的人最忙，无法辨认的，或暂时联系不到亲属的，都编了号码，取样做 DNA 鉴定。有些人在事故中面目全非，有的肢体不全，就是亲属来了也不一定辨认得出啊！"

"那这些人的遗体都存放在哪里呢？"

"人民医院的太平间。"

"有多少人了呢？"

"嘘！"闫鹏做了个噤声的口型，"保密，实际数字谁也不知道！"

"新闻发布会上公布的数字，说死亡人数上升到了 28 人，失踪 7 人？"

闫鹏摇摇头，"实际数字远不是公布的数字，光我这里登记的，"闫鹏悄悄地把登记房间的名册从抽屉拿出来，让凌楠看。凌楠地扫了一眼，根据名册前面的序号，每页十二间房，至少有五页，他快速推算了下，登记房间的至少在 50 人左右，还不算没有姓名用数字编号登记的。他又在脑海中算了一下，然后惊讶得嘴巴形成一个 O 形。那么说，在爆炸中死亡失踪的人数远高于对外公布的数字。

"这件事你知道得了，千万不能传出去。"闫鹏把房间登记册收起来说，"真实的数字，我也不知道，我只是根据遇难者亲属登记的房间推算。"他严肃地看着凌楠。

当天晚上，凌楠从西海酒店返回，心情格外复杂，他预感实际死亡的人数远大于新闻发布会上公布的数字。除了那些有名有姓的遇难者，还有以编号代表的人。谁都知道数字背后蕴藏的巨大秘密，想着想着，他不禁后背发冷。

第六章
司法考试

———

16

仿佛是身上的一块巨石，一年来压在凌楠身上，使他喘不过气的司法考试终于在 10 月的第二个周末开考。步入考场时，凌楠反而感到一丝前所未有的轻松，无论结果如何，至少过了这两天，他就彻底自由了。

司法考试是一种资格考试，分为四卷，每卷 150 分，总分 600 分，达到 360 分即可，但不要小看这个 360 分。司考有"天下第一考"之称。法律条文浩如烟海，概念生涩难懂，社会现象复杂多变，通过绝非易事。无论是做律师、法官还是检察官，前提都是通过司法考试，但从另一方面说，能通过考试的都是精英。

令凌楠稍感欣慰的是题目比他想象的要简单，可能是准备得比较充分，他几乎没有不会的。除了一些案例分析题没有把握，基础理论他觉得都能得分，每卷考 90 分问题不大。倒是闫鹏每每走出考场，总是垂头丧气，说考砸了，不会的题太多。

凌楠安慰他，"有种说法，司考都要参加两次，比如我，大不了明年再来一次，你一边参加工作，一边复习考试，已经很不容易了。"

"拉倒吧，你那是因为急性阑尾炎错过了考试，要是不耽误，说不定去年就过了。"

"不管了，咱们去喝一杯吧，也算是庆祝我们结束司考折磨。"凌楠提议。

"哈哈，我正有此意。"

两人来到海鲜一条街，在一家叫"王姐烤肉"的店坐下。天气转凉，来吃烧烤喝啤酒的人减少，街道有些冷清。凌楠点了海鲜疙瘩汤、炭烤鸡翅、生蚝，闫鹏点了小黄鱼、五花肉串及羊肉串，还特意要了两串烤大蒜。山东人喜欢吃蒜，凌楠有些不习惯，老板娘打来生啤，两人边喝边聊。

"你说那些在爆炸中死亡，无法辨认尸体的人都进行了编号和 DNA 样本提取？"凌楠说。

"是，等着家属辨认和比对。"

"有没有这种情况，一个人在爆炸中死亡，无法辨认身份，而他的家人恰恰也联系不上，就是说，这个人变成一具无名死尸？"

"这个……不会这么巧吧？"

"我说是假如。"

"理论上是有的。"

"现在，我们想就有这样一个遇难者，既无法辨认，也联系不到亲属，那么将如何处理呢？我的意思是能不能发布在遇难者的名单上呢？"凌楠像在法庭上讯问证人，对闫鹏紧追不舍。

"不会吧？一个人有那么多的社会关系，父母、兄弟姐妹，就算父母去世——好吧，你说现在都是独生子女，可还有单位、同事、朋友。哎，我说，你是不是被司法考试——那些极端的考试题伤了脑子，凡事钻牛角尖，嘻嘻。"

"好，我不和你争，现在假设这种情况出现了，这个人会不会或者说能不能公布出来？"

"这个……我想……最好是暂时不公布。"

"所以要编号，提取 DNA 样本，等候辨认？"

"对。"

"那么，死亡人数如何确认？把他算入死亡者，但不知是谁，无法公布；算入失踪人员吧，又实际存在，这种情况如何处理？"

"我也不知道。"

"那能不能说？实际死亡人数要高于公布人数。"

"应该是……我想开始或许会这样，但最后的总数是确定的。"

凌楠陷入沉思，不再发问。

凌楠提这个问题缘于两天前偶尔闪过的一个念头：林虹会不会在爆炸中遇难？其实，事故发生后不久，他也曾这样想过，但是看过公布的遇难者名单后，他又放心了，上面没有林虹的名字。另外，林虹是东方能源公司的人，属于爆炸事故的责任单位，是最为繁忙的，自然没有时间联系凌楠。何况两人只是初识，更没确定任何关系，林虹完全可以自此不再与凌楠联系。在凌楠的眼里，林虹是个神秘的人，貌美、阔绰，又有些天马行空，喜欢独来独往，然而从另一方面讲，两人是很要好的朋友，彼此都有些喜欢，这么长时间了，哪怕仅仅出于礼貌，林虹也应该和凌楠联系，而不是这样一直沉默下去，结果只有一种可能，她在事故中遇难……

距爆炸事故已过去一个多月，对于始终不回复，也不和自己联系的林虹，凌楠感到蹊跷。那天从闫鹏的名册上看到不明身份的遇难人员编号后，那个曾经在他头脑闪过的念头又出现。

"怎么突然对这个感兴趣？"

"我只是好奇。"

这时候，老板娘送来他们点的菜，腌制好的烤肉在炭火上发出"吱吱"的声音，一股诱人的香味飘起。闫鹏因考试不理想而沮丧，一言不发。凌楠想着林虹是否在爆炸中遇难而双眉紧锁，两个人默默地吃着，偶尔，像是想起似的说一句，"来，走一个！"酒杯碰在一起，不知不觉之中，两个人都喝得酩酊大醉。

死难者亲属和政府之间的谈判没有实质进展。凌楠一如既往地去西海酒店报到。遇难者亲属联合起来，成立了一个组织，有几个人负责联系大家，统一口径，提出要求。他们深知团结起来就是力量。

现在遇难者家属们不单独和政府人员就赔偿进行磋商，谈判由那个叫"遇难者家属联盟"的组织出面。他们的首要条件仍然是查明事故真相，严惩在事故中渎职的官员与东方能源公司的负责人。

政府的事故应急处理委员会也进行了答复：一、事故的真相正在调查之中，请家属们耐心点，一定会有一个满意的答复；二、在查清事故真相的基础上，一定会追究相关人员的责任。这样的答复看上去诚恳，但仔细一看是"打太极"。事故的真相在调查中，但需要时间，一时半会儿出不来；对于家属们关心的"严惩责任人员"也答应，但要以事故真相查清为前提，这样又回到第一个问题。至于什么时候查清事故真相，需要时间，客观上无法确定，数月、半年甚至一年以上，都有可能。政府可以等，家属未必能等下去。同时，政府适时抛出一个具体可行的方案：每名死难者家属赔偿人民币108万元，包括按人身损害赔偿应得的死亡赔偿金、丧葬费、被抚养人生活费、精神抚慰金等，都是按法律规定的最高额赔偿，所有遇难者一视同仁，不分城镇户口与农村户口。另外，给每名死者的亲属补助差旅费3万元，提前签订协议、火化尸体的家属奖励10万元。

"遇难者家属联盟"马上否决了这个条件，认为赔偿额过低。他们认为，只有在查明事故真相和惩处责任人员后，才能谈赔偿问题。政府这边也绝不让步，谈判陷入僵局。

凌楠突然变得无事可做。由"遇难者家属联盟"和政府的"事故应急处理委员会"出面商谈后，他们这些年轻的律师就说不上话了。由有经验的老律师和政府部门的领导制定谈判方案与条件，然后传达，凌楠他们只是传话执行而已。

17

公交车驶入市郊后，车上只剩下七八个农民模样的人了。凌楠坐在9路车司机后的一个座位上。这一天，他早晨去西海酒店，象征性地去了一下602房间，和赵娜娜及亲人打了个招呼，然后向政府事故应急处理委员会的人请了假。

"有个案件必须亲自去委托人家里一趟……"

"要坚守岗位啊——去吧！"

一段时间来，大家都混熟了，那个政府驻酒店的负责人似乎知道凌楠与刘天泽间不同寻常的关系，虽然说要凌楠坚守岗位，但仍然准了他假。

肖青云说，他会到肖家洼子村口去接凌楠。凌楠怕自己坐过了站，每隔一两站，都不放心地问一下开车的师傅，"到了吗？"

"还没到。"司机每次的回答一样，都是这三个字。凌楠觉得自己坐了很长很长的路，从城里到市郊，至少有二三十站，后来连司机师傅都有些不耐烦了，"没有到——到了会喊的。"

车窗外的绿色渐渐多了起来，凌楠看见一排排高大的白杨树，翠绿的花生，和即将成熟的玉米。整个田野一副生机勃勃的景象，但与此极不协调的是，几家工厂车间高高的烟囱正向着天空喷吐着浓浓的黑烟。

凌楠不禁想起了小时候在老家农村，牵着爷爷的手，赤脚走在泥土上的感觉，然而自己已有十多年没有去过农村了，也许将来，农村只会成为很多人一个遥远的记忆。

"到了！肖家洼子。"司机突然一声喊，凌楠仿佛从梦中惊醒，他连忙跳起来下车。

公交车的轮胎在沙土路上扬起一股细细的灰尘，又向下一个站点驶去。凌楠发现自己站在一个丁字路口，一条窄窄的水泥路通向村里。不远处，一户户红瓦灰墙的村舍掩映在绿色之中。

"凌律师！"正在茫然之际，肖青云从树丛中冲出来，向着凌楠招手，"你还挺快的啊——"

凌楠瞅了一眼手机，差不多坐了一小时的公交车。

凌楠跟着肖青云直接到他家的屋后。这些房子还是20世纪八九十年代统一规划建造的。北边是四间堂屋，南边是厨房和杂物间，有些翻盖成了二层小楼，装上了明亮的铝合金门窗。每家都有一个半亩大小的院子，种植着果树、蔬菜等，鸡鸭悠闲地走来走去。

"你看就在那里——"肖青云把手向前一指。

凌楠看见紧挨着屋后墙下，有一个方形的水泥台，上面有个汽车方向盘似的东西，已经被雨水锈蚀成褐色。"那是阀门，下面埋着的是输油管道。"两个人走近了，凌楠问，"大概有多深呢？"

"七八十厘米，最多不超过一米。"

"这样的话，真让人不放心！"

"可不是，我整天提心吊胆，沙子角爆炸后，一想到屋后有个火药桶，我就睡不着。而且有的村民还偷油，在管道上打孔，要是起火，后果不堪设想。"

听说来了律师，肖青云家的院子里很快聚集了很多村民，他们都希望凌楠能到自家的院子看看。凌楠去了每户人家，大家的情况差不多。有的管道经过屋后，有的从房前穿过。凌楠根据每家的情况，详细地画了草图，写上姓名，标出了管道与房子间的距离与大体位置，又用手机拍了照片。这些做完的时候已经到了中午，凌楠忙得满头是汗。难得请了一天假，他想赶回所里，整理出案件摘要，交给师傅李少平。

"喝口水，中午就在家吃吧？"肖青云说。

"还真有些渴了，给我摘两个黄瓜吧！"凌楠看见园子边架上绿油油的黄瓜，有点眼馋。

肖青云却绕过边上的黄瓜架，从里面摘了两根黄瓜、几个西红柿递到凌楠手中。凌楠看见那黄瓜长得弯弯扭扭，粗细不匀，但吃在嘴里味道甘甜，有种黄瓜本来的清香味。

"这个好——别看那边的长得好看，打了农药和膨大剂，是运到城里去卖的。"

原来自己吃的和对外卖的是两种不同的黄瓜，听了肖青云的话，凌楠突然感觉嘴里一阵苦涩。他本来想留下来吃顿农家饭，却改变了主意。

"下午还有事，不用了。"

凌楠回到所里时，已经是下午一点，过了午饭时间，他无心再吃，就以那几根黄瓜和西红柿当了一顿午餐。他将肖青云等十余户肖家洼子村民的情况在电脑上整理成书面材料，甚至还写了一封诉状草稿。对于诉讼请求，他列了两条：一、请求依法判令被告东方能源公司停止侵权，排除妨害，赔偿损失；二、本案诉讼费由被告承担。他不知道这个案件如何收费，该收多少。如果每户收一部分，11 户加起来应该是一笔不菲的律师费。看到自己揽来了案件，师傅肯定会特别高兴吧！

一点三十分，李少平准时走进律师事务所，凌楠迫不及待地将自己整理好的案件材料和诉状递到李少平面前，并且一五一十介绍了自己与肖青云接触的经过。

李少平用异样的眼光看了凌楠一眼，又将目光集中到材料上。凌楠的心扑通扑通地跳着，他不知道师傅如何评价自己整理的案件材料和诉状。

"你对案源敏感，能够挖掘潜在的案件，而且去实地调查取证，非常好。但是诉状嘛，存在很大的问题——无法实际操作。停止侵权，排除妨害，赔偿损失，这是理论上的说法。对委托人和律师来说，这是个请求权，但如何实现呢？让被告将输油管线拆了或者停止输送石油？法院的诉讼费又如何收取？"

"这个……我确实没想到。"

"这样修改，诉讼请求：一、请求依法判令被告停止侵权，排除妨害（为原告提供等价的住房或赔偿原告人民币……嗯，就写 100 万吧）；二、本案诉讼费由被告承担。"

"对呀，这样的诉讼请求就非常明确，能源公司肯定不会拆除或者重建管道。那么只能给原告另行提供住房，与其如此，不如给钱，双方都易于接受。"凌楠不禁佩服地看了一眼师傅。

"那律师费怎么收呢？"李少平又提出了下一个问题。

"按 100 万标的正常收取。"

"哈哈，100 万的律师费在七八万元，那些农民绝对不会给你，他们最现实，赔偿钱一分没见，先给你律师费？"

"那怎么办？"

"你记住，这样的案件只能风险代理，打赢官司给你，打不赢想也别想。"

"那按多少收取合适呢？"

"按规定，风险代理最高可以收取 30%，和他们谈，每个案子你还可以收取一部分差旅费，这样费用就不发愁了，也不怕白跑，至于……"

"什么？"

"坦诚讲，我对这个案子结果不太乐观，甚至你们可能连案都立不上。被告是谁？东方能源公司，财大势大，势必会干涉案件。我原来就听说过，没有律师愿意接，一是农民不愿意掏钱，二是案子棘手。"

"那您的意思是我们不接？"

"接，事在人为，哪怕赢不了，每个案件赔偿十万八万也算胜利。你考完了试，放手锻炼锻炼！但是一定要签好委托代理合同，签字并按手印，否则他们拿到钱就不想付律师费了。这帮农民，千万不要把他们想简单了。"

凌楠想起肖青云家的黄瓜和西红柿，一种是留着自己吃的，一种是用来专门出售的。师傅的话言之有理，一定要签好委托代理合同。

18

"我有一种不祥的预感，你是否还在人间？你在爆炸中遇难了？虽然没收到你的回复，我宁愿你是不愿回复我或什么，而不是……我很纳闷，自己竟然有这种奇怪的想法。"

"我真切地为你祈祷，希望你平平安安，等忙过了这一阵子，你会和我联系，我们重新在金海湾的大海边相遇，如往日一样游泳、骑车、聊天、喝咖啡，现在我才知道，你对我是多么重要。"

考试结束之后，凌楠对林虹的思念更加迫切。往日晚上那些看书的精力，都化做对林虹的无尽思念。不知是因爱而担心还是什么，他总怀疑林虹在爆炸中遇难。他反复分析从闫鹏那里得到的信息，"如果一个人在爆炸中遇难，而短时间内又没有联系到他的亲属，这个人就成了无名死尸。"难道林虹就没有其他亲人了吗？他又否决了自己的这个想法。也有可能是林虹不想再和自己发展关系，刚好发生了这样的事故，从此不再往来。他觉得林虹是很神秘的人，而自己只是个刚毕业不久的法学院学生，连司法考试都没通过。她只是和自己好一时，不想陷得太深。这样，突然中断关系或许最好。看来，自己是想多了——忘记吧！夜已经很深，凌楠辗转难眠，右太阳穴上方又开始一跳一跳地疼，他的偏头痛又要犯了。

西海大酒店中弥漫着一股悲悯与死亡的气息，遇难家属与事故应急委员会的谈判仍处于僵持之中。在爆炸发生后的第十天，政府召开了最后一次新闻发布会。事故的真相仍然在调查之中，死亡者的人数确定为35人。各级领导高度重视，在医院里看望了救治的伤员，遇难者家属情绪稳定，事故的善后工作正在积极推进……永远是那些耳熟能详的说辞。

　　亲人或余悲，他人亦已歌。除了遇难家属，人们已渐渐忘记那场震惊中外的事故，原来围在宾馆附近的记者们也难见身影。

　　突然之间，一个遇难家属签订了赔偿协议，是一对在事故中遇难的维修工的父母。他们不顾其他遇难亲属的反对，怀中抱着儿子的遗像默默地撤离了酒店。协议的内容成了秘密，他人不得而知。刘军在602房间大发脾气，"我们这些人啊，就是不团结，每个人只为自己的利益，这样下去我也不管了。天天和政府的人谈判，我为了谁？"他发了一阵脾气，出门而去。倒是赵娜娜的姨妈似乎对这种行为挺理解，"唉！钱有什么用，人已经走了，活着的人还要继续活着，钱多少能够呢？再说那钱是用命换来的，拿到手上无法花啊！"

　　家属们都待在自己的房间，不再相互往来，每家都在考虑签还是不签，酒店里突然安静下来，一楼的大厅变得空空荡荡。

　　下班后，凌楠提前到上岛咖啡订了座。他点的西餐牛排套餐，每份128元，外加饮料。今天，他要请一位特殊的客人。对于每月只有1000元工资、靠爹妈接济的他来说，这顿饭实在有些奢侈。

　　咖啡店的人很少，环境非常温馨，钢琴曲"kiss the rain"在大厅里萦绕，若有若无。凌楠想起以前和林虹在此相聚，两人各点一杯饮料，她沉浸在推理小说之中，凌楠则全神贯注于司考书上。现在短短一个多月，二人成一人，他还坐在这里，而另一人不知所终。慢慢地，泪水模糊了他的双眼。昏暗的灯光下，他仿佛又看见林虹坐在自己的对面，手中拿着刀叉，轻轻地切着牛排，一脸专注，右手腕上的那个玉镯发出柔和的光芒。

　　"妈的，平时十分钟的路堵了半小时，以后这车没法开了。"穿着一身警察制服的闫鹏风尘仆仆地进来。凌楠赶紧挥手招呼服务员上牛排。

　　"你有什么目的吧——在这个地方请我吃饭？"

　　"不瞒你说，真有目的，我想知道那些编号上的无名遇难者。"

　　"你这样说，这顿饭我就不敢吃了。"闫鹏用手中的刀叉轻轻地敲了一下眼前的盘子。"事故中死亡的人数是绝密，任何人不得随意讲，一切以新闻发布会公布的内容为准。"

"不是已经公开了吗？人数、姓名和户籍都在报纸和电视台上公布，还有什么秘密？"

"可是还有那种情况，"闫鹏把声音降低，"死亡后无法辨认，暂时又联系不到亲属的。"

"那这些人将来怎么处理，就不赔偿了？"

"赔偿当然会，待遇和其他事故中遇难的人一样，但是不会上名单，算不到死亡人数之中。"

"我明白了。"

"而且你要是注意的话，自从事故发生后，每日公布的死亡人数在增加，但另一个数字——失踪人数在减少。其实是把那边失踪人数搬到这边死亡人数上"，闫鹏举着两只手，在空中左右互换一下，"但人员总数没有变，还是35人。"

"这个数字有什么奇妙之处？"

"当然，难道你不知道？你只要注意一下，国内一些安全生产事故，死亡人数一般是9人、19人、29人，知道是为什么吗？"

"不知道。"

"据说，安全生产总局有一个内部数字指标，一次事故死亡人数在9人以下，对事故的领导与责任人员警告，通报批评。19人以下，降职处分。29人，免职，交由司法机关处理。现在事故的原因仍然在调查之中，省、市两级联合工作组将很快进驻我们区，你想……"

"这样啊！"凌楠倒吸一口气，他低头喝了一口咖啡。死亡人数不仅关乎事故的大小，更与一些人的职务与安危紧紧绑定在了一起。

"兄弟，你要这个数字干什么？是不是被那些记者们忽悠了，千万不要犯错误啊！只要通过司法考试，将来做律师，前途一片光明。"闫鹏像个兄长一样教训凌楠，

凌楠摇摇头。

"那是为什么？"

"我有一个非常好的朋友，爆炸后莫名失踪，因此，我想是不是在你说的那些编号之中。"凌楠一五一十地讲了他和林虹怎样认识、交往，又突然不联系的经过。

闫鹏听了哈哈大笑。

"你在讲故事吧？这女的长得不错，还很有钱，是不是别人的情人、小三？和你这个刚毕业的大学生好一阵子，玩玩，有一天，老公发现了什么，立即与你断绝联系，怎么会在爆炸中失踪呢？"

闫鹏不愧是当警察的，擅长分析推理，凌楠有些泄气。他想起和林虹往来的一些细节，闫鹏的话似乎有一定的道理。

"喝一点儿吧！改天哥给你介绍个好女孩，那种，"闫鹏语气有些不屑，凌楠知道他是说林虹，"玩玩就行了。"

闫鹏叫来了一扎啤酒，两人一杯一杯地喝起来，不知什么时候，酒杯瓶就空了。凌楠从没觉得人生如此失意，他想林虹不应该是闫鹏说的那种人，哪怕分手也会打声招呼，不会突然断绝联系。

"我不相信，你胡说八道。"他指着闫鹏说，"你不知道我们爱得有多深，她肯定是遭遇什么不测，我要去找她，活要见人，死要见尸。"凌楠站起来。

"你喝醉了！"闫鹏把他按到沙发上。

凌楠醉得如一摊泥，嘴里不停地念着，"林虹，你在哪里？你不会死。"闫鹏看着凌楠趴在桌子上难受的样子，心里也掠过一丝伤感。世间唯爱最让人难忘，他架起喝醉了的凌楠，两人互相搀扶着走出上岛咖啡店大门。

第七章
冰冷太平间

———

19

在爆炸中遇难的九名市政工人的亲属集体与政府签订了协议。每人除了获得赔偿108万元，又从保险公司获得意外死亡理赔金60万。或许是这些人的行为起了示范效应，或许如李少平所说的，没有人熬得过时间，近一个月后，遇难亲属陆续与政府签订了赔偿协议。

西海酒店里遇难者的家属在不断减少。他们最初的立场开始转变。随着时间的流逝，对事故发生真相的强烈追寻，对造成事故责任人员的无比愤慨，对逝去亲人的无限悲伤都在慢慢减弱。亲人的死亡不再成为讨价还价的筹码，对他们的怀念只能留在心里，在以后的日子化作无尽的思念。

凌楠来到602房间，发现气氛与往日有些不一样。见他进来，刘军把脖子梗向窗外。他每见到凌楠都没有好脸色，那样子仿佛凌楠是事故责任人。赵娜娜坐在床边，深深地低着头。她姨妈坐在右边的一张床，两人相对。看到凌楠进来，她罕见地没有和他打招呼。

凌楠感到有些尴尬，坐也不是，站也不是。其实，一个月来，按照"事故委"要求，他每天都来和援助家属见面，但从未劝她们签订协议，他觉得无法开口。赵娜娜的父母在事故中去世，无论什么样的赔偿都换不回来他们的生命，他觉得家属们提出任何要求都不为过。"天灾人祸""入土为安""早日火化"，事故委专家给他们一本与家属工作及对话指南，凌楠觉得他讲不出，或许他根本不会做家属的工作。他还没有经历过人生的生死别离。

他踌躇着，想从房间里退出，刘军突然站起来，"凌律师，一千万，我们就签订协议。"

"这个……"刘军提出的赔偿比政府制定的标准高出很多倍，他也了解到赵娜娜的父母没有任何伤害保险，这个要求很难得到支持。

"娜娜可是父母双亡啊！这个要求不过分。"

"不过分，"凌楠点点头，"我会把你们的意见向事故委转达。"

凌楠出了602房间，坐着电梯向设在二楼的事故委而去。这个要求虽然有些高，但毕竟开了个头，预示着双方可以进行对话。要是可能，他倒是愿意赔偿一千万，甚至更高。因为他是赵娜娜的援助律师，争取到的赔偿数额越高，就越能使自己委托人的利益最大化。

到了二楼的事故委，那间大会议室里，凌楠意外碰到师兄刘天泽，他主动过来和凌楠握手，"怎么样，凌律师，有进展吗？"

凌楠脸红了，他目前还不是律师，可所有的人都已经这样称呼他。

"他们要一千万。"

"一千万？不可能，这些家属！"刘天泽立刻像变了一个人，一脸气愤，"把亲人的死亡当作议价的筹码。"

"这个是有点高，但赵娜娜父母双亡……"

"凌律师，你可真把自己当成了委托人的律师！你得配合政府做家属的工作，让他们接受统一制定的赔偿标准，两人的赔偿加起来216万。"

"我们是赵娜娜的援助律师，为自己的委托人争取利益，无可厚非。"

"反过来了？当初让律师参与解决，就是帮助政府做工作，利用你们的特殊身份，你这样岂不是唱反调了？"

"我们律师的本质是个人权益的捍卫者——也就是说捍卫的是私权，而非维护政府——公权力，做政府的律师，也是协助政府依法行政，而非侵害个人的权益。"

凌楠的话语调很高，不知是哪来的一股勇气，他说出心中压抑很久的一段话。他觉得这段话在心里憋了很久，今天终于一吐为快，即便是面对着自己很敬仰的师兄。

凌楠的话让刘天泽有些意外，他没想到这些话出自一个刚毕业的法学院大学生，自己的小师弟的口中。但他的话，刘天泽无法反驳。

师兄师弟二人对峙着，刘天泽的口气突然变得缓和，"你为自己的委托人争取利益，心情可以理解，但他们的这个要求绝不能答应。"他拍拍凌楠的肩膀，"继续做他们的工作，看你的了，年轻人。"

凌楠想说赵娜娜情况特殊，父母双亡，刘天泽坚决地摇摇头，表示对这个话题不再讨论，"所有人赔偿条件相等，任何人不得例外，如果不愿意，我们可以继续等。"

从"事故委"出来，凌楠重新回到602，他想告诉刘军，一千万的条件政府不答应。他按响了门铃，开门的是赵娜娜。刘军和她姨妈不在屋内。

"那条件，一千万，政府说不能答应。"

"嗯，那本来就不是我的意思……"十多天来，凌楠第一次和赵娜娜谈话，他对眼前的她充满了同情。从此，这个世界上就剩她一个人孤孤单单，苦了、累了都无法诉说，只能一个人默默承受，那是多么悲凉啊！

"作为你的援助律师，我一定会为你争取。"

"谢谢，父母的去世不是要挟的条件。按照法律，每个人该赔多少就赔多少吧。"她低下头，长发遮住脸。

"听说你大四，马上要毕业了？"凌楠想换个话题，"学什么专业呢？"

"正在实习，广告设计。"

"有什么打算？"

"找个公司做文员、平面设计什么的，等将来熟悉了自己干，不过那是以后的事。"

"那你有什么具体要求呢？"

"我只想离开这里，赶紧离开，我要出去，透透气，也想把父母的后事早安排了。"

"这个容易，协议签订后，政府会安排殡仪馆方面的事。"

"但现在，家里人那边不同意。我舅舅说一定多要钱，为我将来考虑，而我姨则是希望政府能够给我安置一份工作。他们都是为了我好，刚才两个人吵了起来。唉！太突然了，一下子发生这么大的事，要不是我，父母也不会从老家来这里，是我害了他们啊！"赵娜娜说着开始哽咽了，凌楠不知道如何安慰她，她心理上的创伤短时间内难以平抚，或许要用一生。

"你千万别这样想，假如你父母有知，他们也不愿意你背上如此大的人生包袱，事故发生难以预料……"

事故应急处理委召集所有工作人员和律师开会，会议室里的人越来越少，签订了赔偿协议的遇难者亲属搬出西海酒店，对应的工作人员和援助律师也撤离。

只剩下三四名遇难者亲属没有签订协议。

"还要努力啊！"刘天泽在会议上说。凌楠和其他人员坐在会场里，低着头，那样子好像他们没有做好工作。委员会成员逐个分析没有签订协议的亲属。

"这个赵娜娜现在最难对付！"刘天泽手中拿着一份名单，他用笔把"赵娜娜"三个字圈起来。

"凌律师，回去给你们李主任汇报，怎么总不见他？让你这个年轻人跑？现在是攻坚阶段，这几个家属要最后拿下，摸清每个人的真实意图，合理要求可以考虑，分外的要求统统拒绝！"刘天泽态度坚决地说，讲完了可能觉得自己的语气有些过分，又补充说，"当然也得注意工作方法。"

从会场上出来，凌楠心里很别扭。刘天泽的话给人感觉维权亲属们是敌人。其实他们只是在争取自己的合法利益，"事故委"不应该以这样的态度对待。

从西海酒店返回律师事务所的公交车上，凌楠心情低落，除了赵娜娜的事，还有他自己——尴尬的身份，不是律师却以律师的名义做着律师的事。"回去给你们李主任汇报，怎么总让你来？"刘天泽的话还在他的耳畔回响。李少平一心扑在其他案件上，他能说什么呢？要怨只能怨自己还没通过司法考试，不具有律师的身份。想到这里，他在心里默默祈祷，上天啊！保佑我通过万恶的司法考试吧！

到达所里的时候，李少平和吴志兵两人正在开心大笑，凌楠不知道他们因何事而开心。

"小凌，正准备找你。"李少平热情地招呼他，"给你一份借款合同，到期未还，吴总准备起诉借款人。你起草一下诉状，计算一下延期还款的违约金和利息。"

"好的，老师。另外，刘主任让你明天去西海酒店。"凌楠向李少平汇报了赵娜娜的情况。她愿意签订协议，但两位亲属不同意。当舅舅的刘军想要钱，而她姨妈希望政府能够给赵娜娜安置一份工作。

"我知道了，这个不重要。"李少平挥挥手。凌楠从师傅的办公室里出来，心想，"这事不重要，那什么事情重要呢？"

20

"我又想你了。原以为考试过后，我的日子会变得轻松，但是对你的思念不减反增。"

凌楠回到自己的桌子前，打开电脑，登录QQ。每次等待电脑开机时他都想，雪莲给他回复了，他会和林虹重新相见，但每次总让他失望。QQ 的头像成灰色的离线状态，满屏都是他的留言。"没有了你，我的人生如此灰暗。"看着自己写下的每一句深情留言，他不禁有些眼眶湿润。

凌楠迅速地将注意力集中到师傅交给他的诉讼材料上，像所有的新手一样，他看见案子就像猎人见到猎物一样兴奋起来。

这是一份借款合同，放款人（贷方）是金鼎金融投资有限公司，也就是委托人吴志兵担任法人代表的公司。借款人是一个叫张方良的人，还有一个保证人叫李婷婷，显然是个女的。

合同显示 2015 年 1 月，金鼎公司将 100 万现金借给张方良，借期半年，月息 4 分。凌楠倒吸一口气，这年利 48%，高得吓人，早已超过了法律所保护的合法利率，而且放款是从本金中直接扣除半年利息 24 万元，这叫"砍头息"，是违反法律规定的。"黑啊！"凌楠心里想。随借款合同的，还有一份房屋抵押担保合同，保证人李婷婷自愿用其所有的一套住房担保，而且双方在房管局进行了抵押登记。如张方良还不了借款，就用该房抵债。

凌楠马上着手起草诉状，这官司必赢啊！有保证人，还有房子抵押，根本不用担心。

"不要先急着写诉状。"凌楠没注意，不知什么时候，李少平站在他旁边。"诉讼的目的是什么呢？"李少平神秘地望着凌楠，那目光让凌楠极度地不安。

"要回钱啊！"他说。

"对！我们的目的是要回钱——诉讼只是一种手段，如果能要回钱，那官司就不用打了。"

"可不打官司，我们的律师费怎么收呢？"

"这个合同是我起草的，个中内容，我了然于胸。合同中已经约定律师费由违约方承担。案情是这样的，这个张方良借金鼎公司吴总的 100 万元，只还了 42 万多一点儿。现在张方良联系不到了，还剩 58 万，加上延期利息等 40 万，累计接近 100 万，只能找李婷婷这个保证人。其实是冲着房子而去，用房抵，把房子搞回来。"

李少平说到这里，诡异地笑了一下。

100 万放出去，不到一年又弄回来 100 万，这钱来得也太快了。但直接用房抵债，也叫流押，在法律上是禁止的，也违反担保法。

凌楠把自己的想法讲出来，李少平摇摇头，"所以，我们不能去法院诉讼，诉讼反而不利。"

"那师傅您的意思是……"

"你给这个李婷婷打电话，让她来事务所谈，配合我们替张方良还债，如果她不还，或不配合，我们就去法院告她，还要带上她。你考虑下怎样组织语言，合同上有电话。"

李少平站起来，手在那份诉讼材料上拍拍，意味深长地对凌楠说，"律师的功夫在法庭之外，以后你会知道的。"说完转身而去。

看着师傅的背影消失在他的办公室。凌楠想，这大概就是江湖上传说的"套路贷"，当事人只要沾上，生不如死，还不完的利息，最后人财两空，甚至家破人亡。这种"套路贷"的背后，几乎都有律师参与。想不到让他尊敬的师傅也做这样的事。凌楠突然感到，虽然来所里几个月，他对李少平还是很陌生。

在办公桌前坐了数分钟，想了下应该怎么说，凌楠按合同上的电话号码，给那个叫李婷婷的保证人打电话，"让她配合还钱，不还就到法院起诉。"嘟——嘟——电话响了两声后接了。

"喂，哪位？"一个很甜美的声音传来。

"我是少平律师事务所的凌……凌……"凌楠很紧张，他想说自己是律师，但真不是。

最后反而是对方解了他的围，"哦！凌律师啊！"

凌楠稳定了一下情绪说，"您为张方良担保借款的事，现在张方良联系不到人了，他欠的钱自然由你这个保证人偿还。我们是金鼎公司的律师，您看……"

电话的那头瞬间沉默，刚才甜美的声音忽然变得有些惊慌口吃，"那，钱不是我借的，又不是我花的，是他使的。"

"这个你就不懂了，按照法律，借款人偿还不了，自然得由保证人偿还，你要是不还，那我们只能法院见了。"

"这个……"

其实到法院反而更能够保护她的权利，凌楠在心里想。

"你看什么时候方便，我们当面谈谈，协商一下。"

"好的，请问你们所在哪里？"

"冠城大厦22层。"

"好，谢谢！"

凌楠挂了电话，李少平从办公室又来到他的桌前，手中拎着公文包，胳膊上搭着西服外套，看样子要下班了。

"她怎么说？"

"她说要到所里来谈。"

"好，保持沟通，你把本金、利息、违约金和其他费用详细地列个表，等她来的时候我们一起谈，要是配合，我们可以适当让让步。另外，明天早上我们一起去西海酒店，赵娜娜的事如何解决，我已经有思路了。你也早点休息吧！对了，你司法考试怎么样？我听说可以网上查成绩了，就在这两天，我多么希望你通过考试，办下实习证，那样会分担我很多工作！"

说完，李少平出门向电梯走去。凌楠坐在椅子上发呆，不知为什么，这几天发生的事使他突然对做一名律师不再那样渴望。无论协助政府安抚遇难者家属，还是帮放贷的金鼎公司吴总要钱，他都感觉到哪个地方不对。律师的使命是什么？是维护正义还是利用懂法的优势，操弄法律，为有钱有势者的一方服务？律师是独立的法律工作者，还是委托人手中的一枚棋子？年轻的他第一次思考这些问题。

正在想着的时候，手机响了，原来是闫鹏。

"嘿，哥儿们，我查了一下，居然过了。"电话中他难掩兴奋。

"什么过了？哦，司考分数啊！"

"听声音好像没精神，我都能通过，你……"

"你考了多少？"

"哈哈，惭愧，367分，刚过线，你没查吗？"

"我没有，刚听说。"

"我知道如何查，你把考号发过来，我给你查查！"

凌楠用短信把考号发给闫鹏，从刚才的困惑中醒来。像是拨去眼前的一层雾，他比以往任何时候都关心自己的司考成绩，那是他的命。事实上，考试的那几天他发挥得并不好，加上发生了爆炸和林虹失联的事。他开始担心起来，万一通不过怎么办？毕竟对他来说司考是关乎就业、吃饭的头等大事。在等待闫鹏查分的那几分钟里，他感觉时间无比的漫长，两只手心居然出了汗。

"哥儿们，请客吧，475分。"闫鹏的电话打过来。

"啊！那还不错。"听到自己的成绩，凌楠长出一口气。他没想到考这么高，如果参照去年的分数，475分能排到全省前几名。

"晚上一起喝一杯吧！我来接你。"

"好的。"

这是位于金海湾最北部的一家渔家乐，看上去毫不起眼。离开滨海公路，向海边 50 米，有一个低低的木板搭成的门。门口上方倒挂着一条木刻的大鱼，旁边的木牌上竖写着四个黑色的舒体大字"渔夫酒家"。与简陋的店门形成鲜明对比的是，旁边的停车场停满宝马、奔驰、英菲尼迪等豪车。

凌楠跟在闫鹏的后面，低头进了酒家，却发现里面是一个很大的院子。沿着海岸建有一排排中式的房间，夜幕降临，每个房间门前挂着红色的灯笼，显得静谧而温馨。而在海湾微微晃动的水面上，有座三层高的楼房，一间间客房，灯火通明，极是豪华，仔细一看是由一艘退役的轮渡改建的。

"真是个不错的地方——我以前没发现！"

"废话，来这地方的都不是一般人。"闫鹏得意地对凌楠说。

"真是大开眼界啊！"

两个人边说着，一直走到大厅，一个身穿黑色西服套装，年纪二十五六岁的女领班迎上来，"闫警官，好久不见啊！"

"孙经理越来越漂亮了啊！"

"你也不经常来看看我？"女子撒娇说，看来他们很熟。

"介绍一下，这位是我好友，未来的凌大律师，凌楠，这位是渔夫酒家的孙笑笑经理。"

黑衣女子满脸堆笑，热情地把手伸向凌楠，"啊呀，我最崇拜律师了。"

凌楠轻轻地握了一下她的手。

"哪里，还不是律师，"他对闫鹏说，"只是通过了司法考试，下一步是办理实习律师证，等满一年后才能成为律师。"

"那还不是时间问题，您就别谦虚了，考 475 分，我都嫉妒死了。"

"请问两位是选择岸边包间还是船上？"

"当然是船上。我们今天要特别庆贺一下！"

闫鹏点了红烧海参、家常鲈鱼、炭烤牡蛎、油焖海虾，都是凌楠从未吃过的海鲜美味。点好菜后，两人在服务员的带领下踏过岸边上船，一轮月亮正在海上升起，脚下海水轻轻摇曳，海面波光荡漾，清风拂过，如同仙境一般。这艘旧轮改造的饭店上下三层，有五十几个包厢。闫鹏和凌楠来到东头的明月厅，厅不大，有个四人桌，两个人坐着很宽畅。

"两位喝点什么？"

"凌老弟？"

"我要生啤。"

"生啤没劲，我喝青啤奥古斯。"

很快服务员上了菜，看着满桌子的珍馐，凌楠咽了几口唾沫，他不客气地给自己挑了一只大虾。"也不怕你笑话，一辈子还没吃过这么多的海鲜，今天要大饱口福了。"

"看没出息的……"

"这桌怎么也得个千儿八百吧！都赶得上我一个月的生活费了。"

"这算什么，我都可以免单，这家酒店，呵呵。"闫鹏不知道怎么说，手在空中比画了一下，"有人举报他们，我们查过，熟悉了，所以很客气，吃饭打折。"

"哦！还是你们警察牛。"

"哪里，我早想着辞职不干了，这工作往大说是人民卫士，保卫人民的生命和财产安全；往小里说，有时候就是个工具，被使来使去。案子来了，没有白天黑夜，更没有休息日。电话一响，哪怕你在被窝里也得出警，而且现在执法的程序越来越严，稍微有一点儿不对，就有人投诉，甚至发到网上。就拿上次我那点儿事来说，老子蹲守一个晚上，眼皮没合一下，又累又饿，喝了瓶啤酒被逮着了，不依不饶——不说了，先干一个！祝贺我们通过司法考试！"

啪！两人的酒杯碰到一起，闫鹏的酒量很大，他是本地人，从小用塑料袋在摊上打酒喝，喝起啤酒来像喝饮料。他扬起脖子，咕嘟咕嘟把一大杯干了，凌楠只喝了一小半。

"我想去做律师，刚好通过了司法考试，你说怎么样？"

"哎呀，做警察多好，非要和我们这些人抢饭碗，我听说做律师很辛苦，尤其是前几年，没有保障，生活都是问题。"

"我觉得你早就该离开那个少平所了，个人所，一个小所有什么发展前途？要去就去那些大律师事务所，你们那个李少平，在西海酒店，我连个影子都没见过。"

"我也是没办法啊！当初我连司法考试都没过，是师傅收留了我。我还万分感谢他呢！现在通过了考试，离他而去，别人会怎么说？律师是最能体现个人价值的职业，律师事务所只是个平台，去哪里差不多，只要师傅不赶我走，我轻易不会离开少平所。何况对我来说，现在主要是积累实践经验，最好什么样的案子都能够接触一下，磨炼几年，然后决定自己做一名刑辩律师还是商业律师，少平所刚好适合我的发展。"

"也有道理，先干几年再说，我告诉你一件事，"闫鹏突然降低声音，把脸向凌楠凑了凑，"听说那些无名的遇难者遗体很快就要火化。"

"火化？"

"对，现在大部分遇难者家属已经签订了协议，民众的视线也渐渐转移。"9·20"事故爆炸不再是个关注的热点。'事故委'决定这个月底前全部撤出西海酒店。"

"所以要尽快处理事故中的那些遇难者遗体？"

"是这样，剩下的几位遇难者家属也被要求及时签订协议。"

"你是从什么地方得知的消息呢？"

"我们头儿，"闫鹏伸出右手食指，指了下自己的脑袋。"昨天到西海酒店慰问大家，说让我们再坚持几天，大家辛苦了，西海酒店的任务马上就要结束了。"

凌楠低头去吃服务员送上来的海参捞面，他用筷子拨动着细细的面条，心事重重。如果那些编了号的遗体被火化就更难证明身份了。这几天来他越发感觉林虹在爆炸中遇难。这么长时间了，"9·20"爆炸这个热点渐渐淡化，就算是事故中的责任一方，工作也该告一段落，林虹不至于不和他联系。退一步说，事故发生后，她受命去外地，甚至出国，看到他那么多深情的留言，也会回复，但她好像从人间蒸发了一般。

"那些遗体确认了吗，有亲属相认？"

"有几位，因为要在酒店登记房间，我心中有数，但是有多少没有登记、没法确认的，我就不知道了。"

"那些无人认领的遗体，是爆炸后被烧毁无法辨认吗，还是？"

"那倒不是，其实应当和别的遇难者一样，有的也应该比较好认，只是没有亲属联系，事故委无法确认他们的身份。"

"也就是说，有些可能只要亲属看一眼，就能辨认出身份。"

"应该是这样。"

"存放遗体的地方——人民医院太平间能进去吗？"

一个大胆的计划突然在凌楠头脑中产生。闫鹏摇摇头，"不清楚，听说和酒店一样，有专人值班，除非是'事故委'的人，其他任何人不能进入。"

068

这时候孙笑笑到包厢里敬酒，"怎么样？两位，饭菜还合口吧？"她笑靥如花，将倒满酒的杯子捧到闫鹏面前，和他碰杯，"谢谢闫警官光临。"说完，一饮而尽。

"好酒量"，闫鹏也把自己的酒干了。

"我已经安排好了房间，今晚两位就尽情地玩吧，唱歌、打球、洗浴都行，报房号就行。"她把房卡往桌子上一放，冲闫鹏笑笑出了房间。

渔夫酒店的游轮房间装修豪华，有很多娱乐设施，晚饭后，夜幕降临，海面上灯火辉煌。

两人到开好的房间更衣，闫鹏喝了不少酒，他红着脸，拍着凌楠的肩膀，"我知道你想什么，还惦记着那个女的？看不出你还是个情种啊，忘记了吧！医院的太平间，亏你想得出来，今晚我们好好玩玩。"

凌楠不好意思地笑笑，心想怪不得是警察，别人心里想什么都能看出来。两人换好衣服，从三层下到船舱的底部。先在一楼泡了一会儿澡。

"喜欢台球吗？打两局去？"闫鹏提出打球。

"我只打乒乓球，台球不会啊——"说话间，闫鹏已经爬出了水池，"可简单呢！"他显然对这里的环境非常熟悉。凌楠跟在闫鹏身后来到隔壁。那里有几张台球桌，灯光照在绿色的绒布台面，光线非常柔和。两人打了三局斯诺克。凌楠真不是这方面的好手，很多袋口的球都打不进，闫鹏等于陪他练球，最后连他自己都不好意思了。

"要不我们去唱歌？"闫鹏提议。

"别人唱歌要钱，我唱歌要命——相比唱歌，球技可能还好一点儿。"凌楠惭愧地说。

"呵呵，看来林律师只会读书，做律师。"闫鹏把一个红球打进底袋说。

"闫警官！"突然有人在门口喊道，闫鹏急忙放下球杆迎过去。凌楠看见进来了一个人，有四十多岁，有些谢顶，一副大腹便便的样子，两人的手握到一起。"张法官，好久不见，球技大长了吧！"

"不服来一局？"

"哈哈，好啊！"

凌楠看到来人是个行家，连忙把手中的球杆递过去，"我正愁陪不了他呢！"

"张法官，凌律师。"闫鹏介绍两人，凌楠伸手与张法官握手，张法官象征性地拉了一下他的手，便迫不及待地接过球杆。

两人的球技都不错，可谓棋逢对手，几盘过后，互有输赢。看他们的架势，还不知道打到何时结束。凌楠觉得自己成了个外人，而刚刚喝下去的酒精好像发挥了作用，再看球台上的球，就觉得一个变成了两个，坐在椅子上的身体控制不住地下滑。"要不你先回去吧！"闫鹏把一个黑球打进去，回头对凌楠说。凌楠像得到特赦，站起来，冲张法官点点头，走出船舱，向三楼的房间而去。

<h2 style="text-align:center">21</h2>

林虹站在蓝色的海水中，身着黑色的连体泳装，比基尼勾勒出她身体完美的曲线。她把泳镜摘下来，深情地望着凌楠。海水浸泡着她的肌肤，她脸色苍白，"我想你想得好苦啊！天天给你在网上留言，总不见你回复……我的偏头疼病老犯。"林虹伸出右手抚摸着凌楠的脸，那只羊脂的玉镯挨到他的脸，冰凉。

"谢谢！我也想你。"

"那你不回复我？"

突然间狂风大作，海浪滔天，凌楠紧紧抓住林虹的手，一个浪打来，林虹的手松开了，她在海水中颠簸了几下不见了。

"林虹——"凌楠大声地喊着，从床上坐起来，发现原来做了个梦，浑身是汗。他低头看了下手机，刚刚晚上十点，闫鹏还没有回来。凌楠走到窗前，窗外海面平静，皓月当空，想起刚才梦里的一幕，心中仍然惊悸不已。他抬起手，下意识地摸了下自己的脸，好像还能感知到林虹冰凉的手指。

"亲爱的，你在哪里啊？"凌楠望着苍茫的海面，喃喃自语，一回头，看见闫鹏挂在墙上的警服。他思考数秒，果断地从衣架上取下来。他比闫鹏稍微瘦一点儿，两人个头差不多，警服穿在身上很合适。他在卫生间的镜子前看了看，发现穿着警服的自己很帅。

凌楠悄悄地走出渔夫酒店的大门，早有出租车等在门口。他上了车，把警帽摘下来，拿在手上，也不看驾驶位上的司机，直接说，"人民医院"。

出租车在海滨公路上一阵狂奔，二十多分钟后就到了人民医院的门口。凌楠下了车，走进门诊大楼。他看见这里的人比白天少多了，不过仍然有穿着白色大褂的医生和护士来去匆匆。

"您好，请问太平间怎么走？"他拦住一名护士。

"住院部后面。"听到太平间三个字，连护士也吃惊地打量了一下凌楠，但是看到他身上的警服，没问什么，而是转身把手向前一指，"穿过这个走廊，到住院部，右拐，东面有一个小门，出去一直走到头。"

凌楠大步向门诊大楼后面走去，脚下呼呼生风，像是有紧急的任务正在执行。他按照护士所讲，穿过门诊大楼，来到住院部大楼。两个大楼前后挨着，中间是一条约五十米长的走廊。经过时偶尔有人盯着他看，凌楠走着走着，猛然间挺直腰，"我现在是警察，得有警察的样子。"住院部大楼的左边，果然有一个小门，从那里出去是人民医院的后院。

"一直走到头。"凌楠记着护士的话，继续向前。看见前面停着一排120救护车，经过那些车，到了小路的尽头，在院子的一角有个类似仓库的大房子，紧挨着医院外面的马路，他想，"应该是这里了。"

灯光黑暗，房前有几棵大树，借着马路外微弱的路灯，凌楠仔细观察水泥墙上几个不大的字，白底红字，清楚写着"太平间"三个大字。一扇铁门紧锁着，他推了一把，门纹丝不动，一股阴森和冰凉隔着门渗出来。凌楠心中不禁一凛，这可是存放尸体的地方啊！

凌楠看见不远处有个小房子，像是值班室或门卫什么，有灯光透出窗户来。他走过去敲了敲，滑动的玻璃窗推开了，他正想着怎么说，床上躺着看电视的一个老头一骨碌跳下来。

"警察好！"

"开一下门！"凌楠向旁边的太平间一指。

"您是……这个得向医务科请示。"他嗫嚅着说。

"少啰唆，我们是'9·20'爆炸事故处理委员会的，快点。"凌楠喝了酒，说起话来声音很粗，"老子也不想在这半夜三更来，有什么办法？快开门，紧急任务。"

老人听了，急忙转身在桌子的抽屉里扒拉着找钥匙。凌楠摸了一下闫鹏的衣服，发现上衣的口袋里有烟，取出来一支，含在嘴里，却发现双手抖动着点不着火，他索性又装回兜里。

老人找到钥匙出了门，手中拎着一盏应急灯。凌楠跟在他身后向太平间走去。他抽出一支烟，从后面递给老人，"麻烦啦！"

"没事儿，你们警察辛苦，这么晚了还执行任务。"他回头接过烟，讨好地对凌楠说。

"可不是，领导不放心，说是再确认一下人数。"说话间，两人已经到了太平间的门口。这是一个双开式铁门，老人打开锁，拉开门栓，用力向里推，铁门"吱呀呀"开了。他朝凌楠做了一个"请进"的姿势。凌楠感觉到凉气逼人，像是开着冷风。

"我就不进去了。"老头说。毕竟是存放尸体的地方，即便是经常与之打交道的他也不愿在深夜进入医院的太平间。

凌楠有些害怕，但已无退路，他硬着头皮一步跨进去。老人却从后面跟上，"灯在这里。"他摸了一下墙上的开关。黑暗的太平间里一下亮如白昼，里面并非如凌楠想象的那样摆满各样尸体，看上去很空旷。可能是开放冷气的缘故，寒气彻骨。老人没有要往里去的样子，或许也是为给凌楠壮胆，他并没有马上离开。

"那些在爆炸中遇难的遗体放在哪里？"

"往里，右拐——这个给你——"老人把手中的应急灯往凌楠手中一塞，凌楠接过去向里走去。靠墙的地方摆着一排冰柜。里面大概是爆炸后遇难者的遗体，主要是暂时无法确认身份，又一时联系不到亲属的人。因为大部分的遇难者遗体，随着亲属签订协议，已经被运走火化。

凌楠鼓起勇气，向冰柜走去，上法医课时，他们也曾在老师的带领下，观看尸体解剖，但当看到这些在爆炸中遇难者的遗体时，他还是大吃一惊，发根像受到静电吸引，唰地倒竖起来。

他心里默念着，"亲爱的，我来找你了，你真的在这里吗？"这样的默念给了他力量，使得他有勇气一具具看下去。那些尸体大都残缺不全，被大火烧得焦黑，面目无法辨认。有的只是身体的大半，肢体从肚腹处活生生切断，血液凝固，旁边摆放着不完整的四肢。凌楠继续往下看，冰柜的边上有编号。他听闫鹏说过，A开头的是男性，B开头的是女性。于是，他跳过 A 字编号的，特意留意 B 打头的尸体。他把应急灯高高地举起，生怕错过每一个细节。B03 引起了他的注意，那显然是一具女性的尸体，保存较为完整，虽然肢体不全，但皮肤看上去富有弹性。突然一样东西引起了凌楠的注意，在应急灯的照耀下，在黑暗里熠熠发光：手镯。

凌楠想起在上岛的咖啡店，林虹第一次请他吃牛排，她用刀切牛排，那只镯子总是从手臂滑下，她不得不一次次用握叉的左手去扶。

"她果然在事故中遇难了。"泪水从凌楠的眼中夺眶而出，"我对你日思夜念，原来你早已不在人世。"

凌楠注视着灯光下这具基本完整的尸体，缺失的部分好像又复原了，他看见林虹被海水浸得通红的脸庞和亭亭玉立的站姿，泪水又一次模糊了视线。

凌楠忘记了自己是如何走出太平间的，他只记得自己牙齿上下打战，说不出话来。他把应急灯往站在门口的老人怀中一塞，头也不回，快步向外跑去，穿过门诊部大楼，直到医院的大门口，才觉得身体慢慢发热，有了温度。

凌楠拦了一辆出租车，向海边的渔夫酒店而去。一路上，头脑中全是林虹的影子，一会儿是她在医院里面目全非的样子，一会儿她又神情专注地切着牛排。

凌楠回到房间时，看见闫鹏已经打完球回来了。他呆坐在床边，看到凌楠进来，吃惊地站起来问，"你去了哪里？"

凌楠一句话没说，一头倒在床上，怔怔地看了一会儿闫鹏，说，"她真的不在了，我刚从医院的太平间回来。"

闫鹏瞬间怔住了。

第八章
律师代表权

————

22

没有签订协议的遇难者亲属只剩下凌楠他们提供法律援助的赵娜娜了。

这天一上班，李少平和凌楠来到西海酒店 602 房间，发现房间的气氛有些压抑，师徒两人进来也没人招呼，场面极是尴尬。

半晌，刘军对李少平说，"我们的条件没变，一千万，一分不能少。"

李少平早就想好了应对之词，"赵娜娜 23 岁，是成年人了，只有她才是法定继承人，所以，刘先生，我们不和你谈。"

"你们？我知道你们什么意思，想一脚把我踢开了！我能代表娜娜和你们谈，想限制我？哼哼！"

"除非，赵娜娜给你授权。"

"这不容易！娜娜，你说舅舅能代表你吗？你现在就给我写个书面授权，让他们看我有没有权利代表你！"刘军声音提高，盯着赵娜娜。

赵娜娜却把脸蒙在手里不说话，像是哭了，头发长长地垂下来，肩膀微微抖动着。刘军的声音一声紧似一声，"写，现在就写，让他们看！"他找出纸和笔来，强行递到赵娜娜眼前。

赵娜娜猛地站起来，哭着冲出了房间。姨妈紧跟在后面跑了出去。刘军红着脸站在屋子中间，气急败坏地喊："还不是为了你？哼！我也不管了！"说完扭头出了房间。

李少平对凌楠微微一笑，"制胜的法则之一就是让敌人从内部瓦解。"

过了一会儿，赵娜娜在姨妈的陪同下回到了房间。她不说话，但姨妈开口了，"我们愿意按政府提出的条件签订协议，但能不能给孩子安排一个工作？她今年刚毕业，父母都不在了，工作还没有着落……"

她说得十分恳切，李少平和凌楠一时无法拒绝，但这个条件他们两人无法做主，得"事故委"决定。"不过我们可以争取一下。"李少平说。

两人从 602 出来，坐电梯到二楼的"事故委"。"看来，他们顶不住了，至于安排工作，可能性不大，公务员的招录要经过严格的考核，表面上我们答应，先让他们签订协议，火化尸体，然后……"

李少平的话让凌楠目瞪口呆，他心想，我们可是赵娜娜的援助律师啊！

果然，如李少平所言，对于赵娜娜姨妈提出的条件，"事故委"主任刘天泽摇头拒绝。

"她是事故中唯一一位父母都在爆炸中遇难的亲属，她再也没有亲人了，提出这样的条件，我认为并不过分！"凌楠大声说，他不知从哪来的勇气，向着师傅和师兄刘天泽质问道。

两人吃惊地看着凌楠。

"赵娜娜是我的委托人，为自己委托人的利益抗争，是每个律师的天职。"他继续说道，"我虽然是政府指定的援助律师，在本案中接受一定的津贴，但这并不意味着我会出卖委托人的利益，哪怕在法庭上我也会这样讲。"

凌楠讲得大义凛然，刘天泽和李少平竟然无法反驳他。

"可以先给她安排一个事业编岗位，以后报考公务员，她的条件特殊，这个可以答应。"刘天泽沉默了一会儿说。

凌楠心里一阵狂喜，为自己的委托人争取到了利益，更重要的是，他始终站在了委托人的立场，这是做律师最起码的道德要求。

随着赵娜娜的签字，事故中最后一位遇难者家属也和政府达成赔偿协议。西海酒店的遇难者家属全部撤离，预示着"9·20"爆炸事故善后工作告一段落。本次事故共造成 35 人死亡，41 人受伤，281 套房屋不同程度损毁，直接经济损失 1.2 亿元人民币。

"事故委"在西海酒店召开总结大会，会前为在事故中不幸遇难的人员集体默哀一分钟。市长亲自出席会议并讲话，参与事故处理的消防人员代表、警察、医护人员，还有凌楠他们律师代表，总共一百多人参加了会议。市长对大家的工作给予高度赞扬和肯定，并指出，"事故给人民群众的生命财产带来极大损失，教训惨痛，今后将认真总结，查找原因，坚决防止此类事故再次发生。"

会议表彰了部分优秀工作者。凌楠坐在会场的倒数第二排，他也在总结回顾自己一个多月来的工作。从和老师接受指派，为赵娜娜提供法律援助，到最后签订赔偿协议。虽说在金钱赔偿之外，给她争取到了一份工作，但他觉得并没有取得什么成绩。无论多少赔偿都不足以弥补她失去父母的悲痛。他听见台上换了一个领导讲话，师兄刘天泽也在主席台就座，身体笔直，神态自信。本次事故处理，他运筹协调，功不可没。领导们讲了什么，凌楠几乎没有听进去。他觉得事故的处理并不圆满，似乎缺少什么，这是任何赔偿都无法代替的，是什么呢？对！是对事故责任的承担。或更直接说没有人在事故中受到问责和处分。应该对事故的负责人和直接责任人员进行追责，唯其如此，才能告慰那些死去的魂灵，防止类似悲剧再次发生。

会场上的气氛昏昏沉沉，凌楠的思绪集中在通报的死亡人数上，35 人，这算是特大事故了。不知为什么，事故的调查报告迟迟未出，他知道死亡人数绝不止35 人，实际死亡的人数远高于此，但被巧妙地隐瞒了。

他记起那天晚上潜入医院的太平间，看到的带有编号的遇难者。当时，一心寻找是否有林虹的遗体存在，没有详细记那些人数。事后，他以冰柜数推算，总共有十五六人。这个数字也得到闫鹏的认可，那么，事故中实际遇难的人数应该在 50 人左右。如果真相披露出去，民众反应如何？有关人员将承担什么样的法律责任？

想着想着，他不敢往下想了。

会议进行了一个小时，仍然没有结束，凌楠的思绪最后集中在一个人身上。

那天晚上太平间中所见的一幕注定让他终生难忘。他无法把那具残缺不全的尸体与美丽的林虹联系在一起。有时候他想自己是否做了一个梦，从邂逅她，短短数月，到她悲惨地意外离世，人生真是变幻莫测，生命中有太多的偶然。包括那天在红绿灯路口，要不是闯黄灯时的猛踩一脚油门，可能躺在医院太平间的就是自己了。更让他无法理解的是，林虹在事故中遇难，竟然没有家属亲人联系？她果然是一个神秘的人。"谁知道她真正的身份呢？"像闫鹏所言。难道她对自己所说的，在东方能源公司上班是假的？

从她的言行举止、神态打扮，还有平时的行事作风看，她都不是一个普通的人，难道没有父母兄弟姐妹？

"那么就让我是你的亲人！"凌楠在心中默默地说，"我一定要查清你是谁，如果这个世界上你没有了亲人，那么，我就是你唯一的亲人。"在喧闹的会场，坐在上百人中间，凌楠突然感到万分伤感，不知什么时候泪水悄悄地流了下来。

星期一早晨，凌楠持单位介绍信和自己的实习律师工作证，来到东方能源公司的门口。通过司法考试，取得司法资格证书后，市律师协会为他颁发了实习律师工作证。现在除了不能独立开庭、代理刑事案件外，他基本可以像执业律师那样出入法院、政府机关等场所，从事有关律师业务，这个时间将持续一年。

能源大厦是一座独立的三十层写字楼，中间主楼，两边裙楼，外形像一把立着的宝剑。早晨初升的太阳照在外墙蓝色的装饰玻璃上，反射出一片迷人的光芒。

石油行业是国家垄断行业，为什么还有东方能源这种石油加工企业呢？凌楠曾就此询问林虹，"你们做律师的就是多疑，难道不能从事与石油行业相关的产业，比如塑料、化工等？"他还记得林虹佯装生气瞪着他的表情。

公司的安保非常严格，一位年轻的门卫反复查看了凌楠的工作证和律师调查函，然后通过内部电话联系。挂完电话后，他说："请到一楼的值班室。"电动门徐徐打开，凌楠走进这家神秘的公司。接待室装修豪华，真皮沙发，液晶电视，高档的板台，一看就是非常有钱的单位。

不一会儿，一个年纪四十左右的女性进来，一身职业打扮，她主动伸出手，"你好，我姓张，负责公司人事方面的工作。"

凌楠连忙站起来，伸过手去，并把自己手中的工作证和调查函递过去。

"你是实习律师？"女人低头看看说。凌楠脸红了，那样子好像自己低人一头。实习律师怎么了，谁还没有个实习期？各行各业莫不如此。

"我的证上面有钢印，按司法部相关规定，实习律师除了不能独立代理案件的审理外，具有和执业律师一样的地位，难道需要我请示法院来调查吗？"

看来还是法院的名头更响亮，女领导听了，马上说，"那倒不必了，我只是问问。您打听林虹有什么事？"这么说林虹真的是东方能源公司的人，凌楠心中一阵高兴。

"嗯，她欠我们一个委托人的钱，现在处于失联状态，"凌楠随口说道，如果说出自己的目的，对方八成不会告诉他。

"这样啊，实事求是讲，这个人两年前就从我单位辞职了。"听女领导这样讲，凌楠又失望了。

"那她的人事档案还在单位吧？"

"没有。她的档案要么在新的单位，要么就退到社保那边了。"

"哦！这样啊！"凌楠有些失望，只好从沙发上站起来告辞。原想通过单位找到林虹的相关信息及家庭地址等，没想到她辞职了。

说自己在东方能源公司工作，其实两年前就辞职了。看来林虹并没有给自己说真话，为什么呢？有什么不便之处吗？随着对林虹的了解越多，凌楠越觉得她的神秘。

社保局在政务服务中心的二楼，凌楠搭上一辆8路公交车，半小时后就到了社保服务大厅。一个胖乎乎的男工作人员接待了凌楠，凌楠递上自己的实习证和调查函，工作人员直接在电脑上查询。

"没有这个人啊？有身份证号码吗？"

"没有，以前在东方能源公司工作。"

"查询不到。"

"那是因为？"

"没有在当地参保。"

"那人事档案呢？会不会在咱们局？"

"不会。"工作人员坚决地摇摇头，"以前社保代管过一段人事档案，现在这一业务基本不做了。"

凌楠失望地从社保局出来。

23

"虽然知道你已经不在人世，我依然每天在这里给你留言，就像以前一样。我期待着，有一天你的QQ头像突然跳动，给我回复了。你充满了神秘，从我们相识到交往，短短数月，你像颗美丽的彗星划过我黑暗的天空，又消失在茫茫的夜空。有时候，我怀疑自己是否在做一个梦，世界上根本没有你这个人。你说你是东方能源公司的员工，但他们说你早就辞职了。你连人事档案都没有，甚至是父母亲人，这样大的爆炸事故，竟然没有人牵挂你的安危，没有人和你联系？"

"我去了医院的太平间，你孤独地躺在那里，我不敢相信那具残缺不全的尸体就是曾经美丽的你。你是多么的可怜，甚至，没有一个人看望你。"

"我想你可能对我隐瞒了什么？或者不便说，还是没有来得及说……"

通过了司法考试，又协助处理完了赵娜娜法律援助的事宜，凌楠突然变得无所事事。他不是坐在电脑前发呆，就是独自站在窗户前，出神地望着远方，像丢了魂似的。

凌楠的表现被老师李少平看在眼里。这天早晨刚上班，他看见在电脑前发呆的凌楠，走过去拍拍他的桌子，"喂，想什么呢？"凌楠像是从梦中醒来，叫了一声"老师"。李少平不解地看着他，"你怎么了？"

凌楠像是被人窥见心事，慌乱地从桌子前站起来。

"没什么，老师。"

"金鼎公司吴总的那个案件准备得怎么样了，李婷婷回话了吗？"

"没有。"

"她不是要到所里来谈吗？怎么不来了？我不提醒，你就不知道继续和她联系？你看你的样子。"

"老师，我……"

"是不是觉得通过司法考试了，已经成了律师，就了不起了？别忘了，路还很长。当时，你考试没有通过，我为什么要你？正是看中你积极向上的精神和一身朝气，看你现在的样子？整日萎靡不振。"

凌楠连忙向李少平点头认错，"老师，对不起。"

李少平怒气冲冲地向办公室走去，刚走了几步，又回头对凌楠说："你把张方良、李婷婷借款的材料给我送过来。"

李少平原是市第三建筑公司的一名工人，自学法律成才，非常刻苦，通过当年的律师资格考试，辞职当了律师。没几年，声名鹊起，业务做得风生水起，还被评为省优秀律师。后来政策允许，他又申请建立了全市第一家个人律师事务所。除了刻苦，他还有对律师工作的那份热情。在他看来人生最重要的是热情，热情让人充满动力，工作起来，高效兴奋。如果人生失去热情，那就是混日子，和行尸走肉没什么区别。他是个工作狂，白天拎着包去法院开庭，晚上加班学习到深夜，忙得不亦乐乎。当看到凌楠整日一副消沉的样子，他终于爆发了。

凌楠把张方良、李婷婷的借款资料，连同自己整理计算的本金、违约金、利息及律师费等的表格，一并送到李少平的办公室。

李少平从合同上找到电话，按了桌上座机的免提键，啪啪地拨着号打过去。

"喂，李女士，你可能把我们说的事忘了吧？我是少平律师事务所的李律师……你不要找借口，谁还没有点事？其实，我们更看重的是态度，你们欠了钱，还托词这、那的，我们至少见面谈谈……我知道，你听我说，其实，我是对你好，否则，我们就法院见！还有，我们也不怕拖，拖一天利息和违约金 1200 元，你不来也没关系，咱们看谁拖得起。"

"别，李律师，我马上到你们律师事务所。"

"你看着办！"李少平说完挂了电话。这世界就是这样，弱肉强食，你强他人弱，你弱他人强。凌楠给李婷婷打电话，她口头答应，却总是爽约，要不就是说自己没时间，等等。然而老师一通电话，她就答应马上来事务所谈。

半个小时后，一个三十岁左右的女士怯生生地敲响少平律师事务所的玻璃门。凌楠看见她的眼睛、鼻子、脸盘都很小，惊恐地望着四周，好像随时准备逃走的样子。

凌楠走过去开了门，他确信敲门的女人就是李婷婷。他直接把她带到老师的办公室。李少平坐在椅子上，没有起来，坐直了身子问道，"你来啦？坐！"

"嗯嗯，实在不好意思，最近特忙。"李婷婷小心地在会客的沙发上坐下。

"你看这事怎么解决？债务人跑了路，必定由保证人承担还款责任，法律就是这么定的。"

"你说……只要不去法院怎么都行，你要是起诉，一夜之间传遍，学校知道我就完了！师者，行之范……"原来李婷婷是个老师。

"唉！我们律师也是受人之托，不是我为难你啊！"李少平立即换了一副脸色。

"我明白，"李婷婷低声说，"你们也是工作。"

"我算过了，本金加利息，再加延迟履行的违约金及相关的诉讼费、律师费等，总计 110 万。按现在的市价，你那房子最多值 90 万，要是你愿意，以你的房子抵债，我们两清，其他不再追究，你看怎么样？其实你还占了便宜。"

"我没意见。我想过了，我们也是被人骗了，在担保书上签字，又用自己的房子抵押。张方良借款时说，嫂子你们签个字，就借三个月，工程款结了给我们，谁知现在找不到他……"李婷婷说着流下了眼泪。

李婷婷说，张方良和自己的老公关系非常好，在外面承包工程，出手很大方，开着一辆宝马七，看上去很有钱。去年三月，他找到自己的家里，说承包的工程没有结算，急着给工人发工资。他找到一家贷款公司，人家愿意借钱，但需要担保。他说只是履行个手续，工程一结算就解押，她和老公磨不开面子就答应了，本来是老公签字，但他们说要有房子的人担保，而她家的房产在自己的名下，于是她在合同上签字，成了担保人。

080

"你们太信任他了，也是不懂法啊！担保人对债务承担连带偿还责任，要是一开始找律师咨询一下，或有个反担保什么的可能会好一些。那你们这个房子抵出去，还有住的地方吗？"假设只有一套房子，将来执行起来很麻烦，李少平做出一副关心同情的样子。

"我们现在住在父母家，他们为我们看孩子，房子也大，我们自己的房子抵了就抵了吧，谁让我们给他担保呢？也算是个教训，金鼎公司的人也天天催，还说要来学校找我，我想起来就睡不着觉，抵出去算一了百了吧，我实在受不了了！"李婷婷说完，痛苦地闭上眼睛。

凌楠没想到师傅一阵威逼利诱，李婷婷居然答应了。其实，是他们怕到法院起诉。因为诉起来，法院不会支持这种超过法定保护利率的高利贷，更不允许不通过拍卖程序，直接以房抵债的做法，但李婷婷本人愿意。

凌楠按李少平的意思在电脑上起草好协议，核心条款是担保人李婷婷的全部债务免除，前提是以其在太行山路 126 号 3 单元 401 房抵给债权人吴志兵。本协议签订七个工作日内，双方共同到房产交易中心办理过户手续。

李婷婷看也没看就在协议上签了字。

"那房产是在你和老公共同名下，所以，除了你签字，还要他签，不知道……"

"他肯定签，他听我的，再说那购房款主要是我家拿的。"

听她这样讲，李少平放心了。可能是觉得有些过意不去，他补充说，"不过，你可以抵债后向张方良追偿，我们甚至可以协助你。"

"好的，谢谢。如果找到他，要起诉，我来找您。"

凌楠对师傅佩服得五体投地，不但搞定了李婷婷的房子，如果她起诉，还要委托李少平，那等于又承揽了一起案件啊！

看着李婷婷出了办公室，李少平挺直腰，靠在椅背上，得意地说，"我们和吴总有约定，律师费 10%，这个协议一签订，过完户，9 万元的律师费收入囊中。别看你司法考试得了 475 分的高分，但实际的经验还得和我这个土老帽儿学。刚才批评你几句，你别往心里去，我是对你好，我看不得年轻人沉沦混日子。"

"老师，您批评得对，您爱护我才那样说，我对您感激还来不及呢。"

凌楠的话让李少平听得心里非常舒服，他指着签订好的协议说，"下一步还得做个公证，让夫妻二人和吴总到公证处做公证，否则，没法过户。你陪同他们去一下，别嫌跑路累，增长些实际经验，这是难得的锻炼机会。"

"好的，老师。我回头和他们联系。"凌楠拿起签订好的协议书及资料，从李少平的办公室出来。

24

"忙什么呢？"凌楠把电话打过去。

"我在出现场。"闫鹏的话有气无力。

"有案子？"

"哪里呀！大王庄拆迁，我们在现场维稳。"

"哦！晚上一起坐坐？"

"有什么事吗？我可能结束比较晚。"

"没有，我只是有点想你了……"

"哈哈！好说，在什么地方呢？"

"大餐请不起啊——上次那个烧烤吧！不见不散。"

凌楠记得刚来青城时和闫鹏喝酒的那个小店，在漓江路上，烤肉很正宗。刚下班，正值晚高峰，前来就餐的人很多。随着夜的降临，路灯亮起来，街上开始变得热闹。凌楠边往里走，边东张西望，他记得那家店的名字叫"王姐烤肉"。店主们把摊位移到门口，并尽量向马路中央延伸。写有东北烤串、新疆烤羊肉、盱眙大龙虾的灯箱牌子闪烁着。路中间仅能通过一辆车，行人和车辆互不相让，汽车喇叭刺耳地鸣叫着，而行人不急不慢地从路中间走过。店门口的灯光下，各种穿好的肉串海鲜整齐地摆在盘子中。每个小店的门口有三五张桌子，标志性的东西是家家门口都有的一个个装着生啤酒的大肚腩木桶。这是青城的标志，几个月来，凌楠已经渐渐适应了这种生活。晚上下班后，三五个朋友往路边的小店门口一坐，点几样烧烤海鲜，老板举着杯子走过去，到门口的大肚酒桶前，开关一拧，金黄色的啤酒就流出来。

辛苦了一天，一杯啤酒下肚，一股凉爽从舌下生出，"老板，来盘蛤蜊，要吐得干净的。"

"好嘞，师傅您放心吧！"

这就是青城人的生活，当地人会在家里烧几个菜，从街上用塑料袋打上几升啤酒，颤巍巍地拎到家里喝，并戏言"拎尿袋"。

凌楠给自己要了一杯生啤，慢慢地品着，等闫鹏。一大杯啤酒见底的时候，闫鹏不声不响地坐到了他的身边。他已经换下警服，穿上了便装。

"服务员，再来两杯酒，我们点的烧烤可以上了。"凌楠冲老板娘喊。

"怎么今天有闲情喊我喝酒，有什么事？"

"难道没事就不能请闫大警官喝一杯？"凌楠一大杯啤酒下肚，已经微醉。

"拉倒吧！你不会又有什么事？上次偷了我的警服去医院太平间，看不出来啊！"

"哈哈，说得多难听，也就是借穿一下，谁敢偷警察的东西。"

"真是做律师的，借与偷，一字之差，两种行为的性质完全不同，借是民事行为，偷是刑事犯罪行为，佩服佩服啊！你找我真的没什么事？"

"就是想跟你聊聊，今天被师傅批评了，很郁闷，想找个说话的人。"

凌楠把上午如何联系李婷婷，如何与其签订抵债协议，自己又如何被师傅批评的事详细地讲给闫鹏听。

"我师傅涉嫌欺诈，看到那个女老师没有经验，又是蒙又是吓，与她签订合同，他怎么能这样做呢？"

"哇，你师傅太厉害了，凭三寸不烂之舌，几句话搞定一套房子，太让人佩服了。"

凌楠希望从闫鹏那里听到对李少平的批评，没想到他反而赞叹起师傅的能力。

"这不是知法犯法吗？他应当维护社会的公平与正义，反而利用自己的知识与经验，欺诈投机，不卑劣吗？"

"错。本来担保人就有还款的义务。再说维护社会公平与正义的是法官警察们，不是律师，律师只为自己的委托人服务。嗯，那句话怎么说？律师是委托人的一只狗，只保护自己的委托人。他的武器就是法律。虽然你老师的手段确有令人不齿之处，但是可以理解。律师代表的是私权。反过来，法官，还有我们警察就不行，因为我们代表的是公权。宽容私权，苛求公权。"

这时候，老板娘员送来烤好的肉串。穿在铁丝上的羊肉白里泛黄，外焦里嫩。闫鹏拿起两支，将一支分给凌楠，"先把工作干好，争取早日拿到执业证吧！倒是我所从事的工作，唉！比如今天的拆迁，妈的，不说了。"

凌楠用牙齿咬住铁丝上的肉，轻轻向外拉，肉粒一颗颗落入嘴中，等一串吃完了，他把铁丝往眼前的盘子中一投，"总之，毕业半年来，经历了太多的事，我很迷茫，还有'9·20'爆炸事故的总结会开完了，结果是什么呢？事故原因的报告至今没有出来，无人受到处分、免职或追究法律责任。"

"不要乱讲。"闫鹏降低声音，"报告迟早会出，现在传言有领导将会受到处分，人心惶惶，毕竟死了那么多人。前不久，我们内部有个谈话，所有参加事故处理的人都要遵守纪律，在最终结果出来之前，不得传播任何消息。"

"我个人推断，在事故中真正死亡的人数应在 50 人左右，那天在医院的太平间，我粗略地估算了一下，但对外的数字……"

"嘘！"闫鹏机警地向周围看了一下，"不要乱讲，你这个家伙，那天晚上穿着我警服混到医院的太平间，这事要是走漏风声，你我都担不起。"

"这本来是要公开的嘛！"闫鹏恨不得伸手堵住凌楠的嘴。他把手中的酒杯向前一送，"喝酒，你怎么还是个热血青年？换个话题。"

凌楠仰起脖子，喝干了杯中的酒，又喊老板倒酒。不知不觉中，两个人已经喝了五六杯生啤。闫鹏看见凌楠有些醉了，担心他还会说什么，喊老板娘结了账，扶着醉醺醺的凌楠向外走去。

第二天早晨，凌楠赶到所里的时候，看见师傅李少平已经坐了办公室。他看了下手机，距上班时间已经过了十五分钟，以前他从未迟到过。昨天刚被老师批评，今天又迟到，自己这是撞枪口上了。昨晚喝了不少，闫鹏一直把他送到出租屋，什么时候离开的都不知道。头有些疼，他烧了一壶开水给老师送过去，小心地把李少平的杯子拧开，想把前一天泡过的茶水倒了。

"不用，我自己来。"李少平面无表情地自己接过杯子。"这里有七份合同及资料，都是吴总金鼎公司的借款人，现在还不上了。你挨个给他们打电话，催促还款，借款人还不了，就找担保人。方法和昨天我找李婷婷的方式一样，先打电话，约谈，然后签订协议，实在不行再起诉。现在你通过了司法考试，理论上没问题，主要是看实践了，看你能收回几户来。"李少平头也不抬地说。

凌楠抱着合同和资料走出老师的办公室，却发现肖青云和三个农民站在自己的办公桌前，凌楠知道他们为何而来，挥挥手示意他们到接待室。

第九章
风险代理

———

25

肖青云把一兜黄瓜西红柿往桌子上一放，那黄瓜显然刚摘不久，还带着白色的绒毛。

"也没什么好东西，凌律师，这是自己家吃的。"凌楠接在手中，连声说谢谢。除了肖青云，其他三人面很熟，凌楠也曾去过他们的家，丈量过输油管道与住宅间的距离，但一时叫不出名字。

"凌律师，我们的案子能起诉了吗？"肖青云坐下来后说。

"起诉可以，但还有些准备工作。从法律上说，东方能源公司的输油管线经过各位的住宅。根据油气管道国家标准，直径50厘米以上的输油管线，与居民住宅的直线距离应保持15米以上，这个显然达不到。"

"哪有15米，5米也不到。"有人附和道。

"从法律上来说，这是个侵权之诉，东方能源公司的管道威胁到各位的人身与住宅安全，应当停止侵权，排除危害。"

"那我们赶紧起诉吧！还等什么呢？"

"有些准备工作要做，另外，我们之间还得签订一个《委托代理合同》。"

"这个我明白，那律师费用呢？"

他们终于问到了律师费，这也是凌楠最关心的事。他心里有个可行并能操作的方案。诉请法院判决被告东方能源公司向肖青云等11人提供安全住房或赔偿每户人民币100万元。李少平说，每家主张80万就可以，要是钱要不回来，还得垫付高昂的诉讼费。凌楠认为，诉讼费只是预付。他对打赢官司充满信心，索要100万与80万元的诉讼费相差不到一千元，那就按100万的整数主张。这个钱也仅是在本市较偏远地区购买一套二居室房子的价格。按照省律师协会和物价部门制定的律师收费办法，每户的最低收费是5万元左右，11户加起来是一笔不菲的律师费。但他清醒意识到，这个钱他无论如何收不到，哪怕每户只收1万元。农民们现实，在和能源公司的诉讼没拿到钱之前，他们不会付一分钱的律师费。

"按照律师收费标准，每户最低是5万元……"凌楠的话还没有说完，三个人的脸唰一下掉下来。这是凌楠早就预见到的，他的目光从几个人的脸上扫过，像是故意考验他们的承受力。"但是这个钱我们暂时不收。"紧绷着的几张脸松弛下来，他们感激地看着凌楠。

"等官司赢了后，你们付给我们，这种方式也叫风险代理。按照律师收费办法，最高可以收到30%，考虑到案件的实际情况，我们收10%，不知道各位意思……"

"没问题，这样最好。"

"那你们先回去，等我消息，诉状写好后，我通知你们来签字办理手续，我们正式向法院提起诉讼。"

一行人满意地出了律师事务所的门。凌楠顾不得收拾桌上的东西，赶忙将刚才的情况向李少平汇报。这个案子如果成功，收费一定不少。虽然他的工资仍然只有1000元，但是只要这个案子能打赢，挣来大额的律师费，相信老师一定不会亏待他。

李少平静静地听凌楠讲述他的"大案"及"巨额"律师费，等凌楠讲完他笑了，那笑容让凌楠心中很不安。

"想得不错啊！"李少平站起来，走到自动饮水机旁给自己的杯子里续了些水，"11个委托人，每人收费10万，加起来100多万，一战成名，你就是大律师了。"这次凌楠听明白了，老师是在嘲笑他。

"年轻人啦，你的想法很好，也确实可行，你让我想起了当年的自己，但是你注定会白忙一阵，最后一无所获。"

凌楠心中有些不服，"有什么不对的地方吗？"

"没有。"李少平摇摇头，"无论是计划方案还是诉讼请求，都切实可行，但你不会成功。首先，你立不了案。11个案子，也算个不小的集团诉讼。牵涉村镇土地方面的纠纷，以我的经验，这种案子法院轻易不会受理。他们会说这是土地方面的纠纷，让你们去找政府裁决，然后两家推皮球，就是不立案。其次，即使受理你们也很难胜诉。东方能源公司财大气粗，实力雄厚，你们根本不是对手。在法律上找个让你们败诉的理由太容易了。然后，你们上诉，耗也能耗死你。一审先预付诉讼费近两万，二审上诉又是这么多钱，官司没影子，先花出这么多钱，就算你能坚持下去，那些农民不一定能坚持下去。最后，他们会泄气、认命，宁死不告官。你只会白忙活一场。耗去你太多的精力，他们还会怨恨你这个律师能力不行，猜忌、不信任，用他们一知半解的法律知识，甚至指挥你这个内行办案，那时连你自己也受不了，不得不与他们解除委托关系。第三，退一步，就算你们胜诉，案件赢了，那些农民也不会付给你律师费。"

"怎么会呢？"老师讲的前两条，也许可能，但对第三条，他不信。"案子赢了，他们会付律师费的，再说，我们有合同，不给钱去法院起诉，敢欠律师的钱？"

"哈哈，现在他们有求于你，对你很信任，言听计从，但一旦拿到钱，他们就变了。那时你去法院起诉他们，律师和自己的委托人打起官司，法官们怎么看你？你里外不是人，你会成为整个律师、法官等司法共同体中的另类、敌人。"

李少平的话像一盆冷水浇到凌楠的头上，让他从头凉到脚。

"当然你也会有收获——经验。以后你会明白什么样的案子能接，什么样的案子不能接。要为有钱的事主服务，这不叫唯利是图，农民没钱该去找政府法律援助。大家都是这么过来的，你还是把精力放在我给你的那些案子上，那才是看得见的钱，别总是盯着百万律师费的大案。"

李少平的嘴角挂着一丝嘲讽，凌楠觉得脸上一阵阵发烫。从老师的办公室出来，他在电脑前坐了五六分钟。李少平说肖青云等人的案件，他的代理思路正确，法律分析透彻，证据收集扎实，为什么不会成功？问题在哪儿呢？老师说他注定会白忙一场，凌楠心中不服，他暗下决心，一定要打赢这场官司，他也相信肖青云等人不会像老师讲的那样，官司赢了他们一定会付律师费的。

他一声不响地把李少平给的七个案件资料归整到一起，从合同上找出来借款人和担保人的电话，将它们列成一个表，挨个儿打电话。

"喂，我是金鼎公司的法律顾问，你的借款期限到了，假如这个月底还不归还，我们将采取法律措施。"

"那个，我实在是没办法……"

"你能不能到我们所里来，我们当面谈一下？协商总比打官司好。"

"你们看着办吧！"电话挂了。

凌楠给七个债务人还有他们的担保人挨个儿打电话，不是说时间抽不开，就是说不在当地，没有人愿意来律师所协商解决借款的问题。一个个欠得理直气壮。

凌楠不由得佩服起老师李少平来，几句话就让李婷婷缴械。是自己讲话有什么问题吗？还是他们也知道自己是个无足轻重的实习律师。自己几乎是按老师的脚本表演啊！但没人把他的话当回事，他感到万分沮丧。

凌楠站起来，在办公室踱来踱去，李少平早已拎着包出门而去，他总是这样来去匆匆，至于忙什么，凌楠一概不知。师娘张云丽给办公室的花逐个浇了水，拖了地，也回家了。她是老板娘，没人管得了她，有事就来，没事就待在家里。

空旷的办公室就剩下凌楠一个人了，墙上的挂钟显示已经是上午 11 点半，肚子"咕咕"叫了一下，午饭的时间到了。他把手伸向上衣里口袋，只挖出一张 100 元的钞票。这个月刚过半，生活费已经没了。事实上，每个月 1000 元的工资勉强够他一日三餐。最近开销大，又和闫鹏在外面吃了几次"大餐"，那可怜的 1000 元就只剩下一张了。他想给老妈打个电话，电话即将拨通后又挂断。都毕业了，还伸手向家里人要钱，那岂不也成了啃老族？这有违他的自尊。然而自尊不能当钱花，首先要解决吃饭问题。这 100 元花完只能找闫鹏借，要不就从师娘那里先预支一个月的工资，只能这样了，但往远里看，又不是长久之计。

"养活自己，先要养活自己。"他边走边在嘴里念叨着。养活自己只能从代理案件入手。

凌楠又想到了肖青云等 11 人的案子，他从抽屉中拿出自己撰写的诉状和收集的证据材料。假设这个案件真如预想的那样胜诉，每个委托人收取 10% 律师费，那可是 110 万啊！何愁养活不了自己。

凌楠越想越激动，事在人为，凡事只有去做才有成功的可能，否则连这种可能都没有。虽然李少平把案件的办理预想得很悲观，但他决心一试。像有人说的，人生要有梦想，万一实现了呢？

26

11 个人围在办公室里，正式与少平律师事务所签订了委托代理合同。他们在打印好的诉状上签名，又向凌楠出具了代为诉讼的授权书，然后在凌楠的带领下，浩浩荡荡向区法院立案庭而去。

正值上班时分，前来法院立案的人很多。凌楠在自动叫号机上点击"民商事"，叫号机吐出一张纸条，显示他们的号码是 035 号，前面还有十二个人在等待。

在法院打官司要排队，这说明什么呢？说明人们的维权意识增强，要依法捍卫自己的权利？还是说明在法院打官司很难，要排队，至少立案的窗口不够？

立案庭里吵吵闹闹，有些人的诉状格式不对，有的案件不属于本法院的管辖范围，法官将诉状从窗户退出来。他们认为这是法官刁难他们，隔着窗口与法官据理争辩，气愤地互相指责。过了很长时间，叫号机突然想起似的喊一声"请021号到2号窗口立案"。照这个速度，上午能不能轮到他们还不好说。11个人焦急地在大厅里走来走去，"打官司真不容易啊！"有人感叹。

11点时，终于轮到了他们，法官接过凌楠递进去的11个人的诉状，"这么多啊！"他轻轻地皱了一下眉头。

"他们都来了。"凌楠向法官指了一下身后的肖青云等人。法官低下头开始看诉状，他看得很仔细，看完后又看附在诉状后的身份证复印件、授权委托书、宅基地使用权证、照片等证据。凌楠的心里很紧张，他生怕法官拒绝。

"11个原告？"法官明知故问。

"是。"凌楠老老实实地回答。

"你是实习律师？"这又是个多余的问题。法官抬头看着凌楠，那样子像是他不能代理立案。

"根据最高人民法院与司法部的有关规定，实习律师可以代为立案的。"面对法官的诘问，凌楠早有准备。

法官不吭声了，他又将立案材料从头到尾看了一遍，对凌楠他们说，"先回去吧，等电话。"

"为什么要让我们等啊？"肖青云有些急了，"俺要卖菜，没有时间啊！"

"对呀！"又有几个人附和道。

11个人围住立案窗口，大有和法官一论高低的架势。

"回去等吧。"凌楠拦住他们说，"对于是否立案人民法院有七天的审查期，对于事实清楚、证据充分，属于本院管辖的案件，法官当场能决定是否立案，对某些案件进行审查也符合规定。"

听了凌楠的话，一行人相信了，虽然有些失望，但还是停止与法官的争执，从法院大门出来。

"那下一步怎么办？"有人问。

"只能等了。"凌楠回答，"这就是依法办事，它有一定的程序。"11个人的目光集中在凌楠身上。他们大部分人和肖青云一样，因为常年晒太阳，吹海风，皮肤粗糙而黝黑。不同的是年龄岁数，但相同的是都满怀期望的眼神。凌楠感觉到肩上的责任，委托人将自己的官司交给律师，等于把全部的希望寄托在了律师身上。正常的案件，在法院当场交诉讼费就能立案。这个案子，法官说要审查，预示着其难度，一切似乎应了老师李少平的话，"首先你们立不了案……"

"你们先回去，等我电话。无论怎么样，我们按计划进行，七天，如果法院那边没消息，我们再来。"法庭如战场，作为代理律师，首先要给自己的委托人信心，凌楠鼓励他们。

"我们相信你，凌律师。"肖青云粗糙的手握着凌楠的手说。后面的几个农民挨个儿过来与凌楠握手，他们个个表情庄重，心里也明白，以后官司就靠这个年轻人了。他们不善言辞，看到肖青云与凌楠握手，觉得自己必须也要握一下。

凌楠的手被那些粗糙的手握得有些疼，握完了，他们向远处一辆进站的公交车奔去。凌楠看着他们一个个上了车，汽车开动后，才转身返回。

凌楠独自来到事务所下一楼的超市，那里有很多小吃，价格便宜。在一家写着"正宗兰州拉面"的小摊前，他十分不舍地把最后那张 100 元递出去。

"来碗面！"这家面馆的老板听口音是青海人，但所卖的兰州拉面并不像他招牌上的"正宗"二字一样地道，实际上很难吃，只是量大，9 元钱一大碗，凌楠完全能吃饱。

官司的第一步受挫，让凌楠有些沮丧。这其实是他独立办理的第一起案件。虽然挂着老师李少平的名字，但所有的工作是他自己做的，然而出师不利。

吃完饭，凌楠回到所里，坐到电脑跟前。他习惯地打开电脑，登录自己的QQ，自然关注林虹的头像，那里仍然一片黑暗。自从确信她在事故中遇难，又无法查到她的真实身份后，他已经不在此留言，只是出于习惯，总是要点开看看。

"没有了司法考试的紧张与压力，我反而迷茫，头脑里全是对你的思念，我想你想得好苦。时间长了，那该死的偏头痛又犯了。以前，只有你才能抚平的伤痛，现在只能我独自承担。有时候我想，我们不认识就好了，你就不会带给我那么多的痛苦，是谁安排我与你的见面，相遇而又相离……"

"今天我又去了我们最初相识的金海湾，天空苍茫，海浪平静，却不见你的影子，我一个人饮着苦涩的啤酒，亲爱的，你在哪里……"

"此刻，我在电脑前敲击着键盘，感觉你就坐在我的面前，瞪着两只乌黑的眼睛注视着我，我最喜欢你的眼睛，多情，像深不见底的湖。任何人只要多看几眼就会被吸引而去⋯⋯"

"我去了医院的太平间，你孤独地躺在那里，我不相信那具残缺不全的身体就是曾经美丽的你⋯⋯"

看着那些自己先前的留言，凌楠的眼睛模糊了。他为自己感动着，什么样的爱让人终生难忘？就是那种不期相遇，又转瞬即逝的爱！

凌楠在无助里，把他一个月来给林虹的留言又读了一遍，在思念与悲伤里静静睡去。

27

手机响了，是闫鹏，"出来坐坐？"

"不出来，烦着呢。"

"哈哈，谁惹凌大律师了？"

"没人惹，工作上的事，心情不好。"

"妈的，我也是⋯⋯所以⋯⋯"

"所以就给我打电话了？"

"王姐烧烤见！"

半小时后，凌楠和闫鹏在小吃街的"王姐烧烤"准时相遇。闫鹏把警服叠起来，搭在手臂上，怕被人看见。

跟老板娘已经很熟悉了，她站在那里自作主张地给二人点了平时喜欢的菜，安排下去后，先把两大杯生啤放在桌上。

"碰到了什么烦心事？"

"妈的，一言难尽，不说了，喝酒。"

"那你找我干什么？你不说，我不喝。"

"老子想辞职不干了。"

"谁得罪你了？"

"没有人？"

"那⋯⋯"

"我们下午又去拆迁现场。大王庄最后那户，是个钉子户，老头儿死活不搬迁。"

"后来呢？"

"后来拆迁公司的几个人一哄而上，不管老人安危，把他架出去。老头儿的儿子、儿媳、孙女一起冲上去和拆迁的人打斗在一起，最后全被控制带走。那帮拆迁的就是一群流氓混混。"

"那你们警察在干什么？"

"四个字：冷眼旁观。"

"你们应当上前制止，维护社会稳定，保障百姓生命财产安全……"

"惭愧，我先喝一杯。我们局长说，别动，只要不出人命就行。老子看着非常生气，我们还是人民警察吗？愧对这一身警服。"

"所以就想不干，辞职？"

"对。可是全家人反对。"

"那是为什么？"

"他们有自己的想法，其实，我们家经济条件还行，也不指望我工资。家人的意思是让我在公安里干，也算是为家族营造一个好名声，所以坚决反对我辞职。"

"我明白了。只要不是因为吃饭，你就能自由，我现在连饭钱都是问题啊！"

"有那么惨？"

"亚里士多德说过，人不能隐瞒三样东西，咳嗽、贫穷和恋情。我每月的工资只有1000元，勉强够吃饭，虽然家里接济点，可毕业了，再从家里要钱，总觉得心里面不是滋味。"

"这是现实，做律师前几年很苦。"

"1000元连最低工资标准都达不到，律师为他人维权，但从不为自己打官司。大部分律师就是这样过来的，没人给你交纳社保，没人给你发最低工资，所有的都得靠自己去挣。直到有一天，你混出来了，接大案，挣了钱，当提成律师，当合伙人——成功全靠个人奋斗。"

"有所耳闻，但正因为这样，律师是社会的精英，成功的律师收入都很高。"

随着夜的深入，前来喝酒吃烧烤的人不断增多。小吃街上人声鼎沸。两个人沉默着，各自想着自己的心事。老板娘送上烤好的肉串、大虾、海蛎子。闫鹏拿起两支，把一支递给凌楠，"这样，你明天找下渔夫酒家的张总，我听说他们想找个常年法律顾问，主要工作是解决顾客投诉、审查合同及员工的劳动争议。我原想着自己辞职后去……一时半会儿定不下，你先去吧！"

真是天无绝人之路！本来没饭吃了，天上却掉下个大馅饼。

第二天，凌楠从电脑上下载了一份聘请法律顾问合同，打印出来。"顾问费"

一栏，他空了出来。他不知道渔夫酒店会给他每年多少的律师费，但无论多少他都能接受。现在他不具备讲价的资格条件，他只是一名刚出道的实习律师。他还没有见酒店的负责人，但相信有了闫鹏的举荐，被聘用的可能性较大。昨天肖青云的案子让他很郁闷，感觉天空一片灰暗，压抑得让人喘不过气来。今天则是一个艳阳天，有法律顾问合同签订。他赶到海边的时候，看到天空湛蓝，海浪轻轻涌动，它们一次次冲向岸边，被礁石撞得粉碎，又退回来，积蓄力量，准备新的冲击。这就是生活，不怕失败，关键是要有颗时时向前冲的心。

凌楠下了环湾公交车，沿海边栈道向这家叫渔夫的酒店而去，脚下飞了起来。他想起那个美丽的童话《渔夫和金鱼》。他幻想着自己站在海边轻轻地呼唤"金鱼，金鱼"，水中一条金鱼摇着尾巴游到岸边，对着凌楠说，"请问您有什么愿望？无论天上的、地上的，我都会满足你。"那样的话，自己将提个什么要求呢？让林虹重新出现，让肖青云他们的案子立案，让多病的父亲身体健康，或在这喧嚣的城市给我一套住房，过有尊严的生活，从此不再租房……他觉得自己的愿望实在太多。这样想的时候，已经到了酒店的门口，他突然醒悟过来，"金鱼，还是先把这份合同签了吧！"

接待他的是那天晚上见过面的女经理孙笑笑。她永远的黑色职业装，显得又妩媚又精干。"哈哈，凌律师，我们又见面了！"她主动上来和凌楠握手。

除了那艘轮渡改造的海上酒店，海边还有两栋四层楼高的宾馆。一栋是饭店，一栋是客房。凌楠随女经理到客房的四楼，经过一段长长的走廊，就是董事长办公室了。一个胖胖的，年纪五十左右的女人站起来和凌楠打招呼。她一口胶东方言，嗓门特大，"凌律师吧！鹏鹏给我介绍的你，请坐。俺叫张冬梅，弓长张的张，冬天的冬，梅花的梅。"她主动介绍。

"谢谢！"凌楠拘谨地坐在松软的真皮沙发边上，小心地把事先起草好的合同递过去。"俺不看，俺也不懂，你写什么就是什么，律师费两万。我们酒店小，你少收点，我们挣大钱后给你涨。哈哈哈！"

"好的，好的。"凌楠心里一阵狂喜，不要说两万，给一万他都干。对他来说那是吃饭钱，有就不错了，还讲什么条件和价码。

张总回头喊会计，当场给凌楠开来两万元的现金支票。又亲自给凌楠沏茶，"明前茶，正宗的崂山绿。"凌楠觉得受宠若惊，站起来推辞，"不用了，不用了。"

"呵呵，听说你司法考试全省第一名，我这辈子就吃了没文化的亏。"张总笑的时候非常豪爽，一口大牙露在外面，她毫不介意。凌楠不敢相信，这样一个女人，那海湾中的酒楼、岸上的房子都是她的，酒店被她经营得红红火火，真不简单。

"那公司的主要法律业务有哪些呢？"凌楠觉得拿了钱，又喝了别人的茶，受之有愧，急于工作，好像只有那样才能对得起客户。

"这个俺也不懂，总之有什么麻烦的事、不好处理的事，就找你呗。"

麻烦的事、不好处理的事——自称没有文化的女老总将法律顾问的业务高度概括了。她没有说具体的公司管理、对外经营、劳动争议方面的法律事务，但她显然知道请律师的目的，"麻烦的事、不好处理的事"找律师。

凌楠从渔夫酒店回到所里，将现金支票交到老师李少平手中。从形式上说，是渔夫酒店餐饮有限公司与少平律师事务所之间建立的法律服务关系，钱自然应该交回所里。

"不错啊！"李少平手中举着凌楠递过来的支票，睁大了眼睛说，"可以，可以，这叫开拓案源，你已经深谙此道，都不用我教了。其实，我们律师事务所也是个商业机构——以法律为工具为委托人提供服务的机构，追求利润是没错的。这个回头让你师娘给你提成40%。按说你领工资，是没有提成的，不过这是第一笔业务，算是对你的奖励，以后你自己开拓的业务都按这个比例给你。"

"谢谢老师。"

从老师的办公室出来，凌楠的心里很不是滋味。自己拉来的业务，被所里砍走60%，他还得感谢老师，这是哪来的道理啊！不过回头一想，所有的律师都是这样被剥削过来的。最近他认识了几个实习律师，大家常在网上交流，他听到一些有关师傅李少平的"先进事迹"。他是有名的抠，在所里从不与人合作案件，怕别人占他便宜，也没人愿意与他合作。前几年要求不严，刚好鼓励开个人律师事务所。他想，与其将提成交到所里，当收益不大的合伙人，还不如成立自己的个人律师事务所。于是在冠城大厦租了写字间，老婆管财务、内勤，他在外面跑业务开庭。因为他抠，给律师的提成比例很低，没人愿意跟他干，连那些跟他的实习律师，一拿到执业证后也离他而去。因此，几年来，少平律师事务所实际还是只有他一个人，名副其实的个人律师事务所。不过凌楠很感激李少平，在他没通过司法考试、没地方就业时，是李少平收留了他。所里给他的提成虽然只有40%，也就是说两万元他只拿到八千，但一想到自己给所里挣了钱，没有白吃白喝，他还是很开心。虽然只是一名实习律师，他相信从这第一笔业务开始，他会一步步成为一名大律师、名律师，到那时还愁没钱吗？

第十章
十月潮湿的海边
———

28

"凌律师，你来一下！"李少平在自己的办公室门口喊凌楠，不知什么时候老师突然改变了对他的称谓，叫他凌律师，而不是像先前那样直呼凌楠、小凌，这是对他某种身份的认可，还是意味着他已告别了人生的某个阶段，跨入另一阶段？

"老师，你还是叫我小凌好了。"凌楠惊慌地连忙站起来，向李少平的办公室跑去。

"把门关上。"李少平示意凌楠关上身后的门，然后指了指面前的椅子让凌楠坐。其实，所里就他们两人，关不关无所谓。

"刚才法院立案庭打来电话。"李少平在转椅上坐直了身体，凌楠的心一下提到嗓子眼上。

"法院说不予立案！"

"为什么？理由是什么？"

"你先别急，听我说。张副庭长说，案件的被告东方能源公司总部在北京，按原告就被告原则，我们应该到北京去起诉。"

"瞎说，不动产案件专属管辖，由不动产所在地的基层法院管辖，东方能源公司的输油管道侵犯了肖青云他们的住宅安全，自然在我们区法院起诉，有什么问题？"

"他作为法官，当然知道，只是在寻找一个不立案的借口。"

"那让他们出不予立案的裁定，我们上诉。"凌楠坚定地说。

"你想得太天真了，他们绝对不会出的，这也是法院的惯常做法。既不给你立案，也不出不予立案的裁定，你无法上诉。"

"他们为什么这样做呢？"

"保护啊！东方能源公司是招商引资项目，背后的股东很复杂，据说还有港商。对我们市税收贡献非常大，处处受到政府保护。"

"这就不对了，行政不能干预司法，何况肖青云他们是捍卫自己的合法权益。"

"你想得太简单了，他们还说当年铺设管道，在村里征了地，赔付了土地款，是属于土地纠纷。按法律先由政府裁决，不服才能到法院起诉。"

"这样就更没有道理啦！东方能源公司和肖家洼子村签订土地有偿使用合同，土地的使用不能危害到村民的住宅安全。这是两回事，我们提的也是侵权之诉……"

"我难道不知道这些？我说过他们只是在找借口。"

"那怎么办？这个案子我们就不办了？"凌楠眼前出现了肖青云等11个农民的眼神，那些眼神对他充满期待和信任。他们没有文化，他们把自己的住宅、安全甚至家人的生命托付给了律师。如果凌楠拒绝代理，他们该怎么想？让他们失望的不光是自己的律师，更是这个国家法治的信仰。

李少平点点头，"办，还是要办。说实在的，一开始我不看好这个案子，现在看来，只要向东方能源施压，我们的力量虽弱，但站在正义的一方。东方能源公司要息事宁人，就得掏钱，100万咱们也不想，总会赔偿部分，三万五万、十万八万都行，只要最后达成协议，我们就有收益……"

凌楠觉得老师的变化真大啊！当时把案子说得一无是处，说他必输，而且分析了一大堆的理由，现在又来个180度大转弯。不过听到老师支持他，凌楠心里还是很高兴，仿佛身上一下子被注入力量。李少平把身子挺直了，对凌楠说，"不过办案嘛，有时要讲究策略，这个案子，我们要以退为进，先退出。"

"退出还怎么办？"

"我们在幕后指导他们，让当事人自己出面。"

凌楠不明白老师的意思，诉讼是件很专业的事，离开了律师的指导，这些农民还会做什么？

"诉状是我们代写的，诉讼请求是我们设计的，证据是我们收集的。这个案子难在立案，只要立上，后面的事就好办。我们缺的只是解决问题的途径，无法使纠纷进入司法的程序，也就不会有公平公正的结果。我们需要先进入法律的门。"

凌楠觉得老师分析得有道理，这个案子难在立案。他又想起卡夫卡的作品《法的门前有一个守门人》，现在他们也进入不了法的门，但以退为进，这样行吗？

"你还是跟着他们，为他们提供帮助，教他们该怎么做，但是把案卷里的授权委托书抽出来。案子立上了，进入审理环节，我们再介入。"

凌楠觉得老师的这个办法太复杂，也不一定行得通。他和那些农民一起，法官自然认为他就是代理律师。当初立案也是他带着这帮人去的立案庭。

"你明天通知肖青云等人，他们的案件起诉完全正确，最好11个人都去，顺便带一本民事诉讼法条文，讲给他们听，坚决要求法院立案。"

29

10月的海边，天气阴冷而潮湿。九点钟，区法院的门口排满前来立案打官司的人。人群中偶尔有几个西服革履的人，他们手中拎着公事包，打着领带，穿梭在人流之中，显得有些另类。虽然天气有些冷，但他们没穿外套，在寒风中忍耐着。凌楠猜测这些人大多和自己一样，要么是实习律师，要么是刚刚独立执业的专职律师。其身份从穿着的西服可以看出来，那西服虽然笔挺，但质地粗劣。他们一边思索着即将开庭的案件，一边机警地扫视着周围的人群，看谁将会成为潜在客户，以便搭讪几句，顺便把自己的名片递过去。当然法院的门前也不乏衣着名贵、气宇轩昂的人。那都是已经成名的大律师，他们的身边往往站着一名毕恭毕敬的助理。

凌楠和肖青云等人会合后，过安检进了法院的大门。来之前，他已经简单跟肖青云等人讲了立案遇到的困难，交代他们接下来该怎么做，按李少平的指示是，"让委托人冲在前面。"

凌楠跟在人群的后面，肖青云和几个农民直接走到负责立案审查的张副庭长所在的窗口。

"请问我们的案件什么时候立案？"一大群人围过去堵住窗口。正在审查立案材料的副庭长一脸错愕，"什么案子？"但看到十几张面孔，又瞬间想起说，"你们的案子立不了！"

"为什么？"

"不属于本法院管辖，不属于法院受案范围。"副庭长说着从桌子上取出11个人的立案材料，从窗口递出来。

"怎么不是啦？我们的家——输油管道从房子前后经过，难道不能在法院起诉吗？"

"对呀！"

"对呀！"

十几张嘴同时质问着。立案大厅里的人的目光唰地一下集中过来，门口法警队的保安快速地聚过来。他们上前想把围在窗口的一群人拉开，"你们要干什么？"

"我们来立案，问问不行吗？"

保安看是几个老头儿，又是正常询问立案，不便再说什么，退到一边观望。几个人又把窗口围上，"法官，你给我们解释解释，为什么不能立案？"

法官的脸涨得通红，张张嘴，迸出一句话，"去问你们的律师！"

委托人和法官不约而同地把目光集中在凌楠的身上。凌楠想起老师的话，"就说我们不代理了，从案卷中抽出我们的授权。"来之前，他也给肖青云等人说过。那样他就可以把自己推脱得一干二净，躲在幕后指挥着这些委托人。但他没那样做，而是分开站在窗口的人群，走到张副庭长面前，坚定地说，"我就是代理律师，你说的根本没有道理。按照民事诉讼法，这 11 个人的案子，属于我们法院管辖。"

"你——"

法官像是被当场揭穿，气急败坏，"你这个律师，你应该做好你委托人的工作，你怎么还让他们……"

"我是做他们的工作——维护他们的合法权益。我站在我的当事人一方，这个案子你们为什么不立案？是因为被告是东方能源吗？"

法官被凌楠凌厉的气势所慑服，嘴唇动了动，想说什么，却一句话没说出来。相信这个案件并非他自作主张而不立案。本案属于法院管辖，由区法院受理，作为法官、副庭长，他心里比任何人清楚。

"找我们的领导去吧！"副庭长突然不和凌楠争了，他一屁股坐下去，表现出一副超然事外的样子。

几名保安的态度也变得缓和，那意思像说，我们也没办法。

"我们去找庭长。"凌楠觉得再争下去没有意义，他对肖青云等人说。一行人浩浩荡荡上了二楼，来到门上挂着"庭长"字样牌子的房间，敲门，无人应答。始终跟着他们的保安说，"开会去了！一早就出去了。"眼看下班时间到了，凌楠觉得他们今天的行为有人会向院里汇报，说不定会研究解决，不如先到这里。"我们明天再来。"他对肖青云等人说。几个人失望地从法院出来，告状无门。

第二天一早，一行人又来到法院，但不知为什么，来的人比昨天少了几个。凌楠也不便问，几个人又来到立案庭。张副庭长这次很客气，主动和凌楠他们打招呼，"来啦！"然后就坐下来继续手头的工作，不理会他们。

"我们的案子能立吗？"有人急切地问。

"我这儿没接到通知，我也得听领导的啊！"副庭长甚至微笑着和凌楠他们说话。他改变了昨天和委托人硬碰的策略，打起了太极，凌楠他们反而说不上什么。毕竟，在任何一个单位，每个人都得听上级的、听领导的。于是他们又去找立案庭长，但是结果仍然和前天一样，见不到人。

一行人又去找主管的院长。二楼门口坐着一名保安，见院长要预约，电话接不通，人是进不去的。几位农民情绪非常激动，和保安争执起来，但被凌楠劝住了。

"我们不走了，今天见不到院长，就住到这里。"几个农民顺势在走廊的长凳上坐下来。

"对，我们就不相信，院长一天不接见，我们一天不离开。"

"会碰上青天大老爷的。"

在接下来的一周里，几个人每天来找院长。他们耐心地坐在走廊的长凳上，但人数在逐渐减少，从最初的十一人，到七八人、五六人，最后只剩下凌楠和肖青云等三四个人。

这是一种耐心与极限的挑战，他们总觉得只要自己坚持下去，终会等到青天大老爷来接见，最好是院长，有一天，他突然发现了这几位等待的农民，热情地过问起他们的案件。他深切地体会到了老百姓打官司的不易，然后，立即指示下面的人给予立案，案件得到公正审理——院长过问了的。最后，他们胜诉，获得一个公正的结果。但是没有，他们孤独地坐在法院走廊的长凳上，像是被人遗忘了。

来去穿梭在法院的人行色匆匆，他们混迹在人群里，没有人注意到每天如正点上班一样准时前来的他们。后来，反而是他们自己变得不好意思起来，当别人的目光投来，他们羞愧地低下头去。他们的行为与众人格格不入。

"明天我也不想来了。"那个每天紧随着肖青云和凌楠的农民说。凌楠记得他的名字叫雷鸣，年纪六十出头，平时话很少，总是默默地跟在他们后面。如果连他都不来了，原先诉讼的人就只剩下肖青云和凌楠两人了，这官司还打不打？

30

这两天是周末，凌楠不用和肖青云等人去法院求见院长。郁闷之中，他想起了一个人——闫鹏，他想把心中的委屈讲给他听。其实他也失去了耐心，只是作为代理律师，不便在委托人面前表现出来。他又想起老师李少平开始说过的话。"你们立不了案！"或许，他真应该退出这个案子，甚至连幕后的指挥都不参与。虽然李少平后来又转而支持他，但从不出面。总是他跑前跑后，案件的难度超出他的想象。他感觉面前有一堵高墙，看不见，摸不着，却实实在在存在，让他寸步难行。

他如约来到二人熟悉的王姐烧烤，却发现原来蚕食到街中央的烧烤摊不见了。天气变冷之后，原先的露天烧烤都撤了。"炭烤海蛎子？"老板娘手中拿着点菜的单子，笑着对凌楠摇摇头，"这些现在不做了。"

"不做了，那吃什么？"

"吃火锅吧，小火锅不错，天冷，祛寒。"

在海边半年，凌楠逐渐适应了这里的生活习惯，他最喜欢的是炭烤海蛎子。石壳被撬开了，肥肥的蛎肉上撒些佐料、蒜末，在炭火上一烤，鲜美至极。海蛎子学名牡蛎，西方人称之为"天赐美食"，吃起来口感佳，营养丰富。闫鹏在海边长大，最喜欢这口。上次他给凌楠介绍的渔夫酒店的法律顾问合同签了，凌楠想趁此好好感谢下他，谁知道不做了。

看来只能吃火锅了，凌楠挑了一个靠墙角不起眼的小桌，点了啤酒等闫鹏。冬天的海边，天黑得早，才过五点，夜就降临了。今天是个周末，车要比往日少得多。青城是个避暑的海边城市，随着夏天过去，没有了喧哗往来的游客，街市变得冷清空旷。

直到八点，闫鹏才一脸疲惫地出现在饭店的门口。"怎么这么晚？"凌楠关切地问，"今天休息，我想咱俩好好聊聊。"

"哈！你问问公安这一行，有工作休息、白天黑夜之分吗？"

"的确，你们公安辛苦，我甚至觉得自己干不了这一行才去做律师。"

"好说，不愧是律师，马屁拍得不动声色，有什么事？"

"那个法律顾问合同签了，所以感谢恩人，请你吃饭！"

"谢什么，小事一件。"闫鹏淡淡地说，眉头轻轻皱了一下。

"不高兴？遇到什么烦心事了？"

"我可能永远做不了律师了！前几天提出辞职，全家人反对，而且为了让我死了这条心，经过安排，让我到沙子角派出所任副所长，下周到岗。"

派出所所长官虽不大，但维护一方稳定，握有实权，刑事治安案件、扫黄打非抓赌、禁毒户籍管理，样样都管。每个公安战线上的人都渴望得到这一职务。闫鹏毕业才三年，从刑警队调任派出所副所长，几年之后转正，再几年分局副局长、局长，从此一路升迁，很多警察忙碌一生也就熬成个派出所所长。闫鹏是当地人，家中有一定的背景，名牌大学法学专业毕业，典型的胶东汉子，行事强硬，罪犯一看就心中生怯，天生干警察的坯子。

"我的梦想是成为一名大律师。任何一个学法的人，心中都有一个律师情结。揽大把银子，在法庭上慷慨陈词，这才是理想人生。要是条件允许，他日功成名就之时，再踏上从政之道，美国总统之中有多少是律师出身啊！"

"啧啧，看不出来呀！我说那么多人削尖脑袋考公务员进公安，你却捧着个金饭碗闹辞职，原来胸有大志，来，为闫警官的远大理想敬一杯！"凌楠被闫鹏的壮志所感染，举起啤酒杯，向着闫鹏，一口干完。他用手抹了一下嘴角溢出的泡沫，"但现实并非如此啊！我一个案子在法院里蹲了一个星期，搞得自己像个上访群众，立不了案，见不了院长。"

凌楠将办理肖青云等人案子的经过详细讲给闫鹏。"连司法的程序都进入不了，通俗讲，法庭的大门紧闭，如何实现正义？"

"太扯淡了！"闫鹏把手中的酒杯在桌子上重重一磕。

"所以律师不好干，那句话怎么说——梦想很丰满，现实很骨感。"凌楠长叹一声，给闫鹏把酒倒上。

"没那么严重，那只是个别法院领导，不能说立不了案，就把整个法院抹黑了。"

凌楠苦笑着摇摇头，"怕没那么简单，我不理解的是为什么不给立案，通过司法途径把矛盾化解，不打架、不暴力，不是非常好吗？"

"是。"闫鹏附和道。

"反过来说，问题得不到解决，那些农民去上访，甚至去堵村口的路——前几天，有几个委托人就这样说。他们要到市政府去上访，市里解决不了，就去省里、去北京。东方能源公司的车以后更别想进村，那样好吗？"凌楠越说越激动，

"我们需要的是法治，用法律的方式，有纠纷去法院起诉，公正判决，依法执行，胜了的捍卫自己的权利，败了的心服口服。如果判得不对，再上诉纠正，我们社会所有的矛盾不都解决了吗？一个字，要法，法、法、法！却不给我们立案。"说完了，他一仰脖子，把满满的一大杯啤酒干完，又大喊一声，"老板上酒。"

闫鹏低头看了下，两个人已经干掉了一扎，"差不多了吧？"

"继续倒上，今天我们喝个痛快。"女老板颤巍巍地又拎来一扎啤酒，准备打开，被闫鹏制止了。她不知所措，拎走不是，放下也不是，红着脸看看凌楠，又瞅瞅闫鹏。

"他喝多了。"闫鹏挥挥手，做出一个坚决拒绝的手势，女老板这才讪讪地拎着啤酒重回吧台。

"好了，不能再喝了。"

凌楠不听闫鹏的劝阻，他觉得这一个星期里，心里堵着一口气，急需一吐为快，正要喝，却被闫鹏制止了。他看见桌上的酒瓶里还剩一半，一把抢到手中，给自己倒上，一饮而尽，那样子像个酒鬼。

"我要喝！就是要喝，别拦我。"

闫鹏架起醉酒的凌楠，两人踉踉跄跄出了小店的门。

凌楠醒来的时候，不知是夜里几点。一轮明月从出租屋密闭不严的窗帘缝照进来，清辉如水，月光落在他简易的单人床头。他身上盖着被子，感觉到冬天即将来临的寒意。床的对面是一张白色的电脑桌，上面放着他的电脑。屋子的角落有个简易的水泥平台，上面放着电磁炉、菜板等东西，这是他的全部家当。除了那台惠普笔记本电脑，这些简易的生活设备是前租户留下的。七月份他来到青城，在郊区找到这个单间。屋内除了一张单人床，就是这几件简易的家当。房东说每月500元，不提供家具。前租户留下的这些东西，凌楠如果觉得能用，就凑合着用。那时候他还没找到工作，任何开支省到极限。前租户留下的东西虽不值钱，但花钱置办怎么也得个千儿八百，所以他就留了下来，洗洗擦擦，勉强用着。他的大部分时间在办公室里度过了，工作学习，帮老师整理案卷，他也喜欢在所里上网。只有在周末，他才缩在出租屋里，偶尔用那个电磁炉给自己煮包泡面，日子寂寞而清苦，但想到每个毕业生大都是这样过来的，他也释然了。

这时，在异乡简陋的出租屋，醉酒醒来的凌楠头脑清醒，无法入眠。他躺在床上，触物生情地对着出租屋独自伤感了一阵，又想到远在故乡的父母。最后思绪集中到肖青云他们的案子上。法院不立案，自己又不能带着一帮农民上访或者堵法院的门——作为一个法律工作者，虽然说当法庭的正义无法实现，律师将成为革命的发起者，但他讨厌任何暴力，他仍然推崇用法律的手段化解所有的矛盾。

怎样推动法院立案呢？凌楠陷入苦思，他忽然想起了什么，翻身坐起来，从床头的枕头下找出一张名片。他一下子兴奋得难以入眠，或许这是最好的办法。既能推动法院立案，又能平息肖青云等人要上访堵路的过激行为。

这一想让凌楠再难入睡，他打开手机看了看，才凌晨两点，干什么呢？除了上网还能干什么？

凌楠翻身下床，把外套披在肩上，只穿着内衣坐到电脑跟前。开机后，他去给自己倒了一杯水，返身坐到电脑前，习惯性地登录QQ账号，他的瞳孔突然放大，吃惊得手中的水杯差点打翻在键盘上。

林虹在线。

第十一章
横幅示威

————

31

凌楠全身僵硬地注视着 QQ，网名雪莲的网友头像亮着，他以为自己看错了，眨巴下眼睛，又仔细看了一下，她的确在线！瞬间，他泪流满面。自从爆炸事故发生后，他第一次在网上看见林虹。过去的每一个日日夜夜，他无时无刻不在思念她。失去之后方显珍贵。他悔恨自己和林虹相处时爱得不够，他努力回想与她一起时的每个片段。她身上每一处让他难忘的地方，甚至她的影子、她的呼吸。然而她突然之间消失了，消失得音信全无。他有无数的理由确信，林虹在爆炸中遇难。"9·20"事故后，她不再联系他。为此，他在深夜潜入医院的太平间，一具一具核对那些被烧得面目全非的尸体。如果那些残缺不全的尸体无法证明她的准确身份，但那个羊脂玉的手镯绝对是她的。凌楠记得他将门卫老人的应急灯高高举起，灯光下，玉镯发出温柔的白光。

然而现在她却在线。她是死而复活，在天显灵，抑或她根本没死呢？凌楠不停地揉着眼睛，没错，那个企鹅的头像明亮，系统显示在线。凌楠迫不及待地向她打了个招呼：Hi。他有满腹的话要对她说，刚刚还在线的明亮的头像猛然变黑。下线了？为什么不回复呢？

他焦急地一连发了几个 Hi，以前他们在网上联系，都是这样打招呼。大写的"H"和小写的"i"，那是他们的习惯，更像是一种约定，两个人在电脑前隔着看不见的距离，一只大手和一只小手拍在了一起。

他曾请求林虹让他进入她的空间。他想，那里应该有她的照片，还有她写的东西。但她说，"我从不在空间里晒私人物品。""为什么呢？""因为不想让别人知道，还有，不安全。"网友大部分喜欢在空间里写些东西，和大家互动，发照片，去了哪里，和谁在一起吃饭，看了什么电影等。但林虹从不发这些，这也体现出她的与众不同。凌楠不知道林虹是不想让他看，还是空间里没东西才说了那样的话。既然她不愿意，也不强求，女生总有些让人无法琢磨的事。也可能是林虹对他的信任不够，总有一天她会向他展示。如今，他盯着QQ对话框，心想要是能进入她的空间就好了。凭自己玩QQ的经历推测，林虹在里面肯定会留下些东西，最好还有她的照片，看见她的样子，对他而言至少是一种安慰。

时间过了很久，仍然不见回复，难道是看错了？QQ的头像在那一刻分明是亮着，显示在线。

结果只有一种可能，系统出了问题。凌楠逐渐冷静下来，或许是自己太思念林虹，没有看清，或许出现幻觉。林虹已经遇难，而且被火化，甚至从哪里来、家居何处，他都不知道，就连她的名字林虹都极有可能是个化名。

她为什么要这么做呢？

我今天像见着你了，几个月来第一次看见你在线。我向你打招呼，你却突然下线了。我不知道你真的在线，还是系统出了故障，我只知道，我看见你了。你已经遇难，那在线的又是谁？我想，只能是你的灵魂自天而降，来与我相见。

你没有回复我，这没有关系，只要让我看到你就足够了，我仍然像以前那样给你留言。

爱你

2015 年 11 月 26 日

写下这些字，凌楠万分伤感，他仰身靠在椅子的后背上，眼泪扑簌簌而下。他又想起两人过去的点点滴滴，该死的偏头疼又犯了。他站起来，感觉屋内冰凉，鼻子有些发塞，他又躺回到床上，在黑暗里望着天花板发呆。

爱让人头痛，他在心里说。

凌楠第二次醒来时，强烈的太阳光从窗帘缝射进来，刺得他睁不开眼睛。他看了下手机，周六，不用上班，竟一觉睡到了九点。他找到昨晚翻出的名片，按上面的电话拨过去，电话里发出"嘟嘟"没有接通的声音。接下来每隔十分钟他又拨打两次，电话仍然不通。十点钟，他翻身下床。只能按自己的计划行动了。

凌楠把一个星期积攒下来的脏衣服收进盆子里，从二楼下到院子内，在房东安装的公用水龙头上接水。洗衣粉撒进接满水的盆子里，发出一股花瓣才有的清香。盆子里很快溢起一层白色的泡沫，在阳光的照射下，发出五颜六色的光。凌楠注视着盆中的泡沫发呆，他又想起昨晚在线的林虹，是她真的出现，还是系统出了故障？抑或是她的在天之灵？他无法知晓。在他的眼里，林虹这个神秘的女人，像盆中的洗衣粉泡沫，既真实，又虚幻。右侧太阳穴上方隐隐有点发痛，必须停止对她的思念。他把一堆衣服按进盆中，扑灭了水中的泡沫，然后，去门口的小摊上吃早点。今天，他还有一件更重要的事情要做。

一辆 26 路公交车戛然停在肖家洼子村口。凌楠跳下车，举目四望，田野里一派肃杀，路两旁高大的杨树上，片片败叶在光秃秃的枝丫上抖动。他穿过马路，向对面的一条林间小路走去。"应该没错，就是这里。"上次来的时候，枝浓叶茂，小路被罩在浓荫之中，他还记着路的样子。

年届七十的肖青云站在正屋的台阶上，用力把一串金黄的玉米挂到屋檐下。突然之间，他看到走进院中的凌楠，放下手中的玉米迎过来。

"怎么是你？凌律师。"

"今天休息，我顺便过来看看，有些事情我们一起商量一下。"

"辛苦了，屋里坐吧！"

"不用。"凌楠径直走到屋后，植被枯萎后，输油管道的阀门更加鲜明突兀地立在那里。律师和他的委托人站在它面前久久不语，他们知道那下面是输油的管道，日夜奔流的原油源源不断地流过。

"我现在不敢想，又不得不去想，只要想到自己是坐在一个火药桶之上，就无法安宁，血压'噌'的一下上升。"

"法律上这叫精神伤害。"

"有时候我倒不怕它爆炸，我七十岁了，不怕死，让人痛苦的是你不知道它会不会爆炸、何时爆炸，心里总在惦记着。"

"是。让人寝食难安的是这种不确定性，要是知道危险必然到来，你可以躲避，抑或无法躲避，慷慨赴死。而这种不确定性就像是悬在头顶上的一把达摩克利剑，你不知道他何时落下来。"

肖家洼子是个不大的村，凌楠的到来，另外十个委托人很快知道了。冬来无事的他们聚到了肖青云家，一帮人坐在一起谈论了一下午。对于眼下正在进行的案件，有选择放弃的，也有要坚持打下去的。肖青云老人的态度最坚决，"将官司进行到底！"他挥动着干枯的手。还有一部分人是中间派，摇摆不定。当务之急是增加他们的信心。凌楠给他们普及法律知识，从实体法讲到诉讼法。有侵害，必有救济。但诉讼有一套独特的程序，必须遵守。最后，大家一致同意，官司继续打下去，周一去法院。

32

星期一的早晨，法院门前聚集了不少前来诉讼解决纠纷的人，他们站满了铁门前的台阶，不知什么时候法院也变得如此热闹。

忽然间在大门右侧的石狮旁，一道横幅打出来，"要求立案"四个棋盘一样的大字赫然出现，人群瞬间被吸引过来。横幅的后面站着肖青云等人，他们双手紧紧抓住横幅的上沿，举到胸前。有人举起手机拍照，有人过来问，"什么案件，为什么不立案？法院不就是打官司的吗？"

"不准打横幅，收起来！"

人群涌动，几个穿着蓝色制服的保安从法院大门冲出来，径直奔向肖青云等人，伸手就要夺他们的横幅。肖青云等则死死地抓住横幅，双方扭成一团。肖青云这边人多，保安那边的人态度凶狠，眼看事态要进一步恶化。凌楠从人群中冲出来，"请冷静，请大家克制一下！"他举起手来挡在双方的中间。肖青云等人首先安静了下来，然而两个保安拽住横幅的一头不松手。

"凭什么收我们的横幅？"

"你们想到过影响吗？太不好了。"讲这话的是保安队队长，凌楠出入法院，经常在安检的通道口见到他。双方各拽着横幅的一头，就像拔河，互不相让。

凌楠走到队长的面前，"请劝劝你的队员，让他们松手，都克制下。"

"我要是不愿意呢？"保安队长长得高大强壮，斜着眼看着凌楠。

"为首的那老头儿我知道，高血压，他要是一头栽倒，你这个队长的责任……"刚才还一副蛮横样的队长态度马上缓和下来。

"那怎么办？"他无奈地看着凌楠。

"找领导啊！"

"对啊！"队长像恍然醒悟，态度来了个180度的转变，示意他的队员放手，又和蔼地对肖青云等人说，"请大家先进到大厅里，不要冲动，这是法院的门口，我们都要讲法。"

肖青云等人听了，收起横幅，随保安队长来到法院门口的大厅。那里有一排专供立案和诉讼当事人等候的长凳，队长示意大家坐下，又讨好地对众人说，"没办法，我们是职责所在啊！我马上给领导汇报。"

不一会儿，有人喊他们在二楼的会议室集合，一行人起身走向楼梯。保安队长紧跟着，凌楠觉得既像陪同，又像是被监督。这次可能真要见到院长，他还在为刚才双方的争执惊魂未定，要是真出了什么事可怎么办呢？拒绝暴力！然而没有打横幅争取，他们能见到领导吗？非要采取这种措施才能立案吗？

这是一个能容纳三十人左右的小型会议室，中间一个椭圆形会议桌。他们刚坐定，一位年纪在四十上下，早已发福的中年人走了进来。

"邓副院长，大家欢迎！"保安队长介绍完，带头鼓起掌，所有的人，包括凌楠也站起来，不由自主地鼓掌。

凌楠坐在了椭圆形桌子的顶头，既不靠近法院一边，又不在肖青云等人的一边，恰恰表明他代理律师的独特身份。

"大家的要求我已经知道了。"邓副院长清清嗓子说，"可法律解决纠纷有自己的一套规则，不是不立案，而是你们的案件不属于法院的受理范围。"这是老生常谈，同样的话立案庭的张副庭长给他们讲过很多遍。

"你们就是糊弄我们，当官不与民做主。"那个容易冲动，留着板寸，叫雷鸣的农民说。

"我们有律师，我们事先研究咨询过很多人，这个案子属于我们区法院管辖，完全正确。"肖青云补充道。

会场里的人都把目光集中到凌楠身上。

"你就是凌律师啊！我们了解过你。"邓副院长侧身看着凌楠，那个尾音的"啊"字拖得很长。凌楠冲院长点点头坚定地说，"依照民事诉讼法，管辖上没有任何问题！"

"也不要那么绝对，我们合议庭讨论案件还有意见不一致的时候，你就那么肯定？"

"是，我肯定。退一步说，不是本院管辖或有异议，也应当先立案，然后裁定驳回，而不是现在这样连材料都不收，使百姓状告无门。"

凌楠一席话掷地有声，他讲的都是法律明文规定，说起来特别有底气。

"当然，我没有仔细看你们的诉状和案件材料，如果符合立案条件，是要立的。"院长的话缓和下来，"这样吧，你们先回去，我们研究讨论一下再说，好不好？"

"多长时间呢？我们等了两个星期了。"肖青云怕又被忽悠，接着邓副院长的话问道。

"差不多一周吧！"

看来只能这样了，凌楠不情愿地站起来，他明知这是一种官派做法，目的是拖延时间，但只能这样。同时他又想，说不定邓副院长研究汇报后，会通知他们来立案。做这么长时间的律师，他已养成一种习惯，凡事从困难处着手，向好的结果去想。这不是自我安慰，而是一种心理暗示，做律师必须有一颗强大的心。

回到所里时已经到了中午，他打算叫份快餐，边吃边把上次老师交给的那批借贷案件看看。肖青云他们的案子只能等待了。

李少平一个人坐在办公室抽烟，"老师还没有回家？"凌楠吃惊地问道。律师是自由工作者，不用卡着点坐班，有事时加班熬夜、无事迟到早退是常有的事。看到李少平下班后仍然坐在办公室，凌楠心想肯定有什么事。

"你过来！"李少平把烟捻灭了喊道。凌楠来不及把包放到办公桌上，直接走过去坐到李少平对面。

"你们动静很大，刚才司法局王局长来电话，说你带当事人大闹法院。"

"冤枉啊！其实是我平息了保安和当事人之间的冲突，要不是我出面，说不定会打起来？不过，总算是有了点收获，邓副院长接见了我们。"

"嗯，我相信，王局长问案件是否我代理的，真是反应神速啊！这么快就知道了。我说是，但立不上案后，我们已经解除了委托。他说那凌律师怎么还和委托人去了法院？"

"你怎么说？"凌楠一下紧张起来，李少平曾经叮嘱他躲到幕后指挥，他却冲到了最前面。

"我只能说，我回头问问，我在外面开庭，详细情况不得而知。"

"老师你真机智！"凌楠冲李少平竖起右手大拇指。

"你少拍我马屁，他让我们下午到他办公室去汇报，我正发愁，去了怎么说。"

"不怕，我们的代理没什么问题，要是打压，我们就公开。"凌楠气愤地从座位上站起来，"我们没做错什么，作为司法局、律师协会，我们的娘家人，不支持保护我们，反而打压。"

"坐下，说你胖你就喘了。你以为他们不知道我们能不能代理？他们只是不让我们代理。"

凌楠沉默了，他知道李少平说的"他们"是谁。"他们"是一股强大的力量。

"老师，下午去你就说案子的事全是我干的，你不知道。本来也是这样，把责任全推到我身上，反正我就一实习律师，大不了延迟实习期限，不给我办证。"

"也不能这么说，先不管了，你还没吃饭吧，我也没吃，你叫两份外卖吧，下午我们去王局长办公室汇报。"

"好的。"

外卖就在楼下的超市旁，很快送来了。师徒两人默默地吃着，各怀心事，想着下午如何面对自己的主管上级。

一点钟，凌楠刚收拾好饭盒，李少平已经拎着包出现在办公室门口，他一边锁门，一边向凌楠喊，"咱们走吧！"凌楠过去把老师的包接到手里，两人出了事务所的门。

"刚过一点。"凌楠说。

"我去加点油。"李少平说。两人坐着电梯直接到地下停车场，李少平打开车门，把钥匙扔给凌楠，"你来吧，我有点困，眯一会儿。"凌楠从老师的手中接过奥迪 A6 的钥匙，很兴奋，像很多年轻人一样，他非常喜欢车。

凌楠坐上驾驶位，系好安全带，转身问老师，"去哪里加？"

"你出门往右拐，上江山路十字往南，那里有个加油站，加完油我们直接去司法局。"李少平说完系上安全带，把座椅向后调了调，闭上眼睛。凌楠轻点启动键，汽车安静地驶出地下停车场。

还不到高峰期，路上车辆很少。上了江山路后，凌楠按限速八十公里的速度行驶，不到十分钟就到了江山路南的十字路口，一个红色的加油站出现在路边。凌楠缓缓地把车停在加油柱前。

李少平睁开眼睛，指指凌楠眼前的储物盒，"加油卡在那。"然后又调整了下身体，闭上眼睛。凌楠把车熄了火，拿着油卡下车。今年国际原油价格一路下滑，已经跌破 40 美元一桶。商务部每过个把星期就下调一次油价，调来调去，国内 98 号汽油价还要 8.15 元。液晶显示屏上的数字飞快地跳动着，加满一箱油足足花了 518 元。凌楠吐了一下舌头。这车送给他都养不起。他收卡上车，迷糊中的李少平醒了，"加满了？""嗯，老师你再睡会儿。"

"好了，我打个盹儿就够了。"

凌楠启动车，"啊"地喊了一声，这一声喊让李少平睡意全无，"怎么了？"

33

"老师你看——"李少平看见加油站上的"中国石化"四个字被写成了"中园石化"。

"这不欺诈消费者吗？"

"一惊一乍的！我当什么事呢？那个园字，几年前就存在了，还上过电视。"

"那怎么还在？"

"嗬！价格为王啊！他们的油价低啊，虽然只少了两毛，来加油的车很多，还包括一些所谓的好车。主要还是当前的油价太高了。"

"那就没人举报？不正当竞争，欺诈消费者，这种小加油站应该关闭。我要是中国石化，如果工商部门不管，我就去法院起诉侵犯法人的名称权。"

"问题就出在中国石化。"

"怎么讲？"

"在我国，石油作为关系国计民生的重要能源，由国家垄断经营，以长江为界，北方由中石油控制，南方则是中石化的地盘，俗称两桶油。20世纪90年代之前还不是这样，除了中石化、中石油，还有一些其他能源公司，但逐渐被收购、取缔、淘汰。唯独本省，因为数目太多，据说被特许保留了部分。他们在夹缝中生存，成为一些走私小炼油厂的供应对象。"

"那油品质量怎么说？"

"不好说，他们自称油也是统一从正规炼油厂批来，反正大家都在加，也不乏一些名车。关键是价格低呀，我也一直在用。反过来说，谁能保证'两桶油'的质量就是绝对合格？以前不也有人反映硫含量过高吗？这就是垄断，你有什么办法！"

"哦！听老师这样一讲，真是大开眼界啊！仔细一想全国还真只有我们省有这样的加油站。"

师徒两人说着话，很快就到了政府办公大楼门前，凌楠停稳车，两人步行向六楼的司法局走去。李少平敲响王局长的门。

"请进。"两人应声而入，王局长从办公桌前起身迎接，笑呵呵地逐一和二人握手。凌楠感觉他比几个月前开会时更胖了，在握着凌楠的手时，他笑着说，"看

111

不出来呀，年纪轻轻，你还挺厉害！"

见到领导本来就有些拘谨，听王局长这么一说，凌楠更加紧张了。他怯怯地在皮革沙发上坐下，尽量把身体绷直。他不知道王局长此话是什么意思，他和老师是来请罪的，王局长批评他们才是正常的，但那话听着又像表扬。

"李主任，你们所的业务怎么样，案子多不多？"

"承蒙局长关心，业务还行，案子嘛——做律师就这样，有几天很忙，有几天又没事。"

"哦！你们是个人事务所，局党委、律协都比较关注，在律师制度发达的西方，个人律师事务所的比例很大。这也是趋势，你当前的任务主要是招兵买马，让所里的人员壮大起来，不过你已经招到了一员大将啊！"说着他转向凌楠。

凌楠一下子紧张起来。

"凌律师，咱们算是第二次相见，处理"9·20"爆炸事故是第一次见面。"

"是，承蒙王局关照。"凌楠冲王局长点下头。

"你很厉害啊！据我所知，带着当事人到法院拉横幅，你是我们区第一个律师。我见过很多专业优秀的律师，有勇气的并不多，难得。"

凌楠搞不清王局长是在批评他还是表扬他。

"法院应当立案，凭什么不立呢？法庭就是明辨是非，维护公平的地方，不立案，等于把矛盾推出去或留在社会，终有一天会爆发，总不能靠打架去解决问题吧！"

"局长，你说得太对了。"李少平附和道，"所有的问题就应当去法院解决，法官是懂法的人，依法解决，大家平等接受。"

"可是，怎么说呢？现在就是有些人不依法办事，明明可以法律解决的问题，却不准法院受理。"王局长无奈地摇摇头。王局长本名王范民，转业军官出身。凌楠听一些律师谈起过他，说此人对律师管控很严，看来并非如此。通过两次接触，他反而发现王局长很开明，也很有领导水平。

"但是这个案子你们不能代理！"凌楠以为自己听错了，刚才他还表扬自己，说得头头是道，所有的纠纷应当由法院来解决，原来说归说，做归做！

"为什么呢？"凌楠不服气地问。

"我也不多说了，东方能源公司的案子。李主任，你们还得给我写个保证书：不参与、不代理肖家洼子农民的案件。"

说完，他从桌上电脑打印机里取出一张雪白的A4纸，"现在就给我写。"

凌楠实在无法理解，但还是在老师写的保证书（少平律师事务所保证不接受、代理诉东方能源公司的案件）后签上自己的名字。

"你别不服气，这是为了你们好！"看着两人签完字，王局长好像看出凌楠的不满，拍拍他的肩膀说，"作为你们的主管机关、领导，我当然要保护你们。这个保证书我要拿给领导去看。你们律师代理案件，也要注意策略，三十六计！"王局长意味深长地对两人说，然后用右手指了指自己的头，收起那张书面保证书。凌楠看见他已经谢顶，只有周围疏疏落落留有一圈头发。

"谢谢局长的指示，晚上一起吃个便饭吧！"听了王局长的话，李少平恭敬地说。

"哪里哪里，我还要感谢你们对我工作的支持呢，呵呵！"说完他们同时哈哈笑了。凌楠觉得两人真真假假，说的是虚话、套话，但都一本正经。

"以后有什么事，还得及时沟通，我的办公室随时对你们律师敞开着。"这是下逐客令了，两人听出了局长的话中之话，同时站起来。

"再见王局！"

"谢谢领导。"

王局长亲切地和两人握手道别。从政府大楼出来，这次由李少平开车。坐上车后凌楠问老师，"这王局长什么意思？看不懂。"李少平手握方向盘，两眼盯着前方，只说了一个字"他——"路口突然窜出一辆出租车，差一点儿和奥迪车相撞。李少平猛打方向盘，嘴里大骂，"妈的，找死啊！"等躲过了，他接着说，"老滑头。既要给自己的上司交差，又不想得罪下面的律师，骑墙，两头讨好，当年我申请开律师所，没少刁难……"然后觉得话说得多了，突然打住，换一种口吻，"官场上的人嘛！"

凌楠感觉到什么，不便再问，他觉得王范民局长身上透着一种气质，圆融和谐，又让人云里雾里地看不懂。这种气质，他在另一个人身上也遇到过，那个人就是他的师兄刘天泽。在进入政府大楼的时候，他想起了他。"9·20"事故处理完后，再也没见过他。本来想着刚才到他的办公室打个招呼，转念又放弃了。不善于言辞，不善于交往，特别是不擅长与官场上的人打交道，是凌楠的一个缺陷。

车到了冠城大厦停车场停稳后，师徒二人下车，凌楠问李少平，"那肖青云他们的案子我们还代理吗？"

"你啊——不懂，我上次跟你怎么说？让当事人在前面，咱们在幕后指导他们，你却冲到了最前面。"

这叫代理，还是不是呢？凌楠觉得自己糊涂了。

第十二章
法律双刃剑

——

34

在郁闷中，凌楠摊开桌子上的一摞案卷，那是金鼎金融投资有限公司的借款合同和抵押资料。现在他才知道，所谓金鼎投资公司就是玩"套路贷"的。吴志兵打着合法的旗号进行金融方面的经营，实际上就是以高息吸引民间资金，又以更高的利息放出去。有些款收不回来，于是委托少平律师事务所处理。凌楠的桌子上放着十几个案卷。诉讼起来周期长，还要预付诉讼费，如果成了死账，诉讼费也有可能收不回。前几年吴志兵的步子迈得很大，加上国家对小额信贷的支持，有些借款没有抵押，只要有保证人，也把款放出去。诉讼不是收款的最好办法，于是，还是原来那一套，先打电话催收，软硬兼施，恩威并举，实在不行派几个公司的员工去敲门骚扰，恐吓，所有的路走不下去，才去法院起诉。

凌楠按名册上的电话号码，逐一给欠款人打电话。有些人已经打过好几次，一看到少平律师事务所的电话就直接挂了。有的在他面前打太极，"下个月，下个月一定还。"有的说，"没时间，有时间就到律师事务所谈还款事宜"。有的则更加干脆，"没钱，你们看着办吧——"还有几个连电话都打不通。

只有一个叫宋清的，答应来律师事务所面谈，电话中的他声音怯怯的，他还说，"那钱我已经还清了。"这让凌楠有些纳闷，钱还清了怎么还把材料交给律师事务所？难道是搞错了？

"钱是怎么还的？"凌楠在电话里问。

"我按吴总说的，打到他的账户了。"这就更奇怪了，"带上你的打款凭证，到我办公室来，我看下再说。"说完凌楠挂了宋清的电话。

凌楠继续给欠款人打电话，一个人从事务所推门而入。他满脸堆笑，见了凌楠就喊，"凌律，老弟呀，辛苦了！"原来是吴志兵。自从凌楠开始办理金鼎公司的业务后，他对凌楠非常亲切，见面拉手搂肩，言必称弟弟，这让凌楠很厌恶。律师和委托人之间是一种平等的法律服务关系。吴志兵对凌楠点头哈腰，那样子像求着凌楠为他办事。自己又不是政府官员，没有那个必要。但对吴志兵来说，那可能是一种为人处事的方法，自己感觉不到，实际上已经深入骨髓，成了一种行为方式，想改也改变不了。

"应该的,应该的。"凌楠从椅子上站起来,客气地和吴志兵握手。虽然不喜欢,表面上却冲着他笑。

"主任在吗？"

"在。"

"那我先过去啊！"吴志兵指指李少平的办公室,拍拍手中的包向李少平的办公室走去。那包里该不会是欠款合同吧？凌楠心中想。那又将是自己的工作,他不喜欢这种催款的业务。他走到一边的操作台去烧水,水接满后,他按下电源开关。然后从窗户向金海湾望去,冬天到来后,海里游泳的人变少,但仍见几个冬泳爱好者,他们不怕寒冷,在午后的海水里畅游,那里面应该有自己认识的人。这让他又想起林虹,他们最早就是在金海湾的海边相识的。如今,他已经有半年不下水,而林虹更是不知去向,生死不明。他怔怔地望着远处茫茫的海面,怅然若失。

"小凌,水开了。"不知什么时候,水壶中的水已烧开了,壶盖啪啪地跳着,沸水溢到操作台。师娘从财务室出来向发呆的凌楠喊。凌楠赶紧关了电源。所里这个烧水壶的自动阀坏了,水开后不会自动断电。张云丽不舍得换,烧水的时候就得有人守在旁边,水一开马上关了电源,凌楠刚才走神了。

张云丽拿着一块抹布走过来,抱歉地说,"看来还真得换把新壶了。"凌楠接过师娘手里的抹布,把壶周围的水擦干净了,送往李少平的办公室。

两个人在研究着一堆材料,凌楠给他们倒了水,瞥了一眼桌子,看见材料里还有红绿色的本子,原来是房产证和土地使用证,大概是抵押借款的东西。

倒完水,凌楠准备往外走,却被老师叫住了,"这个案子,你也听听吧！"他示意凌楠在沙发上坐下,又对吴志兵说,我们凌律师法学理论功底相当扎实,司法考试成绩全省第一。

听到老师表扬自己,凌楠脸红了,后来公布的成绩显示,475 分是当年全省司法考试成绩最高分。

"对，未来的大律师，咱们听听他的意见。"吴志兵左手夹着烟，右手把茶几上的材料向凌楠面前一推。

"不敢，不敢。"凌楠一边谦让着，一边捡起茶几上的材料。这是一份普通的抵押借款合同，(甲方)金龙置业房地产开发有限公司以自己的办公楼抵押，从(乙方)吴志兵的金鼎公司借款500万，房产与土地手续齐全。

"如果房子与土地干净，没有重复抵押，这个合同可以签，款也可以放。当务之急是要到房产和土地部门去查一下，办公楼有无权利上的瑕疵。"凌楠看了材料后说。

李少平赞许地点点头，凌楠的法律意见非常正确。

"事情是这样的，金龙置业的罗援老总是我老乡，今年后半年房地产行业不景气，他当年启动的海怡景苑项目借了不少钱。现在银行不给他贷款，员工的工资也发不出来，还有几个违约金，业主天天去上访，政府也向他施压，他急得跳脚，所以找我借钱。"

"哦。"凌楠冲这边点点头。

"这个办公楼没有重复抵押，但银行不给他贷款，说明他的资产状况很不好，不过我想借给他。"说到这里，吴志兵神秘地笑了一下。"我知道罗援还是有一定的实力的，瘦死的骆驼比马大。现在只是一时资金紧张，海怡景苑小区靠近海边，那块地相当不错。我想能不能借机给他钱，然后从那地里弄些好处或把它拿过来，一旦那块地到我们手中，那比放贷收息安全多了，收益也更高。再说，我们民间融资最后还是投到了房地产项目上，这不刚好有机会，所以，想请二位在法律上设计一下……"吴志兵说完笑了。

"法律上设计"是什么意思？无非是做些不正当的勾当，逃不过欺诈、以合法形式掩盖非法目的等，律师能做吗？凌楠疑惑地看着老师李少平。

李少平双眉紧锁，身子缩在宽大的皮椅中一言不发。办公室的气氛有些沉闷，凌楠又回头看看吴志兵，他一脸兴奋，两只眼睛熠熠发光。

过了很久，李少平开口了，"这事情不简单，要从长计议，保证万无一失啊！你得容我们仔细考虑一下。"

"你们律师肯定有办法，要好好谋划一下，仰仗二位了。"吴志兵站起来，"一点小意思"，说完把一张购物卡往李少平办公桌上一放，"本来要请两位大律师吃饭，我公司今天还有些事，实在对不住了，改天吧！"

李少平看了购物卡一眼，也不客气，"那谢谢吴总了。"两人一起把吴志兵送到电梯口，吴志兵伸手拦住师徒二人，"留步，留步。"凌楠本来想问一下那个叫宋清的人还款是怎么回事，但吴志兵已经钻进电梯，电梯的门徐徐关上了。

两人又返回李少平的办公室，茶几上还放着借款材料和产权证书。"那这事我们还做吗？"凌楠的手往茶几上一指。

"做。"李少看了一眼材料，坐回到自己的老板椅中，"为什么不做呢？"

"这合适吗？"凌楠不解地望着李少平。面对当事人的不正当要求，律师应当拒绝，或指出不当之处，劝其改正。

"你先别想那么多。"李少平把茶几上的材料收起来，递到凌楠手中，"把它当做一个课题研究，至于做不做，到时候再说，我给你一个星期的时间拿出法律意见书，要保证万无一失。"

35

一个星期的时间转眼过去，邓副院长那边一点儿消息没有，肖青云等人聚到凌楠的办公桌周围，焦急地看着凌楠。凌楠无计可施，一遍遍拨打邓禄办公室的电话，电话总是无人接听。

"今天周五，可能不在。"凌楠安慰大家，其实他心里很明白，他们的期望落空了，法院并没有把他们的案子当回事，不要说立案，连一个回复的电话也没有。

"周一我们再去拉横幅，实在不行就去上访。"

或许只能这样了，凌楠无助地望着自己的委托人——11个农民，感到绝望至极。作为他们的代理律师，却不能给予他们法律上的任何帮助。

"我反对你们采取任何暴力的行为。"凌楠说，"你们可以到法院表达自己的诉求，拉横幅，但要避免和保安发生冲突。"

"那你不去了？"

"我周一上午要开一个庭。"凌楠说，"如果大家有什么问题，随时和我联系。"一行人默默出了事务所的门，凌楠没有告诉他们，现在他已经不能代理他们的案件，司法局长让李少平和凌楠写了保证书，肖青云等人的案子他们不能代理。

这是一个令人沮丧的周末，凌楠一个人躲在出租屋中百无聊赖。在没有通过司法考试的那些日子，他将全部精力集中在学习上，或是约林虹去海边玩。如今通过考试，反而觉得内心无比空虚，而林虹更是不知所终。在无事可做的日子里，他不由自主地反复琢磨林虹，那个与自己交往不到三个月的女人。她如谜一般，他看见那天晚上医院的太平间里，面目全非的她和那只让他难忘的玉镯，但前天晚上，她的QQ分明在线，在他向她打招呼后又消失。

海边的冬天，天空阴郁，潮湿的风从海面吹过来，刮到脸上、手上像刀子割一样，让凌楠这个从小在西北长大的人极不适应。他窝在床上，在异乡的出租屋里，双目盯着天花板独自发呆，慢慢地，天花板上出现一个人的形象，林虹。右太阳穴上跳动发紧，他的偏头疼病又要发作了。

凌楠从床上坐起来，瑟瑟地披着被子坐到电脑跟前，开机。他觉得电脑上网很麻烦，或许真应该买一个智能手机，换掉自己的这个诺基亚N70，但当下不行，他的收入还要用来吃饭。另外，他还不喜欢在手机上玩QQ。

和往常一样，他首先登录QQ，好像有人给他留言，雪莲的头像在跳动，那是林虹。凌楠瞬间呆住，点开对话框，林虹回复了他！虽然只是一个表情包：一个圆圆的笑脸。

难道她真的还在人世？那么医院里的太平间里，手腕戴着手镯的人又是谁呢？

是她，前几天的在线，让他怀疑是自己看错或系统出了问题。这次可是实实在在回复了他！那么他们可以重新约会见面了？盯着电脑屏幕上小小的对话框，凌楠的眼睛浸满了泪水。

然而除了那个回复他的笑脸。林虹并没有给他一言半语，这让他感到纳闷。自从她消失之后，他给她的留言有十几页，几乎每天都要写下很多想对她说的话。即使后来，从医院的太平间出来，明知她不在了，凌楠仍然坚持每天给她留言，那已经是他生活的一部分。

她为什么不对我说话呢？至少得对我说一声，这么长的时间去了哪里？为什么没有对我回复？看着满屏自己的留言，一股怨恨之意在心头升起。

凌楠关了电脑，起身准备午餐。这次他例外地没有给林虹留言，不知为什么，当得知她安然无恙，他突然有一种前所未有的轻松。"以后不会在这里留言了，再也不会了。"或许他早应该结束这段意外的感情，现在则是最好的时候，他不再有任何的牵挂。

一个人的周末是漫长的，煮了一碗泡面吃下，凌楠觉得屋子里不再那么冷了。他从包里取出金鼎公司的借款资料，还有金龙置业用来抵押的办公楼房产证、土地证。老师让他务必在一个星期内拿出方案，吴志兵和李少平都没有明说，但目的一致，就是借放款之机，占有金龙置业的土地和房产。

占有一个公司的财产，最好是先占有公司，占有一个公司，得占有其股份。一个大胆的念头在凌楠的头脑中闪过。办法有了，让吴志兵的金鼎投资公司收购金龙置业的股份，将借款变为收购款，然后变更股东，召开股东会，再重新选举董事会成员，全面控制公司，公司的财产就归收购公司所有。

这是一个大胆有效的计划，当务之急是查清金龙置业地产有限公司的股权结构，有几个股东（投资人），占股比例是多少。从程序上来说，收购一个公司还有召开股东会、形成决议、修改公司章程、变更工商登记等一系列非常复杂的法律手续。

一个完整的计划在凌楠头脑中形成，想得差不多了，他开始起草法律意见书。整整一个下午，他趴在电脑前，除了上厕所，寸步不离电脑。写完了意见，再从头至尾又读一遍，连他自己都惊呆了。如果计划实施完成，吴志兵将全部占有罗援的金龙置业有限公司，其名下所有的房产、土地项目将归金鼎投资公司，也就是说他只用区区的 500 万就占有上亿的资产。看着自己起草的法律意见书，凌楠沉默了。

法律就像一把利剑，可以捍卫公民合法权益，也可以杀人于无形，就看操纵在什么人手上。

36

周一上午，凌楠一如往常提前来到律师事务所。他把起草好的法律意见书打印出来，放到李少平的办公桌上。老师和师娘还没有到，他拖地、抹桌子。阳光从金海湾上空的海面上照进来，天气好像不再那么冷。凌楠喜欢上班、做事，工作日让他浑身充满动力。打扫完卫生，他又把老师的办公桌整理整齐，拿着那个自动阀坏了的水壶去烧水。水壶"嘶嘶"地响着，凌楠站在旁边，透过窗户看见阳光落在海边高楼蓝色的玻璃幕墙上，溢彩流金，早晨总让人充满希望。

十点钟，李少平还没有来律师所，可能上午有事不来了，凌楠本来打算向他当面汇报法律意见书的事。另外，金龙置业有限公司的股权结构尚不得而知，需要工商方面的资料。

在办公室坐了一会儿，凌楠出了律师事务所的门，向区法院而去，他心里惦记着一件事。从冠城大厦到法院只有一站之路，李少平当年选择在这里开所，就是图了靠法院近、方便。凌楠一路步行，远远地看见肖青云等人打着白色的横幅，坐在法院门前的台阶上。横幅还是上次的那个，"要求立案"几个黑色的大字已经有些斑驳褪色。几个人蹲在那里，垂头丧气，没有精神。有些好奇的人走过来看看，又摇摇头走远了。偶尔有一两个穿着制服的法官从门口经过，他们像被羞辱，低下头或用手中的公文包遮住脸，匆匆而过。

"看来今天没有发生冲突。"凌楠长出一口气，他站在肖青云等人看不见的地方。他是被解除委托的律师，而解除对他的委托的却不是自己的当事人，真是个笑话啊！他无法为他们维权，甚至不能走过去，和他们站在一起，只能在远处无助地望着他们。

凌楠默默地站了一会儿，返身向冠城大厦走去，情绪依然低落。肖青云他们的案子如何突破呢？他想破头也不知如何下手。律师的武器是法律，这要是在法庭上，他还能利用自己的知识和法律去抗争，也就是说，他要有施展的舞台，但立不了案，进入不了法律程序，任何优秀的律师也无计可施。

坐电梯回到22楼的律师事务所，一个三十出头的男人站在门口。他留着整齐的平头，浓眉大眼，腰身挺拔，但眼神里却充满忧虑。

"你找谁？"凌楠问。

"我找凌律师，我姓宋。"

"我就是，你是宋清吧？我们通过电话。"

"是，你让我来一下……"

"嗯，你那个欠金鼎投资公司的钱还清了？"

"是啊！你看这是我的银行转账凭证。"

"还清了怎么还要催收？"

凌楠从宋清手中接过那些银行自动取款机上的打印凭条，一一核对。合同约定的借款本金是五万。

"这次还了一万，这次是两万……这些是本金，后来这几张是利息，当时吴总说借一年，我都还了七万五了，他还说没有还清。"宋清一脸的哭相，凌楠看着他长得五大三粗，却是如此的胆小怕事。

"那是怎么回事呢？"

"有一个月我还钱晚了两天，刚好在外地，我给吴总说等我回去还，要不让我媳妇去镇上还？但她怀孕了，我怕骑电动车不安全，吴总说没事，不急，不在乎几天。"

"后来呢？"

"后来吴总说我违约，利息要翻倍，合同上写得明明白白，我没办法说清了。他们公司的人到我家去催款，住在俺家，我媳妇快生了，他们天天去。"

"有这样的事？"

"这还有假？我都快疯了，他还说要委托律师到法院去告我。"

凌楠看他快哭了，宋清说他原来当兵，两年义务兵服役期满，没有选上士官就退役回家。有个公司愿聘请他当保安，但他想创业，却没本钱。有一天他在街上走，有人塞给他一张小卡片，上面写着"不用抵押，无房无车也贷款，最高限额五十万"。他就试着联系，担心还不起，就只贷了五万元，借期一年，担保人是他父亲。

"这样啊，那借钱干什么呢？"凌楠很同情眼前这个没钱的前兵哥哥，他连五万的本金都没有。

"我想盖个鸡舍，养小鸡，在俺家后面的山上放养，然后送到城里卖，散养的鸡肉和蛋好吃，城里人喜欢。"

"想法不错。"

"可是我不懂，盖鸡舍、买饲料、交加盟费，几个月下来钱花完了。抓来的小鸡病的病、死的死，还欠了一屁股的债。"

"这创业就怕盲目啊！那你现在做什么？"

"在商场当保安，唉！那你能不能给吴总说一下？他的钱我只能还这么多了。我爸把家里的花生卖了，我孩子还小，要买奶粉！"

"好吧，我试试看吧！"

"你真是个好人，你千万不要到法院去告我啊！"宋清站起来，对着凌楠又是点头又是道谢，然后出了事务所的门。

送走了宋清，凌楠又翻看吴志兵与宋清的借款合同，还有还款凭证。这些合同都是格式合同，条款非常多，字又小，没有几个借款人会懂，甚至仔细去看，最多是在业务员的指导下签名完事，对那些对自己不利的条件只能接受。都是急着用钱，有人愿借就不错了，还谈什么条件呢？

最近通过对金鼎公司欠款业务的介入，凌楠发现吴志兵这些人就是以借款为诱饵，设计陷阱，利用借款人急用钱的心理签订合同，然后人为造成违约，甚至有客户主动还款，他们也说不急，你先用几天。回头就说客户违约，拿合同说事，借款人百口莫辩。还有的以公司账号系统升级为名，让借款人把钱打进公司经理个人账户，回头又不承认，可怜那些借款人，完全不懂这些，事后不得不还高额利息，为什么说叫"套路贷"呢？里面全是套路啊！他们明知这种合同会被法院确认无效，所以不去法院起诉借款人，而聘请一些社会上的闲散人员，天天上门讨债。他们也不打不闹，而是待在借款人的家中不走，有的借款人报警，警察一看，这是民事纠纷，你们去法院解决吧！我们管不着，转身走人。借款人一旦被沾上，往往生不如死。如果有房、车抵押，最后非得把房、车弄到手才肯善罢甘休。

　　凌楠曾经委婉地劝说李少平，中止与金鼎公司的业务。"这有什么？我们是律师，死刑犯还有辩护权呢！"老师一句话就把他顶了回来。事后他想了很久，他觉得这和为死刑犯辩护不一样。总之，他非常讨厌金鼎公司的业务，甚至吴志兵本人。他说不出来，虽然吴志兵每次见凌楠很客气，一口一声"凌老弟、弟弟、凌律师"，案子收回的钱还按标准给所里交不菲的律师费。但凌楠就是天然地不喜欢他，不知道为什么。他觉得作为律师来讲，有些钱能挣，有些钱不能挣。这与年龄、专业一点儿关系没有，要说有关系，只能说是和什么样的人、什么样的律师有关。

第十三章
强盗与律师

————

37

凌楠把冲锋衣的拉链往上一直拉到脖子下，背好包准备下班。虽然温度不低，但最近海风大，在公交车站等车时，冷风直往脖子里灌。

电话响了，是老师李少平，"你到鸿运酒店306房间，这里有个饭局。"凌楠曾听说，律师是半个社会活动家，参加这样的饭局也是工作。他改变了回出租屋的计划，直接穿过地下通道，到达鸿运酒店。刚走到306房的门口，就听见一个声音喊道，"好，太棒了！"凌楠看见吴志兵手中晃着一个文件夹，看见了凌楠说，"老弟，赶紧坐，我们正在研究你起草的法律意见书。如果这个计划实现，那就太好了。我就是要用500万吃掉他上亿的资产，当年他们都瞧不起我，说我挣的是不义之财，现在还不是求到老子这里来了！"

凌楠放下包，在一张空椅子上坐下来。吴志兵喝了酒，手指夹着烟，兴奋地挥舞。他听师傅李少平说过，吴志兵只有小学文化，还是20世纪60年代的农村小学。他以倒卖纽扣起家，80年代初独自骑着一辆老旧的永久自行车，跑遍整个胶东半岛，攫取了他人生的第一桶金。

"这只是个计划，要付诸实施，还有些事情要做，比如金龙公司的股权结构。另外，要是罗援看到借款合同对他不利，拒签怎么办？"凌楠担心地说。他觉得任何事从计划到实施之间隔着很长的路，实现起来并不容易。

"股权结构这事儿你不用管了，我去工商局查。"李少平深吸了一口烟。

"签字的事包在我身上。"吴志兵说，"他现在急着用钱，让他签他就签，不签不给他钱。你们准备好合同材料和法律文书，只要法律上没问题就行，签字的事包在我身上，来来，吴某人敬二位一杯，辛苦了！"

吴志兵从桌子对面伸过手来和李少平、凌楠碰杯，他把杯中的酒一口干了说，"当初，我设立公司的时候就下决心请个律师，合作十多年，看来这个做法是对的。如果这个计划成功，我就轻而易举地拿下金龙置业，没有两位律师在法律上的鼎力相助，绝无可能，感谢！愿我们继续精诚合作。"

凌楠把酒喝了，感觉嗓子里刺激辛辣，吴志兵和李少平喝的是白酒。他赶紧低头喝了一口水，心想也别高兴太早，对方也会请律师审查。即使合同签订了，还可以起诉至法院，确认无效，任何非正义的事终将失败。

"吃菜，凌律师。"吴志兵主动将一枚很大的澳洲鲍鱼夹到凌楠的盘子里，"我明天先打10万律师费过来，当作前期经费，事成之后还是按我们原来的约定，10%的律师费，好不好？"

凌楠听完，倒吸一口凉气，10%那是多少啊？以金龙置业的资产计算，至少上千万啊！李少平脸上笑开了花，他举起杯子，摇晃着和吴志兵碰杯，"祝我们的合作成功！"两个人得意地笑了。凌楠原想着那只是一个计划，如李少平所言，"把它当作一个课题研究"，但现在他感觉，这两个被酒精和金钱烧得激动难抑的人，一定会把他起草的法律意见书付诸实施。

服务员端来最后一道菜：海参捞面。一只两寸长的海参窝在金黄色的面条上，凌楠进酒店门时，在大堂的牌子上看见，本店招牌菜：野生海参，每份198元。这一桌菜够他一个星期的伙食了吧！他挑起细细的面条，含进嘴里，心想有钱真好。

桌子上只剩下三个男人吸溜吸溜吃面条的声音。酒暂告一段落，吴志兵以极快的速度吃完面条，把筷子往桌上一拍说，"玩一会儿去吧！"说完也不管两人是否同意，开始拨打电话，"我让司机把车开过来。"

"吴总雅兴，我奉陪。"

"凌律师一起去吧？"

凌楠不知道他们说的玩是什么，不解地看着李少平。李少平脸喝得通红，满嘴的酒气，冲着凌楠说，"去吧去吧！"

三个人走出酒店的大门，司机早已把车开到酒店的门口，是一辆奔驰SUV。凌楠喜欢车，知道这辆车的价格在一百万以上。吴志兵一步跨入副驾驶的座位。凌楠拉开车门，扶李少平上了司机后的座位，然后从另一侧上了车。

汽车在夜晚的城市穿梭，街道两边灯光闪烁着，飞快地后退，不一会儿就停在一家叫"金钻"的夜总会门前。看来吴志兵是这里的常客，早有人迎接在门口，带着三人直接上了二楼的包间。上学期间，凌楠和同学偶尔也去酒吧，唱唱歌，喝杯啤酒，有时还能碰到一两个二流的歌手。自从离开学校，他就再没去过，一来司考学习紧张，二来也没能力消费。

那天晚上，凌楠陪吴志兵和李少平唱歌到晚上十点多，在包厢里，三个人又喝了不少的酒，吴志兵还叫了陪酒的小姐。因担心晚了坐不上公交，凌楠就提前离开了。

第二天，凌楠一早赶到办公室，头痛得厉害，不见老师李少平的影子，想来也是喝多了。他一个人坐在宽大的律师事务所里，办公室的中央空调吹得暖意如春，一阵困意袭来，他趴在桌子上睡着了。调成静音的手机突然"呜呜"地振动起来，迷糊中，凌楠按下接听键。

"肖青云——"有人在电话里喊，声音稍停顿了一下说，"你代理的那个案件，原告到市政府去上访了！"

原来是老师李少平打来的电话，凌楠一下子清醒过来。

"你到王局长那里去一下，如果他问起我来，就说到中院开庭去了。"

凌楠挂了电话，匆匆向市政府大楼跑去。自从在律所工作以来，他这是第三次往司法局跑。现在只要提到"司法局"三个字，他就紧张。有什么办法呢？人家是咱的主管单位啊！他可以给你律师饭碗，也可以收走这个饭碗。每年的年检就像悬在律师头上的一把利剑，不给注册备案，你就无法代理案件，律师们最怕这一点。如今企业都不年检了，律师和律师事务所仍然要面对每年严苛的年检及高昂的费用。

凌楠小心地敲开王局长的门。"请进。"像是专门等着他，王范民局长在屋里大声说。

凌楠推门而入，却意外地看到师兄刘天泽也在。他表情凝重，看凌楠进来，冲他点点头，用夹着烟的右手指指身边的沙发，示意他坐。

凌楠小心地坐下去，面向着王范民和刘天泽，心中想，刘师兄在这儿干什么呢？他是政府办公室副主任兼应急指挥办主任，他来司法局长办公室干什么呢？瞬间又想到，他和自己师出同门，学法律出身，也曾是政府法制办主任，擅长通过律师这一特殊群体，化解社会矛盾，常常和司法局联动。"9·20"事故，就是他引入律师队伍，做遇难亲属的工作，协助政府，依法解决了危机。

"你还代理肖家洼子那 11 个农民的案子？"刘天泽首先开口了。

"不代理了，"凌楠摇摇头，"我们给王局长打过保证书。"

"怎么不代理了呢？"

"这个……"凌楠看着王范民，差一点儿把"是他不让我们代理"说出口。

"你还要代理！"刘天泽把烟在烟灰缸里捻灭了说。凌楠有些困惑，当初不让他和老师代理，现在又要让他们代理。

"上级对我们通过律师化解社会矛盾的做法非常赞赏，'9·20'事故的成功处理就是范例。全市将进一步推广，下一步还要推广律师进村（社区）活动，确保每村有一名律师。"

"这个特别好，我们已经在调研，担任村社法律顾问的律师将由政府给予一定的律师费。"王范民笑呵呵地冲刘天泽说。

"这十几户农民最初找你，说明跟你比较熟，也信任你，由你出面做工作，让他们放弃上访，如果他们真的去了省城，甚至北京，影响就太恶劣了。"

凌楠想起在"9·20"事故中，他和老师李少平担任赵娜娜的律师。难道这次也是政府出面，要让他担任肖青云等人的律师，从中斡旋，以解决他们上访的难题？

"要我代理他们可以，但有个条件——立案，通过法院审判，依法解决。"

"你还是要通过法律程序？"刘天泽紧盯着凌楠。

"为什么不呢？在他们的权利没有被实质性捍卫——解决房前屋后的输油管线问题前，我恐怕很难让他们息访、罢访。"凌楠还要据理力争，刘天泽挥手打断他。

"要听招呼，你明天就和他们见面谈谈，这个事处理好了，将来聘请政府法律顾问等都会考虑到你们所。"刘天泽一句"听招呼"，让凌楠把要说的话咽进肚子。他知道"听招呼"三个字的重要含义。

凌楠有些无可奈何，作为律师，他竟然不能决定代理或不代理案件，这本来是他和委托人之间的事，却被第三方干涉着。"或许也是好事！"至少他可以光明正大地和肖青云等人往来，代理他们和各级协谈。就如他们曾经援助过的赵娜娜，结果可能不是十分令人满意，但在有限的范围，能争取到一个相对好的结果也不错。那次援助也是政府指定，在正常的赔偿之外，他为赵娜娜争取到了一份稳定的事业编工作。他逐渐认识到，这可能也是我们东方人处事的一种方式：中庸。刚刚毕业不久的他，今后要适应这种方式，因为他面对的是社会，无法离开它独立地生存。作为一个法律工作者，他不能带着当事人去上访、拉横幅、静坐。这不是解决问题的办法。

想到这里，凌楠从沙发上坐起来，"我服从领导的安排，代理肖家洼子农民的案件，但有一个要求，能不能和东方能源公司的负责人当面谈谈，双方协商解决？"

"完全可以！凌师弟考虑周到！有句话怎么说呢？解铃还须系铃人，让矛盾的双方直接面对面，太好了！"刘天泽用手拍了一下沙发的扶手站起来，"我回头把他们廖主任的联系方式给你。"

凌楠也站起来，和刘天泽、王局长告别。

"我们随时联系。"两位领导握着凌楠的手，满意地冲他点头微笑。

凌楠从政府大楼门前的台阶，一级级往下走，夕阳西下，阵阵寒意袭来，他长出一口气。好累！要是能做到法院立案，直接起诉，依法判决多好。把所有的社会纠纷交由法院解决，该胜的胜，该败的败，按法律的规定，各自承担自己的责任，但现在不是这样。

38

这天早晨，凌楠独自打车来到位于沙子角的东方能源公司的门前。大门一如往日地紧闭着，看不见院内其他东西，只有一栋神秘的白色大楼高高矗立着。自从发生爆炸事故后，这家默默无闻的公司被推到风口浪尖，现在全国人民都知道了。和上次要登记、报告不一样，这次，他一到门卫值班室，就有人直呼其名，"您是凌律师吧？"凌楠点头称是，"廖主任交代过了，您直接到605室，他在那里等您。"

凌楠跨入大门旁的小门，直接穿过院子，进入办公楼，整栋大楼空旷安静，没有碰见一个人，但处处能见一个个探出的监控摄像头。

或许是已经得到报告，到了六楼，一个年纪四十出头，穿着一身青蓝西服的中年男子站在电梯口迎接凌楠。看着他帅气干练的样子，凌楠不禁有些自惭形秽，他身上穿着一件松垮垮的防寒服。

男子主动上来和凌楠握手，"你好，凌律师，本人姓廖，廖明。"大概他就是刘天泽所说的廖主任。

"你好！"凌楠握着廖主任的手，两人并排向楼中间的接待室走去。这是一个小会议室，能坐十多个人，中间一张长方形的会议桌。

"我们杨总在北京，委托我和您谈一下。"落座后廖明主动说。凌楠看见桌子的一旁还坐着一位女士，正是上次他查林虹身份时，见到的那位，好像是负责人事方面工作的。他略微欠身，朝她点点头。

"肖家洼子 11 户农民上访的事，信访局反馈到我们这里了，那么他们的要求是什么呢？"廖明开门见山地说。

"肖青云等人认为，贵公司的输油管线影响到他们的住宅安全，请求贵公司另向他们提供安全住宅。我们认为贵公司的确侵权，对这些农民的人身和财产安全构成威胁。"

"我们当年和村里签订了土地使用协议，通过了主管部门的审批，也通过了安全和环保方面的评审，对个别村民还做了补偿，没有什么问题呀！"

"我们不这么认为，住房——农民所持有的农村宅基地使用证书，相当于城镇住房的产权证书，任何人不得侵犯。贵公司和村里可以签订土地有偿使用协议，但该土地显然不包括 11 位农民的宅基地，他们才是真正的所有权人。"

凌楠一语道破了东方能源公司当年征用土地的问题所在，这是大家心知肚明的事。至于当年如何和村里达成协议，又取得土地部门的批准就不得而知了。

廖明沉默了一会儿说："提供安全住宅可能性不大，我公司没有土地，只有石油。"

"石油好啊，现在价格那么高。"

"那我们给每个农民几十吨石油？"

"行，我们拿石油换成钱。"

"可石油是国家专营，给他们也无法卖呀！"

"那就直接给钱呗！"

凌楠和廖明两人同时笑了。可能是刚才气氛太紧张或是东方能源公司办公大楼的暖气烧得好，凌楠觉得有些热，他把防寒服的拉链解开。

"还是钱的事啊！"廖明感慨着叹息一声，他拿起桌上的香蕉，掰下一只，隔着桌子给凌楠递过来，"吃点水果，咱们慢慢聊。"凌楠也不客气，接过来剥开了，慢慢嚼着。

"那他们要多少钱呢？"廖明问。

凌楠嘴里嚼着香蕉说，"唔——每户 100 万，这个钱也就是在市区买套普通的二居室。"

"多少？"廖明以为听错了，"不可能，这些农民！狮子大开口。"他摇摇头说，"要是每户三万两万的，公司可能会考虑一下，每户 100 万，做梦！我最讨厌这

129

些个农民，贪婪、爱占便宜。只要沾上，没完没了，你给他 100 万，他还会向你要 200 万，劣根性。"

听到有人这样说自己的委托人，凌楠不高兴了，"廖主任今年有 40 岁？"

廖明神情有些错愕，他不知道凌楠的话什么意思。

"中国是个农业国家，三代以内都是农民，您的父亲如果不是农民，那您的爷爷一定是农民。"凌楠停了一下，"农民贪婪，爱占便宜，那是因为他们没有基本的保障。他们不像城里人一样有社保、退休金，他们唯一的财产土地也只是承包权，不能抵押，不能流通。当有机会来临时，他们当然会争取。"

"凌律师，误解了。"廖明没想到自己不经意的一句话，让凌楠如此生气，他想缓和一下气氛。

"另外，我想说本案中的农民不是贪婪、占便宜，他们是争取自己的合法权益，贵公司的输油管线从他们的宅基地经过，威胁到他们的人身和财产安全，依法应当赔偿。如果贵公司不愿意协商，那我们只能法庭见了。"

谈判进行不下去了，现场气氛有些沉闷，廖明松了一下领带，"那……我们今天就先到这里，你们提的条件我可以向领导汇报。"凌楠站起来，其实他心里还有个问题想提出来，嘴张了几下，又闭上，这种场合显然不合适。

廖明一直把凌楠送到电梯口，"凌律师，你是怎么来的？""我是搭车来的。"东方能源公司在沙子角的一片海滩不远处，人烟稀少，除了孤零零的能源大厦，周围还没有通公交。公司每天有发往市里的班车，很多员工也有自己的车。

"那我送你到镇上的公交车站。"听到凌楠是搭车来的，廖明主动提出建议。从东方能源公司到镇上的公交站，有很长的一段路，等出租，还不知等到什么时候。廖明提出送凌楠，凌楠也不推辞，嘴上却说"那多不好意思"。

"不客气，你到楼前等我。"

两人一起出门，坐电梯到一楼。廖明匆匆向停车场走去。凌楠站在大厦门前，不一会儿，一辆大众车停到了他面前。凌楠觉得车看上去很熟，像是辆帕萨特，仔细一看，不禁失声喊道，"辉腾啊！"喊完后，自己都脸红了。凌楠酷爱车，闲暇时喜欢在网上浏览名车，辉腾是大众公司旗下的高端车，但外观朴实，网友常常戏称之为"帕萨特"。廖明是东方能源公司的副总兼办公室主任，所以才能开得起如此昂贵的车。

"我不算土吧！没把廖总的车看成帕萨特。"坐上车后，凌楠开玩笑地说。

"没什么！"廖明两眼注视着前方，淡淡地说。凌楠前后左右地打量着辉腾的内饰，那种发自内心的喜欢就像一个孩子看到心爱的礼物。"凌律师喜欢车……"廖明嘴角上扬，神秘地一笑。凌楠不知廖明什么意思，赶紧说，"我只是了解一点儿，饱饱眼福。"

"呵呵！"廖明笑了，"男人嘛！永远喜欢两样东西，一是美女，二是豪车……不过那些到市政府上访的农民，给公司压力不小。还有，前不久，公司出的事故，影响特别大，所以要请凌律师帮忙，做好他们的工作。"说到这里，廖明突然降低声音，"我公司不会亏待您的，我给杨总汇报，像这样的一辆车……我们也了解过你，一名刚取得律师资格的实习律师，什么都没有，我比你早进入社会几年，凌律师，有时候机会难得，要抓住啊！"

凌楠知道廖明所说的机会是什么，虽然每月的工资只有 1000 元，住出租屋，但他相信只要好好从事自己的律师业务，将来一切会有的。律师之路刚起步，他不想因为一辆车出卖委托人利益，他是学法的，不想在这方面栽跟头。更重要的是，他对这起案子的胜诉充满信心，如果胜诉，他所得的律师费也相当可观，他要用正当的途径为自己买辆车，而不是以廖明所说的方式。

凌楠果断地摇摇头，"谢谢廖主任！我们通过诉讼解决吧！"

"难道诉讼你们就必赢？"

"我不敢保证，但诉讼至少是最公正的。如果法庭判决贵公司承担责任，那你们就赔偿肖青云等人，反之，如果他们败诉，与贵公司没有任何关系，所有人都应该接受法庭的判决。"

"可是诉讼打官司，影响不好。"廖明痛苦地说，可能这也是公司的意思。凌楠哭笑不得，诉讼起来，肖青云等人未必一定胜，世上没有绝对赢的官司。诉讼有其规则，光有事实不行，还要看证据、时效等。但现在提起诉讼，仿佛是瘟疫，谈之色变，他实在不解这些人。

"向你打听一个人，"眼前就是镇公交车站，再不问就没有时间了，"是个女的，叫林虹，曾在贵公司工作。"

"你打听她干什么？"听到"林虹"二字，廖明表情瞬间变了，但没有否认。

"那么说，贵公司有这样一个人了？"凌楠转过身抓住了廖明的肩膀，"那你能不能告诉我，她在你们公司干什么？后来去了哪里？她是不是在'9·20'事故中遇难了？"凌楠一口气问了几个问题。廖明坚决地摇摇头，无视凌楠焦急的心情，一脚踩死辉腾车的制动，这是示意凌楠该下车了。一辆通往市内的 8 路公交车正在缓缓进站。

"你们那个管人事的处长说，她曾经在你们单位工作过？"凌楠不想下车，对他来说，这是个难得的机会。

廖明打开了车门，凌楠感觉他绝对知道林虹，只是迫于某种顾虑，不便告诉他。凌楠又焦急又悲愤，却又无计可施。

"凌律师，就到这里吧，那几个农民的案子，还得拜托你……我们随时联系。"

凌楠失望地从车上下来，廖明冲他挥挥手，黑色的辉腾掉转车头，轻吼一声，宽大的轮胎在路面扬起一阵细细的沙尘，利箭一样驶向远方。

39

桌子上摆着金龙置业有限公司厚厚的工商档案。公司的设立、登记、股东名称、股权比例、历次的变更，凌楠一页页仔细查看，边看边做笔记。金龙置业公司的股权结构简单，股东只有三个人：罗援、他老婆杨银芳和儿子罗军。一看就是典型的家族企业，股东全是一家人。杨银芳、罗军应该只是挂名，公司的设立与运转经营，都是罗援一手操作。这就比较好办。

凌楠起草了收购协议，将吴志兵向金龙置业公司借款的合同设计成收购协议。为了防止罗援发现，协议的标题连"收购"二字也取消了，只写"协议书"三个字。协议约定，吴志兵以 580 万元收购金龙置业有限公司 78% 的股权。为完成看似合法的收购，凌楠又起草了金龙置业有限公司同意出让股份的股东会决议，杨银芳、罗军给罗援代为行使签字的授权书。所有这些变更，将以工商部门的登记为准，少不了公司的公章。想到这里，他又起草了一份公章保管合同，约定为保证将来还款，由吴志兵的金鼎投资公司保管金龙置业有限公司的公章及财务章，金龙公司因业务需要盖章时，可以到金鼎公司来盖。这样，所有文件资料方面的准备工作算是完成了。凌楠一份一份地把它们打印出来，接下来只剩最后一件事：签字生效。

天阴沉着，下午四点多，办公室里有些昏暗，凌楠站起来，走到墙边，打开灯。他看见远处金海湾的上空，海天相接处，乌云密布，像是要来暴雪的样子。今天，他差不多在办公室坐了一天。

凌楠的心情变得沉重，看着这些起草好的资料，如果双方签字完成，吴志兵将合法地占有金龙置业有限公司，那么作为律师，他和李少平扮着什么角色呢？这和抢劫有什么区别？他们的不同在于，强盗手上拿着刀子，律师的手上拿着法律。

　　亲爱的，我今天去了你曾经工作过的单位，向一位叫廖明的办公室主任打听你，他对我欲言又止。看得出他们知道你的相关情况，却不想告诉我。我向他打听你，我的感觉是，你和你们的这个公司一样，两个字：神秘。

　　你们公司矗立在一片海边的碱滩之上。在院子里独自走的时候，我想，你以前曾在这里工作过，心里有一种暖暖的感觉。我想我走过的每一个脚印，你或许曾经踏过，在某个地方、台阶、电梯，我们的脚印重合。我原以为我不会给你留言了，我特意不去登录QQ，为的是把我们的过去割断。你已经不在了，我怎么会怀疑自己的眼睛。有时候，我又觉得你仍然活着，在某个地方偷偷窥视着，总有一双眼睛，但我不知道你在哪里。

　　我最近特别忙，有一系列的案子，最让人头痛的还是肖家洼子那11个农民的案子，折腾的时间太长，有那么多人干预。拉横幅、上访、院长接见就是不立案。你们东方能源公司大有来头，不知道深厚的背景来自哪里。"9·20"事故影响重大，但却没有见到有任何人受到牵连、处分。唉！我搞不清楚，不说了吧。

　　我很讨厌那个叫吴志兵的老总。他那个金鼎金融投资有限公司就是一家'套路贷'公司，所从事的全是违法经营，最近他们想把一个叫金龙置业的房地产公司吞并了，想用区区五百多万把一个资产数亿的公司据为己有，而我和老师现在当他们的帮凶。我很困惑，我曾经提醒过老师，拒绝！但他贪婪，被金钱诱惑，说律师还为死刑犯辩护呢！这不一样，律师虽然为委托人服务，但应当对当事人违法甚至不正当的要求说"不"。我见过被他们欺骗的几位受害人，那个叫李婷婷的老师，她很怕打官司，觉得丢人，死要面子活受罪。到法院起诉，说不定能够更好地保护她的利益。还有那个叫宋清的，被逼得好惨啊！一个曾经当过兵的人，胆小怕事，他们不知道依法捍卫自己的权利。

　　总之，做律师还不到一年，对这个行业了解越深，我的失望就越大。我的感觉是，以法律维护社会主义的观念并未深入人心，从领导到商人、律师，甚至普通百姓，所有的人都以自己的利益为重。当然，喜欢钱追逐利益没错，但道德是法律的灵魂，法律是道德的卫士。同情弱者，维护社会公平正义是每个人的责任吧！

絮絮叨叨给你讲了这么多，我心里好多了。如果你能在我的身边，听我讲这些该多好啊！

冬夜已深，凌楠给林虹写下大段的留言。他穿着厚厚的防寒服，旁边还开着电暖器，不知不觉中趴在桌子上睡着了。楼下院子里，房东去早市发动摩托车的声音把他从梦中惊醒。太阳光从没有拉严的窗帘缝照进来，天已大亮。

"糟糕，赶不上车了！"凌楠第一想到的是要迟到了，他急忙从椅子上站起来，突然想到今天是休息天，他又重新坐下，发现电脑的QQ对话框没关，一行大字回过来：我一直在听你说啊！

这次林虹回复了他整整一句话。

第十四章
一石激起千层浪

————

40

凌楠到市政府门口时，看见肖青云等人坐在电动伸缩门前，门后站着一排身着制服的保安。而在不远处的台阶上，还坐了不少上访的人。从他们手中举的牌子看得出来，有讨要工资的，有要求落实政策发还退休金的，有认为拆迁补偿不合理，要求重新补偿的，更有人双膝着地，跪在大门的不远处。凌楠看着心里极不舒服，这些人应该去法院表达他们的诉求。如果诉求合理，法院判决他们胜诉；如果不合理，驳回他们的诉讼请求。而不是像现在这样，守在政府的门口上访，甚至采取下跪的方式。已经21世纪了，还采取这样的维权方式，这是多么大的悲哀和讽刺啊！

"肖叔，我们回去吧？我不主张你们的这种方式。"凌楠劝道。

"可我们有什么办法呢？我们也不想来上访啊！"

"咱们去法院！"

"法院还不是一样不立案？"

凌楠无话可说了，解决社会矛盾的主要措施是司法，他们应该去法院。因为法院拒绝立案，这个矛盾被推向了社会，而且日积月累，矛盾越来越大，如今这么多上访信访，与法院不作为有重大干系。

"我们还是去法院——这样不是办法。"凌楠诚恳地对他们说，"实不相瞒，我和东方能源公司的人有过接触，我一定会帮大家立上案。"

"如果立不上呢？"

"那大家去省城、北京，我都支持。"

"好，我们就再相信凌律师一回。"

一行人在凌楠的劝说下离开了市政府大门，坐上回家的公交车。看着他们上了车，凌楠的心才放下来，但很快又变得沉重。既然答应了他们，就要想办法解决，可突破点在哪儿呢？显然去法院立案庭这条路是堵上了，只能想其他办法。

凌楠坐上公交车，直奔市政府大楼。他敲响了司法局王范民局长的门，没人应声。"王局长开会去了。"从隔壁办公室出来的一个工作人员对他说。

那就找应急办刘天泽主任，于公于私都没错。他又来到608办公室，门开着，刘天泽正在接一个电话，看见凌楠，招手示意他进来，并指了指茶几前的沙发。凌楠也不客气，走过去坐下。

等了大概有十分钟，刘天泽终于打完了电话，他笑容满面地过来和凌楠握手，"这次可得好好表扬你啊！师弟。肖家洼子那十几户农民息访了，你功不可没。"

"哪里，哪里。"凌楠客气着，心里一点儿高兴不起来。"我答应他们想办法立案，维护他们的合法权益。"

"先应承下来，拖住，哪有那么容易啊！"

"我们不能失信于民，答应他们的事……"

刘天泽摇摇头，凌楠有些急了，"那为什么不立案呢？"

"你不知道啊！"刘天泽从桌子上的烟盒里抽出一支烟，递向凌楠，又忽然想起似的收回说，"哦！你不抽。"他捡起茶几上的打火机，给自个儿点着了，长吸一口说："东方能源公司是市委、市政府招商引资的重点项目，当年全国有很多城市竞争，它的股东有的是外商，当初设立该公司时，我还是政府法制办主任。发改委能源司都出面了，最后落户我市，主要从事石化下游相关产业，对市财税贡献非常大，属于市重点企业。最重要的是'9·20'事故刚刚过去，东方能源公司是所有人关注的焦点，一旦发起诉讼，无论是企业还是政府必然会承受非常大的压力！"

"可那也得解决啊！"

"放一放，等过了这一阵再说。"

"我答应了他们，如果立不了案，他们将去省城和北京上访，那时候可能更不好控制。"

"所以你还得做工作，稳住他们，他们相信你。"

"那我成了什么人？我是他们的律师，应该维护他们的权利，这样不是在出卖他们，表面一套，背后一套？"

"大局为重！"

"什么是大局？"

"服从市委、市政府就是大局，有些事情我没法给你解释，'9·20'事故的报告还没出，死了那么多人，损失那么惨重，关注度如此之高。什么人会被处分，被查处，甚至承担法律责任，各种可能性都有，省、市领导，甚至……背后的事不说了，我比你早踏入社会十多年，知道该怎么做。你就听我的吧！"

凌楠沉默了，他知道再争辩下去毫无意义。刘天泽默默地抽着烟，白色的烟灰集了长长的一截。他伸手把烟灰弹到烟灰缸，补充道："下周国务院安全生产小组工作组要到我市，这时候千万不能让他们到政府、法院去。"

凌楠算是明白了，肖青云等人的案件为什么法院一直不立案，原来有如此深厚的背景。

41

凌楠又想起了那个没有打通的电话号码，他从手机中找出来，试着拨过去，电话通了。

"喂，您好，哪位？"

凌楠的心变得激动起来，"请问您是张力记者吗？"

"是，我就是，您是？"

"我姓凌，您还记得'9·20'爆炸事故吗？当时您在现场采访，在西海大酒店，我们曾经有过一面之缘。"

"哦，有这么回事。"

"那个，不知道您近期是否有时间来我们青城，我知道一些有关那次事故的情况，或许您有兴趣。"

"好的，我们明天见如何？我马上去订动车票，订好了，把车次发给你。"

调查记者张力居然没有推辞，一口答应了凌楠的请求，让他感觉很意外。

这是冬天里难得一见的晴天，海风很大，雾霾散尽，天空一片湛蓝。火车站四周的广场，全是拖着行李，行色匆匆的旅客。凌楠独自晃悠着，从北京开来的D198次动车晚点，广播通知到达时间是 17:30。"想不到动车也晚点。"青城火车站是 2012 年召开全运会时改扩建的，整个车站建在地下。地上只是两层与周围建筑相仿的中式楼层，有飞檐的屋角，上面铺着红色的琉璃瓦。要不是"火车站"三个红色的大字，很难想象那是一个车站，它迥异于国内大部分高楼式的火车站。当年全运会召开时，青城独特的火车站给这个海边城市加分不少。

凌楠漫无目的地走着，在那些火车站周围的小巷穿行，出入一家家售卖旅游纪念品的小店。他很喜欢那些用贝壳加工而成的工艺品，白色的海螺穿起来，做成风铃，高高挂起，在风中轻轻摇摆，发出细细的声音。凌楠所在的西海区是经济开发区，工厂与高楼林立，与全国很多城市没有什么区别。反而是通过市内的老屋和街巷，依稀可见这个有着百年历史的海滨城市的风貌。因为曾被德日殖民统治过很长时间，至今仍保留着大量异域风格的建筑。来青城之后，他还没有仔细地逛过，今天倒是个难得的机会。

冬天的白昼极短，太阳西斜后，很快坠落在楼后，红彤彤的圆脸像个害羞的女孩。远处浙江路上的圣弥尔天主教堂传来悠扬的钟声。阵阵寒意袭来，凌楠又回到候车室。

D198次动车终于徐徐进站，不一会儿，下车的旅客涌向出站口。凌楠在头脑中搜索几个月前在西海酒店门口见到的张力，除了模糊地记得个头比较矮小外，其他一点儿也想不起来。他紧盯着出站口，旅客逐渐减少，却不见他要接的人，不会走错吧？他给张力的手机短信是"西出站口"，难道错了？凌楠低头去查看手机，准备打过去。

一个个头矮小，但长得非常敦实的男子不慌不忙地朝出站口走来。他留着平头，身穿圆领的灰色运动衣，外套一件马甲，上面像补丁一样缀满了大小不一的兜，背上一个很大的旅行包。

就是他了。凌楠迎上去，像是原来就认识。张力伸出手和凌楠互相拍了一下，算是打过招呼，两个人一起向车站外走去。

"还是住你们西海吧。"坐上出租车后，张力对凌楠说。"去渔鸣嘴，我上次就住那里的渔家宾馆，吃住方便，重要的是安静。每天晚上听着海浪入梦，感觉太美了。"

凌楠发现张力对他们西海非常熟悉，十分钟后出租车进了海底隧道。这个长约8公里，最深处在海平面下80米的隧道，耗时六年建成。原来从市内到西海两个小时的路程，如今缩短到十分钟。有时候真让人感叹科技与人力的巨大威力，硬是在海底修出一条路来。

出了海底隧道，出租车行驶在环金海湾的滨海公路。天暗下来，岸边灯火点点，大海上一片茫茫。拐了几个弯后，汽车在一家叫"小海螺"的宾馆前停下来。从外面看这是一家三层的独栋小楼。一个中年妇女从门口出来，大着嗓门喊，"张记者，给你的黑头鱼都炖烂了，我以为你不来了！"

"哪里呀！火车晚点，动车也不准时。"

看来他们非常熟悉。凌楠帮张力把旅行包从出租车后备厢取出来，两人跟着女房东上了三楼。这是个家庭式的旅馆，也就七八间屋子。"我还是留你上次住过的房子。"房东开了门，站在门口说，"你们洗洗，然后下来吃饭。"

"你送到我屋里吧！我来了朋友，要谈事。"张力向女房东指指凌楠，凌楠冲她点点头。

"多送点吃的，主食，你们当地的那个煎饼还有吗？饿死我了，动车上一份快餐 48 块，没舍得吃。"

"啊呀有！管你够，我爹下午刚送来的。"

"还要有大葱和甜面酱。"

"知道啦！"

房东噔噔噔下楼而去，凌楠打量房间，发现这是一间二十平方米的小屋，其实是一个阁楼，屋内有一张大床和一张原木的桌子。墙上挂了几幅简单的画，装饰很有特色。屋内网线、卫生间等设施一应俱全。窗户边上有个小门，紧闭着，能通到外面的平台。夏天要是在上面纳凉，脚下就能看见大海。张力从卫生间洗漱出来，"怎么样，这房间？""真不错，我以前怎么没发现呢？"凌楠看着眼前温馨的小屋说。

"家庭宾馆，管吃管住，一天 120 元，房东吃什么，跟着吃什么，还行吧？"

正说着，女房东用一个木盘端着饭菜进来。有地锅黑头鱼、葱拌八带、笔管炖豆腐，主食是煎饼卷大葱，外加一大盆南瓜稀饭。都是家常饭，但味道非常鲜美。

凌楠说他一个多月前给张力打过电话，但没有打通。

"十月份？我去了非洲。"两个人边吃边聊。张力对"9·20"爆炸案念念不忘，特别是那些在事故中的遇难人员。他怀疑那些数字的真实性，他曾与其他媒体记者一起采访遇难家属，但家属拒绝他们的采访。记者走到哪里，保安就跟到哪里，所接触的几个人，显然都是提前安排好的，他总觉得35个人不是真实的遇难人数。

"是有一份内部名单！"凌楠的话印证了张力的猜测。

"那些没上名单的遇难者被编了号，真实姓名隐去，也没有对外公布，我自己判断大约有十六七人。"

张力睁大了眼睛，十六七人，那遇难者的真正人数超过了50，而非此前公布的35人，两者之间相差太大。"人为隐瞒事故中遇难的人数，这是渎职犯罪啊！相关人员应被追责，承担责任。'9·20'事故过去半年，事故的调查报告迟迟未出，本就广受质疑，要是被曝还隐瞒遇难者真实人数……"

张力突然兴奋起来，那是一种职业的敏感性。他知道这份新闻的价值。他站起来，走出房间，不一会儿，拎进来一扎啤酒，用牙咬开一瓶，递给凌楠，"今晚咱俩好好聊聊。"

天气有些冷，但房间开着空调，刚吃了饭，凌楠被张力的话所鼓舞，浑身发热。他接过啤酒瓶，两个人也不用杯子，直接拿瓶吹。

"那你是如何知道的呢？"张力问。

凌楠把自己如何从闫鹏那里知道消息，又怎样在夜晚潜入医院的太平间，见到那些被编号的尸体等，详细地向张力讲了一遍，听得张力吃惊不已。

"这些实际遇难的人本质上是瞒不住的，家属总会找到。"

"对，起初我也这么想，但总有些人暂时联系不上，或者要晚，有一个时间差。事故处理委员会将他们编号，并尽快火化，保留每个人的相关物品及DNA样本。当查清身份时，仍然参照先前的赔偿标准。亲属们面对既成的事实，也只能收钱带着骨灰走人。而这些人没有被统计到遇难者的名单之中。"

"我明白了。事故发生后，记者被禁止采访，只以调查委员会的通报为准。那么大的事故，不准媒体发声，谁有如此大的能耐？"

"东方能源。我代理的11户村民的侵权案件，费尽周折，立不了案，背后也与这家公司有关。"

"我知道这家公司，国内主要的聚乙烯生产公司。十年前落户青城时，就与当地的村民、环保主义者发生过冲突，曾经有过报道。但瞒报遇难人数，显然不是东方能源公司一家所能做到，肯定有相关部门的配合。遇难人数越少，对大家都有利啊。"

"是。"凌楠点点头。

很快，一扎啤酒完了，两人还聊了些家常，张力比凌楠大15岁，今年37，是东北黑龙江人，已经做了十多年的调查记者。

"我马上要赶稿子，写完后就传给总编，老弟，你就住这里，咱俩挤挤，太晚了，出门不安全。"

也只能这样了，凌楠想。在这荒凉的海边，也无法叫车，两个男人挤挤，一个晚上就过去了。凌楠在火车站转悠一下午，又困又累，几瓶啤酒下肚后，晕晕乎乎。他去了一趟卫生间，回来倒在床上很快睡着了。

42

这一觉睡得又沉又香，凌楠醒来时不知道是几点，他看见张力还趴在电脑前，温暖的台灯光把他的影子投到墙上，看上去比本人大了好多倍。

"张哥，你还没睡？"凌楠从床上坐起来，发现张力盯着电脑发呆。他微微转过身来，看了一下表，醒悟似的说："哦！两点了，你先睡吧，我习惯了。"

"发生了什么事？"

"我的稿子赶完了，题为'被隐瞒了的事故真相'，总编不准发。"

"为什么，难道又是东方能源公关？"

"那倒不是，总编的意思是我们缺乏有力证据，真实是新闻的生命。现在虽然我们知道数字有问题，但无法证明。我们既没见到那份名单、编号及 DNA 数据，也没采访到那些没有被统计在内的遇难者亲属。如果贸然抛出这则新闻，风险非常大。"

"这样说也是，那下一步怎么办？"

"一是想办法得到那份名单，二是找到那些没有被统计进名单人员的亲属。"

凌楠听了默默无语，总编的考虑不无道理，而这两件事都不是轻易能够完成的。

"那个不让立案的理由是什么？"张力突然问。

"没有理由，只因为被告是东方能源。"

"我们可以从这里突破，你联系那些村民，明天就去法院请求立案，我跟随采访，总编说这件事可以报道。"

这天是三九第一天，再有二十天就是中国人最重大的节日：春节。临近过年，到法院打官司的人也大大减少，立案大厅只有寥寥数人。凌楠、肖青云一行十多人没有抽号排队，直接到立案窗口。还是上次那位负责审查的张副庭长，凌楠将诉状等材料递进去，张副庭长没有接，只是满脸微笑地说："又来啦？你们的案子不能立啊！"

张力从人群的后面上来，"为什么呢？"副庭长以为他是11个委托人之中的一员。

"为什么？上面打招呼了啊！还不明白？你们又是拉横幅，又是找院长、上访，立不了就是立不了，能立还不给你们立？"

"那我问问，按照法律，该案是不是属于法院的受案范围，是否属于本区法院管辖？"

"那当然是。"

"那为什么不给我们立？"

"哎呀，你就别为难我啦！领导解决不了的事，我能办得到吗？"副庭长双手一摊，做出一副无可奈何的样子。

"也就是说这些案件，按照法律，立案没有任何问题，只是因为其他的原因，立不了案？"

"你可以那样理解。"副厅长的态度一直很温和，微笑着说。

"那我明白了。"张力向凌楠使一个眼色，十几个人没有再纠缠，转身向外走去。"慢走啊！"副庭长站起来和他们告别。

第二天，中华新闻一则头条引起了人们的广泛关注：是谁干涉不让群众诉讼立案。文章详细报道了肖青云等人艰难的立案经过。有对本案的代理律师和当事人肖青云等人的采访，还配发了立案法官张副庭长的照片、录像截图。一身着法官服的男子在立案庭窗口傲慢地说，"上面打招呼了啊！"图片给人强烈的视觉冲击。凌楠不知道张力如何拍录到这些的，他的设备藏在哪里、什么时候完成的。总之，这条新闻引起了极大的关注，指向非常明显，法官因受到干涉，无法立案。很快，各大网站、新闻媒体纷纷转载，还配有专家教授的点评，立案难，难立案，影射各级对法院独立审判的干预，也间接指出大量的信访、上访与法院的不作为有关。

一石激起千层浪，从当天下午开始，凌楠的电话就响个不停，甚至有陌生人询问案件情况。

第二天上午，凌楠接到邓副院长的电话，电话里他只说了一句话：你们到法院去立案吧！

凌楠难掩内心的兴奋，立即给肖青云等人打电话，让他们带着身份证和诉讼费去法院。为了立案，他们历尽千辛万苦，如今终于要成功了。

他们到达立案庭，大厅里静悄悄的，原来接待他们的张副庭长不见了。他们把材料递进去，立案法官什么也没说，就接受了材料，并给他们出具了案件受理通知书、举证通知和法律文书送达地址确认书等。

回到所里，凌楠非常开心，这个案子看上去复杂，其实法律关系简单。只要立上案，就等于成功一半，对于接下来的开庭审判，他同样充满信心。

正在高兴时，老师李少平进来。他没有回自己的办公室，而是直接坐到凌楠的办公桌前。

"怎么了，老师？"凌楠小心地问。

"王局长将我叫去，一顿好训啊！"他哭丧着脸说。

"为什么呢？我们没做错什么！"

"说你私自接受记者采访，将案情披露给媒体。"

"我们也是没办法，谁让法院不立案？再说人家记者也是履行新闻监督，该批评的是那些干预司法的人。"

"好了！现实的情况你又不是不知道。他还说了，你这个实习律师不一般，让我好好管教你，别再捅出什么娄子。"

"老师受累了！"凌楠觉得有些不好意思。

"王局长还说了，省高院很有意见，记者的批评稿等于冲着他们而去，但他们有苦难言，听说马上会出一个通报。"

下午4点半，将要下班的时候，省高院公开回应了记者张力的采访稿。内容有四条：

一、对西海区法院不予立案的做法提出严厉批评，责令其改正。对符合法院受理和管辖的案件，人民法院坚决要立案。

二、肖青云等人的案件经过确认，已经立案。

三、当事法官张博副庭长调离立案工作。

四、希望广大新闻工作者对法院的工作继续监督。

看了这个通报，凌楠高兴不起来。他觉得张博副庭长还是个不错的法官。至于立不立案，不是他说了算。然而总要有人承担责任，要说怪，也只能怪他说错了话，或者被推到了风口浪尖。他那句"上面打招呼了啊！"的名言以及双手平摊、表情无辜的照片将在很长时间内被大家谈论。

办公室的光线暗下来，凌楠懒得去开灯，独自坐着。他已经从昨天立上案的兴奋中清醒过来。老师李少平的话，还有省高院的通报，让他觉得隐隐不安，不知道为什么，他预感，今后自己的律师之路将注定不会平坦。

　　他站起来拎上包出了事务所的门，约好了晚上和张力见面，他怕晚了没有公交车。他坐上一辆环湾观光公交，向渔鸣嘴方向而去，这时电话响了，是闫鹏。

　　"你好，凌大律师。"

　　"不敢不敢。"

　　"哈哈，你现在是名人了，我看了昨天的新闻记者采访，代理律师凌楠称，西海法院没有任何理由不予立案。"闫鹏背着新闻稿上的话。"你该请客了啊。"

　　"我正要找你，你到渔鸣嘴的小海螺酒店，我顺便介绍你认识一个人。你过来时带点好吃的，钱算我的，这个小酒店只有家常菜。"

　　"呵呵！你请客，我买菜——律师的套路也太深了，好吧！"

　　凌楠赶到小海螺酒店三楼张力的房间。张力正在看伊拉克军队与反政府武装在摩苏尔交战的新闻。他指着电视对凌楠说，"十月份，我就在伊拉克，那时候觉得反政府武装的力量很小，没想到现在政府军拿他没有办法。"

　　"我真羡慕你们记者的工作。"凌楠盯着电视画面，"省高院的通报你看到了吗？记者真是无冕之王啊！我折腾了几个月没完成的事，你一篇新闻稿就搞定了，干脆我改行跟你当记者算了。"

　　"哪里！新闻就是履行监督职责，我原想着最高法院会出来回应，但只是省高院出了个通报。无论做律师还是做记者，我们都要秉持行业正义，如果不去做，那就有违我们的职业，还不如不做，是不是？"

　　凌楠回味着张力的话，秉持行业正义，这正是自己的追求。张力比他大十多岁，虽然是第一次见面，但他们人生观、价值观是一致的，他给凌楠的感觉如兄长一般亲切和可信。

　　"一会儿我给您介绍一个人，警察，或许对您想获取那份秘密名单有帮助。"凌楠说。

　　不一会儿，楼下传来汽车制动熄火的声音，应该是闫鹏到了。凌楠下楼去接，闫鹏两手各拎着一大包吃的，咚咚咚上楼，皮鞋踩着窄窄的楼板，轻轻颤动。

　　"你——"闫鹏看着椅子前的张力，脚步停住了。张力则迎上来，哈哈大笑，"'9·20'事故，你把我赶出西海酒店好几回。"

闫鹏不好意思地脸红了。

"原来你们早认识啊！"凌楠看着两人说。

"我们算是不打不相识。"张力主动接过闫鹏手上的包。三个人把房间里那张简易的桌子往屋中一推，当作饭桌。闫鹏带来的是一些熟食、香肠、熏鱼等，房东送来啤酒，又端来几个家常菜，三人边吃边聊。

张力关心的是那份名单，闫鹏只是听说，根据他在酒店值班和安排房间推算，没上名单的遇难者应有十五六人。这个只是估算，具体姓名、编号等详细资料，他也不得而知。事故善后工作处理完后，安保人员解散，他回警队。陆续有亲属联系并领走赔偿款和骨灰，这些人是谁，他们去了哪里，自己不得而知。

"从何人手中能得到这份名单呢？"

"这个……不太清楚，但有个人绝对知道。不但知道名单，每个遇难者如何处理的，他最清楚。"闫鹏说着看了一眼凌楠。

"谁？"张力问道。

"刘天泽。"

闫鹏和凌楠同时说到，刘天泽是事故处理委员会主任，那份秘密人数和名单，他绝对知道。

第十五章
律师的使命

———

43

商场的门口挂起促销的气球和横幅，有的商家甚至把年货摆到店外的马路边，以吸引过往的行人。空气中偶尔传来一声炮仗炸裂的闷响。中国人最重要的节日——春节正在步步临近，仿佛要讨个喜庆过年，诉讼打官司的人也没了。

凌楠独自坐在事务所里，想着回家的事，老妈天天在电话里催，他的火车票还没有着落。

吴志兵大呼小叫地进来，"机会来了，机会来了，老弟，我给您说。"他朝大厅里的凌楠挥挥手，说完了，又冲进李少平的办公室。凌楠跟在他的身后进了李少平的办公室。

吴志兵一脸兴奋，"有一百多位民工包围了金龙置业的办公楼，讨薪。清欠办、劳动仲裁委都在找罗援，要是这些农民工工资年前不结清，他就别想过年。"

"这有什么值得高兴的？"李少平一脸茫然地望着吴志兵。

"他要找我借钱啊！"

"哦！我明白了。"

"凌律师，你准备的那些法律文书啊合同，只要我借钱给他，让他签什么他就签什么。那二位，一起到我公司去吧？罗援刚才又给我打电话，快哭了，说要是我不借给他钱，他只能等公安来抓了。"

"你怎么说的？"

"我说快过年了，我也急着催款，手头不宽裕啊！然后就先到你们所里来了。"

"哦！"

"我得趁机让他把字签了，这是个千载难逢的机会啊！"

"但他要是不签呢？"凌楠插话道。

"这个你就不用管啦，你们负责准备好材料，签字的事包在我身上。"

凌楠从文件夹里取出前几天起草好的合同和法律文书。它的性质已经不是借款，而是罗援将自己公司数亿的资产，连同海怡景苑小区在建的楼、未开发的土地，总计78%的股权，转让给吴志兵的金鼎金融投资有限公司。一个巨大的陷阱已经给他挖好，就等着他跳进来。

三个人赶到吴志兵的办公室，罗援和女会计已经坐在那里。看到三人，他起身迎接上来，"吴总，兄弟，老乡啊！你可回来了，你无论如何今天得借钱给我，拿不到钱，我只能从金海湾跳下去喂鱼。仲裁委、清欠办、法院都在找我。赵区长直接给我打电话，说不结清农民工的工资，就让公安局长以欠薪罪把我抓起来，让我退出西海的房地产开发和建筑市场。"讲到这里，凌楠看见罗援的眼泪都快下来了。

"唉！看你这样，我也不能见死不救啊！但是……"

"利息好说，三分五分你说。"

"说哪去了？我是那样的人吗？罗哥在难处，我理应两肋插刀，怎么会趁火打劫？还是老规矩，月息1.5，年息18%，现在银行也比这高。按你说的，580万，借期一年。"

"老弟，你真的是菩萨心肠，你就是我的救命恩人啊！"罗援站起来，双手合十，向着吴志兵深深地低下头去。吴志兵绕过桌子，扶住罗援，"罗老兄，客气了！你公司现在这么困窘，我也担心啊！这房地产市场低迷不是一天两天了，听说国家还要推出房产税……"

"哎呀！老弟，你放心。最迟明年下半年，房市绝对会火起来。地方经济，你还不懂，全靠房地产呀！"

"哎，既然那样，我就相信你一回，但手续咱们还得办——我是被那些借钱不还的人吓坏了——用你公司的股权抵押，还有你公司的公章，嗯，也要放到我这里。"

"好说，好说，大不了我用章到你这里来盖。"

果然一听到肯借钱给他，吴志兵提出的任何条件罗援满口答应。吴志兵冲李少平使个眼色，李少平把那七八份打印好的法律文书递过去。罗援根本没看，李少平让他签字他就签字，让他盖章他就盖章，全然不看合同和文书内容是什么。

看着签完字盖完章，吴志兵乐了。他转身打开身后的一个保险柜，那里面放着不少的现金，"这里有80万，你先拿去，明天我给你再转200万，后天再转300万，算救急吧！"

罗援感动得不知道说什么好，他接过吴志兵送过来的现金，和女会计装进一个纸箱，用颤抖的手写下收条，急匆匆走了。几个人把两人送到电梯口，罗援还回过头来，"谢谢，吴老弟，再见，春节到府上给您拜年。"

看着电梯门徐徐合上，吴志兵得意地笑了，又有些不相信地看着李少平，"这就成功了？金龙置业名下的房产，还有海怡景苑都成我的了？"

李少平摇摇头，"还有关键一步，变更工商登记、备案，股份转让还要交一定的税。如果这一步完成，就算罗援事后醒悟过来，发现上当，想翻过来太难，堪比登天。"

"那事不宜迟，我们抓紧办吧——我太爱律师了。"兴奋之余，吴志兵猛然拥抱了一下李少平，又觉得这样的拥抱如恩赐，助他拿下罗源公司的小律师凌楠功不可没，也热烈地拥抱了一下凌楠。"啊，太好了，我最喜欢看的电影《教父》里有一句经典台词：一个拎着公文包的律师胜过一千个持枪的强盗。"

"吴总，您发财可不能忘了兄弟呀！"李少平看着兴奋的吴志兵，酸溜溜地说。

"啊！明白，明白，明年顾问费涨一倍，到50万怎么样？估计下一步事情不少。老罗会反扑，到时候还得靠二位，事成之后，还是10%。另外，那些放款的个案，还是老办法，收回一笔，律师费现付如何？"

"好的，吴总，合作愉快。"李少平伸出手来，与吴志兵握在一起。

在接下来的几天，凌楠穿梭在工商与税务等部门之间。吴志兵担心的公司股权变更的手续等，其他人不懂，仍然委托凌楠去办。他用掌握着金龙置业公司公章的便利出具授权，委托凌楠全权代理。凌楠觉得这件事从始至终是不义的。他和李少平操纵法律，又乘人之危，对此他感到极度的不安。他常常思考，律师是依法为委托人维权，还是利用熟悉法律，玩弄法律于股掌之上？他想退出来，不再参与，但师命难违。看着他不痛快的样子，李少平给他1万的年终奖金，又让吴志兵为他订了回家的机票。但2015年的春节，对年轻的实习律师凌楠来说，注定是不愉快的。在李少平给他的送行宴上，他把自己的这些忧虑讲给老师。李少平用一种不解的眼神看着他，"你怎么会有这种想法？"他以一种过来人的姿态教训凌楠，"以后你会知道，法治的理念是靠不住的，唯有金钱才是真实的。在这个城市，你连一套自己的住房没有，你每天坐着公交往返于城市与郊区，基本的生活费都没法保障，谈什么理想？"

凌楠不认同的李少平的看法，但也不想反驳。尽管这个社会上有不少人唯利是图，但君子爱财，取之有道，手段必须合法。

44

春节过后不久，凌楠收到通知，让他们这批通过司法考试的实习律师到省司法厅参加培训。这让凌楠非常开心，离开青城去省城，换个环境，暂时离开那些让人郁闷的委托人和案件，被压抑许久的心情得到释放，他感到无比的开心。

2015年全省通过司法考试的167名实习律师，集中起来在省委党校上课。3月15日下午3点，从青城开往省城的D198次动车晚点了半个小时，17点，凌楠赶到会务组报到。在他前面，有五六个人正在签到，大部分人的年龄和凌楠相仿，都是毕业一两年的法学院学生。看到他们，凌楠仿佛又回到在母校西法大求学的时光。他在签到册上认真地写下自己的名字"凌楠"二字，周围立即响起几声啧啧的赞叹声。"啊！你就是凌楠！"这让他感到诧异，他们怎么会知道自己的名字呢？

一个身材瘦小的女生崇拜地望着凌楠，"我看过中华新闻的报道，你锲而不舍给那11个村民立上案，I 服了 you 啊！"

"还有你的475分，也是本次司法考试的最高分啊！"

凌楠听师傅说过，本年度司法考试全省最高分475分，出在青城，那自然是自己了。

"难道我已经出名了吗？"他自嘲道。

"那是，现在谁不知道你大名鼎鼎的凌律师啊？"听到有人赞扬自己，凌楠的脸红了。

167名通过司法考试的实习律师，分成四个班，集中学习一个星期。凌楠是一班的班长，第二天上午的宣誓仪式，由他带领所有的实习律师在国旗下宣誓，作为律师，"忠于党、忠于祖国、忠于宪法"。宣誓结束后，他们集中在党校礼堂上第一堂课。为他们讲课的是在律师界有"活化石"之称的郑义老人，他已经88岁。他屡受迫害而坚持捍卫委托人权利的事迹，在凌楠这些小辈心中就像传奇。

主持人介绍后，老人走到讲台中央，虽然年纪大了，但他精神矍铄，一头银发最是醒目。他清了清嗓子，会场上一下安静下来。

"谢谢大家，谢谢主持人。我今天演讲的题目是"律师的职责是什么"，我认为律师的职责就两个字：捍卫。

　　一、捍卫正义

　　那么什么是正义呢？按照两千多年前西方哲学家的观点，所谓正义就是公平公正。你们即将成为独立执业的律师，千万要记住自己的职业与良知，为社会的公平与正义而奋斗。正如德国法学家耶林所讲，为权利斗争是对自己的义务。你们要敢于向不公正挑战，不向任何邪恶低头。

　　二、捍卫权利

　　你们将来从事律师职业，始终要牢记，自由、平等、言论等宪法赋予的权利，是天赋人权，任何时候都要坚决捍卫。正如《大宪章》所说，国王不能监禁你，你有权获得审判和辩护。律师的本质是个人权利的捍卫者，是公民伸长的手。律师永远代表着私权，律师这一制度的设计与出发点是抗拒公权。有一天，你们也会做政府的法律顾问，但那也是协助政府依法行政，并不意味是捍卫了公权的利益。你们熟记各国宪法与法律，知道这些权利是人生而享有，不被剥夺，也不能转让，你们一定要为这些权利而奋斗。

　　三、捍卫法律

　　法律是社会契约，是人民与政府签订的合同，合同签订了，就要诚信履行，你们一定要捍卫法律的实施。但反过来，你们律师又是最精通法律的人，你们千万不可利用自己熟知法律的优势而操弄法律，玩弄法律于股掌之上。你们代理案件，收取费用，但是千万记住了，金钱不是律师的唯一追求。如果律师眼里只有钱，那和商人有什么区别？不要把律师当作利用法律赚钱的商人。现在有个非常不好的倾向，有些律师因为金钱而迷失了方向，投机钻营，为不义之举背书，你们千万不能做。法律是一把利剑，它可以杀人，也可以自伤，任何玩弄法律的人，必将受到法律的严惩。

　　《独立宣言》的52位签署者中，有25人是律师出身。麦迪逊、梅森等人是优秀的律师代表，我希望有一天，在座的当中，也能涌现一批这样伟大的律师，我对你们充满信心。

　　老人讲着讲着，忽然情绪激动，颤巍巍站起来，握紧自己的右手，在空中一挥，会场上传来热烈的掌声。凌楠感到无地自容，他想起自己为吴志兵提供法律服务，撰写合同和法律文书，正是违背了法律的公平与正义。老人的一声断喝，将他拉回现场。

"最后——我不知道说什么了呢？"老人讲得激动，突然忘记了后面的话，引得会场上一片笑声。

"我希望你们都成为优秀的律师，这是我对你们最真诚的祝愿！"现场掌声如雷。

"我还没说完呢！"老人的幽默又引起了台下的哄笑，"那时候，我希望你们转型，去做法官、检察官，参与到社会的治理之中。社会的管理应当——而且只能交给律师，因为他们懂得法律，懂得公平，还懂得妥协，美国总统有2/3在律师中诞生。希望你们在座的之中，有一天也出现优秀的政治家……"

老人讲了整整一个小时，从古到今，从中到西，气吞山河。结束后，大家纷纷上台与他合影，凌楠也跑上去，紧挽着郑老的胳膊，拍照留念。他下定决心，将来一定做一个像郑老一样的律师。

45

七天的培训转眼结束，这次培训注定让凌楠终生难忘，让他对律师这一职业有了新的认识。如果四年的法学院学习给他更多的是知识传授，那么，这短短的七天给他的是一种职业观念和律师理念的教育。

在培训班上，除了听取一些专家的报告外，凌楠还陆续听了有国内"民告官"第一人之称的袁裕来律师和成功办理了一系列无罪辩护的大律师朱明勇等人的报告。当然，这次培训最为重要的是学习结束后，司法厅给每个考核通过的实习律师颁发了律师执业证书，从此他们告别了实习律师身份，真正成为能独立代理案件的专业律师。抚摸着手中红色的律师证书，凌楠心潮澎湃。他既感到兴奋，也感到有了压力和责任。总之，这次学习对他来说是脱胎换骨的。他也深刻体会到作为律师所担负的使命，那就是维护了社会公平与正义，捍卫宪法法律实施，维护委托人的利益，为广大民众提供法律上的帮助。

冬天从街道上和人们日渐减少的厚重衣服上，不情愿地慢慢遁去，春天不知不觉地来临了。凌楠把外套脱下来，只穿着一件毛衫，头上戴着耳机在网上听律师学院的课程。一个年纪二十多岁，满脸疲惫的女人兀然出现在他面前，怀中还抱着一个几个月大的婴儿。凌楠不知道她何时进到所里的，惶恐地摘下耳机问道："你是谁？有什么事？"

女人不回答，她看上去很累，也不等凌楠招呼，抱着孩子直接坐到他对面，以极其虚弱的声音说："我叫贾玲玲，是宋清的妻子。"

"宋清？"凌楠努力在头脑中搜寻一个叫宋清的人，"我想起来了，那个向金鼎公司借钱的人，我们还见过面，他怎么了？"

"他杀人了！"

"啊！"凌楠震惊得从椅子上站起来又坐下。

"为什么呢？"

"唉！"贾玲玲叹息一声，移动了一下胸前的背带，把原来抱在右臂的孩子移到左臂，"从何说起呢？"停了一会，贾玲玲将整件事讲给凌楠。

宋清心神不宁地在华联商场的门口踱来踱去，两个黑衣青年就站在他的不远处，"这个钱你不还，就别想过年。"

"可是我还清啦！"他无助地摊开双手。

"哪里？你还的只是利息，5万的本金还没有还。"那个高个的青年面无表情地说，"实在还不了，我们只有去你的家，上庄村35号。"

"得，我们就住你家过年吧！"另一矮个青年说。

宋清一筹莫展，他相信这两个人说得出做得到。过小年的那一天，他们去过一次宋清在上庄的家。他们坐在沙发上，喝着啤酒，抽着烟，宋清70岁的父亲还给他们做饭吃。屋子里弥漫着令人窒息的烟味，孩子无法休息。贾玲玲把家中仅有的2000元翻出来，那其实是孩子的奶粉钱。宋清不停地打电话哀求，答应三天之内一定还钱，他们才在后半夜离开。

看来这年是没法过了，宋清眼神呆滞地望着商场门口熙熙攘攘忙着置办年货的人们，感觉这喜庆与自己无关。

"宋清，愣什么，看门口的车子！"经理一声喊。宋清像从梦中惊醒，跑步把停车场上散落的购物车一辆辆收拢起来。购物车连成一条长龙，他用力将他们推回商场，又站到门口。

"好吧，再给你三天的时间，要是年二十八还凑不齐钱，就对不起了。"高个青年说完，冲矮个青年一挥手，两人消失在人群之中。

商场春节前延迟关门，晚上10点宋清终于下班了。他胡乱在街头吃了点东西，疲惫地回到宿舍。同伴已经请假提前回家，屋里只有他一个人。凌晨5点他还没有人睡，看来只有一个办法了。

　　第二天上午9点，宋清去了土产商店。他买了绳子、大编织袋和白手套，这些东西置齐之后，他用剩下的钱买了五六个馒头，然后给陈倩打电话，"陈姐，下午我要回家，您方便吗？送送我。"

　　"这个…过年了，家里一堆的活儿，我不想出车啊！"

　　"您就送送我吧，我急着回家，给您加钱，二百怎么样？"

　　电话的那头沉默了，没有金钱打动不了的人，就看你的筹码有多大。从市里到上庄出租车收费是八十元，宋清喜欢用私人的车，干净舒适。陈倩就是这样认识的，贾玲玲去妇产医院产检、从市内回上庄，宋清都用她的车。

　　听到二百元，陈倩动心了。"好吧，那我就送送你吧！也别说二百，就一百吧。我知道你急着回家，你媳妇、娃还等着过年——我马上过来。"

　　多好的人啊！宋清挂了电话后，心中有些酸楚，她来送死还在替他人着想。他重重地拍了下自己的大腿，他希望陈倩改变主意别来，或临时有事，甚至出了车祸，来不了。他站起来焦急地在屋子里走来走去，嘴里喃喃念叨着，"陈姐，你别来，千万别来，有人要杀你啊！"

　　院子里传来汽车驶入的轰鸣声，陈倩开着她洗得锃亮的黑色尼桑轿车进来。可能是为了迎接新年，她特意穿了一件红色的夹棉衣，还做了头发，看上去比平时漂亮很多。陈倩的丈夫是个海员。她没有工作，经常开自家车，避开运管部门的监督，在外面拉私活挣钱，和宋清夫妇认识后，只要一个电话，她随叫随到。

　　宋清从屋里迎出来，"姐，你今天真漂亮，先进屋喝口水吧？"

　　"贫！净拣好听的说，带的东西多吗？"陈倩说着也不客气，进了屋。在门口，她看了一眼宋清，"我说，兄弟，你的脸色怎么那么难看？"她好像看出了宋清眼中的杀机。

　　"我昨晚夜班，没休息好，你坐，你看这屋里乱的，我也不想收拾，年后回来再说吧！"

　　"嗯，赶紧回家——你娃多大了？我记得生下来是我送你们回村的。"

　　"有五个月了吧！"

　　"真快，三翻、六坐、八爬，孩子一天一个样。"

　　"陈姐，我唐哥春节回家过年吗？"

　　"他不回，上个月刚去了澳大利亚，你收拾东西。咱们走吧！"

　　"也没什么可收拾的，两个小包，你喝水。"宋清用一个一次性杯子，倒了一杯水，放到陈倩的面前，他没有着急回家的样子。

"姐，你们过年都干些啥？"

"有啥干的？还不是老一套，包饺子，看春节联欢晚会，走亲戚。"

"那过年很热闹……"

陈倩显然看出宋清是没话找话，说话还有些吞吞吐吐，"你咋看上去不大对劲，有啥事？快回吧！"

宋清一下子像是被揭穿，惶恐地辩解，"没有没有。"却又垂下头说，"姐，俺跟你商量个事，你能不能借我点钱？你看过年，我还没挣到钱。"

"俺说你看上去不对劲，原来叫我来借钱给你，俺没有——你借多少？"

"五万，要是周转不开，三四万也行。"

"我的妈！你说一千两千，我给你接济下。你开口上万，俺哪里有啊！俺就是偷跑黑车混口饭吃的，哪有钱！"

"你就帮帮我吧，我真的急用钱，我给你利息好不好？"

"我没有。"

陈倩本来不想节前再出车，之所以出来，一来宋清也算半个熟人，经常用她的车；二来他出的价高。不承想宋清喊她来是借钱，心里顿时升起一股火气。

"你走不走？要是走，俺送你到上庄，看着过年了，你急着回家，我就不收你的钱；要是不走，俺要回家，家里还有一堆活儿。"

"走，走，姐，你别生气。"

宋清站起来，却迟迟不收拾东西，他看看屋角的编织袋，又看看陈倩。那是一种奇怪的眼神，陈倩感到一种莫名的不安。"你不走是吧？那我走了。"她站起来向门外走去。

宋清伸出右臂，从后面勒住陈倩的脖子。"你这个王八……"陈倩只喊出半句话，宋清用另一只手堵住了她的嘴。

陈倩拼命地挣扎，她用穿着高跟鞋的脚，向后蹬、踢宋清，但她的力气太小了。宋清将她拽倒在地，顺手扯过床头的绳子缠到她的脖子上，用力拉紧。

陈倩的两条腿剧烈地在水泥地上蹭着，身体紧绷着像一张弓，慢慢地那张弓松软下来，不动了。宋清不知道手中的绳子拽了多长时间。他紧闭着双眼，在地上长久保持着同一个姿势，眼睛里全是妻子贾玲玲和儿子的形象，但他们在他的眼里逐渐变得模糊遥远。

第十六章
一道窄门

————

46

贾玲玲的话让凌楠吃惊不已,要不是她亲口说出,他怎么也不相信那个长得高高大大,看上去老实的宋清会杀人!

"简直不可思议,"他冲贾玲玲摇着头,"那后来呢?"

宋清从陈倩的身上搜出了一千多元钱、一张工商银行卡、驾照、行车证等物品。他一直等到天黑下来,用从土产商店买回的超大编织袋,把陈倩的尸体装进去。后半夜,在确定路上行人稀少时,他扛着捆得严严实实的尸体出门。他穿着大衣,戴着棉帽和口罩,行色匆匆,就像一个急着回家过年的民工。

他走到长江路的尽头,又拐上海尔路。大概前行了约有两公里,摸着黑走下路基。那里有个排放污水的涵洞,他把陈倩的尸体推进去,又堵上几块石头。污水上结着薄冰,垃圾遍地,臭气熏人。没人会来到这种地方,等来年夏天暴雨来临,陈倩的尸体定会化成白骨被雨水冲出,那时候没人会知道是谁杀了她。宋清长出一口气,如释重负。

天亮的时候,他走入了大石桥下的二手车交易市场。有个老板对只跑了15000公里的尼桑轿车很感兴趣,日系车省油、舒适,二手车很好交易,新车的售价在15万左右。

"那你卖多少呢?"

"5万!"宋清只想要5万。

根据车市行情和折旧,该车最低价在8万,车主报价应从10万开始,老板感觉有点儿不对劲,起价太低。

"哥儿们,你的车吗?"

"这个……是我的，在我媳妇名下。"

"哦，为什么卖呢？"

"欠别人钱，没办法，要还钱。"这倒是真话。

"价钱嘛，倒还差不多，你老婆名下，那还得她同意签字，另外也要到车管所查查，看车的真实情况才能交易。"

老板的这句话刺到宋清的要害处，他害怕了，"那个……我们急用钱，价格还可以降。"他现在只有一个目的，赶紧脱手。

"那多少呢？"老板手中翻看着行车证，"俺还没有见车……"

"2万，车没问题，可新呢，你要答应，我立马带你去看。"

价格一路走低，老板经验老到，他盯着宋清，"你的车，该不会有什么问题吧？嘿嘿。"

"有什么问题？你不要拉倒！"宋清一把抢过老板手中的行车证，转身就走，走出有五六米，又转过身来，"五千块，你要是愿意，这是最低价了。"

"呵呵！"这次老板没有回答，只是笑笑。那笑容让宋清毛骨悚然，他感觉眼前的老板已经窥见了他杀人的经过。陡然间，四周有一张看不见的网正向自己逼近。他转身快步走出了汽车交易市场，在大石桥上站了几分钟，拦下一辆三轮车，坐到长途汽车站，在那里，他买了一张去滨州的汽车票。

宋清的判断是正确的，公安根据陈倩家人的报案，很快找到出租屋前的黑色尼桑轿车，并将失踪了的宋清确定为头号嫌疑人。

农历正月初七，思家心切的宋清终于忍不住给贾玲玲打电话，让她带着儿子，在镇上的一家小宾馆见面。他刚一出现，就被潜伏的公安便衣擒获。因天气寒冷，抛弃在涵洞中的陈倩尸体保存完整。

贾玲玲讲完了，她表情麻木，像叙述一个他人的故事。孩子醒了，也不闹，转了个身，从裹着的毛毯里探出头好奇地打量着凌楠。

"他怎么就杀人呢？简直难以置信！我们还见过一次面，没想到他会杀人。"凌楠自问自答。

"还不是欠高利贷——他好糊涂啊！"贾玲玲这才忍不住，泪水倾泻而下。

凌楠从桌上抓起两张纸巾递给她，"那你怎么找到我的呢？"

"宋清给我说起过，他说咨询过你，你说那个高利贷不受法律保护，还说你答应给放贷公司老板说一说，要免了利息。他说你是个好人，他从看守所捎出话来，请你做他的律师。"

凌楠的心像装着一个铅块般沉重，宋清的杀人让他感到极度的震惊。他要是向逼债的人寻仇，甚至杀了他们也不吃惊，报复也好，还击也好，他偏偏杀了一个无辜的人，而且是一个对他很好的大姐，要不是亲耳听贾玲玲所讲，他绝对不敢相信。

"请我辩护可以，但是他动机恶劣，手段极其残忍……"凌楠想说，依案件事实和法律，宋清必判死刑。

"能救他一命吗？我只有这一个要求。"孩子在母亲的怀中不耐烦起来，或者是饿了。他站起来用手抓着妈妈的脸，"哇"的一声哭了。贾玲玲顾不得孩子，两只眼睛紧盯着凌楠。

凌楠摇摇头，"除非……"

"除非什么？"

"除非取得受害人家属的谅解，或许还有一线的希望。但取得被害人家属的谅解，就要积极赔偿，那不是个小数目，而以你的家庭……"

"钱的问题，你不用管，我去想办法，只要能救他的命，那接下来我还要做什么？"

"我们要办一个委托手续，你们正式授权我给宋清辩护。我到看守所会见他，申请阅卷，和被害人的家属接触，等待检察院公诉、审判。"

"那我明白了，我回去和宋清的父亲商量一下。"孩子哭闹得更厉害了，声音让人揪心，贾玲玲抱着他站起来，用小毯子裹好。凌楠把母子二人送出门，看着两人消失在楼道，他久久站着，不愿回到自己的座位前。他们虽是杀人犯的妻子和儿子，但凌楠的心里对他们充满无限同情。他想以贾玲玲这样瘦弱的身体，今后如何扛起照顾老人和抚养儿子的重任？他又想起被宋清杀害的女司机陈倩。最后想到杀人者宋清，那个看上去长得高大、老实，甚至怯懦的人，谁知却犯下惊天大案。总之，两个家庭被毁了，这是为什么呢？

凌楠脚步沉重地走回自己的座位，将身体靠在椅背上，闭着眼睛，微仰着头陷入深思。如果没人逼债，宋清当然不会冒险杀人，杀人的正是以所谓投资为名，坐在写字楼里开公司的人。他睁开眼睛，目光落在金鼎金融投资公司的案卷之上，还有装在档案袋中，收购金龙置业有限公司股权的资料上。

"该做出决定了！"他坚定地对自己说。主说："你们要进窄门。因为引到灭亡，那门是宽的，路是大的，进去的人也多；引到永生，那门是窄的，路是小的，找着的人也少。"他早该与吴志兵这样的人分开了，或许，还有他的师傅李少平。

47

"我要为一个可能会被判处死刑的犯罪嫌疑人辩护。"凌楠走进老师李少平的办公室说。

"好啊！什么案子？"李少平兴奋地从电脑前抬起头。

"犯罪嫌疑人叫宋清，"凌楠将金鼎公司和宋清的借款合同等相关资料放在李少平面前，"他为了偿还金鼎公司的借款，铤而走险，杀了一个女司机。"

"敢情是他啊！我看到新闻，春节期间传得很凶，岛城新闻滚动播放，犯罪嫌疑人宋某杀害女司机，藏尸涵洞，公安机关一个星期破案——这个宋某就是他啊！"

"或许杀人犯还有他人。"

"有同伙？嗯！杀人抢车，一个人还真难完成。"

"不！要债的员工、放款公司的老总，可能还有帮助他们的律师。"

"你这话什么意思？"

"宋清其实已经还清了借款，借五万元，还七万五，一年不到。老师，我们和金鼎公司的合作是不是该终止了？吴志兵做什么业务，我想您作为前辈比我更清楚，宋清已经杀人了，这样下去会不会有下一个？还有金龙置业有限公司的业务，难保不出人命。"

李少平的脸突然变得极其难看，"我们只是他们的律师，法律顾问，又没怂恿他去逼债，杀人的事与我们没有关系。"

"如果坏人的后面有一个精通法律的律师，那就是为虎作伥，帮助杀人。"

"请你不要这样对我说话！拿到执业证了，成了执业律师，开始教训起师傅了？"李少平愤怒地说，"不给金鼎公司做业务，我们吃什么，喝什么？每年从他们公司得到那么多的律师费，我们没有做什么违法的事啊！难道刀子杀了人——就是造刀子的人的错？"

"对，如果给坏人造刀子，那就是帮助杀人。我真后悔给金鼎公司起草合同和法律文书，还有打电话催款。今后，他们的业务我坚决不干了！"

凌楠的话让李少平措手不及，他盯着凌楠数秒钟，然后缓缓地说：

　　"你是不是有什么想法？我知道我这里只是一个小小的个人律师事务所，池浅难留蛟龙。你要转所、跳槽，我都不会为难你，毕竟人各有志。"

　　"老师，我不是这个意思。"凌楠叫了一声老师，痛苦地摇摇头，"当年我司法考试没有通过，我去了市里那么多所，没有人愿意要我，是你收留了我。我永远记得你对我的好，只要你不赶我走，我不会离开少平律师事务所，但是金鼎公司的业务我是不做了。我也劝老师您及早和吴志兵断绝往来，否则，总有一天他会拉你下水。你看他做的都是什么业务？"

　　李少平痛苦地闭上眼睛，长叹一口气，"唉，其实我早意识到你说的这些。那时候，我刚出道，自考通过律师资格考试，年纪大，没人愿意带我，我就给吴志兵做业务，一做近十年，现在想和他一刀两断也难了。今年刚好他和我签订了新的法律顾问合同，律师费也涨到年50万……难啊！"

　　"我也想好了，只要你仍然收留我，以后我由薪酬律师转为提成律师，自己找案源，自己养活自己，给所里交多少您定。"

　　李少平摇摇头，"做律师前几年都很苦，除了开发票扣税，其他你就不用交了，我不收你任何费用，这里就当是你的一个执业平台。"

　　"谢谢老师。"凌楠心里一阵温暖。在这一年里，李少平带他外出办案，教他执业方法，很多都是书本上学不到的东西。生活上，他和师娘更是如兄嫂一般对他照顾有加，逢年过节带他去家里吃饭。有什么好吃的，张云丽也会给他留一份，亲自带到所里。而现在，凌楠觉得他们之间的分歧已经产生，今后可能会越来越大。这是一种人生观、价值观上的不同，没法靠感情维系。

　　凌楠心情沉重地从椅子上站起来，"金鼎公司所有的借款合同资料都在这里，有什么遗漏的你随时问我，还有和金龙置业的收购合同，股权变更资料也在。罗援肯定不会善罢甘休，绝对会反扑，法律上赢不了，也会采取其他手段。老师，我很担心。这些资料都是我一手起草并办理的，如果用得着，您随时叫我。"

　　"好的！"李少平尴尬地笑笑。

　　凌楠放下手中的文书资料，转身出了李少平办公室。

　　越担心什么，越来什么。

　　吴志兵与金龙置业有限公司矛盾的爆发，源自一次和客户签订合同时的盖章。春节过后，商品房的销售逐渐回暖，加上房产公司降价促销及地方政府的优惠政策，陆续有客户购买金龙置业开发的海怡景苑，然而签订合同所用的公章却掌握在吴志兵手中。一开始罗援让售房人员带合同到金鼎公司来盖章，吴志兵总是设置些障碍，盖得不痛快。后来，提出购房款必须存入金鼎公司的账户，否则他就不盖章，也不开具盖有财务章的收据。这简直是欺负人，罗援很生气，和吴志兵大吵一架，说没有这样的约定。

吴志兵很绅士，不和罗援吵，相反笑呵呵地对他说，"我得先收回借款呀！"罗援质问他，"我们说好的借期一年，没到还款时间啊！"吴志兵佯装不知。

罗援最后妥协了，他想大不了卖上几套房子，还清吴志兵的借款，到时收回公司的公章与财务章，及早和他分手，公司也渡过了危机，通过这次借款，他看清了吴志兵的面目。于是，每卖出一套房，工作人员带着合同来金鼎公司盖章，购房款或银行的按揭款全进了吴志兵的公司账户。令他没想到的是，他还清本金580万，又按约定提前还了利息。吴志兵仍然扣着公章，让他继续把钱存入自己的公司账户。这一次，罗援彻底不干了，他带着公司员工，怒气冲冲地找吴志兵讨要公司的公章和财务章。

"吴总，一年不到，本金、利息都还清了，该还了吧？"

"罗总，你的公司早被我收购了，你是真不知道还是装糊涂啊？我现在是金龙置业的第一大股东、董事长，占股78%，我们召开了股东会，更换了董事长和法人，也变更了工商登记。现在公司是我说了算，当然你也是股东之一，有意见我们可以召开股东会讨论，你可以提出来。公司的房地产项目还是由你负责，你最熟悉。海怡景苑以后要开发二期，将来我们按股份比例，利益共享，风险共担，您是公司总经理，具体的经营方面，我不会过问。"

"我什么时候把公司卖给你了？金龙置业名下有出售的房产，有土地，你区区580万元就能收购？"

"会计，给他一份合同，让罗总看看。"

罗援捧着递过来的合同，仔细阅读，当时为了给那些拖欠工资的建筑工人发钱，也是信任自己的老乡，他根本没有看合同的内容就签了字。谁知那却是给他提前挖好的陷阱。他以580万的价格已将公司78%的股权转让给了吴志兵，合同详细，条款完备，又有自己的亲笔签名、手印。

"无耻！"罗援把手中的合同唰唰撕成几半，扔向吴志兵的脸，扑上去就要和他拼命，却被下属拉开了。

"罗总失态了，"吴志兵仍然不急不怒，"撕了没关系，我们还有合同备份，您也可以去工商查查，已经备案，我们所有的手续都合法、齐全。"

罗援听后，一个趔趄，差一点儿晕倒，他撂下一句，"老子和你没完，走着瞧！"却被员工架出去了。

这些是凌楠从师娘张云丽那里得知的。李少平把发生在金鼎公司的冲突讲给张云丽，张云丽又将这些讲给凌楠。凌楠心情沉重，其实那个陷阱是他一手设计的，李少平、吴志兵只是实施者。

"那下一步怎么办呢？少平现在每天待在吴志兵的公司，这个人，表面上嫂子嫂子叫得很甜，我真的不喜欢他，唉！"张云丽长叹一声。

"我也不知道啊！"凌楠摇摇头，现在他和老师的关系微妙，也不怎么说话，李少平绝口不提金鼎公司的业务。根据他的判断，罗援极有可能向法院起诉，要求确认两公司之间的股权收购协议无效。

48

没有了业务，凌楠突然成了一个闲人。律师案源要去开拓，但这方面他有天然的劣势，刚从事这一行业，没有积累；家在外地，在本地没有社会关系。目前他的手中只有肖青云等11人诉东方能源公司侵权案这一个案件。

这个案子应当会分在民一庭，从年前立上案，到现在过去了近两个月，仍然没有一点儿消息，就算给被告充分的举证期、答辩期，也应当开庭审理了。

根据从法院获得的电话号码，又询问内勤，凌楠打听到肖青云等人的案件被分在一个叫王刚的法官手中。他多次打电话询问，但不是占线，就是无人接听。

有一天下午，他终于打通了王刚的办公电话，"你好，请问是王刚王法官吗？"

"我是，您是哪位？"

"我是肖青云等11人诉东方能源案件原告的代理律师凌楠。"

"哦，凌律师啊！"

"我想问一下，这个案子什么时候开庭？"

"那个，这个案子，原告众多，案件复杂，庭里正在研究，什么时候开庭，我会通知你的，好吧！"

不等凌楠再说什么，王刚直接挂了电话。按照民事诉讼法规定，案件的审限是简易程序三个月，普通程序六个月。肖青云等人的案件，肯定会按普通程序审理。

这样说来，没有过审限，他急也没有办法。

一个人呆呆地坐着，无案可办，无业务可做，从现在起他转为提成律师，没有案件，就没有提成，这样下去生活又成了问题。

怎样开拓案源呢？专家前辈的论述很多。诸如，在报纸上打广告，去医院向那些因车祸工伤等住院的病人兜售自己，帮助他们维权；或是印些卡片，像推销小广告一样站在街头向行人分发，这些凌楠都觉得自己做不出。他站起来，在办公室走来走去，不免心急如焚。

有人推门而入，原来是贾玲玲。她今天没带小孩来，身穿一件开襟的毛衫，淡蓝色的牛仔裤，头发梳得整整齐齐，清秀脱俗，像一个刚毕业的女大学生，丝毫看不出是一个孩子的母亲。

"凌律师，我和宋清的爸爸商量好了，决定聘请你为宋清辩护，您说要救宋清唯一的希望是取得被害人家属的谅解，也就是积极赔偿。我这几天就去济南想办法筹钱，另外，我想问一下律师费是多少？"

这个问题让凌楠既激动又犯难，激动的是，正为案源发愁之际，案子来了；犯难的是，律师费如何收？宋清的情况他很清楚，一个欠债杀人的保安，老婆又没有工作，还带着几个月大的婴儿，又如何付得起律师费？

"律师费是按阶段收取，分为侦查阶段、审查起诉阶段和审判阶段。按照省律协和物价局的收费指导办法，每个阶段的收费在两千到两万之间，由委托人和律师协商。"

"哦，那您觉得多少合适呢？"

"您和宋清的情况我知道，您还要筹集钱给被害人的赔偿，就按最低收费吧！每个阶段两千，你还可以按阶段分期付，甚至也可缓交，等有钱的时候再交到所里。"

凌楠本想给贾玲玲免费提供法律帮助，虽然宋清杀了人，但或许是出于职业的习惯，他对自己的被告充满同情。而另一面，如果不收费，所里的审查会通不过。因此，他才报了个最低收费。

"那太谢谢你了，我都不知道如何感谢你，我还想问问，被害人的赔偿款大概多少？我心里好有数。"

"这个……当然赔偿得越多，取得谅解的可能性越大，没有具体的数目。我觉得要取得陈倩家人的谅解，至少在100万左右。这是参照了本市人身损害赔偿的标准。"

"这么多啊？"贾玲玲听完，轻轻地叹了口气。

这个数字对她来说绝对不是个小数目，丈夫正是为了偿还高利贷杀人，要是有钱就不会走那一步。凌楠甚至觉得贾玲玲筹不起那个钱。两人生活在上庄的农村，宋清父亲的房子是农村集体产权，既不能出售，也不能抵押。

"另外，就算积极赔偿，也不一定会必然取得被害人谅解，这只是个前提。"

"先想办法筹钱吧！"贾玲玲轻轻地说，目光转向窗外。

但眼里充满着坚定。

"那你打算如何筹钱呢？"

"或许只能向我的父母求助了——不知他们会不会答应！"

贾玲玲沮丧地低下头。

"只要有能力，应该会吧！再说宋清也是自己的女婿……"凌楠担心的是贾玲玲的父母也无赔偿能力。

"这个……"贾玲玲凄然地摇摇头，万分悲伤，又万般无奈。

"怎么了？"

"当初，爸妈坚决反对我们在一起。"

贾玲玲的话让凌楠吃惊，他忽然觉得眼前这个女人与宋清有很多不同之处。

这是三年前的 9 月，开往北京的 D198 次列车就要启动。几乎在车门关上的那一刻，女大学生贾玲玲吃力地拖着一个大箱子进来，她望着高高的行李架发愁。她太瘦小了，而箱子又大又沉。"我来。"一个高大的身影在她眼前一晃，抓起行李箱，轻轻一举就把箱子放在行李架上。待他回过头来，她看见身材高大，穿着军装的宋清憨厚地冲着她笑，害羞地红了脸。

"那一刻我觉得心化了，我爱上了眼前的那个大兵，很多次，只要我闭上眼睛，就看见他冲我迷人地笑。"说话间，贾玲玲闭上了眼睛，仿佛又想起与宋清第一次相见的情景，却流下两行泪。

"我们好像相识已久，在火车上说了一路的话，下车时互相留了电话。他是武警，在省政府门前站岗。开学后的第一个星期天，我独自坐公交去找他。正逢他值勤，一身绿军装，刚劲挺拔，笔直地站在政府门口。他看见我，冲我笑笑，还是那样害羞。

"我就那样一直站在远处，痴痴地望着他，直到他换岗，然后我们一起逛公园、吃饭。以后只要他能请上假，就到学校来找我，我要是没课就去找他。他高大可靠，又害羞，不善言辞。我觉得与他在一起很幸福，但是我父母反对我们在一起：一个农村出来穷当兵的，什么也没有，又是个武警，只会站岗，无一技之长，将来退役后靠什么生活？

"可是那时候我们已经无法分开，父母越反对我们越是要在一起。我和父亲大吵一架，离家出走。后来，宋清套改士官失败，退役回老家，我毕业也就跟着他来了。我们打算创业，在他家的农村养鸡，可是我们一分钱没有。于是向金鼎公司借钱5万元，谁知我们根本不懂养鸡方面的知识，抓回来的小鸡，病的病，死的死，而我很快怀孕，有了小孩。宋清觉得我跟他来到农村吃苦，总想对我好，什么事也不对我说。他还不了钱，去杀人抢车，要不是公安通知，我怎么也不相信。他那么胆小老实的一个人……"

贾玲玲讲到这里，已经泣不成声，凌楠为他们的爱情感动，但不知如何安慰她，从桌上抽出两张纸巾，递到她手中。贾玲玲擦着眼泪，很久，才止住哭声。

可能两人的相爱就是一场错误，差距大，又没得到父母的祝福，美好的爱情总是被残酷的现实击碎。或许他们就不应该走到一起，看看眼前的贾玲玲，凌楠想起了几个月前见到的宋清，他胆小怯懦，与其外表极不相符。

"那你后悔吗？"

"不，现在只有我能救得了他。"

贾玲玲态度坚决，让凌楠钦佩。她与凌楠签署了委托手续，然后出律师所而去。两人约好电话联系，望着她的背影，凌楠希望他能说服父母，筹备到赔偿款。

第十七章
无辜的受害者

———

49

亲爱的，我今天接待了一个委托人，她的丈夫杀了人。在所有人的眼里，他无疑就是个恶魔，他将受到法庭的严厉审判。等待他的将是一个什么样的结果，估计他自己也能预见——死刑。我想他现在心里会有两种思维意识挣扎，一种是深深的懊悔，因为自己的不理智毁了别人的家，也毁了自己的幸福。另一种便是但求一死，根据我们在法学院里所学的知识。这种罪大恶极的犯罪嫌疑人，心理特征是求死、求速死。有时候，多活一天，反而是对他痛苦的折磨。

就是这样一个人，我将接受委托，为他辩护，对我来说是履行一种职责，并且我还要穷尽一切努力去挽救他一条命。当天下所有人唾弃他时，律师仍然要为他辩护。因为，这是人与生俱来的权利，谁也不能剥夺。

与我一起努力的还有一个人，他的妻子。你要是了解到他们的爱情之后，可能也会扼腕叹息。他们相识于偶然，但爱得很深。她的家庭极力反对，她却奋不顾身地跟随他而去。丈夫原是一个一无所有的当兵的，他们也曾憧憬美好未来，渴望用自己的双手创造幸福，但现实击碎了他们的梦想，丈夫因为高利贷杀了人。让我钦佩的是她对丈夫的爱，她不惜因他而与父母决裂。如今为了他，又反身祈求自己的父母，这样一种纯粹的爱打动了我。

我已经很久没有给你留言了，学法的人都较为理性。我得从我们的过去走出来，不能过分陷入儿女情长，如果你能感知，你也会原谅我。你已经不在了，我得为自己热爱的律师业奋斗，为了公平与正义，为弱者呐喊，无论怎么样，我们曾经深深相爱。

今天，这个叫贾玲玲的委托人与她杀人犯丈夫宋清两人之间的事，让我又一次想起你。如果有一天，我也身陷囹圄，那么，你也会不顾一切地来搭救我吗？

我常常为自己的理想和现实之间的冲突而痛苦，有那么多人劝我，就那样了，大家都这样，但我无法说服自己。好在，在追求正义的路上，我并不孤单。

如果你在我身边，分享我的喜悦和痛苦该多好，就像过去一样。而今，我只能面对冰冷的电脑给你留言。

爱你！

正当吴志兵得意之时，罗援却向法院起诉，请求确认其与金鼎金融投资有限公司签订的收购协议无效。依据是《中华人民共和国合同法》第52条，一方以欺诈、胁迫的手段，订立的合同无效。他向法庭提交了从工商部门复印出来的所有材料，包括收购协议、授权委托、股东决议、修改后的公司章程以及新股东名册，还有向税务部门交纳的完税凭证等。

诉状上的"事实与理由"部分写道：2015年底，问天建筑公司承建原告开发的海怡景苑，因拖欠部分建筑工人工资，原告作为开发方，承担连带责任。由于资金周转困难，遂向被告借款，被告用欺诈的手段使原告签订了股权收购协议。又称为保证还款，要求原告将公章及财务章放被告处。被告利用掌管原告公章的便利，私自出具手续，完成了工商变更及备案登记。原告认为双方签订的协议是股权抵押借款协议，而非收购协议。请求法庭依法确认双方签订的协议无效，判令被告返还原告股权并协助办理变更相关手续，承担诉讼费用。

"凌律师，老弟，你也来看看！"吴志兵在李少平的办公室进去不到几分钟，就出来殷切地招手喊凌楠。凌楠心里一百个不情愿，但还是站起来向李少平办公室走去。他向老师明确提出，不再参与金鼎公司的业务，但他又不想让外人看到，说师徒不和。

"怎么办呢？"吴志兵看看李少平，又看看凌楠。

李少平沉默了一会儿说："股权收购协议签署后，相关的变更手续也完成了。我个人认为，罗总要求确认协议无效很难得到法庭支持。一方以欺诈、胁迫的手段使另一方签订协议，需要举证，他是一个成年人，签订协议前自然要审查，怎么会是胁迫呢？谁逼了谁？"

"哎呀！这样我就放心了。"吴志兵听完，得意地笑了。他对李少平说，"老李，你打听打听，看案子在哪个法官手上，我们做做工作。我虽然不是律师，但是打官司不就是'打关系'吗？"

凌楠很讨厌吴志兵说话的样子，但他又不得不承认，当前社会对司法的评价不高，特别是对律师，有人认为他们就是司法掮客，游走在法官与当事人之间，这样的说法并非没有道理。

50

凌楠拎着包准备出门，却在电梯门口意外碰到正要进律师事务所的贾玲玲。

"你要出门？"贾玲玲两只手拽着双肩包的带子，犹豫着问凌楠。

"算了，你们先来吧，我下午去。"凌楠准备去法院当面问问肖青云等人的案子，为什么迟迟不开庭？每次在电话里和王刚法官问起，他都会说，"你等我电话。"凌楠等不起，他打算和承办法官当面谈谈，不开庭的真正原因是什么，在门口却碰到了贾玲玲。在她身后还站着一个五十多岁的男子，他面容清瘦，头发灰白，穿一件立领的夹克。

凌楠转身在前面带路，三个人进了所里的接待室。

"我爸爸！"贾玲玲一边从身上解下包，一边指着身边的男的说。

"叔叔好！"凌楠欠身打了个招呼。

老人主动伸手过来，"贾军。凌律师好！"

三个人落座后，贾玲玲把一个信封递给凌楠，"您的律师费，六千元齐了。那个赔偿款我们正在想办法……也不是个小数。"

"暂时不急，等我会见完宋清，和被害人家属接触一下，听听他们的意见，在中院开庭前备齐就行。"

"那下一步呢？"

"下一步我要去看守所会见宋清，也要和办案的民警沟通一下，进一步了解案情。"

"我们家属能做什么？需要在这里等吗？"

"不需要。要是没什么事，请你们回家等候，有消息我会随时通知。案件复杂，时间可能比较长。"

"哦！"

"哎，孩子呢？"凌楠想起曾在贾玲玲怀中见过的婴儿，很乖，不哭也不闹。

"在济南，现在由我妈带着。"

在两个人对话的过程中，贾军始终沉默着，一言不发。凌楠给两个人倒了水，然后到财务室开回收据递给贾玲玲。

"那您什么时候去会见宋清呢？"贾玲玲手中举着红色的收据问。

"就在这两天。"

"我们家属能见到吗？"

"见不到，在判决生效前，只有律师才能够见到犯罪嫌疑人。"

"那我们就等等，等会见完，我想知道他现在里面怎么样。"贾玲玲说完，扭头看看父亲，像是征求他的意见。

"今天就先到这里吧！"贾军自进律师所后，说了唯一一句话，然后他站起来，像发号施令，结束了双方间的谈话。

贾玲玲将胳膊伸进背包带，从椅子前站起来，"那，凌律师再见！我们电话联系。"说完率先出了接待室的门。贾军跟在女儿的身后，低着头。凌楠看着父女两人一声不响出了事务所的门，快要转弯时，贾玲玲回头向他招招手。

凌楠打出会见犯罪嫌疑人的函，并让师娘张云丽盖上章，连同贾玲玲为他出具的授权委托书放在一起。他决定向老师请示一下，明天就去市看守所会见宋清，打听肖青云等人案件的事暂时放放。

电话响了，是个从未见过的陌生号码。

"喂！凌律师，我是贾军，你方便吗？我想单独和你谈谈。"这是什么意思，刚才一言不发，这回却要单独和他见面？

"我方便，你在哪里呢？"

"你们单位对面的佳世客超市五楼，星巴克，我在这里。"

凌楠挂了电话，坐电梯下楼，朝冠城大厦对面的超市走去。贾军单独找凌楠谈，显然是有些话不想让女儿听到，那么他想和自己谈什么呢？

走进星巴克大门，贾军看见凌楠，站起来向他招手。早晨的咖啡店里人很少，贾军在最里面的一张桌前。

"您点什么？我要的是拿铁。"

"那我也要拿铁吧！"凌楠坐下来，贾军又点了一杯咖啡。

"你找我要谈什么呢？"

"刚才在你们所里不方便，我想说，我女儿和宋清从一开始就是一场错误。"

凌楠并不吃惊，但还是问："为什么这么说呢？"

贾军摇摇头，痛苦地闭上眼睛。凌楠见贾军最多五十六七的样子，身上一股书卷气，但背有些驼，眼角和额头布满细细的皱纹。

"你觉得他们两个人般配吗？一个是省城的大学生，一个是穷当兵的；一个也算是富家千金——我退休前在省直机关当处长，一个是乡下的穷小子。两个人之间没有任何共同点。"

"但我知道宋清对贾玲玲非常好，两个人相爱很深！"凌楠想起贾玲玲对他谈起与宋清的恋爱经过，富家千金义无反顾地扑进穷小子的怀抱，随退役后的他回到家乡。两人对未来的规划很美好，他们准备一起创业。

"怎么说呢？我女儿傻——女人在恋爱时期的智商真的为零。这个宋清我一开始就讨厌他，他哪配得上我女儿？现在看，果然是这样，杀了人，你说他怎么是个这样的人？她怎么能和这样的人在一起？"

"这个，万事皆有因。我和宋清以前也有过接触，是个很老实的人。"

"老实个屁，他是那种懵坏，她骗我女儿……"贾军突然变得很激动，用力拍了一下桌子，站起来，引来许多人的目光。他意识到有些失态，又坐回椅子上，但难掩对宋清的厌恶。

"我女儿这一生毁在他手上了……"说到这里，贾军悔恨地流下了眼泪。"他们两个人从开始接触，我就极力反对。我对我女儿说，你们两个过不到一起，不要看恋爱时好得不得了，结婚成家过日子，矛盾就出来了，创业有那么容易吗？什么都没有，要资金没资金，要技能没技能。你看看，最后碰得头破血流，为还高利贷而去杀人。"

"也有创业成功的啊！"凌楠觉得贾军有些恨屋及乌，因宋清而否定所有创业的年轻人，他心里很不服气。凌楠的话还没说完，贾军摇摇头打断他。

"你还没成家吧？"

"不瞒您，叔，我还是个单身，无房无车……"

贾军的语气突然变得缓和起来，"你一定要找一个出身、学历和你相仿的，以前叫门当户对，并不是说条件如何，而是说两个人的生活习惯、价值取向一致。"

"您怎么和我父母说话一模一样啊——门当户对！"

"在个人终身大事上，一定要听父母的，可惜啊！我玲玲，当年死活要和这个宋清好，不听我和她妈妈的话，现在一切都晚了。"

"您对我说这些的目的是……"凌楠觉得贾军和自己的父母一样，无论是处世的观点还是对人生的理解，甚至说话的口吻都像极了。虽然他不和父母在一起，但有时候母亲在电话里能一口气讲半个小时，说话的内容、方式简直是贾军的翻版。凌楠觉得两个人在一起最重要的是彼此要相爱，而不是为了过日子，贾军的话他不想听下去。

"我的意思是这个宋清，我们对他已经仁至义尽了，你的律师费我们愿意付。但他杀了人，咎由自取，让法律公正判决吧！我不会为他赔偿一分钱。"

看来，这就是贾军找他的目的，如果没有积极赔偿，无法取得被害人谅解，宋清肯定会被判死刑。这个案子发生在春节期间，性质恶劣，手段残忍，影响巨大。

"叔，其实这也是对贾玲玲好，请您再仔细考虑一下，我理解您的心情，犯罪有时候是一时的冲动。"

"我不能救他，他已经害得我女儿够惨了，还有个孩子要抚养。你想过没有？万一因我们积极赔偿，受害人谅解，宋清的命保住了，那他会被判什么刑？死缓？无期？难道让我女儿在外面等他？等到什么时候呢？也等一辈子？那是一条不归路啊！我救他就是害我女儿。"

"这个我还真没想过，但他活下来对贾玲玲也是一种精神上的安慰，他改造好了，还可以减刑、假释，不会在监狱里待一辈子的。"

"天真！我告诉你，我丝毫不掩饰我的感情，现在除了受害的那家人，我比任何人都希望他死，我恨死了他，骗我女儿，又杀人。他这个人渣，他就不应该活在人世间，最好让法庭判他死刑，枪毙！枪毙！立即枪毙他！只有他死我女儿才会再生。"

贾军一口气讲了很多，累得上气不接下气，剧烈地咳嗽着，凌楠连忙把他的咖啡端起来，递到手中，贾军低头喝了一口，情绪慢慢平静下来。

"不好意思，凌律师，你怎么能够为这样的人辩护啊？你解除和我女儿的委托手续吧！这就是我今天找你的目的。律师费我们不要求你退，有些话我不好当着她的面讲。"

贾军的话让凌楠吃惊不已，他理解贾军作为父亲的心情，但他接受了贾玲玲的委托，双方签署了协议，就坚决不能解约。

"虽然您在我面前是长辈，但您的要求我实难答应，就算我和你们解除委托，也会有其他律师为他辩护，司法局还会为他提供法律援助，每个人都有获得辩护的权利！”

"唉！我知道你不会答应的。"贾军长叹一口气。

"请您理解。"

"有一天，你会理解我们做父母的一片苦心。也怪我从小把她宠坏了，她向来自作主张。那一天，当她怀中抱着孩子，时隔两年再次出现在家门口时，我对她再也恨不起来，我和她妈妈把她拉进门，紧紧地抱着她，她是我们的宝贝啊！听她说起宋清干下的蠢事，我和她妈妈惊呆了，我们什么话也没说，再也恨不起她。她是我们的女儿，他们的孩子我们也会精心照看，但替宋清赔偿受害人，这事我办不到。你说为什么他一个人犯罪，却让我们这么多的人要付出代价？他在着手犯罪时，难道不考虑这些吗？"

贾军的话让凌楠无言以对，可能自己是律师，过分考虑了被告人的利益，一心想着为他们辩护，却忽视了这些无辜的受害人的感受。

51

看守所在市郊的林普镇，先坐长途车，然后转 303 路公交车，坐十二站，全部行程大约需要两个半小时。

凌楠决定早晨六点出发，他记下换乘的地点和车次，提前找老师李少平请假。已经是下班时间，李少平还待在办公室里，他在电脑前打着什么东西，李少平这代人接触电脑晚，打字很慢，两只手"二指禅"敲着键盘。

"你去见宋清？"听了凌楠的请假要求，李少平目光从电脑前转过来，两只手停在空中间。

"是。"

"那你怎么去呢？"

"长途车，我在网上查了换乘的地点和车次。"

"那等你赶到，或许就下班了。"李少平目光移回到屏幕上，又低下头，在键盘上敲了一下说。

凌楠讪讪地冲老师笑笑，心里说，那也是没办法。

"你没有要差旅费？"

"没有，他们能凑起那 6000 元的律师费就不错了。"

李少平左手中指在键盘上啪地敲了一下，打出一个字，像是宣布，"那你开

171

我车去吧，我明天不用车。"

"这不好吧？开着老师的奥迪车去看守所会见犯罪嫌疑人。"

"怎么？嫌我的车不好？"

"不是……"凌楠的心里忽然一阵温暖，自从因金鼎公司的事和师傅"翻脸"后，他感觉到两人之间产生了隔阂，平时话也少了很多，见面很客气，再也不像以前那样无话不说。

李少平把车钥匙掏出来递给凌楠，"在负一楼的地下停车场，你明早直接从单位去看守所。"

"那你怎么回家？"

"我等会儿溜达回去，就几站路，正是高峰期，反正我没什么事，等敲完了这份文件。"李少平用了一个"敲"字。

"老师，我来替你输入吧！你口说？"凌楠不由分说，挤到李少平椅子前，李少平不得不站起来。

原来是一份案件的答辩状。李少平在一旁口述，凌楠输入，两人共同斟酌答辩观点和用词，师徒二人亲密温馨，一切好像又回到从前。

早晨7点，凌楠从冠城大厦出发，路上车辆很少。上了G20高速后，一路畅行无阻，一个半小时就到了位于林普镇的市第一看守所。这里集中关押着全市大部分的刑拘人员，以及已经判刑但刑期不长，不需要送往监狱的犯人。看守所分为三个区：犯罪嫌疑人关押区、行政办公区和后勤生活保障区。凌楠曾经和李少平来此开过一次庭。法院为了减轻来回押送犯罪嫌疑人的劳顿，有些案件改在看守所开庭。

铁门前已经聚集了不少人，有等待会见的律师，也有为嫌疑人存钱和递送衣物的亲属。

凌楠停稳车，按下锁车键，拎着公文包，向人员聚集的大门走去，只等九点，大门一开，就向值班室出示手续，会见宋清。早春，市郊的风刮得很紧，他不禁打了个寒战。

"凌大律师，车很漂亮啊！"有人向他喊。凌楠看见是一起参加培训的一名实习律师，但想不起叫什么名字，在一起毕竟只有很短的一个星期的时间。他肩上背着一个黑色的公文包，跟在一位年纪较大的老律师后面，显然也是来会见。

"哪里啊，我师傅的车。"凌楠走过去回答，"我那能买得起这么好的车——

172

你也来会见？”

“嗯，你呢？”

“一样。”凌楠拍拍包，示意自己也是来会见犯罪嫌疑人。

“什么案件？”

“故意杀人案，有可能判死刑。”

“啊！律师费一定收了不少吧？”

凌楠笑笑，不置可否。他以为对方会问起案情，谁知先问起收费来。现在，对他来说，当务之急是解决吃饭问题。以前他每月还有一千元的工资，虽说少得可怜，但有胜于无，勉强够吃饭。今后一日三餐得自己想办法了。今天如果不是老师借给他车，来去的费用也得花不少。

代理宋清的案件是他执业以来独立办理的第一起刑事案件，犯罪嫌疑人涉嫌故意杀人，有可能被判死刑，虽然难度大，但也极具挑战性。他曾将案件的信息透露给老妈，“那你收了一大笔钱吧！”老妈在电话里说，但当她听说只收了六千元时，瞬间转为失望，“那么辛苦，你只收六千！”凌楠给母亲讲了宋清家中的情况，母亲打断他，“你可千万别相信他们的话！他老婆家里有的是钱。”凌楠无意在电话中和老妈解释宋清和贾玲玲父母之间的冲突，匆匆挂了电话。

钱！如何收费，收多少；什么样的案子能收费，什么样的案子不能收，今后必将是他做律师面临的一个艰难选择。

哗啦啦——

电动伸缩门突然间开了。凌楠抢在人群前面，出示律师工作证，第一个进入看守所大院。后面的人群相继涌入，又按照指示牌分开，会见犯罪嫌疑人的律师向左边的行政楼走去，而为羁押人员存生活费送衣物的家属向右而去。凌楠沿水泥路向前，一座高大的牌子兀然出现在面前，上面用黄色的油漆书写着三行大字：

你是什么人？

这是什么地方？

你为什么来这里？

凌楠心中不禁一凛，神情立即严肃紧张起来，这显然是针对那些刑拘人员的，但有一种强大的心理暗示。他不由得在心里回答，我是律师，这是看守所，我为被告人辩护而来。

转过那个高大的牌子，就是一个大铁门，左右各一排二层楼，房顶上面拉着铁丝网，有荷枪的武警走来走去。

凌楠将会见的手续递进左边的窗口，里面一个胖乎乎、谢顶的干警仔细检查他的律师证、授权委托书和律师事务所出具的会见函。然后，他在电脑上搜了一下，在面前的单子上做了记录，面无表情地说，"4号会见室"。凌楠转身出门，就听见后面喊道，"把手机放下"，直到这时，那干警才把眼皮抬起来，严厉地瞪了凌楠一眼，那样子像是说，"不知道吗？"

凌楠掏出自己的手机，递给那位干警，然后向写着4号的会见室走去。他看见自己刚才递交手续的窗口，瞬间排起准备会见犯罪嫌疑人的律师。几辆分别喷涂着"公安""法院""检察院"的警车停在了不远处。他们是来提审犯罪嫌疑人的。

会见室是一间二十平方米大小的房间，中间一道栅栏，将律师和犯罪嫌疑人隔开。凌楠在外面的小桌前坐下，从公文包里取出记录纸、水性笔等，抬头看见屋顶右上角，一个黑色的圆形监控探头。他立即紧张起来，从进门的那一刻，他的一举一动已经处于监视之下了。

宋清是从里面的门进来的，戴着手铐和脚镣，一走动，脚下哗啦啦响。一个干警将他往中间的铁椅上一铐就出去了。

"凌律师！"

见到凌楠，宋清显得很激动。从被逮捕距今两个月，从某种意义说，凌楠是他所见的唯一的亲人。

凌楠表情木然地冲他点点头，虽然接受委托，替他辩护，但内心里他对这个杀人犯是厌恶的。

像是意识到什么，宋清兴奋的表情一下变得沮丧，慢慢低下头。隔着黑色的栏杆，凌楠仔细打量眼前的宋清，与几个月前相比，他瘦得厉害，双目深深地陷入眼眶之中，本来高大壮实的身材，看上去像个衣架，宽大的囚服穿在身上，显得空空荡荡。

宋清将自己杀害陈倩的经过详细地讲了一遍，整个过程和凌楠了解的一样。他语调低沉，始终不看凌楠，像是讲着一件与自己无关的事。

凌楠在纸上记录着，宋清残忍的行为让他愤怒，他也为他愚蠢的行为感到可笑。在他看来，宋清的犯罪行为一点儿技术含量都没有。把尸体藏在排放污水的涵洞里，持行车证到二手车市场贩卖赃物，又打电话给妻子到宾馆见面。记着记着他忍不住，将笔往桌上一投，"愚蠢！你难道不想想？"宋清惊恐地看着凌楠。凌楠突然意识到有些失态，自己是犯罪嫌疑人的辩护人，不是审判他的警察和法官，说完了，又不无惋惜地长叹一声，"对不起。"

"不，都是我犯下的罪行。"

宋清的头深深地低下去，凌楠看着他，又无限怜悯起来。他觉得宋清非常可怜，幼年丧母，父亲托关系费很大的周折送他去当兵，几年后，又一无所有地回来。人生唯一的幸福是邂逅了一段美丽的爱情，他像童话里的牧羊人娶到了公主。他也曾幻想，从此命运改变，国王会赐给他一切，官职、财富、宫殿，但现实不是童话，岳父母极力反对这桩婚姻。他也曾奋斗，想创业致富，实现人生的价值，但误入歧途，被坏人所骗，从而犯下不可饶恕的罪行。但话说回来，这些都不是他去剥夺他人生命的借口。

不知不觉中，时间很快过去，马上到了下班时间，干警多次来催，"好了，是时候了。"会见必须要结束了。凌楠看着宋清，把笔纸收进包中，"将来……什么样的结果，你应该知道吧？"

"知道，我能接受，我们管教经常和我谈心，我犯下了大罪、死罪，我放心不下的是玲玲和儿子——我怎么干下了这样的事啊！"

突然，宋清挥动手铐，狠狠地拍打面前的栏板，号啕大哭，撕心裂肺，几个干警从后面冲进来。

"怎么回事？"为首一个年纪较大的警察低头看看宋清，又看看凌楠。

"枪毙我，枪毙我吧！"宋清捶胸痛哭，悔恨地流下眼泪，在场所有人无不动容。

"这是怎么了？"警察问凌楠。

"刚才谈到他妻子和女儿，伤心了。"

"给他找块毛巾。"他回头对后面的人说，一边拍拍宋清的肩头，"想哭就哭出来吧！"

宋清的情绪渐渐变得平静，警察们陆续出去。

"我老婆和儿子现在怎么样？"

"他们回济南了，孩子由你岳母带着，两人都不错，你就放心吧！"

"哦！"像是一根紧绷的绳子，突然松弛下来，宋清长出一口气，"那样我就放心了。"

"其实，并非一定会被判死刑。"凌楠紧盯着宋清。

"真的？"宋清的两只手握紧成拳头，眼睛一下子像擦着了一样，变得明亮。

"积极赔偿被害人，取得他们的谅解。"

"那得赔多少钱呢？"

"没有具体的数，要取得谅解，当然不会是个小数目。"

宋清刚才明亮的目光一下子又变得暗淡。

"不过你妻子正在想办法，凡事往好处想，你在里面也要积极配合改造，只要悔过自新，机会还是会有的。"

"我欠她的太多了，也谢谢你，凌律师。"

"我还会来看你，有什么事，也可以向管教反映。"

凌楠拎着包从看守所出来，时间已过中午，直到上车，他都感到心里无比的沉重。

第十八章
等待已久的审判

———

52

凌楠来到法院的门口，准备出示自己的律师证。一个保安看见了，冲他笑笑，挥挥手示意他进去。现在他成了名人，法院的保安们都认识他，不用出示证件就能进入。

他走到导诉处，用内线拨打王刚法官的电话，电话通了，难得。他用外线打，不是占线，就是无人接听。

"哪位？"一个生硬的声音传来。

"我是凌律师，肖青云等人案子的代理人。"

"开庭时间还没定，你等我电话吧，开庭前会发传票的。"

"等到什么时候呢？六个月的审限就要到了。"

"这个……"电话的那一头一阵短暂沉默，"我也没法定。"

"你是主审法官，你定不下来，谁定？我想跟你当面谈谈，我已经在导诉处。"

"那你到律师接待室等我吧！"电话那边不情愿地说完，挂了。

案子立上之后，凌楠还从未见过主办法官。仔细想来，从立案至今，已过去五个月，还未开庭，超过六个月的审限是无疑了。即便马上开庭，合议，撰写判决书，层层报批，结案也不知道要等到何时。如果开庭时再延误一下，更不知什么时候能结案。当务之急是开庭，必须让法官近期开庭。独自坐在律师接待室，凌楠心急如焚。

"凌律师吧！"

一个身材矮小，剃着平头，年纪在三十上下的男子走进来和凌楠握手。他声音洪亮，态度热情，完全不似电话中那样冷漠。

凌楠赶紧站起来伸出手去，想必他就是主审法官王刚。

"王法官，这马上就过审限了，案子什么时候开庭？"凌楠开门见山。

"没办法，安排不开呀！你看这才 5 月份，我已经结案一百八十多起。今年又得过四百，你算算，一年 365 天，除去 108 天的双休日，11 天的法定假日，还剩 240 多天。我一天至少得开两个庭吧？加上写判决书，发传票，外出查封，这些不算，还要参加院里组织的学习等活动，哪有时间啊！"

凌楠还没怎么开口，法官一口气讲了这么多。对于主审法官的话，凌楠有所耳闻，在参加培训期间，他接触到好几名从法院辞职做律师的法官，谈起办案都是大倒苦水。尤其是沿海经济发达地区，纠纷多，人们依法维权意识高，案件逐年增加，每个法官年结案都在三百件左右。五加二，白加黑，加班基本是常态，而公民和上级的要求却越来越严，信息公开，裁判文书上网，判后释法。累得和驴一样，法官们自嘲为司法民工。对法官的苦楚，凌楠深感同情，但这不是不开庭的理由。

"你知道这个案子关注程度高，很多媒体都在问我，什么时候开庭？"

当初张力的一篇报道，推动肖青云等人的案件立案。其间他们所受的周折、拖累，犹在昨日，拉横幅、上访，原想只要立上案，会进入正当程序。审理、判决会按部就班地往下进行，直到东方能源公司对他们做出赔偿。谁知案件的发展完全不按他想象。

"原告们的情绪很激动，有了立案时的经历，他们再也不怕，又要聚众来法院，被我劝回去了，我还是希望依法解决……"

凌楠看见王刚的表情瞬间起了变化，刚才还是振振有词，一副公事公办的态度，此刻，脸一下子变得通红。那位拒绝给肖青云等人立案的张副庭长，后来很惨，听说受到法院系统的通报批评，被调离审判岗位，现在从事后勤工作。

凌楠继续说，"现在好些国家级媒体的记者都在向我打听，他们问起法院不开庭的理由，我没法回答，因为没过审限。不过，从立案的 1 月 24 日算起，马上就到六个月的审限。那时候我就可以如实地回答他们，说是法院安排不开。我还听他们说，现在上级正在调研司法改革，解决立案难、诉累等问题。我们的这个案子很受他们关注。"

这些话其实是凌楠上次立案后，从张力那里听说的，他只是向王刚转述。

"其实，哎，你也知道这样的案子，不是我们……不说了。我今天回去就向庭长汇报，尽快开庭，你等我电话。"

"等我电话——这话我听您讲过无数次了？"

王刚的脸红了，"今天周二，下周一定给你答复。"

"那谢谢你了，王法官。"凌楠站起来，准备告别。

"等一下，我看你是少平律师事务所的？"

"对！"凌楠诧异地望着王刚，在向法院提交的手续上，有律师事务所的名称和联系方式，这纯粹是多此一问。

"金龙置业有限公司诉吴志兵的案件也由我审理，你们所代理被告吴志兵，这个下周倒是会开庭。"

"哦，是我们主任李少平代理。"

"你等一下，我签发下传票，你带给他。"

"好的。"

王刚出了接待室，朝电梯口走去。凌楠坐在椅子上等待，这个案子，金龙置业起诉后刚一个月就开庭，如此之快，让他感到意外。

很快，王刚又返身回到接待室，将金龙置业诉吴志兵的开庭传票交给凌楠，"回去给你老师，请他放心。"他拍拍凌楠的肩，亲切地说，像是回报凌楠、肖青云等人案件不能开庭的愧意。凌楠收起传票，从接待室出来，走到楼梯的拐角，发现王刚还站在接待室门口，目送着他。凌楠冲他挥挥手，下了楼梯。

回到所里的时候，李少平正在办公室一个人抽烟。凌楠将开庭传票往他办公桌前一放，"王法官让我给你，金龙置业的案子下周四开庭。"

"哦！"李少平瞥了一眼，并未表现出意外和惊喜。

"很快啊！才一个月就开庭。我们那个案子，五个多月了，还没有信息。"

"案子不同嘛！"李少平没有看凌楠，淡淡地说。

"同一个法官，对待案件的态度，差别也太大了。"

"没有可比性，法官办案有时候就像学生考试时做题，简单的、能调解的先开，复杂的、难办的往后放放，这很正常。其实，我倒不希望这么快开，时间太仓促，一点儿准备都没有，从何处答辩呢？"

说完了，李少平盯着凌楠看。对于这个案子，没有人比凌楠更熟悉。股权收购协议、变更名称等所有手续都出自他手。有利之处是什么，不利的地方又在哪儿，他比任何人清楚。本来他不想再介入金鼎公司和吴志兵的任何业务，但不知为什么，心里总是牵挂这个案件，可能自己也是参与者的缘故。另外，他还希望法院最后能公正审判决，还正义给罗援，那样自己心里也会好受些。

"法律关系其实并不复杂。"

"谈谈你的观点？"

李少平用鼓励的目光看着凌楠，做出一副探讨案件的样子。李少平是1992年第一批通过律师资格考试的人。那时候，律师的社会化改革刚刚开始，全国的律师数量非常少，加上老百姓对律师的认识还存在偏见，认为律师替坏人说话，地位低下，人微言轻，同为法律工作者，想当律师的人不多，一般法学院毕业的学生都愿意去做受人仰敬的法官和检察官，所以报考的人极少，凡是考试的，大都能通过，取得律师资格，不像现在司法考试那样难。

李少平原为区五中的语文老师，兼市第三建筑公司的夜校老师。一次，一名工人被控盗窃工地上的物资，公司委派他给员工辩护，他通过了解案情，发现该员工只是为了方便，把一些材料放在家中，第二天直接带到工地，其行为仅是保管，而非盗窃。他在法庭上据理力争，最后该工人无罪释放。他没想到律师的作用如此重要，能决定一个人的生命与自由。于是刻苦自学，通过函授取得大专文凭，又通过律师资格考试。他对刑事犯罪方面的法律知识钻研很深，也积累了大量的经验，但金融、公司等方面的法律知识相对偏弱。

"这个案子争议的焦点还是那份协议是否有效，原告金龙置业主张无效，法律依据是合同法第52条，因欺诈胁迫，乘人之危签订的合同无效，但是该法律条文后面还有个条件——损害国家集体利益，这就不好认定。另外，罗援作为公司的法人，董事长，一个成年人，在签订合同时难道不仔细审查？因此，一定要咬死该合同有效。"

"对，对。"李少平频频点头，他给自己又点了一支烟，"哟"地长吸一口，吐出来，"吴总说，要不惜一切代价打赢官司，罗援那边也是拼死一搏。他向法院申请把那些未出售的房产、土地全部查封冻结。吴志兵这边想出售房子，转移公司财产根本不可能，只有全力以赴，打赢官司。"

"老师，我总觉得吴总这个人从事的都是些违法行为，游走在法律的边缘。我们律师不能为这些人背书。我前天去看守所会见宋清，心里面特不是滋味，要不是他们高利贷逼债，宋清何至于去杀人？当然欠债的人多，不至于去杀人偿还，犯罪的还是他本人，但逼债至少是个诱因。如今两个家庭毁了，在社会上造成很大影响。"

"唉！有时候，我也是身不由己啊！你以后会明白，游走在黑白之间，现在我抽身也难。我和吴总认识这么多年，一直是他的法律顾问，他的能力惊人，他经常受到举报投诉。宋清在审讯中也交代了吴志兵敲诈逼债，经侦支队调查之后也不了了之。"

"师傅，你也要注意安全。"

"等做完这笔业务吧！"李少平把手中的烟在烟灰缸里捻灭了，表情凝重地说。

53

这次王刚果然没有食言，星期五，在他承诺到来的最后一天下午，他告诉凌楠，"肖青云等人的案件开庭时间确定了，22号上午10点。"

"太好了！"电话里的凌楠难掩兴奋，这都是自己争取来的结果，律师就是要为委托人的权利而斗争。

"你不知道我费了多大的力气！"王刚在电话中说。

"谢谢王法官！"凌楠客气地说。

"不客气，以后我们算是朋友了，互相支持工作，呵呵！当面聊啊！"

王刚态度一下子变得非常热情，在电话中，凌楠也感觉到了。他最后几句话说得非常暧昧——以后我们算是朋友了，什么意思？以前可不是这样说话的，真是不打不相识！

挂了电话，凌楠又给肖青云等人打电话。通知他们开庭的时间，然后找出案卷资料，他很兴奋，摩拳擦掌，一副准备战斗的样子。是啊！法庭对律师来说就是战场。

几天来，凌楠和李少平把自己关在办公室，准备与罗援金龙置业案件的出庭材料，两人共同推敲答辩观点与理由。由李少平口述，凌楠输入。答辩状既要观点鲜明，还要有理有据，除了逐条反驳原告的请求，还要阐明自己的观点。既要把问题谈清楚，还要力争做到简明扼要。那种长篇大论的时代过去了，法官们的时间都非常有限，没工夫听你啰唆。我们实行职权主义的诉讼模式，法官主导整个庭审过程。他认为你讲的话与案件联系不紧密，就会直接打断，在法庭上那是非常难堪的事。

答辩状确定下来之后就是证据收集环节，协议书、授权委托、股东会决议、工商变更资料，整理起来的材料有厚厚的一摞。随后又撰写代理词一份，从事实和法理角度，反驳原告的意见。

两人把法庭上能出现的情况全部列出来，逐条商讨应对的策略。文字材料定下后，又在会议室进行实战推演，由凌楠扮演原告律师，向李少平发起攻击。两人一来一往，直到确定万无一失为止。

常言说，不怕官司败，就怕无准备，做律师不打无准备之仗。

在向法庭提交的手续中，代理律师一栏里，凌楠打上李少平、凌楠两人的名字。李少平看了看，把凌楠的名字删去。凌楠想，这是替老师打的最后一仗，然后彻底和吴志兵的金鼎投资公司断绝一切关系。

"你还是不要参与了。"

"老师……"凌楠想说什么，但被李少平制止了。

开庭的这一天，金龙置业有限公司来了很多人。罗援亲自出庭，他坐在自己的两名律师身边，旁听席上坐满了公司的员工，显然来者不善。反观被告席上，只有李少平一人孤零零地坐着，显得势单力薄。凌楠把准备好的案卷材料、记录纸、笔整齐地摆在李少平面前，然后坐回旁听席上。虽然与原告相比，他们只有两个人，但对案件审理他充满信心。

书记员核实完原被告及代理律师的身份后，宣布法庭纪律。不一会儿，穿着黑色法袍的王刚从法官通道进入，后面跟着同样身着法官服的人民陪审员。

法庭上所有人起立，等法官落座后才坐下。庭审正式开始，首先，由原告宣读起诉状，被告答辩。金龙置业的诉求和理由正如凌楠所预料，他们主张双方签订的收购协议无效。吴志兵是趁罗援急于给农民工春节发工资，在强大的压力下向被告借款，被告采取欺诈的手段，让原告签订了那份股权收购协议。根据《中华人民共和国合同法》第52条规定，请求法庭依法确认双方的协议无效。李少平的答辩简明扼要，他强调协议有效，双方已经实际履行，且程序合法，最重要的是经过了工商备案，完成了股权的转让。如今，吴志兵是金龙置业有限公司的第一大股东，占股比例78%。

"瞎说！"罗援情绪激动，不等李少平说完，他一拍桌子站起来。"我公司名下有房产，有上亿的土地，我会以580万出售公司？"

王刚当当地敲响了法槌，"原告，请注意法庭纪律！"

罗援又一屁股坐回位子，右手握拳，狠狠地敲了一下面前的桌子。接下来是双方举证质证，金龙置业手上连备份合同也没有，起诉所用的合同也是从工商部门复印而来。罗援气愤地说，"他连合同都没有给我！"

李少平仍然不温不火，"原告的说法与事实不符，请看，合同最后一条明确写着，本合同一式两份，甲乙双方各执一份，具有同等效力。"

"他什么时候给过我？天地良心啊！"说完，罗援又双拳猛敲眼前的桌子。吴志兵为了给他设套，只让他签字，至于签的是什么，他看也没看，只要能借到钱。他们是老乡，罗援从未想过吴志兵会坑他，连份备份合同也没有给他。

法庭辩论阶段，双方仍然围绕合同的有效无效，争得你死我活。原告的律师掉书袋，在法庭上大谈无效合同的认定，直言被告的行为是"欺诈胁迫"。

法官打断他，"你说欺诈胁迫，可有证据？"原告的律师摇摇头，"但我们有证人。"他们申请和罗援一起借款的公司女会计出庭作证。

凌楠心里暗暗叫苦，他没想到对方会申请证人出庭，那位和罗援一同来借款的女会计，在法警的带领下走进法庭。

法官审查了她的身份证，告知她应如实作证，作假证、伪证将承担法律责任等。

女会计讲述了合同签订的经过，她说当时为了给农民工发工资，罗援的压力非常大，到处借钱，听到吴志兵愿意借给他钱，合同文件他看也没看就签了。

轮到李少平询问证人："请问您在公司的职务是什么？"这简直是明知故问。

"会计啊！"

"那你的具体职责是什么？"

"负责公司的财务及文件保管等工作。"

"去年年底，公司的财务状况如何？"

"不好，没钱给工人发工资。"

"刚才罗总说公司有房子，有土地，为什么不向银行抵押借款？"

"因为房子和土地整体抵押给银行，并且是最高抵押，没有银行愿意借款。"

"也就是说，从财务上讲，公司严重负债，欠银行的钱。"

"可以这么说。"

"那为什么今年盘活了？"

"因为房地产市场回暖，又有政策支持，降低首付，房子销售出去后，公司还银行的钱，逐户撤押，向业主交房。"

房地产开发的模式，一般是开发商拿到土地后，找银行抵押借款。一些不理智的房地产企业会疯狂拿地，钱全压在土地上，一旦房子卖不出去，就会面临资金链断裂的困境。罗援的金龙置业正是这样，海怡景苑一期房子销售得不温不火，他重金拿下二期土地，资金链断裂，给承建公司的后续拨款跟不上，拖欠建筑工人的工资，开发商与建筑公司承担连带法律责任。建筑公司一般都是垫资建设，地基框架出来后，不愿再付工人的工资。工人过年拿不到工资，信访、上访，以此通过政府倒逼开发商拿钱。罗援正是在这种情况下，四处借钱。

"整个借钱的过程你参与了？"李少平继续问证人。

"参与了，部分现金还是我和罗总直接用箱子拎回的。"

"你确定是欺诈？"

"确定，百分百！"会计肯定地点点头。

"好，既然确定是欺诈，为什么不当场指出来？"

这个提前挖好的坑，女会计不知不觉地被带了进去。老师问得太精彩了，要不是在法庭上，凌楠绝对要鼓掌。

"我……我……"女会计的脸一下涨得通红。

李少平突然转向法官，"正如刚才被告的会计所言，金龙置业是一家负债累累的房产企业，虽然名下有房子、土地，同时也有银行的大量借款，连工人的工资都发不出来。被告以580万元收购78%的股份还是高估，之所以这样做，是为那些建筑工人着想。金龙置业公司已经没有了任何可以抵押的财产，连办公楼都抵押了出去。对这样一家公司，我的委托人吴先生绝对不可能借款——那样等于是把钱扔进海里。双方签订的是股权转让协议——收购，然后想办法盘活，这家企业或许还有希望。我的委托人绝对不会签订借款合同。最为重要的是，双方变更了工商登记，履行了税务手续，完成了备案。就这样一家企业，被告多方融资，救活原告的企业，原告非但不感谢被告，在房地产市场回暖后反悔了，反而一口咬定双方签订的合同不是股权转让合同，而是什么借款合同，还口口声声说被告欺诈、胁迫。原告是一家房产企业的法人、老总，对外签订合同时不可能不审查，何况还带着单位会计，甚至连公司的公章、财务章都当场交出来，怎么会说是欺诈呢？"说到这里李少平提高声音，"原告的起诉与事实不符，引用法律错误，请法庭驳回原告的诉讼请求。"

说完，李少平平静地坐下来。老师的写作一般，但是口才一流，凌楠心里佩服得五体投地。

"你胡说八道！"罗援气急败坏，但李少平说得有理有据，他竟然无法反驳，于是只能使用这样攻击人身的语言。

"原告请您注意自己的说话方式。"法官敲着法槌。

罗援愤愤不平地坐下去。

法官：请问，原被告还有新的补充吗？

原告：吴志兵是个骗子，他就是欺诈、乘人之危啊——

法官：原告，您是成年人，一家企业的负责人，签订合同时难道不审查？

原告：我……

法官：被告有什么补充？

被告：暂时没有。

法官敲响法槌：好的，请双方作最后陈述。

原被告都没有新的意见。只是又重复强调了一遍自己的观点，法官要求双方庭后提交书面的代理词，然后他高声宣布，"本案将择期宣判，现在休庭！"法槌落下，庭审结束了。

54

好像是突然之间，夏天就来临了。凌楠觉得自己是刚刚脱下了防寒服，就换上了短袖衬衫。这是一个没有春秋，只有冬夏的城市，天气一下子变得酷热。

星期天的下午，凌楠独自在办公室整理了一会儿案卷，感觉闷热难耐，一个人向金海湾的方向走去。海边纳凉游泳的人很多，他又碰到那些海泳爱好者，他们穿着泳装，在海水中自由地游来游去，累了就坐在岸边聊天，因为坚持锻炼，一个个看上去身材完美。

凌楠远远地望着他们，不想走近，他怕那些熟人问起，你怎么不游了？任何事情要坚持下去，游泳也一样，不能半途而废。他感觉惭愧，有多长时间没下过海了？中断游泳，除了懒惰，还有更深的原因。

凌楠找到一处干净的台阶坐下，海浪轻轻晃动，他又想起和林虹相识的一幕。那是他刚来这个城市不久的时候，就在海边。林虹戴着黑色的泳镜、泳帽，比基尼泳衣勾勒出她美丽的曲线。现在想来，一切像是在梦中，感谢那个缠住她小腿的海蜇，使她与他相识，从此开启了爱的旅程，但一场事故又带走了她。她像一只美丽的蝴蝶，落在凌楠的肩头，又翩翩飞离，他甚至不知道她乡关何处，还有什么亲人。往事历历在目，伊人不见，他不禁在心里轻轻地呼唤，亲爱的，你在哪里呀？海面上一片苍茫。

凌楠登录自己的手机QQ，时光飞逝，现在大家都开始玩微信。他也给自己申请了一个号，相反，曾经非常流行的QQ很少用了。

林虹那里仍然是个黑暗的头像，除了自己给她的满屏留言，对方给自己的答复只有一个笑脸和一句：我一直在听啊！

那么是谁在回复自己呢？一般QQ号、登录密码，只有申请者本人才知道，轻易不会告诉别人。那是谁在回复自己呢？是林虹本人？可自己明明在医院的太平间，看到她被大火烧得面目全非啊！

右太阳穴的上方又开始隐隐作痛，夜晚来临，海边纳凉的人逐渐增多，安装在岸边的霓虹灯竞相闪耀，金海湾热闹非凡，但这些与他无关，他站起来，向办公室走去。

在六个月的审限即将届满之时，肖青云等人的案子终于迎来了开庭。这是一场等待很久的审判，早晨九点钟，肖青云等11人在凌楠的带领下，从法院的门口安检进入。他们平静地向保安出示自己的身份证，将随身携带的包放在安检的机器上。保安的安检规范而有礼貌，凌楠想起大半年里，为了立案，他们曾多次奔波法院的大门，与保安激烈地争吵，拉横幅，以及与邓副院长谈判的情形，往事犹在眼前。

因为人数较多，他们被安置在区法院最大的审判庭开庭。这还是20世纪六七十年代的建筑，虽然外表装修过，贴上了崭新的瓷砖，里面却昏暗压抑。法庭的最里面是一个一米多高的台子，下面是能容纳五六百人的会场，看上去更像一个礼堂。步入大厅，一股阴森的气味从古旧的墙壁和地面渗出，让人顿生敬畏之情。这里面经常召开刑事公判大会，有数不清的犯罪嫌疑人从这里被遣送至监狱，甚至押赴刑场。有时也兼做舞台，在节假日演出一些节目。每个法院都有一个这样的法庭。

书记员打开法庭的灯，刚才还昏暗难辨的大厅瞬间变得明亮。台上对外呈八字形列着两排桌子，分别写着原告被告的牌子。正中间一张连在一起的长桌，写着法官、人民陪审员的字样。肖青云等人在台下的长凳上坐下来。

"不能坐在下面，"走在前面的凌楠回头向他们招呼，"你们每个人都是原告，是今天庭审的主人，应当在法庭就座，而不是坐在旁听席上。"

众人在凌楠的提醒下，从一旁的侧门上到舞台。由于椅子不够用，书记员又从后面搬出几张来。从没有在法庭上就座过，原告们看上去个个紧张。

很快，被告席上有两人落座，看来是东方能源公司的代表。凌楠仔细一看，原来是廖明，另一个好像也是公司员工。他们竟然没有请律师？这让凌楠有些意外。

原想这将是一场恶战，是自己离开老师独立代理的第一场官司。凌楠做了非常充分的准备，不料对方连律师也没请。当然，没有代理律师，并不意味着官司必输。看着廖明自信的样子，说不定他早就成竹在胸，对打败他们这些农民胜券在握。

凌楠把案件材料从包里取出来，又仔细地检查一遍，身边的 11 名原告也肃然坐着，法庭里异常安静，只有书记员敲击电脑键盘的声音嗒嗒作响。

"让大家久等了。"王刚身着黑色的法袍急匆匆进入，"今天我们组织原被告见面，虽是在法庭之上，但我的本意是做一个庭前会议。根据最高人民法院关于适用中华人民共和国民事诉讼法的解释。民事案件法官可以组织庭前会议，约请原被告交换证据，确定双方争议的焦点，以便在正式开庭时举证、质证和辩论。当然，如果能调解，那就更好了。"

凌楠瞬间明白了，为什么东方能源公司没有聘请律师，因为他们早知道今天不会正式开庭，只有一个调解。

"原告、被告，"王刚拍拍手，让法庭上的人将注意力集中到自己身上，仿佛一场体育比赛，裁判说，主队客队向我这里看，"听我说，双方把手中的证据互相交换一下，对本案，我作为主审法官，倾向于调解结案，互让一下。法谚说，再胖的诉讼也不如一个瘦的和解。"

王刚讲得入情入理，坐在原告席上的肖青云、雷鸣、魏成等人频频点头。这些海边老实巴交的渔民后代，他们是胶东半岛农民的优秀代表，从小受孔孟仁义道德浸染，又有那种山东大汉急公好义的情怀，听了王刚的话，他们在法庭上大声说，"我们听法官的。"

王刚有一种自我满足的成就感，他觉得这些农民被自己说服了，一切尽在掌握之中，然后，他又转向被告东方能源公司的代表廖明。审判是一场比赛，法官就是裁判，他努力做到维护规则，维护公平。

"我们遵从法官的意见。"廖明优雅地说，"我们东方能源公司是一家负责任的企业，我们一定会维护人民群众的利益。"

听了廖明的话，凌楠在心里冷冷地笑了。他最讨厌这种满嘴唱高调的人。他站起来说，"我们不要如此的高调，我们只要遵从法律就可以。既然大家在法庭见面，我们还是谈法律为好。如果东方能源公司一开始就为原告的安危考虑，就不会把输油管道建在农民的院子里。不要忘记，'9·20'事故刚刚过去，有多少无辜的人丧生，你们为他们考虑过吗？"

凌楠讲得大义凛然，法庭上忽然变得安静，廖明的脸红了，他讪讪地说："凌律师，我们立场不同，你为原告争取利益，我为被告辩护。我们各为其主，求同存异。和解，就是要找到一个共同的平衡点，双方都能接受。我的本科学位读的是石油化工，硕士学位是在国外读的法律。现在你大概明了，为什么我们东方能源公司没有请律师——因为我就是啊！"

"原来是同道中人啊！那就好，我尊重廖主任意见。也希望廖主任遵守法律。"凌楠说完坐下来。

王刚说话了，"这个案件我希望双方能够和解。案件处于舆论的关注之下，如果大家有印象，就会知道当初立案多么困难，如今案件进入审理程序，同样艰难。被告的管道虽然通过了原告的住宅，但是当初你们为什么答应了？村里又为什么签订了合同？时过境迁，案件的后面很复杂，又过去了这么长的时间。我们是东方社会，和为贵。要是长期耗下去，对双方都不利，是不是？"

王刚的话让法庭上所有的人沉默，凌楠很佩服法官，将人情、事实和法律洞察得如此透彻。

"原告，你们的具体要求是什么？你们100万的诉讼请求能降低到多少？"

"这个……"肖青云回头和其他人快速交换了一下眼神，看来他们已有一个提前约定好的条件。"我们的最低要求是，以市价为准，被告为我们每户提供一套安全的住房，让我们的家，妻子、儿女和老人远离危险。去冬以来，房价长期低迷，也别说100万，在市内70万就能买一套两居室房子。这样吧，我们愿意做让步，每户70万，一步到位。"

一口让去了近三分之一的价。凌楠觉得这些老实的农民让步太大，但他们是案件当事人，他们决定了的意见，凌楠也不便说什么。

"那么被告呢？"王刚把目光转向廖明。

"我只是公司的代理人，我只能以公司的授权为准，东方能源公司愿意赔偿每户村民补偿费10万元。我把家底全部交出来，为的是双方能冰释前嫌，我们已表现出最大的诚意。"

廖明抛出被告的意见，凌楠感觉到作为律师的廖明是真诚的，但作为东方能源公司代表的廖明却让人生疑，法庭上出现了短暂的沉默。

"10万太少了。"肖青云摇摇头，其他的人也马上提出反对意见。

"我们不要钱，还是要房子。"

"太少了，这是打发叫花子呢！"

"相差太大！哼，石油公司有的是钱。"

"你就别和我们藏着掖着了，说到位吧！"常在市里卖菜的肖青云显然将此看成一种买卖，他想让廖明提价。

"可是，公司对我最大的授权就是10万！"廖明无奈地摊开双手说，"多了我做不了主，公司还要开董事会，集体决定，我们是个单位啊！"

王刚："今天，我们原被告双方谈得非常好，罗马城不是一天建成的。我们互相给对方一点儿时间，回去考虑考虑。被告回去给单位汇报一下，看能否再提高赔偿的标准。原告也考虑一下自己的方案，只有互相让步才能达成一致意见。你们听我通知，我们回头再谈，今天就当是第一个回合，好不好？"

王刚很有经验，本着解决纠纷的态度，说得也很有道理，原、被告听完了，不约而同地站起来，当日的审判到此为止。

第十九章
不欢而散

————

55

这一天,凌楠和往常一样挤公交,与那些在市郊租房的打工族一起,赶到市内,进入办公室,第一件事就是打扫老师的办公室,整理他桌子上乱糟糟的文件和案卷。

突然,一份判决书引起他的注意,"原告金龙置业有限公司诉被告吴志兵……"判决书这么快就下来了?凌楠还记得开庭时,李少平在法庭上的精彩演讲,尤其是询问证人的环节。这还不到十天,判决书就下达了?

凌楠急忙翻到最后一页,看判决结果:"原被告签订的股权转让协议真实有效,驳回原告的诉讼请求。"

罗援的金龙置业有限公司败诉,吴志兵全胜!

凌楠又翻到判决书的前面,仔细看法官的分析与判决理由。对这个判决结果,他心里五味杂陈,表面上看,吴志兵胜诉,也是他们少平律师事务所的胜诉,但正义上他们并没有赢。这一点凌楠比任何人都清楚,在整个过程中他们只是利用熟悉法律,利用罗援急用钱,操纵了这次股权收购,使吴志兵以580万元占有了原告78%的股份,近而占有了其名下数亿资产。

凌楠手中举着判决书陷入沉思,李少平手中拎着包悄然进来。

"老师早!"凌楠向老师问好。

"嗯,早!"李少平点点头,坐到办公桌前。

"这判决书下得很快,我们全胜!"凌楠指着手中的判决书对李少平说。

"还没完,他们肯定会上诉的。"

凌楠觉得意外,按说官司胜诉,律师应该高兴,特别是像这么大的案件,可李少平却一脸忧虑。

"不用担心，以老师的能力，二审照样赢，还怕他们上诉？"

李少平苦笑着摇摇头，似乎有难言之隐，凌楠在他的杯子里放上茶叶，沏好了，悄悄退出来。

NBA 总决赛第三场，难得一个清闲的早晨，凌楠打开电脑，点击腾讯空间，看得正欢。骑士第一节就落后勇士 15 分，谁也没想到库里一上来就中了 3 个 3 分，这个疯子，今天会扔进去几个 3 分呢？

手机响了，凌楠眼睛注视着电脑屏幕，随手接了。

"晚上在长兴海鲜酒楼吃饭。"

"谁呀？"凌楠随口问道。

"你师兄。"

"我师兄？"凌楠心里想，我师兄多了，不要在看球时烦我，讨厌，库里这个球投偏了。"刘天泽。"对方在电话里冷冷地说。

"啊！师兄，请原谅！"凌楠听见对方已经挂了电话。

"完蛋了！"凌楠在心里说，这下可把大师兄得罪了，大名鼎鼎的政府应急办主任，看来只能晚上在酒桌上多喝两杯赔罪了。

凌楠在忐忑中度过了一天，下午 5 点，他提前一小时到长兴海鲜酒楼。一个高挑漂亮的女服务员迎上来，"先生，您订位了吗？"

"啊！没有！您看一下，应该是一位姓刘的先生订的。"

"哦！我看下……是 608，我带您上去。"

"其他客人到了吗？"

"还没有。"

"那我在大厅里等一下，您先忙吧！"

长兴海鲜是本市最豪华的酒店之一，正值晚饭时间，客人们衣着靓丽，气宇轩昂，一伙一伙地进入，簇拥在养有鲍鱼、海参等的玻璃水缸前点菜。明亮的水晶大灯从高空垂下来，照得大厅金碧辉煌。凌楠坐在一旁的沙发上，有些局促不安，如此高档的酒店，他还是第一次光临。

这个时候，几个人从旋转的玻璃门鱼贯而入，他们有说有笑，服务员低头迎接，"欢迎光临。"凌楠看见为首的正是师兄刘天泽，他赶紧站起来迎上去。

刘天泽也看见了凌楠，两人的手握在一起。他拍拍凌楠的肩膀，"可以呀！

现在是大律师了，我的声音都听不出来？"

凌楠的脸腾的一下红了，他想起上午看球赛时，接到刘天泽的电话，没有听出他的声音，连忙赔礼，"师兄见谅！"

"哈哈，等会儿罚你多喝两杯。"

"应该！应该。"凌楠也笑了。

"你们都认识了，就不用介绍了吧！"刘天泽一手拉着凌楠的手，转身对后面的几位客人说。凌楠看见中间矮胖的是法官王刚，后面的是廖明，只有那位瘦高个的，他觉得面熟，却一时想不起来，但只用了一瞬间，他又想起来了，法院的邓副院长！

"认识！"

"认识！"

"老熟人了。"

几个人主动上来和凌楠握手。离开了各自的岗位，大家突然变得朋友般和气，相拥着，共同向电梯口走去。

"刘主任，你看看，喜欢什么菜？"走在后面的廖明说，看来，今天是他做东。

"哈哈，我最不会点菜了，你看，邓副院长？"

"我内地人，也不懂海鲜。"

"我也是，廖主任，您定吧！简单些，最近上级要求比较严。"刘天泽走进电梯，冲廖明挥挥手，电梯的门关上了。

凌楠跟在几个人的后面，他感到今晚的这顿饭不会简单。他和廖明本来是对手、法庭上的原被告，而王刚是主审法官，邓副院长又是主管业务的院长。这其实是另一种开庭，只不过审判由法庭移到了饭桌上而已。

凌楠一下紧张起来，聚会和享用美食对他的吸引瞬间全无。

很快，各种珍馐佳肴摆满了桌子。

"今天我们大家一起坐坐，我和邓副院长、王法官、廖主任都很熟，凌律师是我的师弟，也算是自己人。"刘天泽举着手中的酒杯，他坐在主座的位置上，显然是今天饭局的主持人。"放松放松，平时你们在法庭上是对手、法官，今天饭桌上就当是朋友，聊聊天，吃个饭，气氛嘛，不要太紧张了，对不对，邓副院长？我们先把这杯干了。"

"是是。"邓禄频频点头，大家仰头把杯中的酒干了。酒是53度飞天茅台，很烈，凌楠一杯下肚，火辣辣的，眼泪差一点儿下来。上学时，和同学们曾经喝过一两次白酒，但那都是低度的，没有这么冲。

　　"来，吃一点儿。"刘天泽放下酒杯，挥着手中的筷子招呼大家，他主动把一只大虾夹到凌楠的盘子里，"师弟，你到我们这个城市快一年了吧？印象中第一次一起吃饭，对你照顾不周啊！"他放下筷子，主动端起杯子，对大家说："我的这位小师弟，我们是同一位导师，各位以后多多关照，刘某人先谢谢大家了！"说完，一饮而尽。刘天泽的话让凌楠受宠若惊，他赶紧端起杯子，陪着喝下，"哪里，哪里，师兄对我非常关照，这样说愧不敢当啊！"

　　"凌律师年轻有为！我们喝一杯。"邓副院长把杯子举起来，"我们也不是第一次接触了，呵呵！"说完一饮而尽。

　　凌楠举起杯子，想起那次为肖青云等人的案子，作为代理律师，与邓副院长交涉的一幕。他无论如何也想不到，有一日双方会坐在一起喝酒，而且对方还主动向自己敬酒。"不敢当，不敢当。"凌楠举起杯子也把酒干了。

　　接下来，又是王刚和廖明向自己敬酒。这让凌楠非常纳闷，什么意思呢？矛头好像对准了自己啊！酒劲上来，凌楠觉得头有些晕，太阳穴处突突跳着。论资历、论年龄，他都是桌上最小的，但似乎受到格外重视。他低头胡乱地往嘴里塞了一块什么菜，心想，今天这顿饭有什么目的吗？眼下只能静观其变！

　　"工作是为了吃饭，而吃饭也是为了工作。"刘天泽举起第三杯酒，"今天，我把你们双方召集到一起，是为了肖家洼子那11户农民和东方能源公司的案子，我以为还是和解为好。"

　　果然是有目的的，刘天泽的话很直接，在饭桌上解决问题，是我们这个民族的习惯。"我希望双方能够谈成，这杯酒算是祝福你们。"刘天泽说完一饮而尽，其他人也跟着干了。

　　"关键是看你们双方了，我们只是促成，不会偏袒任何一方。"一直没有发言的主审法官王刚说话了。

　　说白了，案子的关键是东方能源公司愿意赔偿每户农民多少钱，真的能够谈成，哪怕在饭桌上达成协议，也未尝不可。想到这里，凌楠说话了，他端起服务员倒满的酒杯，站起来，"谢谢各位领导能为苍生着想，凌某作为晚辈，先干为敬！"他仰头先把酒喝了说，"我们愿意，但就是不知道东方能源公司有什么意见？"说完了他看着廖明。

"法庭上我们已经说过，愿意为每户村民赔偿 10 万，现在还是这个意见。"

"其实，这个数字也差不多，以前区法院没有判过这样的案子，关键是农民的损失无法计算，所以还是希望你们能够达成和解。如果严格按法律判决，那些农民也不一定得到这么多，法律嘛！"邓副院长话中有话。

凌楠摇摇头，10 万太少了，与他们主张的 100 万相去甚远。

"我们给领导汇报过了，如果这件事能够促成，东方能源公司会给凌律师一笔感谢费。"廖明暧昧地说。

这是要收买原告的代理律师，凌楠不知道东方能源公司会给他多少所谓的感谢费，这里面充满了风险。何况最后赔偿多少要委托人肖青云等人决定，自己只是一个代理人，不要说不能决定，更不能损害到他们的利益。

"谢谢！赔偿多少最后得委托人决定，但每户 10 万，他们肯定不会答应。"

"你做做他们的工作，就说，如果不答应，法院就会判他们败诉，一分赔偿得不到。当初公司与村里签订了协议，农民土地属于集体所有，由公司给了补偿。"

"这是两回事。公司征用村里的土地，双方达成协议是可以的，但将石油管线修到村民的房前屋后，这要征得他们的同意。这里有两个法律关系，一个是合同，一个是侵权，宅基地——农村房屋是他们的私产，现在的状况是严重威胁到他们的安全，大家一定还记得"9·20"爆炸事故……"

凌楠提到"9·20"几个字，刘天泽立即打断他，"这样吧！就事论事，东方能源公司也适当提高一下赔偿额，先别一口咬死说 10 万，好不好，廖主任？"

"我可以回去给领导汇报，提高的余地不大，如果原告一定坚持，我们就官司打到底！"

廖明的话里有一丝威胁的口气，这让凌楠听着极不舒服，"那我们奉陪到底！"

桌面上的气氛有些尴尬，刘天泽打圆场，"今天我们就谈到这里，双方各自考虑一下，凌律师做做原告的工作，廖主任也和公司领导汇报一下。谈判嘛，就要双方各让一步，来来，喝酒，感谢大家今天给我面子。"

酒席不欢而散，从酒店出来，除了凌楠，其余的人都有专车接送。廖明提出送凌楠，被他拒绝了，他搭乘最后一班公交车回出租屋。酒劲上来，头疼得要死，躺在床上他想，"以后作为一名律师，恐怕也要适应这种酒桌上的生活。"

今天也算是一种开庭，还好，自己没输，当然也没赢。

案件今后的走向如何呢？东方能源公司会增加多少赔偿呢？肖青云等人会答应吗？他陷入沉思，慢慢在酒精的麻醉中睡去。

56

"中午干什么？"

"哦，师兄！没什么事。"

"这次听出我来了，哈哈！"

"那当然，我手机存有你的电话。"

"中午我请你吃饭，就咱俩，庐山路上有家老陕第一碗，12点，不见不散。"

刘天泽只约凌楠一个人吃饭，肯定有事要谈。凌楠发现自己这位在政府办公室任副主任的师兄能量惊人，昨天在长兴海鲜，无论是握有实权的法院副院长邓禄还是财大气粗的东方能源公司的廖明，都对他尊敬有加。眼看着11点30分，坐着没事，不如提前过去。凌楠关了电脑，出了律师事务所的门。

老陕第一碗是一家主营面食的小店，凌楠曾经光临过几次，店不大，但收拾得很干净。臊子面、擀面皮非常有名，老板一家人经营。有一次，吃完饭，凌楠付账时跟老板娘聊过，他们是宝鸡人，来海边经营这家小店已经八年了。他们亲切地和凌楠互称"乡党"。

凌楠挑了一张靠近窗户的两人桌，不一会儿，刘天泽到了。他没有让司机送，自己打车而来，身上穿着一件灰夹克，看上去就像一个普通的中学老师，没人看得出他是堂堂政府办公室副主任。

看到他从门口进来，凌楠连忙迎上去，刘天泽仍然笑眯眯的，他伸出手来和凌楠握手。他给人的感觉永远是不急不慢的，无论遇到什么紧急的事，也不改他脸上的微笑，仿佛戴着一副会笑的面具。

"两位乡党要点什么？"老板娘手里拿着菜单迎过来，看来他和刘天泽也很熟。

"到你这儿来，肯定是冲着面来的，我要个油泼面，宽的，外加一份擀面皮。凌师弟呢？"

"我要个臊子面，点两个菜，今天我请师兄。"

"中午简单点儿，我过来谈点事。"

"来瓶啤酒？"

"不用，下午还有个会。"

"哦！"

"昨晚没事吧？我看你挺能喝的，还是年轻好。"刘天泽习惯地拎起桌子上的壶，给凌楠的杯子加水。

"我自己来。"凌楠急忙端起眼前的杯子。

"东方能源说，愿意给每位原告赔偿15万，让我给你说一下，如果能谈成，每户给你1万的费用，我觉得可以……"

刘天泽把声音降低了。

"这个差距太大了，我们开始主张的100万，后来又主动降到70万。"凌楠摇摇头。

"那你们等着败诉吧！法院那边研究，你们的100万没有依据，如何得来的？如果调解不成，只能驳回。法院所能支持的是具体的诉讼请求，侵犯原告住宅的安全性，请求被告提供有安全保障的住房，在我们国内，这样的诉讼还没有先例。"

"我们可以申请评估！"凌楠争辩。

"那些农村的房子评估，每户最高也超不过10万，重要的是他们要判你们败诉，找个理由还不容易？"

"怎么会这样呢？"

"你听我说——"刘天泽伸手制止了争辩的凌楠，"原告是些农民，什么都不懂，要不是'9·20'事故发生，无论怎么危险，他们不也住着？怎么会不安全呢？我了解这些农民，他们无非以此为借口，要些钱。15万应该可以了，有些人胃口太大，不能开此先例。虽然这个钱政府不会出，但管道还通过下面几个村子，如果他们知道肖家洼子赔了那么多，有可能也会提出索赔，这个赔偿会有示范性，数额不能太高。

"这是哪跟哪啊？政府不能光保护企业，而忽视百姓的利益。"

"你不懂，多说无益，现在你的身份很关键，原告会听你的，只有你能做通他们的工作。"

"可我是他们的代理律师啊！怎么会坑害自己的委托人呢？"

"错，这恰恰是维护他们的权益，否则等着败诉吧！与其什么都得不到，拿15万难道不好吗？"

对刘天泽的话，凌楠无言以对。法院应当独立公正的审判，现在只是调解之中，而结果似乎已定，要逼着他们接受这样的条件。他想起了"9·20"事故中律师的身份，难道这次又要"配合"？究竟谁是审判法官，又以什么法律在审判呢？

"哎，面来了！"老板娘端上热腾腾的面，放在两人面前。刘天泽用筷子挑着面条，"我们都要服从大局，其实这些话我本不应该告诉你，但你应当明白，吃饭吧！"

两个人默默地吃完面，再没有说话。刘天泽抢在凌楠前面结完账出来。在饭馆门口，他拍拍凌楠的肩，"有些事你以后会慢慢明白，我还是希望你能做做原告的工作。主要是和'9·20'事故扯上了，否则，可能不会赔偿他们一分钱。这个案子影响太大，太敏感了。当初立案，就闹得动静很大，调解、和解可能是最好的结果。"

"我考虑一下吧！"凌楠想不到，一个简单的民事案件，背后如此复杂。

"另外，我可以给东方能源那边说说，以此为条件，让他们聘请你做法律顾问，顾问费嘛，当然不会让你失望。你也得考虑一下个人的事，就留在我们青城发展，还没有买房子吧？早买早轻松，以后还会涨……我不说了，你想想吧！"刘天泽说完了，挥手拦停一辆路过的出租车，说了声"回见"，匆匆而去。

距离上班的时间还早，凌楠沿着路边的人行道步行向所里走去。这是一段不远不近的距离，打车不划算，坐公交要等车，干脆步行吧！

案件的复杂程度超出凌楠的想象，他边走边思考肖青云等人诉东方能源公司的案件。从最初的立案，到后来遭遇的种种曲折，好不容易进入审判阶段，却遇到更大的阻力。他发现自己所面对的不仅仅是一个东方能源公司，还有一个更加强大的力量站在被告后面。无论是主管自己的司法局王局长，还是身为政府办公室副主任的师兄刘天泽，他们都是这种力量的代表。有时候，他感觉他们也不是刻意地在保护某一企业，而是和他有一种理念上的差别。是优先发展经济，还是更加注重环境保护与民众的安全、利益？他们显然更注重发展，这种发展与他们的政绩、升迁以及 GDP 紧密连在了一起。他想起刘天泽最后说的话，"你也考虑一下房子的事，早买早轻松，以后还会涨……"如果自己答应他们提出的条件，做那些农民的工作，以东方能源的实力，给他的费用付套房子的首付没问题。既然决定在这个城市生活，也得考虑这些事。但他又觉得哪里不对，不能做那样的事。

这样边走边想，到了所里，凌楠走出一身的大汗。海边的桑拿天好像提前到了，他感到整个人处于一个大笼屉当中，喘不过气来。

"你给市第一看守所回个电话，号码我记在这里。"凌楠刚在办公桌前坐下，手中拿着一个档案袋，当扇子扇着。师母张云丽从财务室出来，把一张字条放在凌楠面前。

电话号码是座机，与市第一看守所有何关系呢？凌楠在心里想，瞬间明白过来，肯定与宋清有关。自从会见之后，差不多过去两个月了，最近自己比较忙，居然将这个案件忘记了，有什么情况吗？他按照字条上的号码拨过去，铃声"嘟嘟"响了两声后电话被接了。

"我是少平律师事务所的凌律师。"他主动报上自己的名字。

"噢！凌律师，你能不能来一下看守所？"

"可以啊，有什么事吗？"

"你那个被告人宋清自杀！"

"啊！"听到"自杀"二字，凌楠全身僵硬了，"怎么会自杀呢？"

"不过现在情况比较稳定，在看守所的医务室，我们需要你配合做一下他的工作。"

57

因为宋清的自杀，凌楠一夜没有睡好。早晨6:10，当城市的第一班公交车发动时，他就踏上去往看守所的路。在长途站，他搭乘前往林普镇的班车。他不想向老师再借车，虽然他提出来，老师也会答应，但借车会见被告，终究不是长久之计。

七点钟，班车准时开出车站，车上空空荡荡，只坐了七八个人。搭乘班车的好处是不用专心驾驶，一阵困意袭来，他沉沉地睡去，醒来时班车已到了林普车站。刚好是上班时间，他掏出十元钱，请一位摩的司机将他从汽车站送到看守所。

宋清躺在看守所医务室的床上，四肢被固定着，像个病号那样输着液，头上包着医用的网兜，双目微闭，一个身着警服的管教坐在身旁。看见凌楠进来，宋清的眼睛突然睁大，他忘记了自己是被缚在床上的，想坐起来，一翻身带动着铁床哗啦响动，又躺下去。

"凌律师。"他微弱地叫了一声。

听管教说，因宋清是重刑犯，在号子里受到特殊的"照顾"，由两位刑期较轻的犯罪嫌疑人24小时轮流看管。虽然没有家属为他存生活费，但所里一直给他最好的伙食和生活用品。他的情绪也一直比较稳定，除了很少说话，与其他犯罪嫌疑人没什么两样。但是，他前天在"二检"（看守所里通常将检察院批捕叫"一检"，审查起诉叫"二检"）公诉人会见后，情绪突然失控，睡到半夜，大吼一声，一头撞到墙上，昏迷十多个小时后才抢救过来。

二检，审查起诉后，应该很快就要开庭审判了，公诉人给他讲了什么还是他预见到了什么？所以要自杀！

"律师，我老婆和儿子怎么样？"宋清用微弱的声音说。

"他们不错，孩子由你岳母带着，贾玲玲正四处想办法筹钱，准备赔偿被害人，我来看守所之前和她通过话，她请您放心，一定会想办法弄到钱。"

"算了，请您告诉她，借钱也要还。我这样的人活着没多大意义，不要再给她增加负担，我本来想一了百了，没想到又活了过来。"

在会见宋清前，看守所的徐副所长专门和凌楠谈过话。现在几个干警轮流盯防宋清，工作量非常大，希望凌楠能安抚一下他，配合他们做好犯罪嫌疑人的看护工作。但凌楠不知如何同宋清讲话，这是个绝望之人，和他谈什么呢？

"你已经给她增添了很大的负担，她将来的日子肯定很难过，一个人带着个嗷嗷待哺的孩子。虽然她的家庭条件不错，生活问题不大，但精神上始终背着一座山。她还很年轻，将来组建一个新的家庭，她要告诉别人，自己曾有个杀人犯的丈夫，孩子长大了会问她，爸爸呢？这些你想过吗？"

宋清痛苦地闭上眼睛，凌楠继续以冰冷的口气说："你知道，我最瞧不起你这个人的地方是什么？"

宋清睁大微闭的眼睛。

"胆小怯懦，你根本不像个男人。上学时我随我们的犯罪学老师做过一个课题，专门采访了100多名犯罪嫌疑人。有杀人的、抢劫的、强奸的，可是他们大都能做到敢作敢当，承担责任。当时有个犯人，26岁，抢了一家金店，身上有三条命案。和我们谈话时，谈笑风生。那时我上大四，我问，你怕不怕死？他当场笑了，说再过二十年，又是一条好汉。可你宋清呢？面对逼债的人，害怕躲避，你为什么不把他们从家里赶出去呢？何况他们索要的是高利贷，非法之债，就算你把他们杀了，犯了罪，也很爷儿们，是不是？可你干了什么？去抢劫、杀害一个无辜女司机，还是自己非常熟悉的大姐！你就不是个男人，不配当过兵。"

"你说得太对了，凌律师。可现在说这些没有用了，如果再给我一次机会，我一定杀了他们，我一定担当得起。"

宋清被固定在床上，没有输液的左手握成一个拳头。

"现在还来得及。"凌楠继续说。

"来得及？"宋清又睁大了眼睛。

"对！担当起，犯了罪，就要平静地接受处罚，这也是一种担当。"

"我想撞死在墙上——死了，算是向陈姐和她的家人，还有我老婆和儿子赔罪。"

"不！你还有人生最重要的一件事。"

"什么事？"

"去说声对不起，你欠被害人家属一个道歉。或许还有你的妻儿，你要站在法庭上，亲口对他们说：对不起。这是你现在活着不能死的全部意义！"

宋清的表情一下子变得庄重平静，嘴里喃喃地说，"对呀！可能其他事我做不到了，但我还能对他们说声'对不起'。"两行热泪猛然从宋清的双眼涌出。

凌楠拍拍他的肩，"我回头给你妻子说，让她给你寄她娘俩的照片。珍惜你的每一天，对自己的行为有所担当，也别再给干警们增添麻烦和负担，听他们的话，能做到吗？"

"我一定做到。"宋清活动着固定在床上的手腕，伸开五指紧紧地抓住凌楠的手。

"我们共同努力，说不定曙光会出现！不一定会判死刑，你自己也要争取，悔罪自新，我过一阵子再来看你。"凌楠用另一只手拍拍宋清的手，站起来，从医务室出来。

"谢谢凌律师！"一直在监控室前，看着凌楠和宋清对话的看守所徐副所长迎上来和凌楠握手，"你的话讲得真好啊！"

"他暂时不会再自杀了。"

"看来干警和律师应该经常交流啊！这家伙折腾死我们了，谢谢！"

"我们是职业共同体——都是法律人嘛！"

中午，凌楠在看守所吃了工作餐，副所长特意为他加了餐，还用警车将他送到林普车站。

工作体现出价值。从看守所出来，凌楠觉得非常开心。虽然宋清是个杀人犯，目前看，保住他命的可能性不大，但职业使他有这样的义务去做。特别是上午和宋清谈话之后，他信心大增。但要救下他的命，取得被害人家属的谅解是关键。

想到这里，他拨通了贾玲玲的电话，他想问一下赔偿款筹备得怎么样了。

"我到您办公室来谈吧。"贾玲玲在电话中说。

"那我们四点见面。"估计坐车到所里得两个多小时。

下午四点钟，贾玲玲准时出现在律师事务所，凌楠将她带到接待室中。她面容憔悴，被汗水浸湿的头发紧紧贴在额头上。

"你没回省城？"

"前几天刚回来，我找了份工作，在一家广告公司打工。"

"赔偿款筹备好了吗？"

"还没有。"

"检察院已经准备审查起诉，今天我去了看守所，这个案子影响很大，从重从快，不出意外的话，下个月可能开庭。"

"那他现在怎么样？"

"还可以，就是很牵挂你和孩子，你给他寄张孩子和你的照片，里面的生活比较单调。"

凌楠没有对她讲宋清在看守所自杀的事。

"哦，那是不是赔偿不了，宋清会被判死刑？不瞒你说，我只借到几万块钱，原来想我父亲会出面想办法，可是他极力反对。"

"也不完全是，只有和对方家属接触后才知道，当然要表现出最大的诚意，钱是一个方面，不过还有一段时间，开庭前筹备齐也行。"

"我能想的办法都想到了，如果我父亲不出面，我是置不起100万的。你不知道，我父亲一直不喜欢他。"

凌楠想起那天，贾军单独和他谈话时说过的话：现在除了被害人，最希望他死的人就是我。他死了，我女儿才能生，救下他，等于又害我女儿一次。那种彻骨之恨，仿佛从每个字里渗出，事后凌楠只要想起，后背就微微发凉。一个父亲，对掠去她女儿又陷她于深渊的人，有多恨才能说出那样的话啊！

第二十章
以法的名义

————

58

凌楠从侦办宋清案件的警官那里，问到陈倩丈夫的电话。因为妻子遇害，他休假在家，陪伴上初中的儿子。

"我是被告宋清的律师，您方便吗？我想见您一面。"他客气地说。

电话的那头沉默了很久，大概是犹豫着要不要见面，凌楠很怕被拒绝。他认为和被害人家属沟通非常重要，他想起了几年前发生的"药家鑫案"，那时他还是在母校西北政法上大学的学生，开庭时学校组织他们去旁听。被告人的辩护人及父亲没有及时向被害人张妙的亲属沟通道歉。记者采访的视频里，张妙的父亲张平说，"我等着他来，给我说一声对不起，我们都是为人父母。"直到开庭前不久，药家才拿着20万赔偿金去了张家，但被拒绝。在凌楠看来，这是律师极大的失策。

"不用，走法律程序吧！"他果然拒绝了与凌楠见面，但语气比想象的平和。

"主要是被告家属想当面对您说声'对不起'。"

电话那边又陷入沉默。

"您说个方便的地方，我们去找您？"凌楠继续努力。

"没必要。"这次对方直接挂了电话。

"他不见。"凌楠合上手机后，对坐在自己面前的贾玲玲说。

"那怎么办呢？"

"无论如何得见见，去说声'对不起'。"

"是。"

东船公寓是政府划拨土地，为东洋运输公司建设的高档小区，地点在金海湾的东北角。小区设施豪华，管理规范。

凌楠和贾玲玲徘徊在小区的门口，没有门禁卡，很难进入，就算是混进去，也不知陈倩家是哪户。凌楠想了一会儿，径直走到门卫值班室。

"向您打听一个人？"

"谁？是我们小区的吗？"一个年纪五十岁上下，灰色工作服上印着"德和物业"的工作人员问凌楠。

"应该是，就是春节前被人绑架杀害的、姓陈的那位女士家。"

"你们是干什么的？"保安警觉地问。

"我们是她原来单位的，来慰问一下家属。"凌楠撒谎道。

"电话联系业主。"

"这样不礼貌吧！来看望人家，却忘记了人家的门牌号，您就行行好，给查一下？"凌楠调动面部全部的肌肉，微笑着。

"不行，只有业主同意，我们才能放行呀！"

做了一年多律师，凌楠最打怵打交道的人之一就是各单位和小区的门卫。在值班室门口盘桓着，正无计可施之际，保安突然喊："啊！他刚好出来了，看！就是那位唐师傅！"

一个身材高大，面部黝黑的男子向小区门口走来。真是天助我也！凌楠心里暗自高兴，他记得被害人的丈夫叫唐继东。等男子跨出小区，走了十多米后，凌楠才从后面追上去。

"唐先生，我是凌律师，我给您打过电话，我们想和您谈谈，这位是宋清的妻子。"凌楠指一下身旁的贾玲玲。

唐继东停下脚步，表情复杂地打量着凌楠和贾玲玲，愤怒、厌恶、伤感……他从夹克衫口袋中取出一包烟，手哆嗦着抽出一支，点着了，吸上几口，慢慢平静下来。

"对不起！"贾玲玲深深地低下头去。

唐继东不看两人，他猛吸一口烟，眼睛斜向上望着远方。

"我们想赔偿一部分钱……"凌楠小心地说。

唐继东转过头来，"多少钱能挽回一条人命呢？"他愤怒地注视着凌楠，"我老婆能活吗？孩子妈妈能回来吗？"声音不高，但句句像刀子一样扎在凌楠的心上。

"确实……生命无价！"凌楠讪讪地说，对唐继东的话他无法回答。

可能意识到不该向对方的律师发火，抑或是他心中早有想法，唐继东将吸剩的烟蒂扔到地上，用力踩灭了，平静地说，"请法院判吧，我们不接受你们的道歉和赔偿。"说完扭头向远处走去。

凌楠在后面注视着唐继东的背影，他佝偻着的背看上去像个年纪六七十岁的老人，他内心的痛苦是别人无法体会到的。

"怎么办呢？"贾玲玲失望地望着凌楠。

"要是取得不了被害人亲属的谅解，很难救得了宋清的命。"

两人一路无话，搭上一辆公交车，回到市内。

这是让人失望的一天，坐在办公室的电脑前，凌楠眼前总是出现唐继东各种各样的表情，时而愤怒，时而伤感，时而厌恶……

突然电话响了，是师娘张云丽，"小凌，你能不能来趟人民医院？"

"师娘，发生了什么事？"

"电话里说不清，你来就知道了，外科 21 床。"

凌楠挂了电话，急忙向医院赶去。出了什么事呢？他拦下一辆出租车，坐在车上想，可能是什么案子吧！对了，外科，一定是交通事故或是人身伤害。这样的案子是每个律师最期望遇到的，案情简单，赔偿很高，律师费自然不低。有些律师专门出入医院，招揽这类案件。在国外，这种律师叫"救护车追逐者"。有个笑话，说一起交通事故发生后，最先到达现场的是什么人？不是交警，不是保险公司的理赔员，而是律师。

凌楠出现在外科 21 床，他看见老师李少平头上缠着绷带躺在床上，左腿上打着厚厚的石膏。"老师，您怎么啦？"凌楠关切地问。李少平苦笑了一下，他想说什么，张张嘴又闭上。

"哦，他昨晚出去应酬喝多了，从楼梯上滑下去。"张云丽代答道，然后她朝凌楠使了个眼色，向病房外走去。

凌楠紧跟在师娘后面，出了病房的门。两人坐电梯一直到住院部的地下室。那里有个食堂，旁边有个茶座。张云丽点了两个饮料，两个人在一个卡座上坐下来。

"你老师被人打了！"

"啊！谁这么胆大，报警了吗？"

"没有。你老师知道是谁干的，他不让报警，你听我说……"张云丽向四周看了看，压低声音说。

一审败诉后，罗援的金龙置业有限公司上诉了，然而让他没有想到的是，二审同样败诉。前天，在市中级人民法院开完庭，法庭当庭宣布驳回上诉，维持原判。从法庭出来，绝望的罗援指着李少平的鼻子说："不要以为胜诉了，公司就是你们的了，我还要申诉，就算搭上性命和全家。我和你们没完，请你告诉吴志兵，还有你这个黑心律师，咱们走着瞧！"

　　"昨晚，你老师加班回来，走到小区的拐角处，两名蒙面青年冲上来，手上拿着垒球棒，出手非常狠，你老师的钱、银行卡、手机都在，只有人受伤，显然是有目的而来。他们并没有置你老师于死地，有选择地打断他的腿，要是想取他的命……唉！我劝你老师远离那个吴总，他就是不听。一下子骗走人家那么多财产……"

　　"你说是罗援？"

　　"除了他还有谁？"

　　凌楠沉默了，法谚云：当法庭上的正义无法实现的时候，人们会转而寻求其他的途径。

　　"你师傅让我找你来，一是有些工作上的事交代一下，二是有个 U 盘说要给你。"

　　说完，张云丽将一个红色的 U 盘递到凌楠手中，"是什么东西呢？"

　　"我也不知道，他说很重要，让你务必保管好。这阵子他是无法工作了，我要留在医院照顾他，所里的事你多操心，有什么事我们电话联系。"

　　说完，张云丽站起来，"你先回去吧，所里没有人。"

　　"好的，请师娘放心，下班后我再过来陪老师。"

　　两人走出茶座。

　　在去往所里的公交车上，凌楠心情沉重。如果打李少平的人是罗援，那么，自己也有一份责任。罗援的公司现今处于瘫痪状态，公司的资产被冻结，房子无法出售，好几亿的资财被搁置着。二审判决书生效后，吴志兵会提出强制执行，将公司主要财产划拨到自己名下。常言道，冤屈是正义的源头。所以，罗援要拼，无论是明的还是暗的，他杀了吴志兵的心都有。

　　回到所里，凌楠打开电脑，将红色 U 盘插入 USB 接口，是几段录音：

　　……

　　"这是一张建设银行的卡，里面存有 100 万现金，密码是您电话号码的后六位。"是吴志兵的声音。

"吴总，您太客气了。"凌楠觉得声音很熟，却听不出来是谁。

"那我们的官司就拜托您了。"

"放心吧！全包在我身上，吴总。"

"一审我们赢，二审他上诉到中院怎么办？"

"好说，中院我们也有人。"

"这个案子我必须赢，该做的工作做，事成之后海怡景苑的房子你随便挑一套。"

"没问题！这个罗总，傻逼一个，输了都不知道怎么输的，还说协议是欺诈、胁迫，他是个成年人啊！谁骗得了他，难道签订合同时不看看？哈哈哈……"

这一次，凌楠听出来这是谁的声音了，他倒吸一口凉气，瞬间惊呆了。

59

凌楠想起为师傅李少平打扫办公室时，发现他办公桌上金龙置业有限公司诉吴志兵的一审判决书。官司胜诉，李少平却一脸落寞，原来一切提前安排好了。那不是律师的胜利，而是金钱和权力的胜利。

"当当当！"有人敲门，门口一个毛头小伙儿拎着包，怯生生地向所里张望。

"进来吧！"凌楠大声向他说。

"这些资料，我们吴总给李律师的，我放在你这儿。"

说完，小伙子憨厚地冲凌楠笑笑，急匆匆又出门而去。

这是一个用过的旧快递袋，里面鼓鼓地塞满了文件。凌楠掏出来看了看，大概是二十多份借款合同的律师见证书，都是格式合同。内容为律师对借款双方签订合同的真实性、合法性的见证：该合同在律师面前签订，系双方真实意思的表示……

凌楠又仔细看了看那些需要见证的合同内容，惊呆了，都是些高息借款合同。金鼎金融投资公司承诺以年百分之三十的利息，从客户那里揽储。数额少的数万，多的十几万、几十万。一旦资金链断裂，这些客户将血本无归。他又想起了宋清的遭遇，一旦有人借了他们的钱，永远不要想着还清。从法律上来说，吴志兵的行为涉嫌非法集资，而李少平却在为这样的行为背书，做律师见证，其实也涉嫌诈骗。有些人或许正是因为相信有律师见证，才借钱给吴志兵。

凌楠重新把那些资料装进快递袋中，不禁深深地担忧起来。律师征信调查不实，有可能承担连带赔偿责任。一旦吴志兵事发，必然会牵扯到少平律师事务所，除巨额的民事赔偿外，说不定，李少平还会承担刑事法律责任。

一个人坐在空空的办公室中，凌楠怅然若失。有可能，不久，这个律师事务所将关门。他甚至怀疑自己当年的选择是否正确。那时候他还没通过司法考试，是李少平收留了他，给他工作岗位和最基本的生活费。然而他在这里并没学到什么真实本领，还有可能深陷其中——是该考虑离开的时候了。

对大多数律师来说，律师事务所只是一个执业平台而已，业务做得如何，全看律师个人。以他现在的条件，随便哪家律所都会争着要，然而，此时老师躺在医院之中，现在离开太不厚道了。

凌楠站起身来，在办公室里踱来踱去，思考着一年来，自己从一名法学院的学生，到通过司法考试成为实习律师，又到取得执业证书，成为职业律师的短暂生涯。这一年来发生的事情太多，让他来不及去思考消化。唯一令他欣慰的是，果断退出了吴志兵的金鼎金融公司业务，不再为他的违法行为提供法律服务。今后的律师之路还很长，一定得走好了，不为利益所诱惑，这可能很难，即使律师本人洁身自好，但那些委托人或许并不这么想。不能让自己成为委托人手中的一枚棋子，任他们支使。凌楠暗下决心，一定要保守职业操守，凡委托人不合理的要求必须拒绝。

电话突然响了，是个座机号码。"凌律师，你方便吗？我们当面谈谈。"声音听着非常熟悉，就是想不起来。那声音洪亮，口气强硬，想起来了，"啊！好，王法官。"短暂沉默后，凌楠脱口而出。

"十分钟后，二楼律师接待室见。"王刚说完挂了电话。

凌楠拎起包急匆匆向法院跑去，到了二楼的律师接待室，王刚穿着黑色的法袍已经坐在桌子前面。他独自抽着烟，面前一摞案卷，显然刚开完庭。

"把门关上，"王刚把烟在烟灰缸里捻灭了，对进门的凌楠说，"东方能源公司提出了评估申请，要求对肖青云等人的房子进行评估，赔偿请求为什么是100万？"

王刚把一份评估申请书副本放到凌楠面前。对赔偿物的价值进行评估、鉴定，这符合法律的要求。

"那些村舍，值不了几个钱，最多评个十万、八万。东方能源公司提出每户赔偿15万，应该可以了，你们为什么不答应呢？"

这话听起来耳熟，凌楠想起师兄刘天泽也曾对他这样讲过。

"要我说，赔偿100万都低了，农村房子当然不值钱，值钱的是什么？是地，宅基地。土地无价，要100万一点儿不过分！对于每个农民来说，宅基地是唯一的。按《中华人民土地法》'一户一宅'原则，一户农民只有一处宅基地。也就是说，现今他们的住房安全性受到侵害后，唯一的住宅也没有了，按照法律，他们又不能申请另一处宅基地，这就是要100万的根据。"

"呵呵！"王刚摇摇头，"那是你的理解。你以为这是国外呀，法官创造法！据我所知，我国目前还没有这样的判例，你谈的只是法理。"

"没有先例，我们可以创造，您作为第一个下此判决的法官，举国闻名！"

"年轻啊！"王刚摇摇头，以一种奇怪的眼神看着凌楠，"我不和你谈理想了，我们准备和法院技术中心联系，对肖家洼子肖青云等11名原告的房子评估，价值可能还不如调解的数额高。

凌楠无言以对，他想起了吴志兵与金龙置业股权纠纷案件，也是出自面前的这位王刚法官。他通晓法律，经验丰富。他能利用法律的规定，娴熟地操弄法律，表面上甚至看上去是正确的。如果你有异议，他们会将此看作正常理解上的分歧。可能法律的魅力或难以琢磨之处正在于此，不像自然科学那样，一是一，二是二。正因为这样，给律师和法官留下了依法辩论的空间，而程序上也是这样设计的。一审之后还会有二审、二审之后还可以再审，纵然再审仍然输了，检察机关还能抗诉。任何时候，胜败皆有可能。但是如果法官丧失了正义之心，法律就可能成为为利益服务的条文。

"其实，案件办到如此程度，已经不错了，11位农民也算胜诉，要不是……唉！"王刚欲言又止。"作为律师来说，我觉得你的代理是成功的，撇开职业，我们也算同行，经过你锲而不舍的努力，立案成功，对抗如此大的公司，举国关注。我比你年长一点儿，奉劝一句，不要太贪心了，律师费嘛！"他有意思放慢语速，"不要在一个案子里挣够嘛，哈哈！"

凌楠从王刚的话里听出言外之意，他以为自己是为了牟取更高的律师费才不同意当下的调解方案。其实，他真的没想那么多，当然，高额的代理费他求之不得，可他穷惯了，只要有基本的生活费他别无所求，至少在这个案子上他是这么想的。"如果一开始就冲着金钱而去，必然会缚住你的手脚。"当他还是一个法学院的学生，就记住了德肖维茨在《致年轻律师的 37 封信》中的这句话。

如今他最大的困惑是，继续诉讼还是接受调解。按王刚的意思，和解的话每个原告可以获得 15 万元的赔偿。但如果坚持诉讼，评估，可能连这个也达不到，毕竟这样的诉讼全国没有。如果律师为坚持自己的追求而损害了委托人的利益，那么他的行为有违职业道德——律师以实现委托人利益最大化为使命。

"你回去再考虑考虑，我还是希望能和解，这样对所有的人都好，我们暂时不启动评估程序。"

从法院出来，凌楠陷入了深思。王刚的话不无道理，和解对所有人都好，如果阐明利害关系，肖青云等人一定会接受这个调解方案，他相信那些农民会听他的。大家皆大欢喜，每人获赔 15 万，调解书一签，可以立即拿到钱。按照与他们签订的代理协议，自己也会获得 16.5 万元的律师费，眼前的窘境马上改观，可他总是心有不甘。

在超市的一楼吃了份简单的快餐，回到所里，凌楠仍然考虑着案子。他感觉，无论是东方能源公司、法官王刚，还是给他递话的师兄刘天泽，所有的人似乎都在促成当下的和解。显然，这是他们共同的目的。如果原告方接受，则正中他们下怀。冥冥之中，凌楠觉得面对着一个强大的利益集团，自己孤身一人和这个集团在对抗着。

"不能答应，坚决不答应！"可如何反击呢？法律上似乎已经穷尽所有的办法，无论你的代理意见多么有理，多么符合法律，主审案件的法官就是不采纳。

无意之中，凌楠拉开了眼前的抽屉，师娘张云丽给他的那个红色的 U 盘出现在视线中，他将它藏在文具盒的最底层。突然之间，一个大胆的念头出现在他的头脑中。

60

师傅住院后，凌楠每天坚持待在所里，早出晚归，按时上下班。生活突然变得安静，这种安静反而让他感到极度的不安，一个星期过去了，他心里期盼的一件事情并没有发生。

无聊之中，凌楠登录自己的 QQ，自从有了微信后，他几乎不玩 QQ 了。他习惯性地看了下消息，大部分都是些垃圾信息，还有些以前自己加的群的消息。关系好的网友重新加了微信，有了朋友圈，今后可能越发地不来这里了。就好像以前撰写的博客，热一两年，渐渐地被微博所代替，而微博又被微信所代替，这个社会的特点是节奏快，一切都在飞快地更新之中。

"咦！林虹的头像亮着，在线！"

凌楠全身又一次僵硬发紧，怕她再次消失，他飞快地敲出两个字："你好？"回车，发过去，然后又迫不及待地打出："你是林虹吗？"对方没有离线，但也没有回答凌楠。

往事又浮现在眼前，凌楠23岁才有人生中的第一次真爱。爱的人是林虹，他无论如何无法忘记她。他确信她已在"9·20"事故中遇难，那么QQ在线的人是谁呢？他曾经就此问题咨询过一些电脑高手，还有腾讯的客服，对于有些人来说，盗取他人的QQ号码易如反掌，有人还以此冒充QQ好友诈骗。

凌楠点击视频对话，是什么人看看就知道了，但对方拒绝了他。

"你是什么人？"凌楠紧追不舍。

"我？"对方回复了他，仅仅是一个字。凌楠非常激动，只要对方愿意和他对话，他就能知道对方是谁及后面的真相。

"这是我好友的号，她在事故中遇难，你不知道，我是多么爱她啊！您是她本人？林虹，还是？"

凌楠敲出的字很凌乱，他不知道如何整理自己的语言。

"谢谢！"对方缓缓地回复了两个字，既没有承认自己是林虹，又没有否认自己不是。

"我想她想得好苦啊！"泪水瞬间涌出，像雨滴一样落在了键盘上。

世界上最让人难忘的爱，是转瞬即逝的爱。或许是相处的时间短，眼里看见的全是对方的好，来不及发现对方的缺点。在凌楠的心中，林虹在他的眼中是完美的，知性、美丽。时间其实是爱情的杀手，岁月的延续使爱情的新鲜感一点点消失，牵手白首更多的是一种无奈。短暂的爱才爱得惊天动地！

"我留了那么多话，我不在乎现在与我对话的是谁，你是别人也好，你是林虹也好，你去世了，你的灵魂在这里和我对话也好，最最重要的是，我又能和你再次相遇，请告诉我，您是谁？"

语无伦次地敲下这些字，凌楠直起身，紧紧地盯着对话框，等候对方的回答。

"坦诚地说，我不是林虹，谢谢您对她的爱，我替她谢谢您。"

"那么您是谁？"凌楠的心一下平静下来。现在能够证明林虹的确遇难了，和自己的判断一致。然而从语言感知，眼前与他对话的这个人与林虹关系绝不一般。

"我想当面和您谈谈。"

对方主动提出和凌楠见面，刚好遂了凌楠的心愿，见面之后，一切真相大白。

"什么时间？在什么地方呢？"凌楠迫不及待地问。

"现在怎么样？在庐山路上的上岛咖啡，那里如何？"那是他和林虹常去的地方。

"好的，我马上过去。"

凌楠锁上事务所的门，急忙向上岛咖啡赶去。上午十点半，正是上班期间，街上的行人很少，到庐山路只有五六站的路，但他急于见到那个人，还是拦了一辆出租车。

上岛咖啡是一家仿西式装饰风格的店，门口是白色的罗马柱和格子门。凌楠沿着台阶向上，一个装扮成印度人模样的保安开了门。一楼是自助西餐厅，二楼是音乐卡座。凌楠直接上到二楼，在楼梯不远的地方找个位子坐下来。以前林虹在的时候，他俩常来。这里的牛排非常不错，如今物是人非，他又想起林虹，不知今天要见的是个什么样的人。要是林虹该多好啊！

大厅里空空荡荡，低低的小提琴声回旋着，音乐如泣如诉，只有在最里侧的座位上，一位穿着西服的男子在笔记本电脑上写东西，剩下就是自己了。身着旗袍的女侍者手中拿着酒水单走过来，问凌楠要什么？

"拿铁吧！"凌楠指指单子。

侍者转身离去，凌楠在想，这个提出与自己要见面的人长得什么样呢？是男是女？是高是矮？还是……他只顾着见面，连这些见面的基本东西都没有问，如果他出现，自己能认识吗？

正想着，从楼梯口上来一个女的，戴着墨镜，穿着黑色的T恤，黑色的过膝短裙，发髻高高梳起。凌楠惊呆了，这不是林虹吗？泪水瞬间涌出来。但仔细一看，她比林虹稍微矮瘦一些，但皮肤更白。她向里张望着，凌楠站起来，他确信眼前这个人就是提出来要与自己见面的人。

女的径直朝凌楠走过来。

凌楠伸出手去，"我是凌律师。"凌楠的网名是"凌律师"，用的头像也是本人，以前他偶尔在网上为网友解答一些法律问题。

"我叫林丽，林虹的妹妹！"她伸出手来。

怪不得长得这么像啊！凌楠在心里说，"你要点什么？我点了拿铁。"

"我要卡布奇诺。"

凌楠回头招呼服务员上咖啡。

"谢谢您一直惦记着我姐姐。"林丽摘下墨镜，把裙子捋平了坐下，"事故发生近一年，除了亲人，没有人记着她。"

"原来真是这样啊！"凌楠喃喃地说，"我潜入人民医院的太平间，确实发现了她的遗体，但是公布的遇难者名单中没有她。"

"我在国外，事故发生后，我们很长时间没有联系，也没想到她会遇难。后来，我赶回来处理她的后事，事故委员会已火化了她的遗体，提取、比对了 DNA 后才将骨灰给了我。那时候距事故发生已经一个多月了。我查阅了一些国内的相关资料，知道事故中很多人遇难，天灾人祸，有什么办法呢？事故的处理流程都一样，我们只是被动地接受这种结果。至于上没上名单，还真没关心，除了亲人，没有人关心名单上的姓名。"林丽说着说着眼泪下来了。

凌楠抽出两张纸递到她的手中问："后来呢？"

"后来我姐单位，东方能源公司，又差不多赔偿了一倍，还有保险之类的东西，给了一大笔的赔偿金。但也签署了严格的保密协议，因为和对外的赔偿金额不一致，怕泄露出去，其他遇难者的亲人不答应。处理完姐姐的后事，我又出国，后面的事就不知道了。我们姐妹常常通过 QQ 联系，她的号码、密码我都知道。虽然她不在了，但我不忍心注销，就一直留着，看到你对她的留言，我非常感动，想不到除了家人，还有人如此深情地爱着她。因此，这次回来想和您见见。"

"可你为什么不早告诉我这些呢？"

"一言难尽，这里面有很多事不能说，我只是想当面谢谢您！"

凌楠感觉事情绝非林丽所讲的那样简单。事故发生后，他曾去过东方能源公司，和人事部的负责人谈过话，都说没有此人。他还问过廖明，他闪烁其词，难道仅仅是不想让林虹的名字出现在死者名单上？他又想起自己代理的肖青云等人诉东方能源公司的案件，还有师兄刘天泽，只要提到这家东方能源公司，就感觉有很大的阻碍。

"那你在国外从事什么工作呢？"

"我是东方能源公司驻海外代表，常驻阿联酋迪拜。"原来也是东方能源公司的人，那对内情的掌握应该很清楚。

"具体做什么呢？"

"这个，算了，你别问了吧！也就是普通员工。"

凌楠感觉只要提到东方能源公司，人人讳莫如深。这绝对是一家神秘的公司，连他们内部人员都不愿意说。

眼看时间已近中午，凌楠说："今天我见到你很高兴，也算是了结了一桩心愿，假如你姐姐还在，她该有多高兴啊！我们也算是朋友一场，我请您吃饭吧，就在这儿，他家西餐不错！"

"谢谢！还是我请您吧！我还有一事相求。"

"哦，不知我能否做到？"

"你是做律师的？在西方，这可是高收入阶层啊！"

"惭愧，我养活自己都难。"凌楠的脸红了。

"你应该认识公安的人吧？"

"也算有。"凌楠想起了闫鹏，自从当了派出所副所长，整天忙得团团转，吃住都在所里。他俩很少见面，偶尔凌楠晚上想和他一起喝两杯，他总是说："值班！"

"啊，那好，我们先去一楼吃饭，边吃边谈。"

两人站起来向楼下走去，凌楠对服务员说饮料和用餐一起结。

自助餐非常丰富，凌楠给自己点了七分熟的烤牛排、鸡翅、火腿、意大利面，外加一大杯可乐。林丽点的大部分是素食。凌楠发现林丽和姐姐长得很像，只是比林虹稍微瘦小些，可能是喜欢吃素的缘故。两个人到最里面的位置，光线有些暗，看上去像一对情人。吃饭的时候凌楠总是盯着林丽看。他发现，自觉不自觉地，他把她当成了林虹。林丽被盯得不好意思，拘谨地用汤匙喝着碗里的粥，更不敢抬头直视凌楠。凌楠突然意识到眼前的是妹妹林丽，而非姐姐林虹，不好意思地收回目光。为了缓和气氛，他觉得两人应该说说话，却找不到话题。

"对了，您刚才问我，公安上有没有认识的人，有什么事呢？"

"哦！我想开个我姐姐的死亡证明，这应当归公安管。"

"这个好办，她的户口在哪里？"

"沙子角派出所。"

这不正是闫鹏管的地方吗？

"好办，我刚好认识里面的人。"

"那太好了！但之前我也问过，开死亡证明首先要证明户籍人死亡。自然死亡的，由医院提供证明，非正常死亡的，由公安提供证明，然后才能出具公民死亡证明。而现在的问题是，我们无法证明我姐在事故中死亡——死亡却没有进入遇难者名单，所以比较麻烦。"

实事求是，这应该不难吧。凌楠想。

"要证明干什么呢？"

"嗯！这个……"林丽一阵慌乱，手中的汤匙掉到碗中，凌楠有些诧异。

"有些财产上的事情，需要这个证明。"

"哦，我明白了。"人死之后，会产生继承问题，作为律师凌楠却没想到这点。

"我可以问问，然后回复你。"

吃完饭，凌楠准备结账，林丽拦在他的前面，"说好我请的。"她把凌楠往外推，将自己的卡递给服务员。凌楠觉得眼前的一幕多么熟悉啊！以前他和林虹一起吃饭，她也是抢着付账，而自己作为一个男人，怎能让女孩儿埋单？他惭愧得无地自容。什么时候能够经济自由？或许真应该考虑王刚法官的建议，肖青云等人的案子接受和解。但一想到东方能源公司，他心里又犹豫了。

"我可能会在这里待一段时间，能留个您的电话吗？"林丽付完账，从后面跟上来。

"好的。"二人互留了电话，在上岛咖啡门前分手。"死亡证明的事，有消息我及时通知你。"凌楠朝林丽挥挥手，林丽戴上墨镜，没入人流之中。凌楠在后面远远地看着，直至她身影消失，他仍然一步未动。他感觉她太像昔日的女友林虹了！站在那里，不知什么时候，他已泪流满面。

第二十一章
假扮情侣

————

61

"晚上过来喝酒？"一个陌生的电话叫醒了办公桌前昏昏欲睡的凌楠。

"您是……啊！张力大哥，您换号了？"

"这是我的另一个号码。"

"您在哪里呢？"

"我在小海螺酒店。"

"太好了，什么时候到的？提前说一声，我去接你。"

"接什么？轻车熟路——这会儿有空？见面聊吧！"

"好的，我马上到。"

下午3点多，事务所一个人没有，也没什么要紧的事。凌楠锁上门，乘上一辆3路公交向鱼鸣嘴而去。这是一条环岛旅游观光线，下午5点停运。电动豪华大巴跑在海边的观光道上，凉风习习，远处的海滩上有几个人在冲浪。凌楠想起上次见到张力是春节前，转眼大半年过去了。

他直接来到小海螺三楼张力常住的房间，敲敲门，张力睡眼蒙眬地从里面开了门。"啊！老弟。"他伸出手来，凌楠发现张力比以前黑了，当记者满世界跑，够辛苦的。

凌楠跟张力进到屋里，张力把一个U盘、两份判决书复印件和一张旧报纸扔到凌楠面前，"叫你来想确认一件事。前几天我们社收到转交给我的，有个叫金龙置业的房产公司称，此前我报道过的那家法院腐败，主审法官收取对方100万贿赂，从而判他们败诉，企业损失上亿元。我心里不大有底，我看判决书复印件，被告代理律师是李少平，这不是你师傅吗？"

凌楠手中拿着张力递过来的U盘和报纸，回答："没错，他们反映的问题属实。"

"哦！你师傅说的？"

"不是，因为这U盘和报纸是我本人送给金龙置业公司的。"

凌楠向张力一五一十讲了自己如何得到U盘，又为什么要送给金龙公司。

"我想给谁不如给败诉的一方，他们最恨受贿的法官，他们想绝地重生，最好的办法是将这个黑幕交易曝光，那么选一家有影响的媒体最重要。我想让他们请您，就顺便给了他们一份上次你曝光不立案的旧报一份，他们果然这样做了。"

"他们知道是你送的？"

"不一定。"

那天凌楠本来想叫家快递公司，将U盘和报纸快递送给金龙置业有限公司，但考虑到通过快递总能查到寄件人，索性自己送过去。他用一个快递袋把U盘和报纸装好，封死了，然后打车到金龙置业有限公司大门，交给门卫，百般叮嘱："很重要的资料，务必一定转交给罗援罗总。"然后离开，他相信罗援一定能收到。如今见到张力，他发现一切正和自己料想的一样。

"你这样做的目的是什么？"张力不解地看着凌楠，"仅仅是痛恨判决不公，司法腐败？"

"是，也不全是。"

"此话怎讲？"

"与原来的案件有关，或者说与被告东方能源公司有关。"凌楠将与东方能源公司谈判，政府和法院向他施压，强行调解的经过给张力讲了一遍。

"这是一家非比寻常的公司，背景很深，王刚既然如此不遗余力地为他们说话，肯定也拿了好处。我想，只有拿掉这个法官，肖青云等人的案子才有机会胜诉。"

"我隐约感觉'9·20'爆炸事故的善后处理，也与东方能源公司有关，还有那个真实的死亡名单。但现在只有怀疑，包括你曾在太平间所见的无名死者。可我们没有证据，所有的只是合理怀疑，要是能找到那些没上名单的死者亲属，请他们作证，那就太好了，可到哪里去找呢？"

"现在，我知道有这样一个人，她的亲人在事故中去世，但没有进名单。"

"能找到这个人吗？"张力的眼睛一下亮起来。

"能，但不知道她是否愿意。"凌楠想到了林丽。

时效是新闻的生命。第二天，中华新闻的一条重磅消息成了各大网站及纸媒的头条：《仍然是这家法院——法官如何受贿枉法判案》。新闻详细地报道了两家公司的诉讼经过，法官如何在收钱后，判决原告败诉。

有判决书，有受贿法官的录音，还有取证的详细经过，记者的报道说服力强，掷地有声，与此形成鲜明对比的还有对半年前该法院不给肖青云等人立案的追问与回顾。张力写道：

"大家还记得半年前11名农民到这家法院立案，他们被拒之门外。在我社曝光之后，总算立案，该院已进行了整改，但整改的后果是判决至今未下，而审理该案的法官却大肆受贿枉法裁判。"最后，作者以质问的口吻写道："请问这样的法院和法官，正义在哪里？公众的利益如何得到维护？习总书记多次强调，要努力让人民群众在每一个司法案件中感受到公平正义。这样的法官和法院，群众能体会到公平正义吗？"

新闻披露的当晚，主审案件的法官王刚和分管业务的邓副院长双双被停职审查。而行贿法官的金鼎金融投资公司老总吴志兵被公安机关刑事拘留，因涉嫌非法集资、合同诈骗和行贿罪，公安冻结了其全部账户。

与王刚被停职相比，让凌楠更开心的是吴志兵被抓。如果他提前半年落网，可能就不会发生宋清杀人的事件。

凌楠去人民医院看望师傅李少平，他拎着在超市里买的果篮和礼品，心情沉重地走进外科病房。李少平斜躺在床上，一脸愁容，师母张云丽坐在床边正在削一个苹果。凌楠像犯了错的学生站在床前，他想，老师应当能猜到是谁向罗援提供了U盘，最后又出现在新闻记者的手上。

事发之后，律协调查了李少平，似乎没有发现作为代理律师的他有明显的违纪之处，又看他受伤住院，决定"等身体康复之后再调查"。

"坐。"看凌楠进来，李少平平静地说。他往里面移移身体，示意凌楠坐在床边。每张病床只派发一把椅子，那把椅子张云丽坐着。凌楠犹豫着要不要坐下，李少平笑了，这一笑消了凌楠的紧张，却让他感到更大的不安，他读不懂师傅笑的含义。

"你不坐，我如何躺得住啊！凌大律师。"

师傅叫他"大律师"，凌楠更加窘迫了，脸腾地一下变红，小心地坐到了床边。李少平抓起床头一个柑橘，掰开一半递到凌楠的手中，另一半留在自己手上，"说不定是好事，迟早会有这一天，与其被人背后暗算，不如坦然地接受组织的审查。现在我至少不担心有人在黑暗中袭击我了。"

"老师，"凌楠的心情非常复杂，"我没有征得你同意，将U盘复制品给了罗援一份。"

"你不要有什么思想负担，或许这是最好的结果。当时吴志兵让我给王刚送卡，被我拒绝了，这是行贿犯罪啊！他自己去送，拉上我。我们约了王刚，两人交易时被录了音，我想有一天事发，这个录音会派上用场。现在看来当时的做法是对的。"

"老师，您做得太好了，没有那份录音，很难扳倒他们。"

"这几天我在病床上想了很多，如果撇开正义，法律上赢了意义不大。回顾我二十多年的律师生涯，有时候我很讨厌这一职业，因代理角色不同，你在一个案件中的观点，又会成为在另一个案件中攻击的对象。自己是个矛盾体，黑或白，这是一种什么样的职业？我有时候很迷茫，说实在的，宋清杀人事件对我震动很大。我总觉得他杀人好像我也有部分责任，所以你第一次提出会见，我主动把车借给你，那样感觉心里稍微好受些……"

"有些委托人的要求极不合理，这时候律师应当拒绝，而不是为了代理费去迎合，想尽一切办法去满足他们的非法要求。"李少平继续说，"话虽如此，但实际中要做到却非常难。"

凌楠感觉李少平的每句话都是真诚的，虽然和他共事一年，但谈业务多，这样推心置腹的谈心几乎没有。如果多几次这样的交流，自己劝说一下，李少平或许不会为吴志兵继续提供所谓的法律服务，但自己却碍于师傅情面，独善其身，抽身出来，这其实是一种不负责任的逃避。

"我想好了，如果我伤好出院，侥幸通过律协纪律委员会的审查，我想把这个所交给你，从此退出律师行业。"

"这？"凌楠吃惊地看着李少平，"我难当大任。"

"我看好你，你身上有一种品质，优秀的律师不少，但正直勇敢、敢于挑战强权的律师不多，这些你恰恰具备。为心中追求的理想去奋斗，有一天，你一定会成为一名优秀的律师。"

从医院里出来，凌楠释然了，在将 U 盘交给罗援时，他担心的是老师这一关过不去，现在他放心了。同时，他感觉自己肩上责任重大。帮肖青云等人打赢这场官司，查清东方能源公司的背景，找到那些死亡但没上名单的失踪人员，都是自己义不容辞的责任！

这样想的时候，他拨通了闫鹏的电话，"闫大所长，忙什么呢？"

"这会儿在一个工地，有人打架闹事，有什么事吗？"

凌楠听见电话里嘈杂的声音。

"有件事情想麻烦您。"

"跟我还客气啊！但这阵子走不开，急吗？"

"我到你所里去吧！反正没事，就当拜访您。"

"好说，中午我请你吃饭。"

凌楠坐上驶向沙子角的 18 路公交车，上午 10 点，过了高峰期，公交车上的人很少，他找了个靠窗的座位坐下。沙子角在郊区，他以前在那里的法庭办过案子，坐车过去得四十分钟，要是碰上堵车，路上的时间更长。

公交车晃晃悠悠，一路走走停停，不时有人上了下了，大概过了二十分钟，驶入沙子角镇。凌楠看见去年爆炸后残留的遗迹还依稀可见，损毁的路面重新铺上了柏油，街两边楼上被震碎的玻璃换上了新的。路上人流如织，他想起当时自己开着师傅的奥迪车，在刚才经过的路口抢红灯，要是慢上几秒钟，说不定也在事故中遇难，再也不会这样坐着车二次返回。爆炸后所见的那一幕，他终生难忘。事故发生后，他经常做噩梦，梦见自己行走在废墟之中，天空黑暗，空气中全是焦硝的味道。现在想来，自己是多么幸运啊！公开的通报中显示是 35 人遇难，实际数字远比这高。死亡的大部分是当地人，有人失去了家人亲戚，有人失去了同学朋友。他还想起了自己作为律师，提供法律服务的对象赵娜娜，她的父母在事故中双双遇难，一场事故改变了多少人的命运啊！

凌楠问司机，去派出所应在什么地方下车？司机师傅告诉他在镇政府下车，对面就是派出所。公交车又往前跑了三站，扬声器喊道，镇政府站到了。凌楠跳下车，果然看见对面一排刷成蓝白颜色的二层楼，门前挂着"沙子角镇派出所"的牌子。

凌楠跨入大厅，给闫鹏发了条信息，说自己到了。他看见大厅里有几个窗口，分别挂着户籍、暂住证、身份证等牌子。他走到户籍窗口，问开死亡证明要什么手续。一个年轻的女警察接待了他，态度非常好，看样子像警校刚毕业的学生。她在电脑上操作了一下，说需要公民身份证、医院或公安机关出具的正常死亡或非正常死亡证明及火葬场的火化证等。

"这么复杂啊？"

"那是，生死大事啊！"女户籍警笑着说。

凌楠坐回大厅中央的长凳，他给林丽发了一条短信"请将林虹的身份证号码发过来"，他想查询肯定会用得到。

林丽很快给他发过来一组数字。从身份证号看,林虹比自己大三岁,生日是8月10日,后天是她28岁的生日。可惜没法给她过了,否则,两人一起庆祝一下,会有多开心啊!这样想着,凌楠的眼睛有些湿润。

一辆警车"嘎"的一声停在门外,车门开了,一个声音高喊,"快下来,老实点!"凌楠看见车的后门打开,两个戴着手铐、身着工作服的人被押了下来。闫鹏走在后面。这时,他看见了凌楠,阴沉的表情立马变得阳光,"哎呀!不好意思,我回来晚了。"说着,上来和凌楠握手,回头对另一名警察说,"先带进去!"

凌楠发现几个月不见,或许和日常的工作有关,闫鹏变得彪悍粗鲁!

"没关系,我也刚到。"凌楠握着闫鹏的手说。

凌楠随闫鹏到他位于二楼的办公室,进了屋,两人都轻松起来。

"凌大律师,好久不见啊!"闫鹏摘下帽子,解开警服的扣子。

"你们警察真野蛮,看你刚才对两个民工的态度。"

"哈哈!我们职责不同嘛,我是警察,不是律师,你们捍卫当事人的权利,我要缉拿罪犯。"

"但是都应当以法律为准绳吧!你把他们铐起来,涉嫌过度执法呀!"

"好了,咱俩就别争了。说,有什么事?"

"我想查一个人的户籍,开个死亡证明。"凌楠把林虹的姓名和身份证号发给闫鹏。

"确定户口在我们所?"

"绝对是。"

"小事一桩,稍等。"

闫鹏说着下楼而去,凌楠看见这是一间约二十平方米的屋子,办公室兼宿舍。闫鹏24小时工作、吃住在这里,只要有警情,随时出发。同为法律职业人,凌楠觉得警察这一职业太辛苦。

闫鹏很快从楼下上来,"你小子开什么玩笑?根本查不到这个人。"

"不会呀!怎么可能?"

"你了解这个人?"

"当然,和她还有一定的关系,你记得'9·20'事故吗?我给你讲过,那个我爱的女孩。她是那些遇难但没有上名单的人之一。

闫鹏听完,怔怔地站在屋子中央,一言不发。

220

从沙子角派出所回来，凌楠心事重重，户籍查不到，说明林虹在爆炸中不但身体消亡，公民信息也没有了，地球上从没有过这个人。凌楠将知道的这一消息打电话告诉张力，他也沉默了，显然这是有人精心设计的。除个别联系到的家属，永远不会有人知道在事故中死亡的人。而家属经过巨额赔偿后，缄口不言，相互间也不联系。于是，这些人永远消失了，他们再也不会出现在死者名单上。

"太可怕了！"张力听完，嘴里喃喃地说，"这么说来，我们永远查不到这些人了。"

"是的。"凌楠说，"还有，我发现原来公布的遇难者名单也找不到了，以前这些是公开的信息，网上还能查得到。"

"这个不难，当时有书面的，给每个提供法律服务的律师手中发了一份，你想办法帮我搞一份。还有，你再找找林丽，要是有可能，看看她手中的保密协议，能否作为突破口。"

"好的！"

张力说的正是凌楠想要做的。他本来准备下午约林丽，听张力一讲，更加意识到约见她的迫切性，有很多事想当面问问她。

"有时间吗？我想和你当面谈谈。"凌楠在林虹的QQ上留言，现在这个号由林丽打理着。他还是喜欢通过QQ而不是电话保持联系，这让他想起和林虹相爱的日子。有时候，他不自觉地把林丽当成林虹。

"好啊！"那边很快回复了他。

"在什么地方呢？"他问。

"方便的话，你办公室怎么样？我想来参观参观。"

"欢迎，就是有些乱，冠城大厦22楼。"

"待会儿见。"

凌楠放下电话，急忙打扫起办公室卫生。这几天师傅住院，他一个人懒得收拾办公室，以前都是师娘打理。拖了地，抹了桌子，他又把自己的办公桌整理了一下，像是迎接一位非常重要的客人。

把散落的案卷收入柜子中，电脑屏幕和键盘上的灰尘也擦了。"在什么地方谈话呢？"大厅里有长沙发，师傅的办公室里有茶具，还是接待室更好，但那样又显得有些陌生。不管了，抽屉里有袋速溶咖啡，是自己在超市买的，用来晚上加班、学习时喝的。林丽长期在国外，应当更喜欢喝咖啡。

这些准备停当，凌楠从接待室出来，猛然发现不知何时，林丽已经进到了事务所的大厅，她用食指按住嘴唇，向凌楠做出一个不要出声的动作，拉着凌楠立即进入更加隐蔽的接待室。

"我觉得像是有人跟踪我。"她气喘吁吁地对凌楠说。

"跟踪？"

"对，我住在海丰大酒店，接到您的消息，马上出来，看到一楼大厅有个男子坐在沙发上。他戴着墨镜，手中拿着一份晚报。我这次一个人出来，警惕性高，虽然夏天有些热，但坐在室内戴墨镜就有些奇怪了。我觉得不对劲，从酒店出来，没有急着上出租车，而是躲到门的一侧观察。那个男的也出来了，在门口张望。看到我回头看他，立即低下头去，又专注于手中的报纸。我坐上出租车，向冠城大厦而来，从后视镜观察，那个男子也上了出租车，紧跟在我后面，我确信他在跟踪我。"

"坐下说，后来呢？"

林丽继续紧张地说："到了冠城大厦，我下了车，没有坐电梯到22楼你们律师事务所，而是先进了一楼的超市，然后那个男的也下了车，进了超市。我从超市的入口进入，没有买任何东西，绕过几个货架，快步从出口出来，坐电梯到你们所，算是摆脱了他。"

"这样啊！是什么人跟踪你？要不要报警呢？"

林丽摇摇头说，"不知道，暂时不管了。你今天找我谈什么？是不是有关死亡证明的事？"

"对，那个证明没开到——不但没开到，林虹的户籍信息也不存在。或者从另一个角度说，根本不存在这个人！"

"啊！这？他们下手也太快了。"凌楠的话让林丽一怔，她喃喃自语道。

凌楠不知道林丽所说的"他们"指的是谁。他觉得眼前的林丽与她的姐姐林虹一样神秘，但无论如何，一个公民的户籍信息不会轻易消失。于是他再次问林丽：

"你确信林虹的信息在沙子角派出所？"

"这还有假？她上石油大学时是集体户口，毕业后分配到东方能源公司，又整体迁入沙子角派出所。"

"看来是被人为删除了，退一步说，就算不在沙子角派出所，但在全国户籍管理系统中，只要输入身份证号，就能显示出一个人的公民信息，如籍贯、出生年月。然而输入林虹的身份证号，查无此人。"

"这可如何是好？我这次回国只有一个目的，拿到姐姐的死亡证明。"林丽嘴中喃喃地说着，表情失望至极。

"很重要吗？人都去世了，再要那个证明有什么意义？"凌楠试着问。

"非常非常非常重要！"林丽一连说了三个"非常"，表情异常焦急。

"能告诉我原因吗？"凌楠小心地问。

"不能。"林丽摇摇头，似乎有难言之隐，但又怕凌楠误解，认为对他不信任，补充道，"也可能，以后我告诉你。"

林丽显然有什么重大的秘密对凌楠隐瞒着。公民死亡证明一般与继承财产有关系，其他意义不大。凌楠像想起了什么，他找出一个一次性的杯子，拿出咖啡对林丽说："这个可以吗？"

"可以，谢谢！"凌楠用早已烧开的水，把咖啡冲了，递到林丽的面前，"除了姐姐林虹，你还有其他兄弟姐妹吗？"按继承法，同一顺序的继承人常发生争夺财产的现象。

"没有，就我们姐妹两人，我们是石油职工子弟，来自新疆克拉玛依，我和姐姐上的都是石大。"

"哦！"

林丽只有姐妹两人，林虹在事故中遇难，剩她自己一人，不涉及财产问题，要死亡证明干什么呢？

"您还有认识的人吗？能帮上忙的，花多少钱都行，不惜一切代价，我要拿到这个证明。"

"有这样一个人，每到我办理案件出现重大阻力，他总能帮上忙，他是个记者，和我私人关系很好，他最近刚好在，我们可以问问他，或许他有办法。"

"当当当！"有人敲门，凌楠示意林丽在接待室等着，自己向门口走去，"来啦！"

敲门的是一个二十出头的男子，见凌楠开了门，把头伸进来，四处看了看，然后明知故问地说，"这是律师事务所？"

"你真逗！墙上的牌子清清楚楚写着律师事务所。"

男子往里面走了两步，被凌楠拦住，"你要干什么？这是办公场合，不能随便出入，我是律师，小心告你啊！"

男子往四周看了看说，"哦，对不起！"转身匆匆走了。

凌楠回到接待室，林丽从门后闪出。"看来那个人在找你，你真的被跟踪了。"

"这可怎么办？"

"你知道是谁吗？"

"不知道，但是我能猜得着，可能是我们公司的人。"

"东方能源公司？为什么呢？"

"这个以后说，我们必须马上离开这里，那个……委屈一下，请你把身上的T恤脱下。"

"干什么？"

"咱俩换一下。"

最近老师不在，也没去法院开过庭，凌楠降低了对自己的要求，整天穿着一件白色的李宁牌T恤上下班。"能行吗？"他望着林丽，但林丽目光坚决，直等着他身上的衣服。凌楠不便再说什么，脱下身上的T恤，放在桌子上，然后出了接待室。

不一会儿，林丽在里面喊："好了。"他看见林丽穿着自己的衣服还非常合适。"这个给你。"林丽把换下来的黑色T恤递给凌楠。凌楠接到手中，闻到一丝淡淡的香水味。林丽的T恤质地柔软，摸着手感光滑，比凌楠的名贵多了。上面写着英文字母，不知是什么品牌。凌楠的李宁牌是超市的打折货，79元。

"这个合适吗？"

"只能凑合了。"凌楠穿上林丽的T恤，衣服有些紧，但是圆领，分不出男女款，弹性的塑身面料下，他因经常游泳练就的结实肌肉显现出来。

林丽把扎起的长发解开，乌黑的头发波浪样披在肩上，再配上凌楠的那件T恤，与原来的她判若两人。

"接下来呢？"凌楠不解地望着林丽。

"去你朋友那里。"

凌楠从抽屉里取出奥迪车的钥匙，李少平说他出门可以开自己的车，但凌楠从没用过。两个人出了事务所的门，林丽主动挽住凌楠的右臂，他们看上去就像一对恋人。林丽低声说："我占你便宜啦！"凌楠心里想，这时候了还有心思开玩笑。经过长长的走廊，两个人进入电梯。凌楠有些紧张，身体僵硬，他按下负一层的按钮，那是地下停车场。电梯每向下运行一两层，就会进来一些人。凌楠担心有人看出他们有什么地方不对，好在大家都一副匆忙的样子，并没有人注意他们。到了一层，所有的人向外涌去，只剩下他们两人，电梯门合上又向负一层下去。

凌楠找到师傅的奥迪车，两人上了车，他才长吁一口气。他看了一眼身边的林丽，"太紧张了，我感觉我们像地下党。"

"才不像呢！看你紧张的，身体僵硬，像……拐卖妇女。"

"哈哈！演技太差。"

"其实不用演。"

凌楠不知林丽什么意思，他发动了车，奥迪车驶出地下停车场，向小海螺酒店而去。上了环岛路后，路上的车辆稀少，奥迪 A6 飞也似的奔跑，再也不用担心有什么人跟踪。

两个人敲开张力的房门，他正在电脑前写着什么。凌楠给两人做了介绍，张力眼睛直直地盯着凌楠，看得凌楠浑身不自在。"哪里不对吗？"他低头看看自己身上，明白了。

"怎么穿这样一件衣服？"

"哦！"凌楠和林丽对视了一眼，笑了。凌楠脱下林丽的 T 恤，"还是换过来吧！"林丽拿在手中叫道："对呀！你这衣服上的臭汗味，一路呛死我了。"说完她去卫生间换了过来。

凌楠告诉张力林丽被人跟踪的事，接着聊起林虹户籍信息消失的情况。

"这显然是人为删除，公民信息失踪，也就是说世上没有这个人。"

"是啊！这样一来，就再也不会有人怀疑死亡名单的真实性。"

"会是什么人干的呢？"林丽不解地问。

"不知道，但可以猜得到，家属被安抚后，对死者是否在公布名单上并不在意。那么，死亡人数只会决定一些人将在事故中承担多大的责任。记过、降职、免职、处分甚至承担法律责任——都与事故中死亡人员的数字息息相关。"张力分析道，"两类人，一类是涉事公司的高管，一类是地方政府的官员，或者说更直接点，和领导的前途命运有关。"

"那么跟踪我的人、删除我姐信息的人，都与这些人有关，或者说是他们安排的？"

"应该是。"

"也就是说，我姐的死亡证明，我是永远得不到了？"

"难度很大，但并不是没有办法。"

"什么办法？"

"找到在事故中死亡但没有进入公布名单的遇难者。比如像你姐这样的人，与实际公布的人员对比，倒逼，公开质疑遇难人数，如果他们受到很大的压力，会公布实际遇难者人数，或引入第三方、上级部门介入调查。那时候事故中实际遇难者查清，你自然可以得到你姐的死亡证明。"

"这难度太大了！"凌楠喃喃地说。

三个人同时沉默了，他们明白，他们面对的是多么强大的势力啊！

"那么，除了你姐，你还知道相关的遇难者吗？你姐姐遇难的经过你了解吗？"

"我听一些公司职员说过，其实，原油泄漏后很快就发现了，也查明了泄漏的地方。第二天维修时，工人的电焊引燃了聚集泄漏的油气，瞬间爆炸，负责维修的几名工作人员全部遇难。"

"这么说，你姐没有统计进入遇难者名单，其他几人也极有可能没有计算在内。既然同一个公司，这几个人还是比较好查的，问一下他们的亲属就知道了。"

"看来只能这样了。"林丽点点头。

"你们两人做个分工，"张力继续说，他指指凌楠，"你负责找一份公开的死难者名单，上午我已经给你说过。你，林丽，想办法打听到本公司遇难的其他人员，然后我们确定下一步行动的方案。"

63

从小海螺酒店出来，天色已暗。"前天你请我吃的西餐，今天我请你吃中餐怎么样？"上了车之后，凌楠对林丽说。

"好啊！烧烤怎么样？"

"我小时候在新疆长大，最喜欢吃烧烤了。"

凌楠将车停到熟悉的"王姐烧烤"门前，一进屋，老板娘立即迎了上来，"啊！凌律师，你和你那个警察朋友好久不来，原来交女朋友了，真漂亮！今天得好好喝一杯。"

"不……"凌楠脸红了。

"不喝酒，开车喝什么酒啊！"林丽抢过话说。凌楠本来想说不是女朋友，却被林丽巧妙地接过话，他心想，这家伙真机智。

"是，开车不喝酒。"老板娘尴尬地说。

"喜欢什么？你点吧！"凌楠把菜单递给林丽。

"那我不客气啦！"林丽道。

她点了生烤大虾、炭烤扇贝、铁板黑鱼，最后说，来两串烤羊肉串。"两串？"凌楠吃惊道，"我一个人能吃二十串！"林丽看了一眼旁边座位上客人吃的肉串，笑了，"原来这么小的啊！那来十个吧。新疆的烤肉一串可以抵这里的十串。"

"你要什么饮料？"

"王老吉吧！还是啤酒好——可惜开着车。"凌楠一副遗憾的样子。

"那我点可乐吧！"

林丽对烤海鲜赞不绝口，但当烤羊肉串送上来后，她只咬一口就摇头喊："不好吃！比我们新疆的差多了。"

"什么都是你们新疆的好啊！"凌楠开玩笑说。

"给你？"林丽把吃了一口的肉串递过来，凌楠伸手去接，林丽却直接横到他的嘴唇边，"我拿着你吃。"凌楠的脸红了，他看见老板娘正在吧台前看着，不好说什么，就张开嘴咬了一块。两个人就像一对热恋中的情侣，这一幕让凌楠想起和林虹相处的日子，两个人经常一起相约吃饭。

吃完烧烤，两人从"王姐烧烤"出来，林丽坐上副驾驶说："你刚才表演得不错，比下午进步多了。"

"什么表演？"凌楠不知道林丽说的表演是什么，猛然明白她说是二人扮成情侣的事。他的脸红了。

"现在去哪里，回酒店？"他问林丽。

"不！"林丽严肃地摇摇头，"我不能回去，那个人今天被我甩掉了，必然回酒店去等，被他发现了行踪，以后干什么就不方便了。"

"那再登记一家？"凌楠征求她的意见。

"也不行，既然如张力分析的那样，我们面对的可能还有地方政府的势力，只要一使用身份证登记酒店，他们会很快发现我。"

"那去哪里呢？"

"去你住的地方。"黑暗里，林丽转头看了一眼凌楠，"怎么，不欢迎吗？"

227

"欢迎！"凌楠犹豫着发动了汽车。一路上他担心自己的那个小窝太乱了。他的大部分时间在单位办公室度过，出租屋简易得近乎寒碜，而且除了脏兮兮，他租的是单间，一张床，两个人怎么住呢？

随着车离他住的地方越近，凌楠就越担心。他用余光扫了一眼副驾驶位上的林丽，她一脸严肃，显然是在想自己的事。经过一天的交往，凌楠发现林丽机智聪明，遇事勇敢果断，与她的年龄、身份极不相称。他还想，她为什么要不惜一切代价拿到那个死亡证明？对她来说有何意义？人都死了，也不涉及财产继承，要那个证明有什么用呢？

这样一路想着，汽车到了他租住的农家小院门前。凌楠把车停稳，房东小卖部的灯还亮着，凌楠走过去买了一打矿泉水，然后和林丽上了二楼。房东用异样的眼光打量着二人。

凌楠摸出钥匙，打开房门，摁亮灯。

"啊！只有一间。"她喊道，"不是说律师们都很有钱吗？"林丽像是为凌楠鸣不平，又有一种上当的感觉。

凌楠惭愧得要死，"并不是所有的律师都有钱，我能活着就不错了。"

林丽尽管失望，还是进了屋。"我以为至少会是一套公寓。"她在电脑前的椅子上坐下，像个临时访客那样说。

前租户走时，在房子的角落里留了一个三人沙发，黑乎乎的。凌楠指了一下，"今晚我睡这里，你睡床。"

"也只能这样了。"林丽站起来，在房间里走来走去，"怎么洗漱？我的化妆品都在酒店，先要想办法把我的东西拿出来，今晚只能这样了。"说着她在床边坐下，踢掉脚上的高跟鞋，又大呼小叫地抓起凌楠床上的毛巾被，"难闻死了，多长时间没洗了？"

"对一个打工仔，不要要求太高嘛！"凌楠拧开一瓶矿泉水递给林丽，又给自己打开一瓶，咕嘟咕嘟喝下两口。

林丽接过水，坐在床边打量着凌楠，"你也挺不容易啊！"

凌楠听着，心里忽然有些感慨，"有什么办法？起步可能都比较难，尤其像我这种没有社会关系的律师。"他长叹一声，在沙发上躺下，"睡吧！指不定明天还有什么事。"夏天的夜风从后窗吹进来，屋子里很凉快。

"你那不难受吗？要不你到床上，我睡沙发？"

228

"不用，对付一下，很快天就亮了。"

林丽从床前站起来，前后左右看着，"你不会占我便宜吧？"

"哈哈！没那个胆，大小姐。"他站起来关灯，然后在沙发上躺下，"你就放心睡吧！上大学时刑法老师讲强奸罪，说这个罪对男同学最危险，很多女的即便自愿和男的发生关系，回头告强奸十有八九都能认定上，因为强奸罪的客体是违背妇女的意志，她会说当时是被胁迫的。"

"哈哈！那我就放心了。"黑暗里，凌楠听见林丽解衣睡下。屋里突然来了一位女性，加上换到不习惯的沙发，他觉得很不习惯，翻来覆去，又怕干扰到林丽。同时，他听到林丽在床上也没睡着，反复翻身，终于，她说话了。

"我睡不着，咱们说说话吧？"

"好啊！"凌楠长出一口气，调整了一下睡姿，平躺在沙发上。

"你真的那么爱我姐吗？你给她的每一条留言我都看了，连我都感动万分。"黑暗中，林丽幽幽地说。

"怎么说呢？"凌楠双眼盯着天花板，不知从何时说起。

"你们认识时间并不长？"

"美好的东西总是很短暂。那时候我刚到这里，人生地不熟，意外碰到自己喜欢的人，就想时时和她在一起。仅仅两个多月，她又突然消失，因此让人刻骨难忘，分外地想念，失去之后觉得更加珍贵。"

"也许吧！要是相处久了，反而觉得平淡。"

"你一定知道阿朱吧？《天龙八部》里的阿朱，看到你们姐妹，我第一个想到的就是她们姐妹，你们太像了。林虹温柔沉稳像阿朱，你聪明机智如阿紫。"

"胡说八道！我有阿紫那么变态？"林丽突然勃然大怒，让凌楠错愕不已，他连忙向她道歉，"对不起！这个比喻可能不恰当，你就当我乱说。"

林丽突然不理凌楠，过了许久，他听到轻轻的鼾声，大概奔波了一天，累了，她也睡着了。

凌楠仍然睡不着，他重新检视自己说过的话，在心里说：我没说错啊！她那种突然发火的脾气像极了阿紫。但又想现实和武侠小说没法比，自己又不是大侠乔峰，想着想着，不知何时睡去了。

第二十二章
我是十二号

————

63

这一夜睡得极不踏实，迷糊中电话突然响了。凌楠一看是闫鹏，他悄悄地按下接听键。

"喂！你在干什么？"

"我在睡觉。"

"你还有心思睡觉，快，死人了。"

听见死人二字，凌楠一个激灵，从沙发上坐起来，"死人，哪里啊？"

"渔夫酒店，你的法律顾问单位。"

"什么事？"

"大概和女服务员那个……有客人突然死亡，我正在去往酒店的路上，详细不清楚，见面谈吧！"

"好的。"

挂了电话，凌楠抓起车钥匙就走，林丽从床上坐起来，"你要去哪儿？"凌楠转身把房门钥匙扔到床上，"你起来想办法吃点，我来不及了。"说完跑步下楼。

天还没有大亮——路上灰蒙蒙的，凌楠发动车向海边而去，幸亏有师傅的车，否则只能跑步进城，然后打车了。

渔夫酒店餐饮公司是凌楠唯一的法律顾问单位，由闫鹏介绍给他，但是大半年来没有什么法律事务。收了钱，没干活，凌楠常常觉得愧疚。有一次，他给董事长张冬梅建议，给公司员工搞搞法制教育，完善一下公司的法人治理结构。张冬梅大手一挥，"不用不用，给员工讲法律，有了法律意识，天天找我要加班费、维权，那不找事吗？法律顾问，顾得上问一下。俺最好别找你，说明俺公司没有事，找你那肯定是遇到麻烦了。"凌楠哭笑不得，这是什么逻辑？这次死了人，算是遇到了麻烦，该他这个法律顾问出马了。

渔夫酒店位于海湾一隅，高高的轮船酒店客房一片安静，无人想起昨夜笙歌声声，灯火辉煌。

凌楠在保安的带领下，穿过酒店安静的走廊，直接来到董事长办公室。他发现闫鹏已经在那里了，还有董事长张冬梅、女经理孙笑笑及几个工作人员。

"怎么回事？"他问闫鹏。

"她——"张冬梅手指向角落里一指，"在客房中陪客人，不知为什么，那客人突然叫了一声就不行了。"

凌楠看见屋角坐着一个女孩，穿着薄薄的T恤，深深地低着头，长发垂下来，遮住脸。

渔夫酒店曾因涉嫌提供色情服务，被公安机关查过。后来虽然有所收敛，但半明半暗，从没中止过。张冬梅巴结闫鹏，主要是因为酒店属于他们沙子角派出所管辖范围。凌楠心里清楚，张冬梅之所以请他做法律顾问，那是冲着闫鹏的面子。

死人，首先得问清当事人，凌楠向墙角的女孩走去，女孩抬起头，凌楠瞬间睁大了眼睛。原来，坐在屋角的人是贾玲玲——宋清的妻子。

那个很胖的客人在众多的女孩中选了12号，贾玲玲随他到了306客房。她闻见客人喝了不少酒，本想拒绝，犹豫之中，还是进了房门。

这个客人看上去很有钱，年纪有四十多岁，穿着高档的衬衣和名贵的皮鞋。贾玲玲小心地帮他脱衣服，被皮带束着的肚腩哗啦一下掉下来。他从皮夹里数出五张100元的人民币，递到她手中，"好好陪哥，陪好了，哥给你小费。"贾玲玲接过钱，说了声"谢谢老板！"然后脱自己的T恤和裙子。那客人平躺在床上，伸出短短的手指从后面抚摸她。

"你今年多大了？"

"20。"贾玲玲转过身来，低声说道。客人们喜欢年纪小的女孩。

"正是花一样的年纪啊！你叫什么名字？"客人赞叹着。

"丽丽。"领班说过，不能用真名，她随口给自己取了这个名字。

"留、个、电、话呗！"客人很激动。

贾玲玲继续往上捋他身上的横肉，她抬起头说，"公司有规定，不能留，你记着我 12 号就行。"

"我约你到外面去，我有车，带你去兜风，你做我的情妇如何？钱嘛！好说。"

贾玲玲朝客人微笑，"不行"。

她感到很恶心，表面上却机械卖力地运动着，汗水从脸、脖子上流下来，搞定这个胖子不容易。突然，客人大叫一声，伸手去抓她的头发，那声音高亢悠长，像是从水底深处发出。

贾玲玲结束"工作"，跑向卫生间，对着马桶使劲地呕吐，恶心极了。吐完后，她趴在水池上漱口，打量着镜子里面的自己。她很讨厌这些男人，但想到兜里装的 500 元钱，心里多少有些安慰。

贾玲玲把嘴角擦拭干净，从卫生间里出来。那个客人躺在床上，嘴半张着，嘴角挂着口水，眼睛半睁着望着她。"擦擦吧？"她把一张纸巾递给他，发现客人不动。

"喂！"她用力推了一下，感觉客人身体沉重，没有反应。"喂，你醒醒！"她用力去拉他的胳膊，发现他一动不动。出了什么问题？她返回卫生间，接了一杯水，泼到男人的脸上，他还是没动。

贾玲玲胡乱套上衣服，飞奔出房门，报告了领班。

"怎么办？二位，出了这么大的事！我只能仰仗你们了，真倒霉！"董事长张冬梅的大嗓门比平时低了很多。

"八成这个男人身体有问题，那么胖，这个要法医鉴定之后才能确定。"凌楠说。

"那么，贾玲玲，还有我们酒店会承担什么法律责任？我关心这个。"

"可能会受到行政处罚，罚款拘留。酒店涉嫌组织卖淫，受影响最大，可能还面临民事赔偿。"

"能不能私了，隐瞒下来？"听了凌楠的话，张冬梅很着急，"赔偿些钱问题不大，就怕……闫所长，你得帮我啊！"

"发生了死人的大事，怎么隐瞒得住啊！只能先请示局里，做法医鉴定，如果真是客人自身的问题，赔偿些钱，不立案也是可能的。"

"看来只能这样了，现在怎么办？"

"封锁 306 房间，任何人不得出入，控制消息传播，我给局里汇报。最好让他们秘密过来，减少影响，贾玲玲等候处理。"

"只能这样了，我们听你的，我下去安排吧！"张冬梅说完站起来，和酒店的工作人员出门而去。

凌楠留下来陪贾玲玲，屋内只剩下二人，空气很沉闷，两人谁都没有说话。贾玲玲低着头，在所有人里，只有凌楠知道她还有个在看守所里涉嫌杀人的丈夫。

"我没想到是你，事情已经发生了，你也不要有过大的压力，酒店责任很大，你最多是拘留几天或罚款。"

"唉！我没想到，他们说这样挣钱快，你知道我现在最需要的是钱。只是没想到，刚来一个星期又出了这样的事。"

"真是世事难料啊！你那赔偿款怎么样了？"

"我去东船公寓找到了陈倩的丈夫唐继东，我天天去，等在小区门口，或是混进去，到他家门口。后来他感动了，说他理解我作为一个女人的难处，同意赔偿，达成谅解，要100万。他说这是为儿子将来考虑，否则他绝不答应。"

"嗯，要求也不过分。"

"可你知道，我根本凑不齐100万啊！我在电话里和父亲商量。他坚决不答应，我家有两套房子，原来他说会给我一套。我想把房子卖了，这个钱就凑齐了。可我父亲坚决不答应，说是救宋清就是二次害我。我说那房子迟早要给我的，那就现在给我吧？他还是不同意。"

"于是你到了这里……"

"是。"

"但100万也不容易攒够啊！"

"我没想那么多，能凑多少是多少，到时候也是一种补偿，只要我尽力了——那宋清的案子什么时候开庭？"

"估计快了，差不多大半年了。"凌楠突然想起一件事，他兴奋地对贾玲玲说："你知道吗？那个涉嫌放高利贷的公司被查了，老总吴志兵被抓，真是恶有恶报！"

贾玲玲听了却并不激动，反而摇摇头说，"晚了，对我们来说意义不大，要早一点儿被抓，宋清可能不会做那样的傻事。"

"也是。"凌楠嘴上这样说，但仍然认为宋清罪不可恕。一个人不能把自己的遭遇和不公正待遇转嫁到他人身上，别人抢了你的钱，难道你就有理由再去抢别人？

凌楠起身给贾玲玲倒了一杯水，然后，他从窗户看见，通往酒店的石阶上，一行人正在徐徐而上。他们身着便服，手中拎着大包和白色的箱子，从走路的姿势和表情，凌楠已经猜出了他们的身份。

65

来人是分局的刑警和法医，总共六人。他们分成两组，一组对306房间进行严格的勘验，提取证据。一组对酒店的相关人员做调查笔录。凌楠作为事发单位的代表，全程参与，所有的闲杂人员禁止进入酒店的三层。在306房间，他第一次看见那个死了的客人。他真的很胖，侧躺在床上，皮肤雪白，肚子上高高隆起一堆肥肉，两只袜子还套在脚上，样子极是恐怖。

法医看上去很年轻，戴着一副金丝的眼镜，他换上白色的大褂，又把浓密的黑发小心地装进帽子里，戴上口罩和橡胶手套后，开始了他庄严的工作。他翻起死者的眼皮看了看瞳孔，又轻轻地替他合上。然后，在他的全身按压，仔细检查身体的每个部位，又提取体液。一名警察咔嚓咔嚓的，从不同的方位拍照。

"您初步判断他的死因是什么？"凌楠站在门口问。

"嘴唇发紫，像是心肌梗死——还要解剖，差不多！听说是和一个失足女'那个'的时候？"

"是。"凌楠点点头。

"还喝了不少酒——法医翻动了一下死者的头部，朝他的嘴里望，"就是民间说的脱阳。"

"精尽人亡。"另一个在卫生间里提取物证的警察回头说，"男人死的最高境界，呵呵！"说完他笑了。警察们见惯了这样的场合，既没表现出对死亡的恐惧，也没表现出对死者的尊重。

凌楠站在三楼的酒店甲板上，临近中午，吃饭的客人正陆续涌入。他们衣冠整齐，或说或笑，脸上带着即将享受美食的兴奋和喜悦，而在三楼，警察正在处理尸体。生与死竟是如此的接近。远处，满载货物的轮船正鸣着汽笛向茫茫的大海驶去。他给林丽发了条短信，"中午不回来，你自己吃点东西。"过了一会儿，林丽回信来，"晚上回来吗？"凌楠输入几个字："差不多，估计比较晚了。"想了一下，又补上几个字，"照顾好自己。"

不一会儿，闫鹏从楼下上来，他配合另一组警察对相关人员做笔录。

"下一步呢？"凌楠问他。

"现在看来问题不大，给领导做了汇报，排除刑事案件，家属那边安抚好的话，基本不会有事。"

"死者身份查清了吗？"

"查清了。"闫鹏降低声音，将嘴唇靠近凌楠的耳边，"还是个大人物啊！"

"哦？"

"东方能源公司财务部经理，酒店三层靠海的几个房间被他们常年包了，所以当时没有查到登记入住的客人身份。"

"这下就比较好处理了？"

"对！已经联系死者的单位，家属也正从外地赶来。现在最主要的工作是封锁消息——上级这样指示，也符合我们酒店的利益。"

"这样我就放心了。"凌楠简单地给闫鹏讲了贾玲玲的事，"那个失足女我认识，还有个在看守所里背负命案的老公。"

闫鹏听了唏嘘不已，他给自己点上一支烟，"我明白你的意思，对她能放一马就放一马，要不，至少得拘留个十天八天。"

警察们忙碌了大半天，直到下午3点才勘验完现场，做完相关人员的笔录。凌楠作为酒店的法律顾问，也接受了询问，他否认失足女来自酒店，"应该是客人自己带入的。"酒店向警方提交了房屋租赁合同，说明那几个房间常年承包给东方能源公司。

经汇报，对于渔夫酒店客人死亡事件，分局不按刑事案件处理。警察们返回了局里，凌楠和闫鹏还守在酒店，等待死者家属的到来。

夜幕降临，一楼的餐饮区和负一层的娱乐区灯火辉煌，没人知道他们消费的酒店死了人，或许知道了也无所谓。觥筹交错，高声喧哗，醉生梦死，歌舞升平，凌楠和闫鹏坐在三楼黑暗的甲板上感慨，世上有钱人真多啊！两人一边等待，一边闲聊。

海风吹来，凉风习习，远处海边的高楼上，灯火点点，夜晚的海边喧哗浮躁，远比白天热闹。突然一声长长的汽笛，一艘高大的巨轮从黑暗中驶入两人的视线，像一头巨大的蓝鲸破浪前行，海水被从中间劈开，船头一束强光照得海面一片明亮。好大的船啊！凌楠惊叫着，看着巨轮驶向码头。

"那是油轮，不是一般的船。"

"那得装多少油啊？"

"上万吨，到前面的码头，然后从那里经泵站管道又流向炼油厂，卸油时，我们有时还要配合警戒！"

"哦！是哪里的油轮呢？"

"东方能源。"

"好厉害。"又是东方能源公司，凌楠注视着破浪前进的油轮转过前面的码头不见了。

晚上 11 点的时候，死者家属和单位的人到了，一行人嘈杂着从楼下上来。在306 房门口，为首一个人走过来，凌楠不禁一惊，廖明！怎么会是他？凌楠很快平静下来，廖明是东方能源公司的副总兼办公室主任，自己单位死了人，作为代表处理后事也很正常。

"你怎么在这里？"廖明显然有些意外。

"我是酒店的法律顾问。"

"哦！看来我们还真有缘啊！"廖明说完了，往旁边一闪。

闫鹏去开房间的门，进门后他首先开了灯，外面的人陆续进入。凌楠看见廖明身后跟着一个女人，头发烫成卷发，年纪在 40 岁左右，衣着非常考究，大概是死者的妻子。那男人的身上盖了一条白色的床单，闫鹏轻轻地拉开，露出已经僵硬了的尸体。

卷发的女人上前打量死者，像看着一个陌生人。凌楠想她是否会伤心痛哭，但她表情平静，看不出一丝心里的变化。屋子里一下变得很安静，只听见几声轻微的咳嗽。女人默默注视了一会儿，轻轻摇摇头，"你们处理吧！"说完，转身走出房间，向楼下走去。

廖明挥挥手，后面几个跟着的人七手八脚地忙起来。看来他们早有准备，用白布把死者包起来，抬上担架，快速下楼，那里停着一辆白色的商务面包车。尸体抬上车后，廖明过来和凌楠、闫鹏握握手，说了声"打扰了"，然后上车。商务车驶入黑暗，迅速不见了，没人知道酒店中发生了什么事。

拖着疲惫的身体，凌楠在凌晨 1 点回到自己的住处。他怕打扰林丽，轻轻地敲了一下门，屋内没有动静。他把手伸到门框右上角，那里有一把存放的备用钥匙。

黑暗里，凌楠悄悄地打开锁，推门而入，屋内一片安静。借着窗外微弱的月光，他看见床上空空，不见林丽的影子。

"林丽。"凌楠叫了一声，打开灯，毛巾被叠得整整齐齐，放在床的一头。屋内的东西也进行过整理和清洁，但是不见林丽的影子。凌楠一屁股坐在沙发上，出门也不说一声？这家伙行踪古怪，独来独往，但人生地不熟，她能去哪里呢？

凌楠想起前天她被人跟踪一事，难道回酒店了？可能性不大，她为躲避跟踪才随自己来到这里，再回去，岂不自投罗网？这样想着，他心里不免紧张起来，他找到林丽告诉自己的电话号码拨过去，电话里传出"您所拨叫的电话已关机"。

在不安中凌楠等到黎明到来，天大亮，到了上班时间，仍然没有林丽的消息。凌楠开车去了林丽曾经居住的海丰大酒店。早晨正是退房高峰，酒店的前台围了不少人，他挤到前面问："806的客人退房了吗？"

一个身着职业装的年轻女孩在电脑上查了一下说："昨天下午就退了。"

"你知道她去了哪里吗？"话说出口，凌楠发现问了个非常愚蠢的问题，大概自己太急了。

"这我们就不知道了！"服务员微笑着说。

失望之中，凌楠回到办公室，他想，她是否会通过林虹的QQ给自己留言。他急忙打开电脑，登录QQ，并没有发现林丽给他的任何留言。

"说不定她会自己和我联系，就像以前一样。"凌楠悬着的心突然放下来。他在电脑上敲了两行字，"你去了哪里？请及时和我联系。"

给林丽留了言，凌楠站起来开始拖地、清扫办公室。上班的每一天从打扫卫生开始。在用抹布擦拭电脑键盘时，他又忍不住看QQ，没有人回复他的留言。这时候，电话响了。

"请问是凌楠律师吗？"

"是，哪位呀？"

"我是法院的刘兵法官，肖青云等人诉东方能源公司的案件现在由我审理，下周开庭，你能来拿一下传票吗？"

66

凌楠坐在法院二楼的律师接待室，等待接手他们案件的新法官刘兵。经过将近一年的诉讼，带着庞大的11人原告团进出法院，先后使两名法官受到处分，使一个小小的区法院成为全国关注的焦点，现在，凌楠成了名人，法院的法官和工作人员基本都认识他。当他们的目光相遇时，双方都拘谨而戒备，凌楠有种众矢之的的感觉。

凌楠来到二楼的律师接待室等待，有人进来主动和他打招呼，"您好，凌律师是吧？"态度非常客气，大概他就是刘兵法官。凌楠看见他有二十四五的样子，非常年轻，连忙站起来，"是我。"他主动将手伸过去，这种过分的客气反而让他不适应。

刘兵把传票递到凌楠手中，又把笔送到他手上，看着他在送达回执上签了字，然后说："本案现在转入普通程序，我是主办法官，合议庭成员是我们民一庭的王庭长和另一名法官，王庭长本来要见见您，临时有事来不了。他让我传达下，对本案仍然倾向调解。另外，经过与被告沟通，东方能源公司主动把赔偿金提高到每户50万，我们觉得他们也是有诚意的，请你们考虑一下。"

法官的话让凌楠感到意外，50万虽然与他们主张的100万相差一半，但已经接近他们后来提出的70万。按说这个结局应该不错，如果坚持诉讼或评估，凌楠所持的"宅基地唯一"法理学观点不一定得到支持。诉讼有时候就是这样，得考虑得失，谋乎其上，得乎其中，冲着100万而去，得到50万应当说不错。还有，和解的好处是很快能拿到钱，不用旷日持久地去诉讼，节约大量成本。

"我本人没什么意见，您知道律师只是代理人，这样重大的决定还得与我的委托人商量。"

"那我等您消息。"新法官满脸期待地看着凌楠，那样子倒像法官求着律师办事，这种微妙的变化凌楠体会到了。他想起上学时，老师说，你们身为律师，必须把自己锤炼成名律师、大律师，那样，不但案件会接踵而来，法官也会对你们另眼相看。

出了法院的门，凌楠就把这个消息告诉肖青云，老人听了非常开心，"50万能接受，估计其他人也愿意。"凌楠在电话里分析了继续诉讼与接受和解的利害，"没有必赢的官司，就算事实上占理，但也要考虑程序、证据方面的因素，因为这是法律处理纠纷的特点，公平但并不是一定完美。"

"我懂，其实一开始我们也没想要那么多，呵呵！甚至没想到要回来钱，我去给他们说，应该都能接受，我也不想再打下去，太累了，那钱什么时候能到呢？"

"到时候要在法院签订协议，调解书下发生效后，对方会马上付钱。"

挂了电话，凌楠长出一口气，这是他从事律师行业以来，独立代理的第一起案子，意义非凡，足以让他铭记一生。回想当时，一遍遍跑肖家洼子，费尽周折立案，谈判调解，扳倒不公正的法官王刚，此时，他觉得一切付出都是值得的。另外，按照与肖青云等人的约定，他可以从每户收到百分之十的代理费，合计55万，苦日子会瞬间过去。

　　拿到钱干什么呢？先去上岛咖啡吃一顿豪华西餐，然后买辆车，做律师没车太不方便了。还有，应当再租一套靠近市郊的公寓，结束在城郊租单间的日子……这样一路走一路想，他觉得世界真美好！生活多美好！

　　凌楠将同意和解的消息反馈给刘兵法官，了结了一件旷日持久的大案，法官似乎也很高兴，"那我通知被告，周一你们过来签订协议即可。"

　　从法院回来，凌楠重新坐在办公室的电脑前，他还沉浸在赢了官司的巨大喜悦之中。他登录自己的QQ，看是否收到林丽的留言，但那里一片空白。

　　凌楠把林丽失踪的事对张力说了，张力听后也觉得意外。

　　"要不要报警呢？"凌楠征求他的意见。

　　"失踪多长时间了？"

　　"我昨晚回来时发现不见了，也可能白天就不在了。"

　　"要不再等等？"

　　"嗯。"

　　"她有给你留言没有？"

　　"没有，电话关机，我前去她住的酒店打听，客服说房间也退了。"

　　"这样啊！她可能突然有什么事，我想她回头会联系你的。"

　　"但愿吧！"

　　凌楠在极其不安中度过了一天，他担心林丽遇到什么麻烦。她的失踪是否与跟踪他的人有关？他还感觉林丽对他隐瞒了什么重大事情。她遇事机智果断，应该不会有事。这样想的时候，他又有些宽慰。晚上，他躺在昨晚林丽睡过的床上，毛巾被上还有一丝她身上留下的淡淡的香水味，人却踪影全无，去哪儿了呢？

　　凌楠把手机放在枕边，又登录QQ，他怕林丽突然与他联系，自己听不见，那个手机版的QQ他很少登录，一来字小，二来耗电特别厉害。或许，等肖青云等人的案子律师费拿到手后，首先应该换一部手机。

　　这一晚凌楠睡得极不踏实，时而醒来看看手机，时而做梦，他梦见林丽向他呼救，突然间又变成林虹在大火中呼喊，一会儿，又变成自己独自在爆炸后的街道奔跑，天空一片昏暗。

　　早晨天刚亮，他就赶到办公室，要是今天林丽仍不和他联系，他就报警，林丽已经失联36个小时了。

上午，司法局律师管理科的两名工作人员来到所里检查。他们查看了案件登记本，又带走了十本案卷，向凌楠问了很多问题，基本都是冲着李少平而来。

他们走后，凌楠赶紧向师傅报告，他先问老师这几天身体恢复怎么样，李少平懒洋洋地答了两个字：还行。然后他汇报了律师管理科工作人员来所里检查的情况。李少平听了，在电话里沉默半晌，他叮嘱凌楠："把结案的案卷整理一下，该补的与委托人的谈话记录、开庭笔录、委托合同等都补上，回头让你师娘把收费发票开出来也附卷。"

一上午，凌楠一头扎在案卷当中。李少平的柜子相当乱，案件的判决书、起诉书、证据等毫无顺序地摆放在一起，只用一个个方便夹夹着。大部分资料不全，凌楠不知从何补起。他首先把某个案件的案卷单独归类到一起，然后逐个核对，缺少什么补什么。

突然间，他听见大厅里自己的电脑QQ滴滴响了一下，他跳起来，放下手中的案卷，冲到电脑跟前，林丽果然回复他了。

"赶紧来接我，人民医院后门旁边的网吧。"

凌楠想问她发生了什么事？刚敲了两个字，林丽却快速地发来几个大字，"快！快！快！"

凌楠只回了"马上"两个字，就抓起车钥匙向门外冲去，他想林丽肯定遇到了什么麻烦事。

一路上开着应急灯，按最高限速，十几分钟后，凌楠就到了人民医院的后门。他把车停在路边，在医院的后门附近张望。他看见了门口那个熟悉的值班室。一年前他冒充警察，只身探视太平间，值班室的大爷给他开了门。凌楠边走，边寻找网吧。大门两侧是几个从事殡葬服务的小门头房，门口摆着花圈之类的东西，并没看到有网吧。突然，有人拽了一下他的胳膊。他回头一看，一位短发，头发染成淡黄色的女孩站在自己身后，仔细一看，原来是林丽。再看她身上，穿着一套宽大病号服，完全变了一个人。要不是她主动拉凌楠，他绝对认不出来。

"你？怎么在这里！"

林丽示意他不要讲话，两人急忙上了车，凌楠发动起车，"怎么这个样子，你急死我了，电话打不通，离开也不说一声，怎么到了医院里？"

"哎呀！我能活着见到你就万幸了。"

"究竟怎么回事？"

在车上，林丽断断续续讲了自己为何进了医院。

那天早晨，凌楠接到闫鹏的电话后，急急忙忙去了海边的渔夫酒店。林丽起床后，想从海丰酒店拿回自己的衣服和洗漱用品。但她知道自己一旦去了酒店，肯定会被人盯上，就找到一家发廊，把头发剪短了，又染成黄色，她以为这样就能瞒过盯自己的人。她从酒店里取回自己的东西，然后退了房，从酒店出来。

林丽很警惕，在酒店门口，她特意向四周观察，没有发现可疑的人。于是，搭乘一辆出租车，向凌楠租住的城郊小屋而去。路上她不放心，时时从后窗户观察，看是否有人跟踪。

出城后，她还是注意到有一辆绿色的长城皮卡跟上了自己。她让师傅开快点儿，但到了海边悬崖边的公路上，皮卡突然加速向他们的车冲来，把出租车撞了出去。

林丽醒来时发现自己躺在医院，医生说她昏迷了整整一天。手中电话不知去向，也无法与凌楠联系，她趁医生不注意，从住院部大楼出来，在网吧里，她找一位上网的少年，登录原来的 QQ 号，给凌楠发了信息。

凌楠听着后背一阵发凉。

"那你现在怎么样？身体不要紧吧？"

"感觉脑袋重重的，右肩这块儿有点痛，幸亏我早有防备，系着安全带，那辆皮卡车撞过来后，我趴倒在后座上，脑门撞到车门。"

"太惊险了。"

两人回到凌楠租住的房子，凌楠把林丽扶上床躺下，他还是不太放心，用手摸摸她的额头，微微有些发烫。"我觉得还是去医院吧！等你完全康复了。"

林丽摇摇头，"我休息下就好了，现在我快饿死了，求你给我弄点吃的。"

凌楠想起村口公路边有一个小吃店，自己有时候没饭吃，经常去那里。他锁好门出来，小吃店里的人很少，老板是一个中年农村妇女，店面收拾得非常干净。凌楠让她下了两碗馄饨，并叮嘱说："打包。"他不想离开林丽太久，他担心自己回去林丽又不见了。他觉得林丽对他隐瞒着什么重大秘密，但不想告诉他。必须从她那里套出来，否则，自己无法帮她，还会有人找到她。在他看来，林丽的做法非常幼稚，无论她怎样变换装扮，只要一退房，就会被发现。而且，他们极可能串通了酒店的工作人员。在她退房的同时，对方已经发现了她。这样一想，他感到极其不安，是什么人，又为什么要盯着她呢？

前后只十多分钟，凌楠又回到了自己租住的小屋。林丽睡着了，凌楠轻轻地喊醒她，"来，吃饭！"

馄饨清香的气味飘进林丽的鼻子，她精神一振，"什么好吃的？

凌楠将一次性餐盒盛着的馄饨递到林丽面前，林丽接过去喝了一口汤，"真鲜！"又咬了一口馄饨，大赞，"好吃。"

"怕你一时不适应，我没有买肉啊鱼啊什么的。"

看见林丽吃得很香，凌楠也觉得有些饿了，坐在电脑桌前，打开另一碗馄饨。

"盯着你不放的人是什么人？看来是有目的的，甚至要置你于死地！"凌楠咬了一口馄饨，边吃边说。

"不知道，但我能猜得着。"

"谁这么胆大？"

"东方能源的人。"

"为什么呢？"

"哎，事到如今，我也不用隐瞒什么。"林丽一口气吃完碗中的馄饨，又喝完了汤，将一次性饭盒递向凌楠。

"你开车，现在国内汽油价一升多少钱？"她突然问凌楠。

"前几天我给师傅加过一次，好像 98 号油每升 8.2 元、95 号每升 7.8 元，不知道最近涨了没有。"

"你知道国际油价是多少？"

"这个我哪里知道。"

"折合人民币不到你刚才说的一半。"

"这么便宜！"

"是，但是我们国家石油国营，由中石油、中石化、中海油这几家巨头控制，只有他们有进出口权。"

"嗯，东方能源是一家几个公司控股的大型公司，主要产品是石油附属产品，如乙烯之类的。自从国际国内油价差价拉开后，他们做起了石油进口的生意。沙子角码头就是他们的根据地，原油从公海运来后，在沙子角卸下，通过泵站和管道输往地方或私人的炼油厂。"

"这样啊！可他们最后把油卖到哪里呢？你看路边加油站，不是中石油就是中石化。"

"错了，你要仔细观察，特别是在我们这里，除这两大公司外，还有不少地方加油站。"

"你还别说，好像真的有，在江山路那个地方就有一家，我和师傅加过一次，为了迷惑大家，把中国石油写成中园石油。"

"对，大部分现在不挂牌子，就写加油站三个字，他们的油比两家国有公司的便宜两三毛，有的能达到五毛。消费者喜欢便宜，而油也不错，于是他们一直存在着。他们也能从两大国有能源公司批发石油，但利润非常薄，慢慢地，东方能源逐渐成为他们的主要供应商。"

"东方能源公司有石油进出口权？"

"没有，两大公司只给他们极少的配额，仅够他们自己用，于是……"讲到这里，林丽停下来。

"他们的石油从哪里来呢？"

"走私——以大公司的名义，直接与国外的产油国接洽，进口进来。"

"这与他们盯着你不放有什么关系？"

"说来话长。"

第二十三章
爆炸案的句号
———

67

2011年，还在读大三的林虹已经在石油大学小有名气，她成绩优秀，人长得漂亮，而且能歌善舞，广袤的西北大地和多民族的文化环境孕育了她热情大方的性格。她还说得一口流利的英语，学校的各种演出、外宾接待总能见到她的身影。那时候她就认识了很多石油和能源行业的上层人物。毕业那年，她如愿进入东方能源，不久，被派往海外部，常驻阿联酋。她的直接领导就是廖明。一年后，廖明从海外部回来，就任公司副总兼办公室主任。林虹暂时负责公司在阿联酋的工作。

同在石油大学上学的妹妹林丽毕业后，由姐姐林虹介绍，也进了公司海外部。不幸的是，在国内出差期间，林虹在"9·20"事故中遇难。

近几年，国际油价持续下跌，国内国际石油的巨大差价使东方能源公司赚取了巨额的利润。公司高层指示林虹，以个人名义开设账户，存入大量美元。然而因为林虹的突然遇难，这笔钱无法取出。

林丽曾听姐姐林虹讲过这些，也知道那个账户。她曾到阿联酋皇家银行询问过有关事项，银行的工作人员告诉她，如果她姐姐去世，必须要有死亡证明，并经使领馆认证，然后继承人才能提取银行账户中的存款。

听林丽讲到这里，凌楠终于明白了。

"所以，你必须得到林虹的死亡证明。"

"对！"

"这也是为什么林虹的户籍信息从派出所失踪，你被盯上的原因？"

"是，我曾听姐姐讲过，知道这个秘密账户的人不超过四个人：东方能源公司的老总杨乐，他常驻北京，廖明，林虹，还有一位财务还是销售部部长。"

"为什么是林虹的户名？那个账户里有多少钱？"

"林虹是个新人，用她的名字不会引起别人注意，这个账户就是个小金库，主要供领导们私用。至于具体有多少钱，我不太清楚，但不应低于这个数。"林丽说着，把两只手的食指交叉在一起。凌楠知道那代表着一个什么数字。

瞬间，他吃惊地张大嘴巴，对他来说那是天文一样的数字。

"而且是美元。"

一口气讲了很多话，林丽有些累。她靠在床头微微喘息，调整了一下坐姿，肩膀的疼痛让她直龇牙。

"很严重吗？要不要重新到医院检查一下？"凌楠走到她身旁，关切地问。

"我不知道。"她用左手去解病号服的纽扣，抬了一下右臂，又痛得直皱眉头。

"你帮我一下？"她示意凌楠。凌楠轻轻地解开她衣服的第一、第二颗纽扣，看到肩头红肿，他用手轻轻按按，"疼吗？"

"有一些。"林丽的脸突然红了。凌楠注意到她红色的内衣和白皙的皮肤，还有隐约可见充满弹性的乳房。一丝女性身上特有的气息，带着微微汗味传来，凌楠的心不禁猛地颤动一下。

"你有差不多的衣服吗？比如衬衣什么的，我讨厌死了医院的病号服。"

凌楠从墙角的简易衣柜中取出自己挂着的西服套装，这是他最值钱的衣服，只有开庭和会见重要客人时才穿。他把套装里的白色衬衣取出来，棉质的面料摸上去很柔软。他把衬衣拿到林丽的跟前。

林丽没有接衣服，两只大大的眼睛盯着凌楠，凌楠明白她的意思。他把衣服放在床上，然后解林丽身上病号服的扣子。等全部解开了，他先脱下她没有受伤的左手衣袖，然后小心地脱去右臂受伤的衣袖。

林丽转过身，凌楠把她的衣服完整地脱下来，整个后背展示在眼前，削肩细腰，凌楠听见自己心跳加速的声音，嗓子里像卡了什么。他又按相反的顺序，给林丽穿衬衣，一颗一颗地扣扣子，这次，手法明显笨拙，手不停地颤抖。

"扑哧！"林丽却突然笑了，她看着凌楠，"你紧张什么啊？"凌楠的脸瞬间涨成红色，他分辩道："我没紧张啊！"

"骗人！手都抖了，你真的没脱过女孩的衣服？"

"我怎么会？"

"那你没有女友？"

"你姐是我唯一爱过的女孩。"

"啊！那也真难为你了。"

提到林虹，两个人一下子变得严肃起来。

凌楠去了一趟商场，他给林丽买了几套衣服，有内衣，有外套。每件衣服按林丽说的，他不会挑，也懒得挑，全买成 M 号，为了有所区别，买套红色的，另一套必是绿色。买完衣服，他又买了运动鞋、凉拖和洗漱用品等。他不知道林丽喜欢不喜欢自己买的东西，最后，他买了一大包零食和饮料。凌楠把东西塞进车后备厢，然后驾车向沙子角派出所而去。

凌楠进入闫鹏的办公室时，闫鹏正趴在办公桌上抄学习笔记。

"哇！这么认真。"凌楠大叫一声，闫鹏吓了一跳，"什么风把你吹来了，凌大律师？"

"我刚才去镇法庭送材料，经过这里，就上来看看你。"

"谢谢！"闫鹏从桌下拽出一箱矿泉水，取出一瓶递给凌楠，"还是你们律师自由，你看我们工作这么忙，还要补学习笔记。"

"你吃国家俸禄，自然要听上级的，加强学习，提高修养嘛！我是自己养活自己，这些就免了。"

"这么高兴，接大案了？"

"没有啊！不过我代理肖家洼子 11 户农民诉东方能源公司的案子和解了，每户村民获赔 50 万，虽然与当初要求的 100 万少了一半，不过我还是很满意。"

"牛啊！你真的是大律师啦！按照你们当初的协议，每个委托人付你 10%，那就是 55 万啊！了不起，你得请个大客。"

"周一签订协议，到时候我俩好好喝一杯。"

"我要狠狠宰你一刀。"

"哈哈，不怕。哎，那个渔夫酒店客人死亡的事情后来怎么处理了？我放心不下。"

"法医鉴定报告出来了，客人心脏病突发，局里不予刑事立案。"

"家属提出民事赔偿了吗？"

"没有，家属及单位放弃赔偿，而且要酒店注意保密，不要传出去。"讲到这里，闫鹏突然降低声音，"怕传出去不好听啊！堂堂东方能源公司的财务部长嫖娼……还好意思赔偿？再说他们也不缺钱。"

"这样我就放心了,渔夫是我的法律顾问单位,那个失足女后来怎么处理了?"

"不了了之。既然没人追究,酒店没责任,她也就没事,又承蒙你凌大律师美言,放了。没有拘留,也没罚款,听说当天就辞职走了,也不容易。她老公的案子快开庭了吗?会不会判死刑?"

"还没有,估计快了,要是受害人家属不谅解,必定死刑,这个案件影响太恶劣了。"

"妈的,这种坏人,照我看应当立即判决死刑,枪毙!"

"立场不同,我的目的是救他一命。"

"黑心律师,不替受害人家属想想。"

"哈哈!给辛普森辩护的大律师德肖维茨说过,我们律师从事的是法律事业,不是正义事业。"

"好了,说不过你们这些律师,今晚我值班,出不去,咱俩就在所里喝点儿,我们老大不在。"

"算了,改天我律师费到了请你。帮我打听一件事,你交警大队有认识的人吗?"

"当然有——我说你是无事不登三宝殿,还说来看我,骗人!说吧,什么事?事故科有好几个弟兄。"

"应该是 17 号,上周三下午,云岭路也就是 204 国道黄家洼村附近出了一场车祸,一辆绿色的皮卡车撞了一辆出租车。帮我打听一下是哪个交警处理的,肇事车属于什么单位?"

"你稍等一下,"闫鹏说着在手机上找电话号码,电话拨通了,他又问凌楠,"是周三下午,黄家洼?"

凌楠又一次强调:"是,没错。"

闫鹏到走廊去说话,不一会儿进来,"肇事皮卡车逃逸,没有挂牌,那个地方没有监控。事故发生后,是黄家洼的村民报警,将出租车司机和女乘客送到医院。奇怪的是女乘客昏迷了一天一夜,醒来后,从医院失踪了。现在公安正在缉拿肇事皮卡车司机。"

"这不是一起交通事故,而是一件有预谋的刑事案件!"凌楠说。

"真的假的?"

凌楠告诉闫鹏,有人跟踪林丽,林丽又如何摆脱,在出租车上被皮卡车撞下路基，她又如何从医院逃出的经过。"现在她就在我的屋里。"

"她怎么样，要不要报案？"

"恢复还行。暂时不用立案，背后有些事情很复杂，公开未必是件好事。"

"是什么人干的呢？"

"不太清楚，但她猜测与东方能源公司有关。"

"为什么呢？"

"现在不便说。你能否留意下这起事故？东方能源公司，还有发生事故的黄家洼都属于你们沙子角派出所。"

"好的，有消息我及时通知你。"

68

虽然公安在缉拿绿色皮卡车的司机，但是凌楠觉得林丽仍然是不安全的。他想等肖青云等人的案子调解书一签，拿到律师费后，秘密租一个靠近市内的住处。最好是一套公寓，而不是单间。

凌楠每日的工作仍然是整理案卷，但他在所里待的时间很短，基本是转一圈后，又回到住处照顾林丽，他不想再次让她失踪。

这一天，他把几册案卷装订好，收进柜子，刚准备离开，贾军推门而入。两个多月未见，贾军像是更老了，头发花白，脸庞瘦如刀削，单薄的身体裹在宽大的灰色 T 恤下，仿佛一阵风来都会把他刮走。谁家摊上这样的事情也吃不消啊！凌楠心里想，他刚退休不久，本来可以安度晚年，女儿的事却让他寝食难安。

"叔，怎么是你？"凌楠招呼道。

"唉！"贾军长叹一声，也不等凌楠邀请，径直走进事务所，一屁股坐在凌楠对面的椅子上。"你说怎么办？"他一脸愁容地望着凌楠。

"发生了什么事？"

"我也不知道，玲玲上周回家后一言不发，不吃不喝，我和她娘把饭端在床头，实在看不下去了，她才吃一点点。我不知道发生了什么事，看着心疼啊！"

凌楠不知道说什么，他不能告诉贾军，贾玲玲为了筹集宋清的赔偿款在酒店陪客。

"可能还是因为那个钱的事，我们找了被害人丈夫唐继东，开始他不见我们，贾玲玲天天去找他，他被感动了，说赔偿 100 万就出谅解书。这个数字对贾玲玲来说不是个小数，他应该知道宋清的情况，但我们不好意思再提条件了。"

"她可能为那个钱急的——罢了，我卖房子吧！只要遂了她的心愿。"贾军扬起头，双目紧闭，右手握成拳，在凌楠的桌子上狠狠地砸了一下说，"谁让她是我女儿啊！"

凌楠心中万般难受，但又不知道如何安慰他。贾军叹口气说："凌律师，你没有孩子，体会不到，等有一天，你有了孩子就会知道，父母对子女的爱有多深！只要是为了孩子好，做父母的愿意付出一切，甚至是生命。"

"这个我信，"凌楠点点头，"虽然我没成家，没孩子，但能体会到。"

"不一样。"贾军摇摇头，不看凌楠。凌楠感觉到贾军是个非常倔强的人。

"那么，我有一个条件，在我们替宋清赔偿了这100万后，我女儿要和他离婚，这个要求不过分吧？"

"这个应该可以，丈夫杀人坐牢，妻子起诉离婚，即使他不同意，法院也会判决。"

"100万，我们跟他恩断义绝，救他一命，从此，我们全家和他没有任何关系。"说完，贾军站起来，"你等我消息吧！"然后向门外走去，凌楠一直把他送到电梯，看着电梯门关上，才转身回来。

贾军的来访让凌楠的心里非常难受，这天是周五，他不想再上班，锁了事务所的门，提前下班回到租住的地方。林丽恢复得不错，她还收拾了一下两人住的屋子，看上去比过去温馨了很多。他想起贾军说过的话，"你知道父母对孩子的爱有多深？只要为孩子好，做父母的愿意付出一切，甚至是生命。"他想给远在兰州的父母打个电话，又觉得拨通了，无话可说。刚毕业的那会儿，时不时还打电话问问，没钱就张口要，后来工作一忙就忘了，有时候又觉得老人话多，啰唆，于是电话越来越少。有多久没给父母打电话了啊！坐在沙发上，凌楠感到一阵揪心的内疚。

"怎么不说话，发生了什么事？"

凌楠把和贾军谈话的内容告诉林丽，她怅然若失，"有父母的人幸福，哪像我，父母去世早，我们姐妹两人相依为命。现在姐姐走了，这世界上就剩我一个人了。"

凌楠第一次听林丽说起她们的父母，他从没听林虹讲过。听她说父母都不在了，他感到极度震惊。

"我父母 70 年代支援西部建设，在克拉玛依油田，两人都是技术工人，那时创业，条件非常艰苦，在一次事故中两人双双去世。我们姐妹两人非常要强，尤其是我姐姐，后来在单位的照顾下，我俩先后进了石油大学。"

凌楠算是明白了，为什么事故过去了很长时间，都没有亲人联系林虹——她只有一个妹妹，还在国外。这样想的时候，他觉得自己非常幸福，父母都在，而她们姐妹真是不易。

"如果你不嫌弃，以后就当我是你的亲人、兄长吧！"

"谢谢，我想等眼前的事平安处理完后，就找个安静的地方去住，或者回我们新疆，外面的社会太险恶。"

凌楠发现林丽的思想单纯，可能因为从小被姐姐罩着。而他希望将自己喜爱的律师职业一直从事下去，办一些名案、大案。

星期天的早晨，东方花园小区的门口来了两个年轻人，一男一女，男的头戴一顶棒球帽，女的戴着墨镜，两人打扮得像一对旅游归来的情侣。他们说说笑笑，大模大样地进了小区，门卫没有询问他们是否有出入卡。

这是东方能源公司的家属区，小区内绿化漂亮，园区中央的假山上流水潺潺，周围种着名贵的花木和绿色的草坪。路边的停车位上，停着宝马、奔驰、林肯等名车，一看就是高档小区。

两个人走到 4 号楼 602 户，按响了门铃，房门"咔嚓"一响，门开了。

602 室的女主人打开门，一个胖胖的女孩站在走廊里迎客，她一把抱住走在前面的女孩，大喊："啊呀！林丽，什么时候回来的？也不说一声，见到你太开心了！"

女孩叫杜雅萍，是林丽的大学同舍同学，上学时关系非常好。两人热情地拥抱完，才注意到一旁尴尬而立的凌楠。

"这位是？"

"哦！忘记介绍了，凌楠，凌晨的凌。"

"男朋友吧？"

"刚认识不久。"林丽回头看了下凌楠，既没有肯定也没有否定，只是害羞地看着他。

凌楠脸红了，他主动伸出手去，"你好"，杜雅萍伸出手，两人轻轻握了下。

"坐，坐。"三人进到屋里，杜雅萍招呼两人在客厅的沙发上坐下，然后去厨房倒水。凌楠观察了一下房间，大概有一百平方米，是个三居室，装修豪华，以当前的市场价，至少在一百万以上。他想，就因毕业后进了好公司，才买得起这样的好房子。

"我这里有铁观音，还有崂山绿，你们喜欢什么？"杜雅萍端着水壶进来。

"啊，随便，你别客气啦！"

杜雅萍见两人拘谨，主动把茶几上一串葡萄拎起，摘下几颗，递到二人手中。

"你别麻烦了，其实，我们来是想找你打听点事。你知道，我姐姐在去年九月的事故中去世了。"

"知道，真不幸，'9·20'事故对我们公司的影响太大了，人员和经济损失巨大。"

"就是，我想知道公司里还有什么人在事故中去世，他们后来是如何处理的，你知道我那时候在国外。"

"听说维修队有好几个人遇难，这个应该能打听到吧？公司的人都知道。我认识个姐姐，她老公就是维修队的，那天早晨，他们赶到漏油的现场，不久就发生爆炸，听说尸体都没有找全！"

"太突然了，我没想到，我姐也……"

"唉！刚结婚半年多，我们一起装修的房子，幸亏还没有孩子。"

"你能不能帮我问一下这些人的姓名、工作职务，还有家庭住址？"

"我试试，什么时候要呢？"

"越快越好。"

"你问这个干什么呢？"

"我想和这些家属联系一下，我觉得公司对我们这些死难人员的家属处理不太公平，必要时，大家一起商量一下，共同维权……"

"这样啊！那我打听一下，问到了和你联系，你还是原来的那个电话？改天我们一起聚聚，怎么也得请你吃个饭啊！你还出国吗？"

"嗯，你留他的电话吧！我回国后还没有去电信公司换卡。"林丽给凌楠说了杜雅萍的号码，凌楠存了，拨过去，杜雅萍又存了凌楠的手机号。

两个久未见面的大学同学，聊起了她们上学的时光，有关同班的人和事，谁结婚了，谁工作一年又去读研了，等等。凌楠在一旁插不上话，默默地喝茶。看时间差不多了，林丽站了起来。

"这么急啊？再坐一会嘛！"

"我刚来两天，还有很多事要办。会待一个半月，咱们有时间再聊。"

"改天我给你接风，哈哈！"

"还是我请你。"

杜雅萍把两个人送到门口，林丽转身和好友道别，"这件事情暂时保密，不要让别人知道。"

杜雅萍看林丽一脸严肃，便不再问。林丽戴上墨镜，两人下楼。在院子里，林丽向站在窗前目送着他们的杜雅萍挥挥手，就像刚走访了朋友，道别出来。

69

经过漫长的一年的诉讼，肖青云等 11 户农民诉东方能源公司案件终于要画上句号了。

早晨八点，在去往法院的路上，凌楠想起第一次在所里和肖青云见面的情形。他懵懂地接下案子，又去肖家洼子实地调查取证，为立案上访拉横幅，诉诸媒体，好不容易进入审判程序，却阻力重重，直至负责审理案件的法官王刚落马，才见曙光，这个案子真是一波三折啊！

在法院的大门口，凌楠和肖青云等人汇合。原告们喜形于色，一个个走上来与凌楠握手道谢，感谢他为案件的付出。九点一到，11 个人自觉地出示身份证，接受安检，进入法院。凌楠例外地没有走律师通道，他跟在 11 个人后面，沿着高高的台阶逐级而上。他的前后是排成蛇形的人流，他们都是前来法院立案和诉讼的。这样的场面，他日渐熟悉。来诉讼的人，或赢或输，换了一批又一批，唯有法院门前的那对石狮子未变，仍然对着所有进出的人，怒目而视。他也看见有人胸前举着一个大大的"冤"字，站在那里，还有人拉横幅，保安们不再干涉。他们在表达自己的诉求，有人举起手机拍照，有人走近看看，又走开。再也不像原来那样大惊小怪，大家都习惯了，这本来是公民的权利。

在法院二楼的第三审判庭，原、被告在法官的主持下，签署了早已拟好的和解协议。被告东方能源公司一次性赔偿原告每户人民币 50 万元，双方从此互不追究。东方能源公司的代理人仍是廖明，他穿着一件白色的衬衫，打着领带，头发依旧梳得一丝不乱。

签完字，从法院出来，凌楠和肖青云等人告别，步行向律师所而去。他突然看见廖明手中拎着公文包，站在不远处，那样子像是有意等他。他主动迎过去，伸出手。廖明和自己一样，在法庭上都是代理人，为各自的委托人争取权利，他们之间没有私怨。

廖明带着一种复杂的表情看着凌楠，"凌律师，我们也算有缘分啊！"

"缘分？不对！"

"那怎么讲？"

"缘分是一种自然的，偶然的机遇，我们是不打不相识。"凌楠笑了，廖明也跟着笑了。

"是，刚刚结束的这个案子，还有渔夫酒店顾客死亡事件。"

"对，或许还有黄家洼的交通肇事案。"

听到"黄家洼"，廖明的表情瞬间凝固了，他双眼盯着凌楠，过了好久，才收回自己的目光。

"其实，就像刚刚结束的案件，我们还可以和解，和为贵。"

"怎么和解？"

"一人一半。"

"要是我们不答应呢？"

"那，那个钱你们永远取不出，没有公民户籍信息，无法取得继承需要的死亡证明。"

凌楠淡淡地说："也未必，其实我并不是因为钱，当然钱我也喜欢。也不怕您笑话，我一个小律师，每月的工资还不及廖主任您身上一件衣服钱。"

"那是为什么呢？"

"有些事情没法和解，你我都是学法之人，比如私法能和解，公法却不能，就像我们上学时学过的行政诉讼，没有调解一说。"

"好，钦佩，"廖明拍拍凌楠的肩，"那我们走着瞧吧！"

"再见！"

"再见！"

在爆炸发生整整一年之后，"9·20"事故的调查报告终于出炉。由省、市两级政府共同组成的调查组认为，"9·20"事故是一起责任事故。管道的所有者东方能源公司以及市、区两级政府都有一定的责任。东方能源公司董事长杨乐、总工程师张平被免职，对安全负有直接责任的总经理赵志发、管线维护队队长等被移送司法机关处理。地方政府方面，主管副市长、所在区一把手被免职，安全生产管理局局长管明军、应急办主任刘天泽、沙子角镇镇长王宝来等人交由司法机关处理。

事故处理通报让凌楠略感意外，他认为师兄刘天泽在事故后续处理中工作得力，特别是主动引入律师，为遇难者家属提供一对一法律援助，迅速平息家属的情绪，完善善后工作。身为事故委员会主任，刘天泽功不可没，为什么他也受到处分，而且被移送司法机关？

凌楠看着报纸上，被处分移送司法机关处理的二十多位责任人员中，除了刘天泽，其他都不认识。然而对事故责任者的追究，也难以挽回遇难者的生命和所造成的财产损失。他读着事故通报，心潮澎湃，在这场事故中遇难的还有他的女友林虹，想到这里，他的眼眶有些发酸。

"事故造成35人死亡，1.2亿多元财产损失，后果相当严重，损失非常巨大。各级单位要从事故中吸取教训，切实将人民群众生命财产安全置于最高的地位，防止类似事故再次发生……"

凌楠合上报纸，回味着通报上的每一句话，事故造成35人死亡，与事故发生不久公布的数字一致。

"这个数字根本不真实，实际人数远超35人。"凌楠生气地把报纸拍在桌子上，"什么调查报告，忙活一年就出这样一个结果？"他站起来，给张力打通了电话。

"张哥，你看通报了？"

"看了。"

"那个死亡人员，还是原来通报的人数。"

"呵呵！对这个报告，我本来没抱多大希望，不痛不痒，差不多一年才出来，安抚一下大家的情绪而已。"

"那后续我们怎么办？"

"你继续打听其他没有上名单的遇难者。"

"这个我已经在做了，托了个公司内部人调查。"

"很好，我们一定要挖掘出真相，有什么事我们随时联系。"

挂了电话，凌楠走进了李少平宽大的办公室，在办公室靠南的墙前，摆着一排文件柜，里面存放着历年来结案的案卷。那份文件一定在这些柜子中，但档案柜上着锁，怎么打开呢？

凌楠在柜子前站了一会儿，然后，锁上律师事务所的门，向人民医院走去。

李少平已经能下地行走，他拄着拐，在病房外的走廊里，一步一步，慢慢向前，看到凌楠，开心地笑了。

"老师，恢复得不错啊！"凌楠急忙赶过去，扶住他。

"医生说，每天走300步，今天走了一半啦！"李少平大汗淋漓，气喘吁吁地说，"好了，不走了，我们回去，下午再说。小凌啊！你有好长时间没来了。"

最近忙着林丽的事，凌楠发现自己真的好久没来看老师了，他心里有些惭愧。

"其实，才两个星期，但你们在外边的人体会不到，我在医院里，觉得时间真漫长！"

"以后我多来看看老师。"

凌楠看见李少平的精神状态很好，事故刚发生时的那种压力和憔悴已不见踪影，觉得老师毕竟是见过大风大浪的人。

两人在一起说了很长时间的话，李少平认为被调查也许是件好事。他想好了，等康复出院后，把以前办过的案件整理一下。他从事律师业二十多年，有实践，有理论，写写文章，搞搞研究，或许会对将来的立法、教育有所帮助。

"那太好了！"

李少平做律师起步早，早年的积累不少。凌楠知道他有几处房产，还有一处门面房，只有一个女儿已上大学，即使他和师娘什么都不干，也不愁吃穿。

和老师聊了一会儿，凌楠站起来，"老师，那档案柜的钥匙在哪儿？我想把整理好的案卷存档了。"

"问你师娘。"李少平指着从外面刷碗进来的张云丽说。张云丽擦擦手，从一大串钥匙中找出其中的一把，又犹豫地说，"好像是这个，不对，这是文件柜上的，档案柜是……全给你吧，你试试，看哪把是。"

"我存完档案就送过来。"凌楠手中拿着钥匙说。

"不用，放你那儿吧，沉甸甸的。"

凌楠从医院飞速返回律师事务所，他用师娘给的钥匙试了几下，就打开了档案柜。他先找到"非诉类"，又找到2015年度，一册一册向后翻，终于找到写着："法律援助，赵娜娜"的案卷。他迫不及待地打开，又一页一页地向后翻，里面有委托人的资料、案件办理经过等。在最下面，他找到那份复印的文件——〔2015〕律发32号《关于为"9·20"事故遇难者提供法律援助的通知》。文件的最后有张表，表上依次写着序号、遇难者姓名、援助律师事务所、援助律师等。从表上一眼能看出遇难者的人数及姓名，这份名单原来在网上公开，能搜到，不知何时开始再也找不到了。

手里捧着文件，凌楠想起一件往事。"9·20"事故处理完后，司法局打电话通知，要求将该文件上交。他到师傅办公室来取，"司法局说必须上交原件！"李少平忘记放在什么地方了，师徒两人在一堆文件、案卷里找了一下午，才从一份吴志兵提供的合同中发现。"妈的，夹在这里，烦死了，要这玩意儿干什么呢？"李少平手里翻看着文件后的人员名单，"一定要上交？律师对于证据要有强烈的敏感性，既然强调必须上交原件，你复印一份，不管将来是否用得上，咱们保留一份。"

现在看来，老师真是经验丰富，如果当时没有复印一份，要搞来这份文件就太难了。凌楠把文件复印了一份，然后装好档案袋，又从容地锁好柜子门，离开李少平办公室。

第二十四章
律师的无罪辩护

————

70

被限制了人身自由的刘天泽从看守所里传出消息，委托凌楠为自己的辩护律师。

一个星期后，凌楠带着手续前往林普镇，去会见自己的当事人，也是师兄刘天泽。一路上，他心情复杂，在将会见手续交上去后，他按干警的指示，在第五会见室等待刘天泽。

在律师与被会见的嫌疑人之间，有一排铁栅栏，律师就那样隔着栅栏，与被铐在铁椅上的犯罪嫌疑人谈话。以前，凌楠常常是在刘天泽的办公室，与这位位高权重的师兄相见，刘天泽坐在宽大的办公桌前，居高临下，对坐在沙发上的凌楠说话，凌楠毕恭毕敬。现在，他是被告人，凌楠以辩护律师的身份会见他，这个巨大的反转让凌楠自己都有些不太相信。在他的眼里，这位师兄沉稳睿智，将来的前途不可限量，曾经让凌楠羡慕不已，然而仅仅过了一年，他却成了嫌疑人，世事真让人难料。

不一会儿，刘天泽被从里面的门内押出，凌楠站起来向他打招呼。刘天泽比原来更瘦了，头发虽然剪得很短，但能够清楚地看见鬓角的白发，其实他才42岁。

凌楠心里有些难过，他叫了一声"师兄"，声音有些哽咽，一时不知道说什么。

"哎，凌律师，辛苦了。"

"你还是叫我小凌或师弟吧！"

"别，我现在是犯罪嫌疑人。"

"在我眼里，你永远是师兄，这种同门情谊不会因为身份而改变。"

"谢谢！谢谢！"

寒暄完之后，是一阵短暂的沉默。凌楠看出刘天泽有强烈的心绪起伏变化，又努力让自己平静下来。

"我看逮捕书上说你涉嫌玩忽职守罪——"凌楠试探着问。

"我没罪。"刘天泽摇摇头。他的回答让凌楠一惊，不认罪，那意味着他将进行无罪辩护。

律师的无罪辩护难度非常大，有人统计过，中国律师每年的无罪辩护胜诉率不足1%。刘天泽作为政府的应急事务处理办公室主任，对"9·20"事故的发生承担直接责任，在犯罪的认定上，应该没什么问题。这种类型的犯罪与一定的职务有关，如履行职责不力、不积极，导致严重的后果发生即可构成。即使不认罪，也不影响对他的定罪量刑。重要的是，认罪减刑，不认罪，有可能加重对他的量刑。

"罪名与您的职务有关……"律师与被告人的观点不一致，是让辩护律师最为难的事。凌楠试着提示，刘天泽作为法学专业大学毕业生，这一点不可能不知。

"我履行了职责。事故发生后，我积极向领导报告，协调安全、消防、公安及司法部门处理工作，完成得相当不错，上下有目共睹。特别是引入律师为遇害家属及伤者提供一对一法律服务，稳定家属情绪，避免了大量上访、闹访发生，没有功劳也有苦劳，现在反而要追究我的刑事责任，这不卸磨杀驴吗？"

刘天泽说到激动之处，戴着手铐的两只手向外一开，冲向凌楠，手铐哗啦哗啦响，他质问着，语气中充满悲愤和委屈。

"可是你想过那些遇难者和他们的亲属吗？别的我不知道，单单我提供法律服务的赵娜娜，父母在事故中双亡，一夜之间她成了孤儿，谁对她负责呢？"

凌楠的话让刘天泽微微一震，他继而又争辩道："我对他们的遇难表示同情，而且这次赔偿是按人身伤害最高额赔偿，安排家属住宾馆，报销往返差旅费，你提到的赵娜娜由政府出面安置了工作，应该说不错吧！"

"这些都不及生命的价值，必须有人为事故负责任！"

"是，必须有人负责，但不能是我。管道的所有者、维护者应承担责任。"

"你看调查报告了吗？我们地方政府部门也是有责任的。您涉嫌犯罪是因为职务，不是行为——您是学法之人，只要你担任这一职务，就要承担责任，这是玩忽职守罪的本质特征啊！"

"我只是个替罪羊而已！"

"这怎么叫替罪羊呢？按照现代政治理论，造成民众生命财产重大损失，为政者即要承担责任，免职。涉嫌犯罪者交司法机关处理。

"我不和你争了，师弟，这个罪我不能认啊！认了我就彻底完了，我的前途，我的未来，我的仕途正在上升，政治生涯却要终结，认罪即死刑啊！"刘天泽痛苦地闭上眼睛。

看来刘天泽不认罪的真正原因在此。受到刑事处分，也等于宣告一个人仕途的终结，不要说是在政府任职，按《公司法》，即使在企业里，五年之内也不能担任要职。

这样想着，凌楠沉默了。他理解刘天泽这种体制之内的人，仕途就是他们的第二生命。

"知道为什么让你为我辩护吗？"

"不知道，因为我是你师弟？"

刘天泽摇摇头，"我认识全市的律师一大把，业务优秀者比比皆是，但是有勇气、敢于较真抗争，誓死捍卫委托人权利的不多，而你恰恰就是这样的律师，虽然执业时间不长，但你身上具备这种品质，从代理肖家洼子11户农民的案件中，我看到了。"

凌楠心里想说，可你那时候却百般阻挠我代理肖青云等人的案件，此时又赞扬我做得对，有勇气。

短短的一年，在和这些官员打交道的过程中，凌楠感觉他们都有两张面孔，工作中一张，生活中又有一张。

"谢谢师兄夸奖，律师就是要为委托人的权利而斗争。"

"你好好考虑一下，给我做无罪辩护，也可以找同行，还有和我们的老师探讨一下。拜托了，师弟，我的命运现在掌握在你的手中。"

凌楠感到自己的责任重大，他从桌子前站起来，神情凝重地说："我努力吧！"又像想起了什么说，"来之前我见了嫂子，家里人都好，你放心吧！"

刘天泽抑制不住眼泪滚滚而下，"谢谢，师弟！"

"我还会来看你的。"凌楠心里很难过，他向刘天泽挥挥手，走出了会见室。走远了，他回头，从门口望进去，发现刘天泽还在那里看着他。

71

贾玲玲走进少平律师事务所时，目光坚定，表情冷漠。她穿着一件开襟的薄衫，头发高高挽起。以前，她虽然结婚生子了，看上去仍然像个腼腆的女生，此刻，已是一个坚强有主见的成熟女性。凌楠想起她在渔夫酒店陪客的事，还一直为她担心，看来她已经走出了那段阴影。岁月总是让人成长。

她把一张手写的纸放到凌楠面前："是不是这个东西？"

凌楠一看，这是一份手写的刑事谅解书，上写：因被告人亲属积极赔偿，作为家属，我们请求法庭对被告人宋清在量刑时减轻处罚。署名：唐继东。

"对，就是这个东西。"

"有了这个，法院就不会判宋清死刑？"

"差不多，当前的刑事政策是少杀、慎杀，对积极赔偿了被害人亲属的被告人，法庭会减轻处罚，判处死缓、无期徒刑都有可能。"

"这样我就放心了，真要感谢凌哥啊！"

"也得感谢你父亲。"

"是，我父亲把家里的新房卖了，现在我得答应他完成一件事。"

"什么事？"

"和宋清离婚。"

凌楠想起贾军曾经和他谈过的话，"100万，我们跟他恩断义绝，救他一命，从此我们全家和他没有任何关系。"

救他一命，又和他离婚。既然如此，当初又何必相识相爱呢？人生有太多无法预料的事！

凌楠当下替贾玲玲写了与宋清的离婚诉状。诉讼请求两条：一、请求法院依法判决原被告离婚；二、婚生子贾宋鲁由原告抚养。事实与理由部分，他写得很简单：因被告涉嫌故意杀人，事实清楚，原被告以后无法共同生活，故请求离婚。

诉状写好后，他又陪贾玲玲到法院立案庭立案，递交了双方的身份证、结婚证复印件，交了50元的诉讼费后，案子算是立上了。

从法庭出来，贾玲玲问凌楠："大概多长时间能办下来呢？"

"等案子分到审判法官手中后，我会及时联系，特事特办，最好能在宋清的案件开庭前办完。"

凌楠又去了一次林普镇的看守所。接受委托后，他第三次在看守所见到了宋清。令他感到意外的是，仅仅数月，宋清的头发掉了大半，昔日英俊的面庞显得浮肿苍老。他戴着手铐和脚镣，从里面缓缓走向凌楠。

"一个好消息，一个坏消息。"凌楠开门见山，"你愿意先听哪个呢？"

"还是先听好消息吧！"

"你岳父卖了家里的一套房子，凑足了100万的赔偿金，陈倩丈夫签署了谅解书。如果你认罪、悔罪，法庭应当不会判死刑，算是救了你一命吧！"

宋清的表情瞬间变得复杂，泪水夺眶而出，看得出来他还是很高兴，毕竟求生是每个人的本能，但嘴里却兀自说道："不要救我，不要救我，让法庭判我死刑吧！"

"请你平静些——"

很长时间，宋清才止住眼泪，他对凌楠说："那坏消息是什么？"

"坏消息是贾玲玲向你提出离婚，已经向法院递交了诉状。"

宋清听后表情平静，他沉默了一会儿说："我愿意。或许这是最好的方式，不要让她有个杀人犯的丈夫，也不要让孩子有个杀人犯父亲。"

凌楠摇摇头，"婚姻关系依法可判决解除，血缘关系却无法解除，你永远是孩子的父亲。"

"但愿这件事情早日了结，她再找个人，把孩子带大。那么什么时候法院判我们离婚呢？"

"办理离婚事务的法官会到看守所，给你送达诉状，会询问你的意见，做笔录，然后作出判决。"

"我明白了。"

一辆绿色的出租车停在华山路上的茗天下茶室门前。车门打开后，凌楠先下了车，他打开后面的车门，戴着遮阳帽和墨镜的林丽走下来。

两人进了茶室，一股淡淡的印度香扑面而来，屋子里的光线有些暗，低低的古筝曲《高山流水》若有若无。"这里比外面凉快多了！"林丽摘下帽子说。

一个穿着淡蓝色旗袍的女服务员迎上来，婷婷如一个青花瓷瓶。

"请问就两位吗？"

"不，我们约好了人，205室。"

"哦，请跟我来。"

女服务员带二人上了二楼，推开205的门，杜雅萍已经坐在藤编的茶凳上。

"不好意思，路上堵车，来晚了！"凌楠带着歉意说。

"没关系，我也是刚到，我一个人喝了杯崂山绿，你们喜欢喝什么？"

"就这崂山绿吧！"

听二人说完，杜雅萍娴熟地沏起茶来，她用夹子把两个白色的茶杯放在凌、林二人面前，用开水烫过后倒上茶水。

看着服务员下了楼，她从自己的钱夹中拿出一张白色的字条，递给林丽。"这上面9个人，前面5个是我们单位的。我父亲退休后天天到小区的活动室打牌下棋，我们单位都是石油子弟，很快就问着了。老赵家的、老王家的……后面四个是招聘的，是和我关系很好的那位姐姐打听到的。"

"雅萍，你真厉害！"林丽手中拿着写有人名的字条说。

"但是我想问一下，你们要这个干什么？难道真的是找公司讨个说法？据我所知，公司对本单位遇难者的待遇，远高于其他遇难者。"说完，杜雅萍紧紧地盯着二人。

凌楠低头端起茶杯喝茶。

"公司海外部想了解一下。"林丽用右手食指和中指把白色的茶杯端起来说。

凌楠用眼睛的余光瞥了一下林丽，心想这家伙反应真快，他刚才都不知道怎么回答了。林丽接着说："有些话暂时不便讲，以后我告诉你吧！"

杜雅萍又给二人的杯子续上水，"我没想那么多，倒是我父亲问起来。他说我们公司这几年发展特别快，尤其是杨总上任后，他好像也是海外部回来的，还有廖明。"

"对。"

"我父亲说"9·20"事故对公司影响特别大，但愿公司能够安全度过。这几年公司给员工的工资福利非常好，就拿我们住的东方花园小区来说，同等地段的房子外面卖到两万一平，我们公司补贴职工，八千元一平。小区内部配套设施、管理都不错。"

"嗯，这倒是。"凌楠心里想，我们中国的任何事情都有一个"双轨制"，一方面是房价高得离谱，大家叫苦连天，一方面是某些特权单位总能以很低的价格拿到地和房子。

"我父亲说，他不知道我打听这些人为了啥，他不希望做任何对公司不利的事情。他也听到了一些社会上的传言，对公司非常不利。我说一个公司海外部的朋友问起，他一开始不愿意去打听，后来又觉得这是公司内部人尽皆知的事，不是什么秘密，就去问了。"

"谢谢你父亲！"林丽说。

凌楠手捧着写有9个人名单的字条问杜雅萍："那后面这4个外聘工人，你知道他们家在哪儿的吗？"

"这个我就不知道了，不过可以问一下和我很好的那位姐姐——你们问得这么详细，究竟要干什么，间谍一样？"

"哎呀！给你透露点儿，咱们公司国内派和海外派的竞争很激烈，海外部的想知道，托我这次回国问问。"

"这样啊！我明白了——争权。能不能说说，把我也调到海外部去啊？待遇好，听说你们在迪拜的办公室非常豪华。"

"有机会一定，咱俩谁跟谁呀！"

凌楠很佩服林丽撒谎的本领，说起假话来面不改色心不跳。

72

凌楠把从杜雅萍处获取的人名与最初公布的名单上的对比，9人没有一个在名单上。他把两份名单拍照，给张力的邮箱发过去。他不知道是否还有其他遇难但没有上名单的人。

很快，杜雅萍打来电话，说那四个农民工是莱阳刘家庄镇的，再详细就不知道了。

"光有姓名还不行？"林丽看着两眼盯着名单、眉头紧锁的凌楠。现在为了安全，两人形影不离，除了同住一个出租屋，白天林丽还跟他去办公室。

"是啊，必须查清楚，他们家住哪里，是干什么的，甚至年龄，等等，光一个名字远远不够，重名重姓的人很多，既然是寻找事故中没有公布的遇难者，就必须准确。"

"那怎么办？"

"我们得去一趟。"

"你知道地方？"

"大方向知道，到了村里就只能打听了。"

"不能请那位闫警官帮忙吗？"

"这个未必帮得上。你记得当时查找林虹信息的事吗？派出所无法查到她的户籍信息。我想这几个人也可能是查无此人。"

说走就走，凌楠驾着老师的奥迪车向莱阳出发，林丽坐在副驾驶上。汽车沿荣威高速向东跑了大概一小时，他们在写着"莱阳"的匝道驶出高速。汽车沿308国道行驶了大约二十分钟，眼前的道路突然变宽，路两边高楼林立，看来前方就是莱阳市了。该市以盛产驰名中外的莱阳梨而闻名。莱阳梨在古代是贡品，汁液甘甜如蜜，果肉细而无渣。然而，现在还不是丰收的季节，向路两边的梨园望去，树枝垂得很低，枝丫上果实累累，直等着秋天到来再采摘。

　　凌楠从手机上看了一下，刘家庄镇距莱阳市还有七十公里，而且是跑不起来速度的国道。他很犹豫，现在是下午五点，等赶到镇上至少六点，还要打听四个人，无论如何来不及了。

　　林丽看出了凌楠的心思，"住下吧，不走了，我想好好洗个澡，睡一觉，你那个屋子我再也不想住下去。"

　　"但是住店，你的身份证还能用吗？只要一使用，行踪就会被发现。想起你在海丰酒店被人跟踪的事吗？你从国外回来，没有通知任何人，为什么有人知道你住的地方？一定是从身份信息查到的。"

　　"那什么人能查到公民的身份信息呢？"

　　"你猜得着。"

　　"这……也就说，他们有人。"

　　"另外你想想，户籍属于公安管，什么人有条件删除公民身份信息呢？"

　　"这么说，只要不使用身份证就查不到？"

　　"对。"

　　"哎呀！这不简单了，你有身份证啊，用你的得了。"

　　"住店，两个人的身份证都会用到！"

　　"怎么这样婆婆妈妈的，你开车，找一家最好的酒店，到时候看我的。"

　　凌楠见林丽说得如此坚决，便不再争，发动起车向市内而去。眼前出现一栋二十多层的高楼，上面写着"世贸海悦酒店"，看上去不错，林丽手向前一指，"就它了。"

　　奥迪A6平稳地驶入酒店大门，一个身材高大，穿着笔挺制服的保安迎上来，指挥凌楠将车倒进车位。

　　两人下车，往酒店的前台而去，服务员热情接待。

　　"有标间吗？"林丽问。

凌楠出示自己的身份证，服务员接过去了，回答："有，要几间？"

"一间。"

"好，这位女士，请出示下您的身份证。"

"我啊？我不住，我是我们当地的，带我同学住咱们海悦大酒店，多少钱？打个折呗！"

"您住几晚？要普标还是豪华的？普标280元，豪华460元，现在一律打九折。"

"豪华吧！凌总，这个标准在你们公司没超吧？"

"没有，豪华就豪华。"

凌楠心里真佩服林丽这种随机应变的能力，连同押金，服务员总共收了他八百元现金。两人登记好房间，向电梯走去。林丽边走边说："我发现你们这些学法的人特别死板。"

"真的吗？"

"给你讲个故事。说某火车上有个规定，列车停止的时候禁止上厕所。恰恰那辆火车坏了，一个人为了上厕所，就找来一帮人在下面推火车，他在上面上厕所。据说那个人就是律师，哈哈哈！"说完林丽得意地笑了。

"我觉得那个人是个好律师，因为他没有违反法律，律师的行为必须在法律的规定之内。"

进了房间，林丽跳起来落到床上，席梦思把她弹起来又落下。"哎呀，今晚我得好好睡一觉，你屋子的那个硬床实在是受够了——我先去洗澡。"说完，她冲进卫生间，仿佛凌楠会和她抢一样。

细细的水流声从卫生间传来，凌楠打开电视机，把电视频道挨个看了一遍，不是些无聊的娱乐节目，就是冗长的电视剧。体育频道正播着丁俊晖和希金斯的台球比赛，他放下遥控器，看了起来。没看几分钟，凌楠的思绪又转到查找四个农民工身份的事。虽说知道他们是刘家庄镇人，但是一个镇至少二三十万人，到什么地方去找他们呢？手中捧着写有四个人的名单字条，凌楠沉思着。

过了一会儿，洗完澡的林丽从卫生间出来，她身上穿着浴袍，头发湿漉漉地走到凌楠身边。凌楠闻到一股浴液淡淡的香味。

"发什么呆呢？"她看见斜靠在床头，手中捧着那张纸一动不动的凌楠。

"我在想我们明天如何找到这四个人。茫茫人海寻找四个人，好比大海捞针啊！"

林丽从凌楠手中接过那张名单，"隋伟平、隋伟中、李耀军、张杰，不出意外，这前面两个人是兄弟俩，只要找到这两个，其余的两个人就好找了。"

　　"这个我也想到了，可前提是要找到姓隋的兄弟。"

　　"看一下，有没有大隋庄、隋家村这样的地名，中国的村落大多是以姓氏发展而来，兄弟俩有可能来自这样的地方。"

　　"真有你的啊！"凌楠记起老师车上有一本《中国交通地图》。他出了房门，坐电梯到停车场，取回地图查阅，一个一个往下看，刘家庄镇下并没有叫隋家庄、隋家村这样的地名，他失望地把地图交给林丽。

　　林丽看了看地图，又合上，"刘家庄镇下七八个村，到时打听一下，看哪村隋姓人多，问问再说吧！"

　　"也是，大不了一个村一个村挨着去问。"

　　酒店里有叫餐服务，两个人当晚在酒店叫了鲍鱼捞饭、炒面条、火腿和啤酒。吃完饭，凌楠去洗澡，等他出来发现林丽已经睡着了。这几天在自己的出租屋中，的确有些委屈她了。跑了一天，他也有些累，轻轻地关了电视，睡下。

　　第二天，两人到刘家庄镇时，已近中午。刘家庄镇就一条街，沿街两边有卖饮食和水果的摊点。凌楠有些渴，他买了半个西瓜，顺便和卖瓜的老大爷聊起来。

　　"大爷，向您打听个事，镇上哪村隋姓人多？"

　　"这个……还真不好说！"

　　"刘家庄镇有两人在去年的输油管爆炸事故中遇难，像是兄弟俩，你知道吗？"

　　"哦，上了电视的那个事故？张村的。"

　　"你怎么知道？"

　　"我认识他爷爷，以前镇上卖水果，俺和他很熟啊！唉，两个娃一起在事故中殁了，十里八乡的人都知道啊！"

　　凌楠没想到原以为非常难找的事故遇难者，轻易找到了，看来在落后的乡村，口口相传的效果远胜新闻媒体的作用。那个卖水果的大爷还热情地给了凌楠隋家老大爷的手机号码。

　　两人最后在一座梨种植园的路边找到了失去两个孙子的老爷爷。他手中握着一把锄头，正在锄草。提到孙子，他泪水长流。他说，本来家里不想让两个孩子外出，想让他们继承这个有三十亩地大的梨园，但孩子们不喜欢农村，总想出去，哥哥出去一年后，也把弟弟带走了，两个人在同一个公司做事，谁想到发生了那么大的事故。

凌楠不知如何安慰这个伤心的老人，他突然想起什么事，"您儿子呢？"

"去联系销售梨的事，你看这梨啊，再有一个月就下果了，卖不出去愁人。"老人嘴里喃喃自语道，"能卖到去年的每斤七毛钱就不错了，在农村种树没有前途，怪不得娃向外跑。"

凌楠按老人的叙述，详细记下两个遇难者的信息，诸如出生年月、家庭住址和家庭成员等。老人说事故发生后，是儿子儿媳去处理的，后来他从电视上也看到了。"那么大的事故，天灾人祸，有什么办法？真不应该让娃出去。"凌楠觉得老人很善良，一点儿没有质疑事故的责任人，或追问谁应该对剥夺他两位孙子的生命负责，他把事故当成了天灾。

"那您知道事故处理经过吗？对赔偿满意吗？"

"单位很重视，除了正常赔偿的，公司又赔偿了一部分，可钱有什么用呢？人没了。"老人说到这里又去擦眼泪。

凌楠猜想,东方能源公司正是用高昂的赔偿，平息了这些受害家属的情绪，从而使他们不再过问死者是否上了公布名单，或者这本来就是一种交易，拿钱后删除公民信息。客观上利用寻找家属与公布死者名单之间的时间差，再许以重金，他们很容易达到目的。到那时候，谁还会计较上没上名单呢？他想起事故中，和老师李少平为赵娜娜提供法律援助的经过。事故发生后，先封锁消息，禁止记者采访，稳定家属，接下来就是双方比耐心，随着时间的延续，最后家属妥协、接受。

"你们是干什么的？"这时候，老人才想问两人的身份。

"我们是公司的，回访一下您。"林丽从旁边接过话，她看见老人抽烟，从车的后备厢取出一条泰山烟，递到老人手上。

"谢谢，"老人将烟接到手上说，"其实钱意义不大，我想能不能给娃评个烈士或者见义勇为什么的？"

老人打开话匣后讲个没完，他也说了另外两位名单上的遇难者，都是一个村里的，老人对他们的情况了如指掌，"耀军的娃才一岁多啊！"他难过地说。见需要的信息全部收集到，凌楠和林丽告别老人，返回市内。

第二十五章
赢在法庭

————

73

凌楠给张力发了一条短信，然后他登录自己的QQ，过了一会儿，张力要求与他视频对话。

"张哥好，那几个农民的详细情况查清楚了。"

"太好了！"张力激动地说，"我正在起草一份质疑'9.20'事故真相的新闻稿，在事故中死亡的人数绝不是官方公布的数字，我怀疑这是有预谋的，你调查到的这些真实资料就是有力的证据。"

"是，我想除了这9个人，是否还有其他没有上名单的遇难者。根据当时酒店的开房数，和我在人民医院太平间所见的遇难者遗体推算，未公布的遇难者应当在17人左右。要是能得到其他人的信息就太好了。"

"是，那只能去问一个人，他绝对知道。"

"我想也是，但以我对他的了解，他轻易不会说出这个秘密名单。"

"哎？跟踪林丽的那个事情怎么样了？你一定要保证安全。"

"我给闫鹏说了，大家都知道是谁干的，苦于没有证据。现在公安也在调查那辆皮卡车，林丽平时和我在一起，应该是安全的。"

"你不要马虎，他们公安内部也有人——听我的，你找一下小海螺的老板，住在她那里应该没问题。必要时，住几天，换个地方，海边这样的小旅馆很多，这方面我比你有经验，你那个出租屋我不放心。"

"我知道了。"

"今天就先到这里吧！"

说完之后张力下线，凌楠也关了视频对话窗口。

268

凌楠仍然将日常的工作重心放在案卷整理上，他按照司法局律管科提供的案卷目录，逐个查：谈话笔录、委托合同、授权书、诉状（答辩状）、开庭通知、判决书、收费凭证、结案报告，一件一件对比，总是缺几项。大概是因为案件办理终结，就懒得再整理案卷，等装订时，才发现缺的东西太多。

　　一阵铃声，所里的电话响了，他看也没看，把话筒夹在耳下接了，"你好，少平律师事务所。"

　　"你到我办公室来一下。"电话里的人口气很大。"你谁啊？"他很不喜欢这种盛气凌人的口吻。

　　"我都听不出来，王范民。"

　　"啊！王局长。"凌楠失口叫道，对方已经挂了电话。

　　完了，这次又把领导得罪了，在去往司法局的路上时，凌楠想。有一段时间，因为工作原因，他经常到这栋威严的大楼。不知什么时候，来的次数便少了。他又想起了刘天泽，那时候只要迈向这栋大楼，想到有一位对自己关爱有加的师兄在里面，他就感到一阵温暖。曾经有那么多人为他自豪，而此时他却身陷囹圄，面临法庭的审判。电影《阿甘正传》里汤姆·汉克斯说过：人生就像一盒巧克力，你永远不知道下一颗是什么味道。

　　来到王局长的办公室门口，他抬手轻轻敲了两下，一个熟悉的声音传来，"请进"，凌楠推门而入。

　　"哎呀！真是大律师了，我这个局长的电话都接得很不耐烦啊！"

　　"我向您道歉，真没听出来。"

　　"没关系，请坐，最近工作很忙吧？肖家洼子那11户农民的案子调解结案，你办得不错啊！"

　　"哪里哪里，都是在您的正确领导下完成的。"凌楠发现不知什么时候，自己也学会了溜须拍马。

　　"你看'9·20'事故报告出来，一大批人进去了，包括我们的刘主任，我心里很难过啊！我俩办公室挨着，也因为工作原因，常常一起交流，现在他这样了……心里真不好受。"

　　"是啊，上周我到看守所会见他，看着他的样子，差一点儿眼泪掉下来。"凌楠讲的是心里话。

　　"我今天找你来，也是为了他的事。"

"哦？"凌楠觉得有些意外，自己担任刘天泽的辩护人有什么问题吗？

"据里面传来的消息，因'9·20'事故移交司法机关处理的人当中，只有刘天泽一人拒绝认罪。"

"对！我会见时，他坚持说自己无罪。"

"怎么没罪呢？这么大的事故发生，当然要有人承担责任啊！对不对？事故报告是省、市两级政府联合调查得出，并报国家安全生产局备案。什么人应该对事故负责、负多大的责任，这都是经过充分调查论证的，不会冤枉一个好人。"

"我在会见时也是这样讲的。"

"所以说你责任重大。今天找你来，就是想传达一下领导的意思，希望你劝他认罪，让他有勇气承担。"

虽然，刑事案件中的辩护律师具有独立的地位，但劝自己的被告人认罪，似乎有些不妥。如果两人意见有分歧，律师认为被告有罪，被告认为自己无罪，那必然影响到辩护的效果。

凌楠从沙发上站起来，"我试试吧！"以他对刘天泽的了解，他是轻易不会被说服的。

"必须认！你告诉他。"从办公室出来，王局长把凌楠送到电梯门口时，还不忘叮嘱，那样子，好像他就是掌握被告命运的法官，刘天泽必须认罪。

凌楠回到办公室，见一人正在门口徘徊，原来是肖青云。

"凌律师，您出去了？我刚到你们所，见门关着，正准备给你打电话。"自从案子和解后，因为忙，加上林丽的事情，东躲西藏，凌楠很长时间没见肖青云了。和东方能源公司的调解书约定：自签字之日起，被告在十个工作日内将赔偿款打入原告指定的账户。按说这个钱到账了，根据双方的约定，11 户农民应当将案值 10%，合计 55 万的律师费付给凌楠。肖青云在这个时候找凌楠，那自然是要来付律师费了。想到这里，凌楠心花怒放，辛苦一年，终于来钱了，苦日子马上会过去。

"请进！请进！"凌楠热情地招呼肖青云。

"谢谢！大家想请您吃个饭，在本市最好的酒店，感谢您对我们案子的付出。"

"不用，谢谢！饭就不吃了，你们把律师费给我就行，我给你一个所里的账号，发票要等我师娘上班后开，她在医院。"

"还是一起吃个饭吧！律师费嘛……"肖青云讲到这里，突然现出忸怩之态。

"有什么问题？我们可是有约在先的啊！10%，委托合同写得清清楚楚。"

"那个合同不是解除了吗？您忘了，当时为了不让司法局查到你代理我们的案子，我们又签了协议，解除委托？"

凌楠心里咯噔一下，真有这个事。当时王局长勒令自己放弃代理肖青云等人诉东方能源公司，为了应付，确实签了一个解除协议，但双方都心知肚明，那只是个幌子。事实上，凌楠后来还是全程参与了双方的诉讼，最后促成和解，难道……他仔细打量着眼前这位老实巴交的农民，他想起他家种的蔬菜，他把打了农药的黄瓜送到市里出售，没有打农药的留着自己吃。

"不能这样说，谁也知道那是为了应付上级，否则我就没法参与，再说后来我们全程参与案件的解决，调解书、开庭笔录上面都有我的签名，无论如何不能抹杀我为案件的全程付出。没有我的努力，你们的案子不会有今天这样的结果。"凌楠说得有些语无伦次。

"我们认可你对案子的辛苦付出，大家商量每户给您两千元怎么样？11户加起来两万二，一个案子你挣这么多，比我们卖菜的农民强多了，呵呵！"

凌楠没想到肖青云会说出这样的话来，他感到愤怒，又觉得无比的好笑，这是什么逻辑？他强忍着心里的怒火，一言不发，心里委屈至极。一个律师被11个农民耍了，这要是传出去，以后还怎么做律师？

"小凌，凌律师，你听我一句劝，就当是帮我忙的，就两千元，不少了。要不，我们每家给你再加二百元？我们请你吃饭。"

凌楠按捺不住心中的怒火，他大吼一声："这不是卖菜，滚！请你出去。"

肖青云满脸通红地站起来，向门外走去，边走边讪讪地说："两千不少了，加起来两万多，还请你吃饭，这孩子！"

对凌楠来说，这是他从事律师工作以来受到的最大的打击。他感到极度地失望，以往办案，无论遇到多大的阻力他都没有灰心过，这次的遭遇对他来说是毁灭般的，让他极度地悲观难过，收不到律师费是一个方面，最重要的是，不讲诚信的11个农民，颠覆了他的人生观，今后必将改变他对委托人的态度。

凌楠不知自己怎样回到租住的房间，林丽看见他难看的脸色问："怎么了？"他把肖青云等人拒付律师费的事情告诉她。

"告他们！这帮家伙太坏了。"

凌楠苦笑着摇摇头，到法院起诉也未必能赢，这件案子影响那么大，那些法官怎么看他？以后怎么做律师啊！

"混蛋！"他大吼一声，跳起来，一股怒气从心中吐出，仿佛好受了一点儿，等坐回沙发上，又觉得心绪难平，"以后再也不给这些人代理案件！"

"好了。"林丽走过来拍拍他的肩，"你看过黑泽明的电影《七武士》吗？"

"怎么了？早年看过，有一些印象，好像还是黑白片。"

"七个武士为保护农民不受山贼侵扰，牺牲了五个，那些农民防着武士，甚至不给他们好吃的。最后离开时，只剩下了两个武士，为首的那位武士说了什么？"

"什么？"

"山贼是失败者，武士是失败者，真正胜利的是农民，农民最狡猾。"

74

轰动全市的"宋某杀害女司机藏尸涵洞案"终于要开庭了。开庭前，经贾玲玲起诉，法院已判决她与宋清离婚。凌楠向市中院审理该案的法官提交了从被害人丈夫唐继东处获取的刑事谅解书，以及赔偿100万元的银行转款凭证。

案件的主审法官叫巩平，凌楠看见他有五十多岁，头发已经花白。

"你们辩护人的工作做得不错！"他赞许地对凌楠点点头。

"那宋清应该能留条命？"

"合议庭最后要合议，开完庭再说吧！"

"那您个人意见呢？你知道宋清的情况？"

"作为我个人来说，当然不想在自己的手中杀一个人，但这个案子影响太大，性质恶劣，又发生在春节期间，我担心舆论与民意方面……"

"法官是法律王国的国王，独立审判，不受其他要素干扰……"凌楠想极力让法官接受自己的意见。开庭前，这是他能接触法官为数不多的机会之一。

"好了，就这样吧，有什么辩护意见你可以在法庭上讲。"说完，法官主动站起来。

这天早晨，天色有些灰暗，像是要来雨的样子，空气很潮湿。凌楠早早赶到市中级人民法院门口，见到了提前到达，一身素装的贾玲玲。

由于案情影响巨大，前来旁听的人也很多，还有扛着摄像机的新闻媒体记者。大家在中院北门前的台阶上，等待九点大门打开时，安检进入法院。有人在议论案件，案情还是最早媒体公布的内容：

嫌疑人宋某为了偿还个人债务，残忍地杀害了女司机，并弃尸于涵洞之中，公安机关布控，案发后两个星期迅速破案，抓捕了犯罪嫌疑人。

"这家伙太残忍了！"

"是啊！简直令人难以置信。"

"会不会被判死刑？这种人就该杀。"

凌楠冷静地听着大家议论，正如巩平法官之前所说，舆论真的倾向于判宋清死刑。这让他对即将进行的审判深深担忧，这种舆论，或者如专家所说的民意，有时候会严重影响法官的公正判决。

突然之间，法院的大门开了。凌楠拎着自己的包，从律师专用通道进入法院。他来到第二刑事审判庭，在写着辩护人牌子的桌子前坐定。不一会儿，领到旁听证的记者等陆续进入，而与他将要对庭的两名公诉人也依次进入。让凌楠意外的是，两个人都是女的，而在她们身后，是附带民事诉讼的原告，被害人陈倩的丈夫唐继东。

凌楠换上自己的律师袍，静静地打量法庭。法官的桌子高高在上，后面是庄严的国徽，它俯瞰着整个法庭，仿佛空气中都有着一种威严的气氛。所有的人都小心翼翼，轻微地咳嗽，蹑手蹑脚地走动，无不显出对法庭的敬畏。

书记员宣布法庭纪律后，大家静静地等待着审判开始。有人说过，法庭是个舞台，每天都上演着不同的人间悲喜剧，只是角色固定，演出的也是一个已经发生的故事。现在一场演出即将开始。

"起立！"突然，坐在前面的书记员大喊一声，所有的人起立，三名身着黑色法袍的法官鱼贯而入，法官们落座后，其他人又坐下。

"带被告人——"主审法官巩平轻轻地敲响法槌。

宋清在两名法警的押解下走入法庭，他走到最前面的被告人处，像是在寻找什么，法警解下他身上的警具——看见了，他扑通一声向着唐继东的方向跪下，"对不起！"进而声泪俱下。

这突然的一幕引起了法庭的骚乱，法警把宋清架到椅子上，他两次又从椅子上滑下，试图跪下，被按住了。

法官核实完宋清的身份后问他，"被告人，起诉书收到了吗？"

"收到了。"

"你是否认罪？"

"我认罪，我犯了大罪、死罪，我接受法庭对我的任何判决。"

因为被告认罪，法庭的审判进展很快，公诉人宣读完起诉书后，开始举证质证，对杀人事实，宋清供认不讳。凌楠向法庭出示了被害人丈夫签署的刑事谅解书，以及赔偿100万的付款凭证后，庭审进入最精彩的法庭辩论阶段。

如凌楠所料，公诉人请求按故意杀人罪判处被告人死刑。女公诉人说："被告人行为恶劣、罪大恶极，适逢我们中国人喜庆的传统节日——春节期间，给被害人家庭造成了极大的伤害，影响社会稳定。被告人虽然有一定的忏悔之心，也对被害人亲属做了一定的赔偿，但仍然应当判处其死刑。"最后女公诉人强调："不杀不足以平民愤！"

轮到辩护人发言了，凌楠轻轻地整理了一下律师袍，站起来。

"尊敬的审判长，审判员：

"受被告人前妻贾玲玲的委托，征得本人同意，由我担任其涉嫌故意杀人一案的辩护人。对于公诉人指控被告人犯故意杀人罪的罪名，辩护人没有异议。

"作为辩护人，我对他的行为深为不齿，但是一定要对被告人判处死刑，辩护人不同意公诉人的意见。

"我们以法律的名义剥夺被告人的生命，不会平复被害人亲属内心的创伤和社会的仇恨情绪。刚才被告人在法庭上下跪的一幕，我们大家都看到了。他表现出了极大的忏悔之心，《圣经》上说：'作恶的人改过，我比你们好人更加喜悦。'我们应当给被告人一个重生的机会。他曾经是一名战士，后来退伍，也曾雄心勃勃创业，无奈步入歧途，借了投资公司的高利贷。在走投无路后，他犯下了杀人罪行。他只有一个小小的梦想，通过养鸡发家致富。他曾有一个幸福的家庭，他在当兵的时候，认识了他美丽漂亮的城里妻子。她不顾家人的反对，随复员的他回到农村老家，后来还有了一个可爱的儿子。假设，我们的政府有一个可融资的创业平台，有退伍军人扶助基金；假如，我们各级执法部门严厉打击金融放贷诈骗和'套路贷'，本案或许不会发生。令人稍感欣慰的是，这个犯罪团伙已经被捣毁了。从这个角度说，他也是受害人，他曾经深感罪孽深重，在监狱中自杀，想结束自己的生命，但被抢救了过来。后来，他觉得自己应该向被害人的亲属当面致歉，说声'对不起'，刚才在法庭上大家都看到了。也就是说，从案发到现在，他一直活在深深的忏悔之中。

"辩护人不同意公诉人'不杀不足以平民愤'的观点。死刑从来都是不道德的，是一种落后的同态复仇。至于说是平民愤，震慑犯罪，更是谈不上。正如法谚所说，刑罚的威慑在于不可避免性，而不在于严酷性。我今天早晨在网上检索了一下，发现最近有两起命案发生。这说明死刑的威慑作用有限，每一起命案的发生，都是对这一观点的现实反驳。有人统计过，在那些存在死刑的国家和地区，犯罪率并不比没有死刑的国家和地区低；相反，废除和减少死刑，反而构筑了更加平和的社会关系，降低了犯罪的发生。

"当然，被告人犯下了无可挽回的罪行，他剥夺了被害人的生命，给其亲属造成了终生的心理创伤。对于判处被告人怎样的刑罚，被害人亲属最有发言权。就本案来说，被告人的岳父出售了自己的房子，最大限度地赔偿了被害人亲属。被害人也向被告人出具了《刑事谅解书》，辩护人刚才已向法庭出示。

"尊敬的法官、法庭上每一个旁听的人，时间已经到了21世纪，让我们变得宽容。正如美国作家庞龙所说，宽容是人类最美好的品德。我们的刑事政策一贯是少杀、慎杀，我请求给被告人判处死刑缓期执行，或者是无期徒刑。也即给被告人一个生的机会，不要判处他死刑。

"我的发言完了，谢谢法庭，谢谢大家！"

凌楠发表完辩护词，轮到被告人宋清做最后的陈述。他痛陈自己犯下的罪行，给被害人家属和自己的家庭造成了极大的伤害。他请求法庭给他一次机会，让他将来回报社会。

宋清发完言，法官轻轻地敲下法槌，"休庭！本案将择期宣判。"

宋清被法警押了下去。一群媒体记者呼啦啦包围了凌楠，摄像头对准他。记者请凌楠谈一下对案件的看法。

"我的看法都在刚才的辩护词中。"

"您刚才的话能再讲一下吗？"

"谢谢！"凌楠没有接受采访，但他把自己的书面辩护词给了现场的记者。

凌楠分开人群，向法庭后走去。按惯例，庭审结束后，法庭会安排被告人与家属短暂会见一面。宋清站在法庭的后门，重新戴上了械具，两名法警一左一右站在身旁。凌楠看见贾玲玲已经站在宋清的面前，还有他从未见过的宋清的父亲和姐姐。

宋清以一种复杂的眼神看着贾玲玲，他们已经离婚，她再也不是他的妻子了。

"我会带好孩子的，你放心吧！"说完，她已经泣不成声。宋清想上前去安慰她，但是被法警拦住了。

一辆警车开过来，停在门口。法警把宋清押上车，警车闪着警灯，拐出法庭的后门不见了。

75

凌楠正在整理案卷，电话响了，来电显示是个座机，市话，号码有些熟，又想不起来。会是谁呢？犹豫中，他拿起听筒。

"我找一下凌律师。"

"是我，巩法官吧？"

"对，我给您说一声，宋清的案子我们采纳了您的辩护意见，合议庭拟给他判处无期徒刑。"

"谢谢！太好了。我代表宋清及其家属，感谢法官。"

"不用，其实是律师工作出色，在取得受害人家属谅解后，我们倾向于给他一条生命。昨天，你在法庭的辩护又打动了很多人。根据媒体和旁听的群众那里反馈回来的信息，这样的判决公众是能接受的。"

"那就太好了！"凌楠难掩内心的激动。

"你能不能写个东西？大概就是你如何接受代理案件，都做了哪些工作？我们打算就该案搞个研讨会，研讨死刑案件判决的相关问题与启示，剖析一下该案的意义。"

"哎呀！我不太会写啊！"

"简单，不要有压力。你怎么办的就怎么写，比如，如何取得受害人家属的谅解，对该案有什么思考，可以结合你的辩护词，好吧？"

"好的！"挂了电话，凌楠依然很激动。他没想到仅过一天，法庭就已经有了消息。其实，被告人的家属贾玲玲配合他做了大量的工作，还有贾军，判处宋清无期徒刑，也有他们的功劳。他还相信，宋清一定会改过自新。

他把这个消息告诉贾玲玲，电话中她失声痛哭。这一年里，她承受了太大的压力，付出太多。凌楠对她充满同情，又充满敬佩。对这个柔弱的女人来说，今后的路还很长，还要承担抚养儿子的重任。但凌楠相信她，经过了这样的人生变故，今后没有克服不了的困难。

凌楠把身体靠在椅子的后背上，脚抬起来搭在桌子的前沿，回想自己从做实习律师到正式执业办理的两起案件。一起是代理肖青云等 11 户农民的索赔案；一起是为宋清死刑辩护案。一件民事，一件刑事，都是不小的案件，但办理成功，维护了委托人的最大权益，也实现了他的梦想！只是没怎么挣到钱，尤其是肖青云等人的案子，每每想起，心里面就会泛起一股难言的苦涩。

两名律师管理科的工作人员没有敲门，径直推门进入少平律师事务所。凌楠急忙收起脚，在桌子前站起来。两位工作人员来查过案卷，凌楠认识他们。

"你很舒服啊！"

为首的那个走到凌楠跟前，从公文包里取出一张盖着红章的纸来，递到凌楠手中，又揶揄地说道："会舒服的，以后会永远舒服的，呵呵！"

凌楠接到手中一看，是一张停业整顿通知：

少平律师事务所因违反职业纪律，给予停业整顿的处罚，整顿期间停止办理律师业务。如不服该行政处罚，可向市司法局提出行政复议，或在六个月之内直接向法院提起诉讼。

凌楠手持着处罚通知，呆呆地站着，停业整顿意味着自己再也不能接案，办理律师业务。

"看你们所多乱，"两位工作人员不请自坐，指着凌楠桌子上和屋子里摆满的案卷说，"按规定，结案三个月内就要订卷归档，你看，这都是几年前的。"

"这不让接案了，我们干什么？"

"考虑转所吧！等查清问题，下一步有可能关闭你们所，现在个人律师事务所问题太多了。"

凌楠不知道两位工作人员是什么时候离开所里的，停业整顿对他来说打击太大。虽然他可以申请转所，找一家新的律师事务所，但他不想这时候离开少平律师事务所。他想起了在医院里的师傅李少平，师娘张云丽。一年多来，两人像兄嫂一样对他关怀有加，这里已经像他的家一样，让他难以割舍。

揣上那张处罚通知书，凌楠向医院而去，当务之急是把这个消息报告给师傅。

李少平躺在病床上，看见凌楠进来，非常开心。

"小凌，见到你太高兴了，这里快憋死我了。"

"最近太忙了，没来看师傅。"

"哪里！辛苦你了，一个人忙里忙外的。"

凌楠给李少平汇报了两件案子的办理结果。李少平听了很高兴，对凌楠大加赞赏。"小凌，你真厉害，我都没有办理过这么成功的案件。"对于没有从肖青云那里收到律师费，他倒看得很淡，"等你出名了，还怕没钱可挣？再说，有些东西是金钱没法衡量的。"

看着师傅开心，凌楠顺势掏出那张处罚通知书，李少平拿在手中，久久不语，半晌，他说："这个结果，我想到了，对我来说无所谓，但害了你啊，师傅对不起你。"

"老师，您别这么说。"

凌楠看见两行泪从李少平眼中涌出，心中无比难受。

"托克维尔在《论美国的民主里》专门论述到：没有任何合法的职业，像律师一样毁誉参半。被奉为英雄，也被贬为无赖，因为律师会以同等的努力同时捍卫正义的事业与邪恶的利益。19世纪美国的律师，与当下中国的何其相似，行走在黑白两道中间，一不小心就会栽倒。在过去的三十年里，法律专业开始流行起来，有那么多人参加司法考试，可以用乱象丛生来形容。一方面，大量的人需要律师提供法律服务，以保障他们的权益；另一方面，律师又为违法犯罪和不义行为竭力开脱。可以用又爱又恨四个字来形容人们对律师的感受。"李少平示意凌楠把床头的杯子递给他，他喝了一口水，又讲道。

"当下我们的律师现状正如19世纪托克维尔所说，我身上的教训太深刻。最近在住院期间，我一直回顾自身的职业生涯，在诱惑面前没有抵挡住。以前是为了生存，后来是因为贪婪。我考虑出院后，彻底告别律师业，安心静养一段时间。司法局关了少平律师事务所的门，如果不吊销我的执业证，或许一两年后我重新申请执业，只是害苦了你啊！如果你愿意，我可以推荐你去一些大律师事务所，咱们所委屈你了！"

"师傅，你这样说让我情何以堪。当年我连司法考试都没通过，那么多的律师事务所将我拒之门外，是你收留了我，现在所里发生这么大的事，我理应与你患难与共，怎能一走了之？您放心养伤吧！所里的事我会处理好的，案件的整理和归档快完成了。"

"辛苦你啦！车可能快要换机油了。我回头给你师娘说，让她给你拿些钱，有困难你尽管说。"

"好的。"

凌楠从医院出来，心情格外沉痛，从今天起，他成了一个无单位的人，也不能办理案件。走在大街上，秋风从面颊上拂过，他觉得自己像个无家可归的孩子。

或许，等处理完所里当下的事务，他真的该考虑转所，寻找一家适合自己的律师事务所了。

他给林丽去了个电话，中午不回去。经张力提醒，现在两个人搬到了小海螺，那里各方面条件要好一些，也更加安全。他给自己叫了份便当，独自吃过，躺在大厅接待室的沙发上发呆。

不知什么时候，他听见有人按门铃，迷迷糊糊中，他来到玻璃门前，看见一男一女站在门口。凌楠揉揉眼睛，感觉两人很面熟，又一时想不起来。

"开门啊！凌律师。"

南方口音，凌楠猛然想起来，门口站着的正是金龙置业有限公司的董事长罗援。旁边那个女的是他的会计，她在法庭上作证时，被李少平问得张口结舌。

凌楠连忙打开门，让二人进来。

"谢谢你了，凌律师啊，你就是我的大恩人啊！"罗援握着凌楠的手，久久不肯松开。凌楠仍在恍惚之中，谢我干什么？这一天发生了太多的事，让他一时反应不过来。

"要不是你给我吴志兵向王刚法官行贿的那个录音U盘，这个案子我翻不过来，金龙置业就是他的了，我一辈子就白辛苦了。"

凌楠直到此时才明白过来是怎么回事。他从师娘那里得到吴志兵向王刚法官送钱的录音U盘后，复制了一份，亲自送到金龙置业公司的门卫手中。

"我公司门口没有监控，我让门卫仔细想是谁送的U盘，这个人是我们公司的大恩人啊！门卫怎么也想不起来，只是说一位穿着白色李宁T恤的年轻人。后来，我们想破了头，也不知道这个人是谁，但他必然是知道所有内情的人。我们想啊想啊，谁会这么好呢？我欠那么多人的钱，还有工人工资，公司又被霸占，莫非老天爷可怜我，派了个神仙下凡搭救我？我给门卫说，我们一定要报答这个人，如果他真是神仙，我给他烧香磕头。我还对他说，你要是找不到这个人就辞职，后来会计刘芳芳说，"说着，罗援指了一下身边的女会计，"曾经在金鼎投资公司，看见有个年轻人穿着白色T恤，想来想去送我们U盘录音的就是你。除了你，不会是其他人。正是这份录音让王刚落马。检察院介入，查清案件的所有内幕，省高院撤销案件，将我的公司和财产悉数归还，我真的不知道如何感谢你呀！"

罗援讲到后来有些哽咽。

凌楠安慰他："这本来是你的东西，现在只是物归原主。"

罗援擦擦眼睛，从会计刘芳芳手里接过一个方便袋，"这里面是两万块钱，不成敬意啊！"

凌楠坚决推辞，罗援的态度非常坚决，"我知道这些钱少，但我公司当下困难，只能这样，你要是不收，我今天就不走了。另外，我还有个不情之请，不知道凌律师是否会答应？"

凌楠见罗援说得非常诚恳，就将方便袋接到手中，放在桌子上，他想听听罗援有什么不情之请。

"我想请您做我们公司的法律顾问，年薪20万，不知您是否答应？虽然公司当下艰难，但随着房地产市场的回暖，未来前景一定好。"

对凌楠来说，这真是意外惊喜，但遗憾的是自己却不能以律师的名义去接案了。他向罗援讲了司法局对少平律师事务所下达的整改通知。

"嘿！这不影响我们的合作。我们看重的是你这个人，以什么名义办案没关系。你干脆来我公司上班，做我的法务总监得了，要我说你们所垮台正好。"

"我暂时还不能离开所里。这样，你公司有什么法律方面的事，尽管咨询我，等这边的事情处理完，我考虑是否加盟贵公司，这个钱我收下，权当咨询费。"

"好！"罗援听了很开心，他站起来，与凌楠握手告别。见两人出了门，凌楠也收拾东西下班。他叫了一辆出租车，直奔海边的小海螺酒店。人生真是变幻莫测！在车上他对自己说，任何时候不要灰心，在有的地方失去，必在有的地方受偿。他没想到在自己最困难的时候，罗援会请他当法务，这两万块钱够吃一阵子饭了。今晚一定得喝两杯。嗯！还得叫上好友闫鹏。

尾声

<hr/>

76

在《新闻联播》开始的雄壮音乐声中，闫鹏匆匆步入小海螺酒店。"烦死了，小两口打架怎么劝也劝不了，真想踹那个丈夫。"他骂骂咧咧地，边把警帽摘下来。凌楠只是冲他笑笑，派出所有永远处理不完的案件。

凌楠让老板娘加了两个菜，特意送到酒店的露台上。他给闫鹏倒上一杯啤酒，"迟到了，先罚一杯！"闫鹏二话不说仰头干了。

"介绍下，这位，"凌楠指指身边的林丽，"就是车祸中逃出来的受害者林丽。"然后他又回头向着林丽："闫鹏，闫警官，我常给你提起的那位。"

"哎呀！我忘记给你说了，那个皮卡车找到了，你说得一点儿都没错，东方能源公司的。"

"太好了，闫鹏，你真是做警察的料，这么快就找到肇事者。"

"也不是，你怀疑是东方能源公司后，我特意摸查了沙子角镇的修车行，找到一辆前保险杠严重变形的皮卡车，一打听果然是东方能源公司的。隶属于公司食堂，也就是单位平时用来买菜的，司机名叫李飞。提车的那天，我一出现，李飞傻了，交代得干干净净。他说是廖明派他跟踪林丽，并在黄家洼把出租车顶下路基。本想着出租车会翻入大海，但没想到被路边的栏杆挡住了。"

"廖明和这家伙涉嫌刑事犯罪啊！"

"我感觉这个司机可能还掌握其他内情，就现场给他做了一个简单的笔录，把他放了。他对我感激涕零，我说给他一个戴罪立功的机会。廖明做什么都秘密告诉我。他说早知道你租住的屋子和冠城大厦的办公室，他还知道你师傅的奥迪车。"

"这家伙太厉害了，我还以为他没有发现我们，原来早知道我们的行踪。"说完他和林丽两人不安地互相看了一眼。

"那他知道小海螺吗？"

"这个不太清楚，他说主要跟你师傅的奥迪车。如果你没有开车来过这里，应该不知道。"

"简直太危险了！"凌楠喃喃地说。

"要不这样，再换一家海边的旅馆？那里管得比较松，没身份证也可以入住。"闫鹏神色严肃地说，然后他转向林丽，"你必须如实告诉我，为什么被东方能源公司的人追踪？你要是不说，我可不好帮你呀！"

林丽犹豫地望着凌楠。凌楠告诉闫鹏，林丽本人就是东方能源公司海外部的员工，知道公司的一些内部秘密，因此公司总想对她下手。他还告诉闫鹏东方能源公司走私石油，利用国内国际原油的巨大差价，牟取暴利。运输原油的巨型油轮到达公海后，由公司派船去接，然后再运进沙子角的码头。公司的秘密据点设在渔夫酒店的三楼，那里有几个房间，常年租给东方能源公司。"你想起了吗？我们处理的那个嫖娼死亡的客人，就是东方能源公司的一个部长。其实那是他们的指挥部，当夜幕降临，运油船就在黑夜里悄悄地出发。"

"妈的，我还以为他们是正常的原油运输，卸油时，我们有时候还要警戒，且每次在夜间，美其名曰安全，原来都被他们给蒙了。"

"我们上学时老师说过，走私往往扮成合法的货物运输。说在美国和墨西哥边境上，有个警察发现有个家伙几年如一日，用自行车驮着半袋沙，来往于边界，警察检查过沙子无数次，也知道他在走私，但就是不知道在走私什么。有一天，他问那个人说，我知道你在走私，明天我就要退休了，你能告诉我走私什么吗？我保证不抓你。那个人说，自行车啊！东方能源公司利用国家发改委给其的配额，伪造进出口手续，开着船大模大样地走私石油，而你们还给他们担任警戒，真是天大的讽刺啊！不说了，咱俩干一个。"

听了凌楠的话，闫鹏一言不发，把杯中的酒干了，林丽又给两人倒满。

凌楠继续说："你想起了吗？那个男客人死后，作为酒店的法律顾问，我最大的担心是他们提出索赔，但是他们什么条件没提，就像事情没有发生过一样。原因有两点，一是他们不想把事情声张出去，二是他们根本不在乎这点钱。"

"要是你不说，我还真不知道。"闫鹏低声说完，不等凌楠和自己碰，端起自己的杯子，喝了一大口。

"主要是利润太大了，拿98号汽油来说，现在在国内是八块多一点儿，按国际油价折算下来，才三块多一点儿，所以有人愿意拎着脑袋干。"

"可是，我猜并不是所有人被隐瞒着。想起上次调查的林虹的户籍信息，电脑里居然找不到，连我这个副所长也丈二和尚摸不着头脑，怎么会没有呢？要是人为删除，那可不是一般人能做到的。"

"是啊！我想东方能源公司和地方政府，或具体说你们公安内部……"

"这几年，我们分局的局长、副局长都是从沙子角派出所所长递补。当然，沙子角是个大所，但并不是每次选拔都从沙子角产生。通过司法考试后，我本想辞职，但当上副所长后，几乎所有的人都劝我不要辞职，说我前程似锦，到分局当副局长、局长，只是个时间问题。可为什么我啥也不知道呢？"

"那是因为还没轮到你啊！等当了所长，估计橄榄枝就会向你递过来。"

"妈的，我要查查这家神秘的东方能源公司，既然在老子的辖区，老子就要管。"闫鹏喝了酒，情绪突然变得很激动。

"冷静冷静！"凌楠伸出手来，做出一个向下按的动作说："这种直接碰的方法不行，他们也有熟悉的人，有可能还是上级授意的，牵扯的面太大。现在有个入口——'9·20'事故爆炸实际死亡人员名单。以此为契机，将东方能源公司神秘的面纱揭开，然后一网打掉，那时候他们再有势力，也没有人能捂得住。"

"我还是不服气，有警必出，有案必破。我要向局里反映，大不了这个副所长不干了，辞职和你去干律师。"

凌楠苦笑着向闫鹏讲了肖青云等人的案子和罗援要聘请自己担任法律顾问的事。"你以为律师那么好干啊！我们所都要关门了，连我都不知道下一步去哪里。要不是罗总的两万元咨询费，我饭都吃不起了。唉！什么也不说了，喝酒！"

说完了，凌楠举起酒杯，和闫鹏碰在一起，两人一饮而尽。转眼间，一箱啤酒见底了，三个年轻人坐在小酒店的露台上，海风习习，远处星光下，海浪涌动着，大海漆黑如墨。

77

《内参》是一种不对外公开发行仅供内部人员参考的信息资料。

最近一期的《内参》上刊发了一篇题为"质疑'9·20'爆炸事故真相"的报道。文章认为，省市两级牵头的事故调查报告存在人为隐瞒遇难人数的重大嫌疑。文章列举了事故发生不久公布的遇难人数及人员名单，又附上调查记者走访找到的10名不在名单上的遇难人员，有隋伟平、隋伟中、李耀军、张杰、林虹等人。

"我们找到了这些人的亲属，他们得到了比其他人员更高的补偿，对是否上公布名单并不关心，或者这本来就是某种交易。我们还发现，事后，这些人的户籍信息也被从档案中删除，这显然是蓄谋所为，造成事故中并没有那么多人员死亡的假象。这样做的目的只有一个，就是减轻相关人员的责任。我们现在不知道，是否还有其他遇难者，这些只是记者通过多方渠道走访调查得到的信息。"

凌楠没有看到这份《内参》，是张力在电话中口述的，文章的作者当然是他自己。

"上层对这个报道非常重视，"张力说，"现在所有人关心的是，除了我们发现的10人，是否还有其他人——肯定有！"

"是，但是这个获取难度很大。既然有了这份报道，对其他人的信息会隐瞒得更深，不过我有一个办法，或许我们可以获得所有人员的名单……"凌楠在电话里说。

"太好了，我等你消息。"

现在，凌楠对于看守所所在的林普镇已经非常熟悉了。开上师傅的车，沿海边的环湾高速路跑一个多小时，从林普匝道驶离，出收费站三公里就能看见高墙上拉着铁丝网的看守所。

半年多来，他多次来到这里，有时候他希望自己从不曾来这里，那样说明少了一起刑事案件。有时候，他又希望经常出入这里，那意味着他的律师业务很繁忙。

刘天泽见到凌楠时非常兴奋，像个受到委屈的孩子一样，眼泪扑簌簌而下，他用戴着手铐的衣袖擦着。凌楠曾多次和他面对面，这个人无论是在办公室还是饭桌上，甚至刚入看守所凌楠会见的第一次，他都始终保持着自己的某种仪态，举手投足之间，体现出与别人的不同。然而这次当着凌楠的面落泪，让他有些意外。看来，失去了自由，人本能的一些东西就体现了出来。

"师兄好！"凌楠叫道，他看见仅仅一个月的时间，刘天泽瘦了一圈，心里万般难受，"你怎么这么瘦啊！看守所吃得不好吗？"

"不是，几乎天天提审，睡眠也不好。"说着，刚擦干的眼泪又出来了。凌楠看见刘天泽手腕上的瘀青，刘天泽拒不认罪，肯定吃了不少苦头，不知道他是如何扛过来的。

"您还是不认罪吗？"

"不能认啊！师弟，认了，那不等于这一生完了吗？"

"可你不认，照样会给你判刑，而且会判得更重，你是学法之人，这个道理还用我讲吗？"

"那样的话我还可以上诉，甚至抗诉，说不定过了这阵风头，我会被无罪释放。"

"你太天真了！"刘天泽的话让凌楠甚至觉得可笑，"你这是职务犯罪啊！怎么会？"

"那个……领导给我许诺……"刘天泽突然降低声音。

凌楠沉默了，或许刘天泽已经熟悉他们处理事情的一套规则。他相信，刘天泽如果判了刑，会减刑或假释，在极短的时间内出来，但他仍然是受过刑事处分的人。从他被审查逮捕的那一刻起，他的政治生涯已经结束。"9·20"事故影响如此之大，必须得有人承担责任，哪怕这种责任仅仅是一种形式。这不是免职处分，他不能过一段时间复出，或者异地任职。

"犯罪——受刑事处分，除了限制人身自由甚至剥夺生命以外，还是一种名誉、人格的减损与污点。一个判过刑的人还会出来做官？在当下社会是不可能的，放弃你这种幻想吧！师兄？"

"那我怎么办？有时候我也这么想。"

"或许，你还有一线希望，虽然渺小，但比你的想法更加现实些。"

"什么？师弟，你快说。"刘天泽的眼睛突然放出一束光来，他紧紧抓住缚住自己的铁椅。

"检举立功！"

听到这里，刘天泽又泄气了。

"'9·20'事故中遇难的人数绝对不是公布的35人，还有十多人没有公布，这些人被隐瞒了下来，没有上报。有普通的地方百姓，也有涉事公司的人员，能做出这个重大决定的，肯定不是师兄您这个级别的人。您作为事故委的负责人，绝对知道内幕。这个决定是怎样作出的，谁人拍板的？除了地方部门，还有东方能源公司，双方一起达成的约定吧！"

"唉！我不能说。"听了凌楠的分析，刘天泽长叹一声，突然把头向后靠在铁椅的后背上，又喃喃自语："不能说，这是规矩啊！我说了就等于是背叛！"

"你说的规矩无非是官场上的一种潜规则，表面上伴着所谓的感情忠诚，说白了，也是某种利益之交。当你在那个位置上的时候，很多人对你曲意奉承，当你离开了，你就什么都不是。在他们的眼里，看重的是你的那个位子，而不是你这个人。"

"你说的有道理，可我现在怎么办啊？"刘天泽痛苦地把手蒙在脸上。

"你现在只能自己救自己，勇敢地说出来，不但拯救了自己，而且立了功，你就是英雄。给所有死难者一个交代，还所有人一个真相。上对得起国家组织，下对得起沙子角的黎民百姓，更对得起自己的家人、良知和正义。若干年后，没有人会记得你这个主任，甚至罪犯，人们谈论起这起事故，会说有一个勇敢的人站出来，说出了真相。"

"能行吗？"刘天泽双目紧盯着凌楠。

"师兄，你行，不要怕，没有什么能够战胜正义。虽然不知道，但我能感觉到，你们——或他们背后有个庞大的利益圈子，那个东方能源公司还涉嫌石油走私，让这个团体覆灭，你能做到的。"

"让我想想吧！"刘天泽闭上眼睛，看上去非常痛苦，眼睑不停抖动，面部肌肉抽搐，突然之间，像是涌动的岩浆释放出来，"还有14人没上名单——"

果然，除了已经查明的10人，还有凌楠他们没有掌握的4个人。

刘天泽对14个人的情况非常清楚。每个人的姓名、性别、单位、家庭住址、协商解决赔偿的亲属、与遇难者之间的关系、最后的签字之人，他都说得出来。由他口述，凌楠记下了每个人的详细情况。

太阳从云缝中隐入大海，通往东方能源公司白色大楼的海边公路上，一辆疾驰的大众辉腾车被从后面快速插上的一辆警车逼停在路边。

身着警服的闫鹏从车上下来，直接走到辉腾车的驾驶室旁，他敲了敲车窗，玻璃降了下来。廖明一脸愤怒，"你们要干什么？"

闫鹏把自己的警官证亮了一下，"我们是沙子角派出所的，廖主任请下车跟我们去所里。"

"为什么？我要告诉你们局长，还有你们张所长，我们是好朋友，他一个小指头就能把你压死。"说着，廖明拿出手机，准备打电话，被闫鹏一把夺了过去。

"李飞你知道吗？你涉嫌上个月黄家洼子一起交通事故案件，必须配合我们调查。"

一听到"李飞"二字，廖明立即泄了气。闫鹏拉开车门，廖明一从车上下来，就被两位民警戴上手铐，押入了警车。

廖明供述了他指使李飞跟踪林丽，在国道204黄家洼子处接到请示后，命令李飞将搭乘林丽的出租车撞下路基，意图造成出租车失控翻入大海的意外事故。但出租车被路边的隔离栏挡住，没有掉入海中，只是造成了林丽轻伤、出租车司机左腿骨折的后果。事后他给李飞5万元现金，并答应"今后在工作上照顾"。对于为什么要置林丽于死地，他的回答是：

"公司的老总马上要退休，我是有力的竞争者之一。我原是公司海外部的负责人，与林丽是同事，她知道我的一些内幕，担心对自己不利，因此想除掉她。"

"是什么内幕呢？"

"挪用公款！不过后来归还了。"

"这属于检察院负责侦查的案子，我们暂时不管。有人举报东方能源公司涉嫌走私，而廖主任您是实际的指挥者与操控者，秘密据点就设在渔夫酒店！"

听到"石油走私"几个字，廖明的脸刹那间变得惨白，汗水从他光洁的额头上密密渗出来。

"这个我不太清楚。"

"不清楚？廖主任，我们要是不掌握有力的证据，是不会调查的。"

"我只是个工作人员，负责原油的运输装卸，至于这油是如何进来的，是否有正规的进口手续，我们不得而知。不对——"廖明突然提高声音，"走私属于海关缉私，你们地方公安，一个派出所根本无权管辖。"

廖明不愧在海外工作过，见多识广，突然之间，他明白过来。对闫鹏提出的有关走私石油问题，拒绝回答，闫鹏无论使出何种办法，他都是闭口不言。

"走私是属于海关缉私局管，但是在辖区内，任何违法犯罪的案件我们都能介入。我们地方公安经常支援海关缉私，联合办案。你不回答，我们以事实说话，到时候看你怎么讲。"

给廖明做完笔录，闫鹏将他铐在暖气片上，派一名警员看管，然后出门而去。

夜晚 11 点，如往常一样，一艘油轮鸣着汽笛靠近沙子角码头，担任安全警戒的派出所民警在闫鹏的带领下，一反常态，将船上的船员全部扣押。

闫鹏向轮休的所长，还有分局值班室依次做了汇报。不到一个小时，分局领导、海关缉私局的工作人员赶到了沙子角派出所。他们直接带走了廖明，理由是走私属于海关管辖，仅仅两个小时后，被扣押的船员全部被释放。

闫鹏看见自己的直接领导，所长张军，一个劲儿地向他们赔礼道歉："误会！误会！"

天亮的时候，整整一艘原油一如既往地注入码头的泵站。

一切如故，像是什么事情没有发生。令人匪夷所思的是，第二天下午，闫鹏获知，廖明在被海关的缉私艇带走的路上，跳海自杀。

对"9·20"事故人员的审判持续了整整三天，二十多位涉嫌玩忽职守和重大责任事故罪的被告人分别被判处有期徒刑一年至七年不等，刘天泽因重大立功表现而被判处缓刑，缓刑宣告后，被当庭释放。"9·20"事故中遇难人数重新统计后公布。事故总共造成 49 人遇难，是建市以来死亡人员最多的一次事故。

林丽如愿从派出所开出了姐姐林虹的死亡证明，死亡原因一栏里填的是：意外事故遇难。

在小海螺酒店的露台上，林丽和凌楠两人，眺望着大海聊天。

"你得付我律师费，我为你服务了这么长时间！"

"不行，你的工作还没有完成，律师费不能付。"

"还有什么，证明不是开到了？"

"我又问了迪拜的银行，说除了证明，还得有个遗嘱执行人，而律师则是最好的遗嘱执行人。我已经买好了下周三我们飞往迪拜的国际航班机票。"

"你也太霸道了，也不征求我的意见？"

"你不但要陪我去迪拜，而且今后一生，永永远远，得陪着我！"

"为什么？难道我卖给你了？"

"是！"林丽靠近凌楠，伸出手来，紧紧地搂住凌楠的脖子，泪如雨下，"因为你是这个世界上我唯一的亲人了。"

凌楠将林丽搂进怀中，"我说过，林虹像阿朱，你像阿紫，乔峰答应过阿朱，他要用一生来照顾阿紫。"

这一天，凌楠和林丽又约闫鹏一起吃饭，闫鹏被调到了更远的赵家峪派出所。

凌楠认为分局对他处置不公，闫鹏听了哈哈大笑说："无所谓，我正在办辞职，去圆我的律师梦，你得做我的指导老师啊！"

"拉倒吧！我连律师所都没有了。"

"将来我们注册成立一家律师事务所！"

"对，专办大案、要案。"

知道凌楠要出国的消息，张力特地到首都机场为两人送行，在贵宾休息室里，三人喝着咖啡聊天，等待晚上8点起飞的飞机。

张力轻啜了一口咖啡说："你知道那家神秘的东方能源公司的几家股东是谁？好几家公司，注册地在香港，而香港公司的注册地又在大名鼎鼎的开曼群岛，那是避税的天堂。我们无法知道真正的自然人股东，但我确定是东方能源的高管，包括廖明。当年的选址就不应该在美丽的海滨城市青城，环境测评没过，发改委能源司有人活动才得以落户。一直受到民众的反对。'9·20'事故发生后，事故的报告迟迟出不来，高层非常不满，背后也一直在调查，报告出来后，对相关人员的处理轻描淡写。但是，现在我要告诉你一个好消息……"

"什么好消息？"

"事故的后续处理还没完，但可以肯定的是，还会有一批职权更高的官员下台。凌律师，这里面你是出了力的，我们对青城老百姓，对国家算是做了一点儿有意义的事。"

"一直有一个问题困扰着我，你为什么要这样做？无论我当一个学生的时候，还是一年来从事律师工作时，我的周围，人们的生活目标似乎都是为了钱、权，你却好像不是，为什么呢？"

"为了正义！"

"那什么是正义呢？古代法学家把正义理解为善、公平。"

"还有一种观点，正义就是大多数人的利益。总之，正义是人世间最高的价值。"

"前往迪拜的 FU6688 次航班开始登机了！"喇叭里播放提醒凌楠他们登机的声音。三个人站起来，张力拉着凌楠的手难舍难分，"你还回来吗？"

"要看她。"凌楠用下巴指指林丽。

"还是回来吧！你不做律师太可惜了。这里是你永远的家园，我们每个人都有义务把它建设好。而且，我还要告诉你另外一个消息。"

"什么消息？"

"司法改革的大幕已经开启，马上要施行立案登记制了，你再也不会为立不了案发愁。依法治国，建设法治国家，律师必将大有作为。"

　　"好！"

　　凌楠听得心潮澎湃，他紧紧地握了握张力的手，向登机口走去。

后记

————

差不多十年前，我曾工作过的城市发生了一起特大事故，六十多个鲜活的生命在一次爆炸中逝去。

那时候我还是一个为生计奔波的小律师，我至今清晰地记得那一天，我外出办事归来，看见许多人站在马路边上观望；远处，西北方向的天空飘起滚滚浓烟，一辆辆消防车鸣笛从我们面前驶过，空气中一股浓烈的焦煳味。我的第一反应是，起火了。那是码头的方向，有很多物流仓库。我曾经在那里办过一起"纵火案"，一位来自临沂的小伙儿因为好玩，用打火机点燃了价值五百多万元的澳洲进口羊毛，被判处有期徒刑十年。

我想，说不定又是一起案件。

回到办公室后，我从同事那里得知，距我们20公里外的地方发生了天然气管道泄漏爆炸，一整条街道被毁。那时候获取信息的方式不如现在这么方便。我从一个QQ群里看到更多信息。有人失去亲人朋友，也有人无比侥幸地躲了过去。我还看到一段爆炸录像，几个修理工围在一辆故障车旁，一片火光闪过，他们飞出画面不见了。

我记得午饭后，我和同事站在律所二楼的阳台上，一边聊天，一边看着远处升腾的浓烟，看见烟柱被海风吹斜，又飘向远处，渐渐变淡。电话不时响起，我接到一个又一个从家乡、外地打来问安的电话。我说，我们一切安好，那个地方离我们很远——我特意拉长"很"字的发音。

那时我的感觉是，人在这样的事故中无能为力，你既不能预测又无法躲避。我们之所以能够超然地观望、谈论，只是比较幸运而已。

然而魔鬼总是藏在细节之中！我的几位同事参与了那起事故的善后工作，有人还代理了几位受害者家属提出的索赔。从他们那里我了解到更多真实的信息。当然，也有一些责任人被牵连其中，有些还是我非常熟悉的人。2015年11月，那起事故中的责任人员在我们律师所对面的法院公审，十多人因不同的责任而被判处刑罚。

一起事故改变了很多人的命运。

那时候的我比较年轻，也没有今天这么多焦虑。工作之余，我常常看一些美剧与推理作品，看多了，手痒痒，也学着去写，这是我写这部作品的初衷。人在现实中常常是渺小无助的，比如在这因疫情而被静默管控的日子里，你连小区的门都无法走出。写作的自由在于你可以最大限度地控制故事的走向，甚至还能左右人物的命运。

有一天，我觉得我的故事构思成熟了，我走进一家文具店，给自己挑选了一本精美的日记本，回到家里，我开始动笔。我每天坚持写两千字，雷打不动。有时候是在应酬回来的午夜，有时候是在出差途中的酒店。三个月后，我将这个故事写完了，总计22万多字。那可能是我人生中最为快乐充实的一段时光。事后，我又花一个月的时间修改输入电脑。但是，当那些潦草的文字变成电脑中方方正正的宋体字时，我又有些失望：这是个俗套的故事，小人物胜利，正义得到伸张，一切都充满了理想主义的色彩。然而，我又想，主角身上的勇气不正是我们当下这个社会的奢侈品吗？我曾多么渴望自己就是故事里那位虚构的主角！

因为一些原因，本书的出版一推再推，如今终于要付梓面世了，这是个漫长的过程。感谢《收获》杂志原编辑走走女士、美读文化的杨学会老师、辽宁人民出版社的编辑老师，还有身边的很多朋友。你们的鼓励是我能写下去的最大动力。

最后，我还要提醒诸位读者朋友：

本故事纯属虚构，如有雷同，纯属巧合，请勿对号入座。

感谢阅读！

2022年3月于昆明